Christa Kanitz

Die Tochter der Venezianerin

Die Gewürzhändler-Saga

Roman

BASTEI LÜBBE

BASTEI LÜBBE TASCHENBUCH
Band 15939

1. Auflage: Dezember 2008

Vollständige Taschenbuchausgabe

Bastei Lübbe Taschenbücher in der Verlagsgruppe Lübbe

Titelillustration: Sotheby's/akg-images
Umschlaggestaltung: Nadine Littig
Satz: hanseatenSatz-bremen, Bremen
Gesetzt aus der Adobe Garamond
Druck und Verarbeitung: GGP Media GmbH, Pößneck
Printed in Germany
ISBN 978-3-404-15939-0

Sie finden uns im Internet unter
www.luebbe.de
Bitte beachten Sie auch: www.lesejury.de

Der Preis dieses Bandes versteht sich einschließlich
der gesetzlichen Mehrwertsteuer.

Erstes Kapitel

Luc Brook rieb sich müde die Augen. Er hatte schlecht geschlafen. Seit Wochen herrschte diese unerträgliche Hitze über der Küstenregion von Salalah, und ein Ende war nicht abzusehen. Seit fast drei Wochen hatte er sein Nachtlager auf dem flachen Dach ausgebreitet, immer in der Hoffnung, eine erfrischende Brise vom Meer her einzufangen. Aber seine Hoffnung erfüllte sich nicht. Die nächtlichen Winde streiften zwar die kühlen Wellen, aber sie zogen sich zurück, wenn das Meer die heiße Küste erreichte.

Luc richtete sich noch müde auf. Drüben im Osten hinter dem Bergmassiv des Tarimbah zeigten rosa-violette Himmelssignale den beginnenden Tag an. Vom Minarett herüber hörte er den Muezzin, der zum Morgengebet rief. Er stand auf. Es wurde höchste Zeit, wollte er Alinia auf dem Basar von Salalah sehen. Sie wurde von ihren Brüdern streng bewacht und musste sich nach ihrer Arbeit am frühen Morgen bis zur Rückkehr ins Dorf am Abend in ein Frauenhaus zurückziehen. Aber sie kam nur einmal im Monat zum Weihrauchverkauf in die Stadt, und wenn er sie heute nicht traf, musste er vier Wochen lang auf ein nächstes Wiedersehen warten.

Alinias Brüder ärgerten sich über die zusätzliche Belastung dieser Bewachung, sie hätten die Schwester am liebsten ans Ende der Wüste geschickt, aber keine Frau und kein Mann konnten den Weihrauch im Basar kunstvoller auf den Palmenmatten ausbreiten als das junge Mädchen. Sie türmte die kleinen gelben Brocken so geschickt auf die grünen Unterlagen, dass die Sonne sie in purem Gold erstrahlen ließ. Kein Händler konnte diesem Anblick widerstehen, und wie magisch angezogen starrten die Männer auf die Pracht und kauften das Aromaharz bis auf das letzte Klümpchen. Sie wussten, der Weiterverkauf an die Händler aus dem Abendland verwandelte den Weihrauch dann in echtes Gold.

Luc liebte Alinia. Noch nie hatte er eine Frau lieben dürfen, und nun sehnten sich sein Herz und seine Seele nach dieser Kindfrau. Und er wusste, dass Alinia seine Gefühle erwiderte. Aber sie hatten keine Chance, sich näherzukommen. Er hatte sie durch einen Zufall kennen gelernt, denn er hatte, als Medicus in der Küstenstadt wohlbekannt, ihre Mutter geheilt, die mit einem entzündeten Blinddarm in einem kleinen Dorf am Rande der Wüste mit dem Tode rang. Alinia pflegte die Kranke in aufopfernder Weise. Und dabei hatten sie vorsichtige Blicke getauscht, flüsternd wenige Worte gewechselt, bei kleinen Handreichungen sich berührt und mit versteckten Gesten der Zärtlichkeit einander ihre Gefühle verraten. Denn in diesem Raum der Frauen waren Männer nicht erwünscht. Und die Schwerkranke selbst war nicht fähig, Blicke und Empfindungen wahrzunehmen. Aber diese Zeit war vorbei. Sie fand vor drei Monaten ihr Ende, als die Mutter genesen war.

Doch Luc erfuhr, dass die Großfamilie in einem abgelegenen Trockental, dessen genaue Ortsbezeichnung das größte Geheimnis dieser Beduinen war, ausgedehnte Wälder mit den wertvollen strauchähnlichen Boswellia-Bäumen besaß. Regelmäßig mussten die Frauen die Baumrinden einritzen, um später die heraustretende harzige Milch, sobald sie zu goldgelben Klumpen erstarrt war, zu ernten. Und Luc erfuhr auch, wann und wo diese kostbaren Aromaharze verkauft wurden. So eilte er zum Basar, sobald er wusste, wann Alinias Brüder zum Verkauf nach Salalah kamen.

Den Turban so gewickelt, dass nur die Augen sichtbar waren, harrte Luc dann im Gedränge anderer Männer in der Nähe des Verkaufsstandes aus und folgte Alinia heimlich, wenn die Frau kam, die sie abholte, um sie tagsüber im Frauenhaus einzusperren. Im Gedränge der schmalen Gassen zwischen den Händlern gelang es ihm manchmal, dem zauberhaften Mädchen ein, zwei zärtliche Worte ins Ohr zu flüstern. Heute allerdings würde die Zeit nicht für Zärtlichkeiten reichen. Heute musste er ihr den Plan der gemeinsamen Flucht verraten, damit in vier Wochen alles schnell und reibungslos vonstatten ginge. Leichter wäre es gewesen, ihr einen Zettel mit den nötigen Informationen zuzustecken, aber Alinia konnte weder lesen noch schreiben, und so mussten hastig geflüsterte Worte ausreichen, um zu fliehen und irgendwo, irgendwann ein gemeinsames Leben beginnen zu können. Denn wurden sie bei der Flucht erwischt, drohte beiden der Tod – ihm durch Ertränken, ihr durch Steinigung.

Verdammte mittelalterliche Methoden, dachte Luc. Wir lieben uns doch nur, was ist daran so verwerflich? Dass Alinia nicht dem Wunsch der Familie folgt und einen ausgewählten Bräutigam akzeptiert oder dass ich als Europäer für unwürdig befunden werde? Was für ein rückständiges Volk, was für intolerante Ansichten. Muslime hier, Christen da, was ist daran so verwerflich? Gott hat uns schließlich alle erschaffen, da hat er bestimmt nicht nach Religionszugehörigkeiten gefragt.

Wütend brachte er die Decken des Nachtlagers nach unten und warf sie auf das Schlafgestell. Dann legte er den Burnus ab und lief zum Innenhof, in dem die Wasserträger den Trog bereits frisch gefüllt hatten, und wusch sich. Mit einer Schere schnitt er sich den Bart in Form, ging zurück in sein Schlafgemach und kleidete sich mit einem frischen Burnus an. Gott sei Dank erlaubt mir mein Einkommen einen gewissen Luxus, dachte er. Das frische Wasser jeden Morgen, der Wäschemann, der täglich für saubere Kleidung sorgt, und der Knabe, der sich um meine drei Kamele kümmert – ohne sie wäre ich schlecht dran.

Er schnürte seine Sandalen fest und wickelte mit großer Sorgfalt den fünf Meter langen Turbanschal um Kopf und Gesicht, bis nur noch die Augen sichtbar waren. Zum Glück habe ich braune Augen, blaue hätten mich längst verraten, nickte er seinem Spiegelbild zu.

In den oberen Etagen mehrstöckiger Lehmhäuser verfingen sich die ersten Sonnenstrahlen. Höchste Zeit, dachte er, verließ sein Gehöft, sprang über die Abwasserrinne und lief die Gasse hinunter, die an der Mauer entlang auf kürzestem Weg zum Souk führte. Je näher er dem lautstarken Treiben kam, umso dichter wurde das Gedränge. Männer, die keinen Standplatz bezahlen konnten, boten bereits vor dem überdachten Händlerviertel schreiend ihre Waren an. Frauen trugen ihren Streit lautstark in der Menge aus, Händler feilschten um ihre Preise. Feuerschlucker wurden bejubelt. Pferde wieherten. Flötenspieler lockten Schlangen aus ihren Körben, und vom Kamelmarkt herüber war das ungeduldige Brüllen der Tiere zu hören.

Luc verschwand in dem Gedränge, den Burnus eng um sich geschlungen.

Er lief durch die Gasse der Messingschmiede, lief durch die enge Ladenzeile der Sattler und Gurtmacher, kreuzte den Gang der Seidenverkäufer und der Waffenhändler, umrundete den Platz der Teppichweber und näherte sich – am Geruch war es von weitem zu erkennen – dem Viertel der Gewürzhändler. Er drängte sich mitten hinein in das Geschiebe der Käufer, Prüfer, Feilscher und Anpreiser.

Endlich sah er Alinia. Sie ist noch da. Gott sei Dank! Oder sollte ich lieber sagen: Allah sei Dank? Eine doppelte Unterstützung von oben kann nicht schaden bei dem, was ich vorhabe. Alinia kniete hinter den grünen Palmenmatten, die sie auf dem Boden ausgebreitet hatte, und türmte, mit großem Können für die goldglänzende Präsentation ihrer köstlich duftenden Weihrauchbröckchen, die letzte Pyramide vor sich auf. Während andere Händler aus Angst vor Dieben ihre Ware in Körben verborgen hielten, zeigten Alinias Brüder selbstbewusst ihren Reichtum. Kleine, kunstvoll geschmiedete Stilette sichtbar in reich verzierte Gürtel gesteckt, standen sie rechts und links neben ihrer Ware.

Alinia sah ihn sofort. Hinter der Spitzenstickerei ihrer Abayyha, die sie vom Scheitel bis zur Sandale bedeckte, sah er das Aufblitzen ihrer Augen. Ein winziges Neigen ihres Kopfes zeigte ihm: Sie wusste, dass er nun hier war.

Luc schlenderte langsam weiter, er durfte nicht stehenbleiben, wenn er nicht auch handelte. Aber er wusste, welchen Weg Alinia einschlagen musste, und hielt sich dort in der Masse der Männer versteckt. Endlich kam sie, einen Schritt hinter ihrer Wächterin. Luc provozierte einen kleinen Unfall, stieß einen Mann direkt in die Arme der Frau und lenkte die für einen Augenblick ab.

»Nächstes Mal weite Reise«, flüsterte er Alinia ins Ohr. »Treffen vor dem Nordtor. Drei Kamele bereit.« Das musste genügen.

Alinia nickte. Sie hatte verstanden. Kamele, das bedeutete reiten, also musste sie sich entsprechend kleiden, drei Tiere hieß: etwas Gepäck ist möglich. Das Nordtor lag auf dem Weg zum Frauenhaus, in einem unbeobachteten Augenblick konnte sie sich in der Menge verstecken und hindurchschlüpfen. Und nächstes Mal hieß: heute in vier Wochen. Sie lächelte glücklich hinter der Gesichtsstickerei. Vier Wochen, das bedeutete: noch einmal vier Wochen Gehorsam zu Hause, als Dienerin die Brüder versorgen, ein letztes Mal die Bäume melken, Hitze, verklebte Hände, zerkratzte Arme und Ungeziefer ertragen, und es bedeutete: Schläge, wenn sie dem Vater nicht schnell genug die Wasserpfeife reichte oder seine Füße nicht zärtlich genug badete.

Nur der Abschied von der Mutter wird schwer werden, dachte sie, aber wenn ich Achmet heiratete, musste ich mich auch von ihr trennen, denn er will, dass ich mit ihm ins Dorf seiner Eltern ginge und die Dienerin seiner Familie wäre.

Zufrieden mit dem Entschluss, dem Medicus zu folgen, lief sie weiter. Er achtet mich, überlegte sie, und dafür werde ich gern seine Frau. Ich werde alles tun, was er von mir verlangt, er ist so ein rücksichtsvoller Mann, er wird mich niemals quälen oder schlagen. Er will mich lieben, hat er gesagt. Ich weiß zwar nicht, was das ist, dieses Lieben, aber es wird mir gut gehen, das spüre ich. Und deshalb werde ich auf einem Kamel bis ans Ende der Welt mit ihm reiten. Ganz egal, wo dieses Ende ist, wie beschwerlich und wie weit so ein Ritt auch werden wird.

Luc folgte Alinia bis zum Frauenhaus. Als sich die massive Holztür hinter ihr schloss, wusste er, dass ihr ein schwerer Tag bevorstand. Die Frauen, die in diesem Haus auf ihre Väter, Männer oder Brüder warten mussten, wurden zu harter Arbeit gezwungen, denn hinter dem Haus öffnete sich das Gelände zu einer großen Pfefferplantage, die von einer vier Meter hohen Lehmmauer umgeben war, um die wertvollen Gewürze vor Dieben zu schützen. Diese Mauer konnte niemand überwinden. Einmal war er, als Muezzin verkleidet, in einem Minarett nach oben gestiegen, um einen Blick auf die Plantage zu werfen. Und was er sah, gefiel ihm gar nicht. Einige Frauen mussten mit Hilfe von Leitern die orangeroten Fruchtähren von den Pfeffersträuchern pflücken, andere breiteten die Rispen auf Matten aus und lösten die Körner. Waren die nach fünf bis sechs Tagen trocken, wurden sie in Säcke gefüllt und zum Verkauf bereitgestellt. Er wusste: Nur Sultane konnten sich den teuren Pfeffer leisten, mit dem die Köche das in der Hitze schnell verderbende Fleisch genießbar machten. Die meisten Säcke aber reisten auf Schiffen in ferne Länder, wo der Pfeffer zu den begehrtesten Gewürzen gehörte.

Aber noch schlimmer als die Pfefferernte ist das Unkrautjäten, dachte Luc. Wenn sie keinen Pfeffer pflücken, müssen die Frauen die Erde bearbeiten. Und in dem wilden Gestrüpp hausen die Schlangen. Oft genug hat man mich zu Schlangenopfern gerufen, weil ich gute Gegenmittel gemixt habe. Niemals aber werde ich in das Frauenhaus geholt, da hinein dürfen nur Heilerinnen, die mit dubiosen Mitteln versuchen, vom Tode bedrohte Frauen zu retten. So eine todbringende Unvernunft. Verärgert schüttelte er den Kopf und machte sich auf den Heimweg. An Patienten mangelte es ihm dennoch nicht, denn er war ein guter, anerkannter und beliebter Medicus. Den Reichen nahm er viel Geld ab und die Armen behandelte er umsonst. Das sprach sich herum, und oft kamen die Leute von weither, wenn sie Hilfe brauchten. So wie damals Alinias Bruder Opharim, damit er der Mutter half.

Den Weg, den er vorhin entlanggeeilt war, ging Luc nun gemächlich zurück. Ich habe Zeit, überlegte er. Hier haben alle Menschen Zeit, man gewöhnt sich daran. Er dachte an den alten Machmuth, der ihn zum Medicus ausgebildet hatte und dem er sein neues Leben verdankte. Zehn Jahre war er als Gefangener auf den Schiffen gereist, immer wieder war er von einem Schiff an das andere verkauft oder als Preis von einem Kapitän an den anderen verschachert worden, wenn sie nicht um Geld, sondern um Menschen spielten. Und nie hatte er die geringste Chance zu fliehen. Nie durfte er ein Schiff verlassen, um an Land zu gehen. Näherte sich sein Schiff einem Hafen, wurde er in einer Ladeluke eingesperrt, oft sogar geknebelt und gefesselt. Und immer musste er die niedrigsten Arbeiten verrichten. Aber ich habe die Zähne zusammengebissen. Die schwere körperliche Arbeit hat mich stark gemacht, das schlechte Essen unempfindlich, und die häufigen Klimawechsel haben mich abgehärtet. Jetzt kann ich in der Kälte überleben und in der Hitze auch, dachte er zufrieden.

Die Erinnerungen an seine wohlbehütete Kindheit, an sein Elternhaus, an die Heimat in Venedig und in Hamburg hatte er verdrängt, denn beim ständigen Kampf ums Überleben waren sie hinderlich. Stattdessen hatte er versucht, aus jeder Situation zu lernen. Er hatte dem Koch über die Schulter geschaut und so manchen Trick bemerkt. Er hatte Sprachen gelernt, wann immer er Fremde belauschen konnte. Und er hatte gelernt zu überleben, selbst wenn die Situation aussichtslos war.

Aber dann, vor vier Jahren, war ihm der alte Machmuth begegnet, und der hatte ihn gerettet. Viele Monate waren sie auf der gleichen Bark unterwegs, und der Medicus, der sich um Passagiere kümmern musste, weil der Frachter auch zahlende Gäste beförderte, hatte sich mit Luc angefreundet. Denn Luc half ihm, wenn den Alten die Kräfte verließen, was niemand merken durfte. Zwei Jahre war das Schiff damals im Arabischen Meer unterwegs und zwischen Indien, Jemen und Oman gekreuzt. Luc hatte viel gelernt in diesen Jahren, und als der Medicus in Salalah, seiner Heimatstadt, an Land ging, verhalf er Luc zur Flucht. Seitdem waren die beiden unzertrennlich. Machmuth machte aus Luc einen Medicus, dem er alle seine weisen Geheimnisse verriet. Sie richteten sich zusammen in dem einfachen Lehmhaus des Arztes ein und begannen Menschen zu heilen. Und dann starb der alte Mann. Das war vor einem Jahr, und seitdem dachte Luc wieder an seine Heimat in Europa. Er wollte nach Hause – aber niemals wieder würde er ein Schiff betreten. So musste er die Rückkehr auf dem Landweg planen, und nun endlich, mit Alinia, nahmen die Pläne konkrete Formen an. Der alte Machmuth hatte ihm oft von den Karawanenstraßen, die kreuz und quer durch Arabien führten, erzählt. Er hatte ihn aber auch davor gewarnt, auf einem Kamelrücken die Heimreise anzutreten. »Bleib hier«, hatte er dann gesagt, »eine solche Reise überstehst du nicht. Für das Leben auf den Karawanenrouten muss man geboren sein. Die Hitze am Tage und die Kälte in der Nacht, der Durst, der schlimmer ist als Hunger, und der Sturm aus Sand und Steinen, der schneller kommt, als du rennen kannst, das ist nichts für einen Mann aus dem fernen Abendland.«

»Ich ertrage das, ich bin stark«, hatte er dann geantwortet. »Ich habe gelernt, Hunger und Durst zu ertragen, ich kenne mich aus mit Hitze und Kälte, und wenn ich mich verletze, kann ich mich selbst heilen, das weißt du.«

Aber der Alte hatte nur den Kopf geschüttelt. »Du wirst kaum einen Tag lang den Ritt auf einem Kamel ertragen und ohne ein Reittier bist du ein toter Mann, bevor du den Rand der Wüste erreichst.«

»Eure Männer schaffen es doch auch?«

»Wir sind Wege aus Sand und Steinen von Geburt an gewohnt, wir haben Fußsohlen wie aus Leder. Aber wenn du im Morgengrauen die Reise antrittst, wirst du dich verfluchen, bevor du die erste Nacht erreichst.«

»Du willst, dass ich für immer hier bleibe.«

»Ich will dein Leben retten.«

»Aber hier werde ich immer in Angst leben, dass man mich wieder auf ein Schiff verschleppt.«

»Und die Angst wirst du in deiner Heimat nicht haben? Dort hat man dich doch entführt.«

»Dort werde ich mich zu wehren wissen, ich bin kein zwölfjähriger Junge mehr.«

»Dann kannst du auch hier ohne Angst leben, Luc. Du bist nicht mehr das Kind von damals und du hast deinen Namen geändert. Ich habe dich zu einem guten Medicus ausgebildet, nun hilf meinen Freunden und Brüdern, sie brauchen dich.«

Luc hatte genickt, und das Gespräch war beendet. Er wollte den alten Mann nicht kränken, er hatte schließlich sein Leben riskiert, als er ihn damals in einem Fass vom Schiff schmuggelte. Aber einen Tag nach dem Gespräch kaufte Luc sein erstes Dromedar und begann mit dem Reitunterricht.

Später, nach dem Tod des alten Mannes, begann Luc ernsthaft seine Reise zu planen. Er kaufte ein zusätzliches Lastkamel und, nachdem er Alinia kennen gelernt hatte, noch ein Reitdromedar. Er hatte sich für Mehari-Kamele entschieden, die sich durch ihre Kraft und ihre langen Beine auszeichnen. »Das Mehari ist gelehrig wie ein Hund, klug wie ein Falke und leicht wie eine Gazelle. Es gehorcht durch Zungenschnalzen, Pfeifen und auf leise Worte«, hatte der Händler gesagt und ihm die gesunden Zähne und die dicken Sohlenschwielen seiner sandfarbenen Tiere gezeigt. »Die gesunden Sohlen sind das Allerwichtigste«, hatte der Händler betont, »sie müssen über Sand und Steine, durch Wasser und über Felsen gehen und wochenlange Touren ohne große Ruhepausen durchlaufen. Sie haben keine Hufe wie die Pferde, sondern nur zwei Zehennägel, um die Füße vor den ärgsten Verletzungen zu schützen. Herr, wenn du eine Reise antreten willst, kannst du nur Mehari nehmen. Meine sind fast zweieinhalb Meter hoch, und die Welt liegt dir zu Füßen, sie haben die besten Höcker als Fettreserven, weil ich sie gut gefüttert habe, und sie sind hier in Arabien aufgewachsen, sie kennen das Klima und die Kälte und das karge, dornige Gestrüpp, von dem sie leben müssen. Und wenn du Stuten nimmst, geben sie dir ihre Milch, und du wirst weder Hunger noch Durst verspüren.« Fasziniert hatte Luca dem Händler gelauscht und ihm schließlich vertraut.

Er besorgte sich Decken und Gurte, die komplizierten Sattelaufbauten aus verflochtenen, mit Leder und Stoffen bezogenen Hölzern, Zaumzeug und Riemen und ließ sich die Hufpflege und die Fütterung der Wiederkäuer erklären. Er stellte die drei Stuten in einer Karawanserei in der Nähe des Nordtores unter und nutzte jede freie Stunde, um mit den Tieren zu arbeiten, sie an sich zu gewöhnen und sie zu pflegen.

Dann begann er Waffen zu kaufen. Das war am schwierigsten, denn Waffen wurden nie öffentlich angeboten. Man musste Beziehungen haben, um an eine Faustfeuerwaffe zu kommen, denn der einfache Mann auf der Straße durfte keine besitzen. Aber Luc hatte Glück, er behandelte erfolgreich einen Mann, der während einer Jagdpartie beim Sultan von einer Kugel getroffen worden war. Als Dank verhalf der ihm später zum Kauf von zwei Pistolen und der dazugehörenden Munition. Luc hatte sie gut versteckt und in der Lehmwand seines Hauses eingemauert. Er hatte zwei Stilette besorgt, denn auch Alinia sollte während der Flucht immer eines tragen, und er hatte sich von Karawanenführern Reiserouten erklären lassen. Oft hatte er nach der Behandlung eines Kranken auf Waren als Bezahlung verzichtet und stattdessen wertvolle Informationen erbeten. So wusste er inzwischen, welche Routen gefährlich waren, welche Orte man umgehen musste, wo Fehden oder Kriege herrschten, wo und wie man Wüsten oder Wasser am besten durchquerte. Ja, Luc hatte sich gut vorbereitet, er war ein verantwortungsvoller Mann. Er würde Alinia dabeihaben, und sie war ihm mehr wert als sein eigenes Leben. Oft träumte er von der Gemeinsamkeit, von den Freuden als Mann und Frau, von Kindern und einem zufriedenen Leben. Einem Leben wie damals in Venedig, als der Vater noch lebte und sie eine überaus glückliche Familie waren. Wenn ich wieder in Hamburg bin, dann werde ich auch meinen richtigen Namen wieder annehmen, Luc Brook, das ist doch nur der Teil eines hoch angesehenen Namens, dann bin ich wieder Lukas Iserbrook, der Erbe der alten Dynastie. Nur ein Händler werde ich nicht sein, ich bin ein Medicus, und ich bin es mit Leib und Seele.

Zweites Kapitel

Die letzten Wochen seines Aufenthaltes in Salalah hatte Luc Brook sorgfältig geplant. Er sah seine Reise zwar nicht mehr als Flucht an, aber man würde ihn vermissen, und wenn man von seinem Vorhaben erfuhr, konnte es sein, dass einflussreiche Männer sein Weggehen zu verhindern suchten. Gute Mediziner waren in der Hafenstadt rar, und einen Medicus, der wie Luc Brook großen Einfluss bei den Menschen hatte, ließ man im Oman nicht so einfach ziehen. Also traf Luc seine Vorbereitungen ganz im Geheimen und mit aller Vorsicht. Er widmete sich ausführlich seinen Patienten, um ihnen bis zum letzten Tag seine Hilfe zuteil werden zu lassen, regelte seine menschlichen und finanziellen Verpflichtungen, um keine Straffälligkeiten zu hinterlassen, und verzichtete auf alle Abschiedsgespräche. Bis in die letzte Nacht hinein lebte er so unauffällig wie immer. Vor einigen Wochen hatte er einen alten, zweirädrigen Karren erhandelt, den er häufig mit Decken und Körben beladen, in denen sich medizinische Geräte befanden, durch die Straßen schob, um die Menschen an diesen Anblick zu gewöhnen. Denn beim wirklichen Aufbruch brauchte er den Karren, den er, mit seinen wichtigsten Besitztümern beladen, zur Karawanserei vor dem Nordtor schieben musste. Ja, dachte Luc, Reichtümer habe ich nicht angehäuft, aber meine medizinischen Geräte, meine heilsamen Salben und Öle, meine wissenschaftlichen Bücher, Aufzeichnungen und Rezepte, mein Mikroskop, die Bandagen und die Spritzflaschen muss ich mitnehmen. Sie sind der Grundstock meiner Arbeit, auch in der Zukunft.

Außerdem brauche ich Kleidung, Decken, Kissen, ein kleines Zelt für die Nächte, Zündhölzer, Kochgeschirr, Salz und dauerhafte

Lebensmittel und so viele Wasserschläuche aus Ziegenleder wie möglich. Ja, er hatte lange und gut geplant.

Alinia hatte keine Zeit und keine Möglichkeiten, sich auf ihre Flucht vorzubereiten. Für sie war es wirklich eine Flucht, und kein Mensch durfte etwas von ihrem Vorhaben erfahren. Sie musste an dem Tag des Abschieds mit ihren Brüdern zum Markt wandern, sie durfte kein Gepäck mitnehmen, und sie hatte keine Chance, das Reiten auf einem Kamel zu erlernen. In ihrer Familie gingen die Frauen zu Fuß, während die Männer auf Eseln oder Kamelen unterwegs waren, je nachdem, wie hoch das Ansehen der Männer war. Sie hatte in der Hitze des Tages Weihrauch ernten und in der Kälte der Nacht zwei jüngere Geschwister wärmen müssen. Dennoch hatte sie es geschafft, kleine Beutel zu nähen, die sie mit Weihrauch füllen und vor der Flucht an ihren Gürtel hängen würde. Unter der weiten Abayyha ließen sie sich gut verstecken, und sie würde ihren kleinen Reichtum dem Mann ihrer Liebe schenken. Außerdem musste sie ihre gesamte Kleidung übereinander anziehen, wobei sie nicht zauderte, ihren Brüdern einen Burnus, ein paar Plumphosen, ein Turbantuch und Halbstiefel zu stehlen, damit sie in den Reisetagen als Mann verkleidet unterwegs sein konnte. Sie hatte die Sachen nach und nach an sich genommen und im Wald vergraben. Sollten die Brüder das Fehlen bemerken, konnte sie die Sachen immer noch hervorholen und in ihre Kleiderkisten legen. Dann sah es so aus, als hätten sie nur schlecht gesucht.

Alinia war trotz ihrer fünfzehn Jahre ein umsichtiges Mädchen. Sie wusste, wenn sie reiten musste, dann konnte sie das besser in Hosen als in der Abayyha. Nur heute, auf dem Weg zum Markt, musste sie all das unter diesem weiten Gewand verstecken und wie immer eiligen Schrittes den reitenden Brüdern folgen. Auf dem Markt musste sie, so graziös wie immer, die Weihrauch-Pyramiden errichten. Keine leichte Aufgabe unter den kritischen Blicken der Brüder und der Händler. Einmal hörte sie, wie einer der Männer zum Bruder sagte: »Hat zugenommen, dein Mädchen, wird immer appetitlicher.«

Zum Glück war der Bruder zornig wegen der anzüglichen Worte, schaute den Sprecher wütend an und nahm sein Stilett fester in die Hand. Seine Schwester sah er zum Glück nicht an.

Dann bemerkte Alinia, wie Luc, einem armen Händler gleich, eine Karre durch die Gasse schob, ihr kurz zunickte und zum Nordtor hin weiterlief. Ihr Herz klopfte vor Glück und vor Angst, und dann kam die Frau, die sie abholte und im Frauenhaus einsperren würde. Gehorsam stand sie auf, vorsichtig darauf bedacht, nichts von ihren Geheimnissen unter der dunklen Abayyha zu verraten.

Auf dem halben Weg zum Frauenhaus stolperte ein Mann direkt vor die Füße der Wärterin, diese fiel hin, kreischte, fluchte und richtete sich wieder auf. Aber da war Alinia bereits in der Menge der Händler und Käufer und Feilscher verschwunden, denn sie sah, wer den Mann gestoßen hatte. Die Frau wagte nicht, umzukehren und den Verlust den Brüdern zu melden. Sie kannte den Zorn der Männer und flüchtete in die Geborgenheit des Frauenhauses. Und damit hatte Alinia einen Vorsprung von einem ganzen langen Tag.

Eilig folgte sie Luc durch die Menge zum Nordtor. Er schob seine Karre mit lauten Warnrufen durch das Gewühl und bahnte sich und ihr damit den Weg. Vor dem Torbogen standen Wächter und kontrollierten die Passanten, aber Luc war als Medicus gut bekannt und verwickelte die drei Männer in ein Gespräch, sodass Alinia unbemerkt an ihnen vorbeischlüpfen konnte. Endlich hatten sie das weit geöffnete Tor und die Befestigungsanlagen der Hafenstadt hinter sich. Luc schob seinen Karren zielstrebig zu den etwas abseitsgelegenen Mauern der Karawanserei.

Alinia folgte ihm in geringem Abstand. Einmal, weil sie es gewohnt war, hinter dem Mann herzugehen, und zum anderen wollte sie nicht als seine Begleiterin erkannt werden. Man weiß nie, überlegte sie, wer hier herumlungert und uns beobachtet. Sie wusste sich zwar unter der weiten Abayyha gut versteckt, und selbst die Augen waren hinter dem gestickten Gesichtsschleier verborgen, aber die gebotene Vorsicht konnte nur von Vorteil sein.

Kurz vor der breiten Öffnung in der hohen Lehmmauer stellte Luc die Karre unter einer kleinen Palmengruppe ab. »Warte hier und hüte meinen Karren«, flüsterte er ihr zu, »ich hole nur die Tiere.« Alinia hockte sich in den Sand und nickte. Glücklich beobachtete sie, wie er stolzen Schrittes in das große Anwesen hineinging. Innerhalb der Mauern gab es Ställe, Lagerplätze für Waren, Behausungen für Reisende, die hier nächtigten, Läden für Handelsgüter und vor allem einen großen Brunnen, um den herum sich die Reisenden gruppierten und Nachrichten austauschten.

Luc ging zu den Ställen für Kamele, in denen er seine Tiere seit dem Erwerb untergestellt hatte. Bei seinem letzten Besuch hatte er die Order gegeben, die Tiere getränkt, gepflegt, gefüttert und gesattelt für diesen Augenblick bereitzuhalten. Und wie er feststellte, hatte man seinem Befehl gehorcht. Er bezahlte die Kosten an den Futtermeister, gab Mounir, dem Pfleger, einen extra Obolus, führte die drei prächtigen Tiere nach draußen und band sie an den Palmenstämmen fest.

Alinia war sprachlos. So große und schöne Tiere hatte sie noch nie gesehen. »Sie sind wunderbar«, flüsterte sie und stand auf. »Ich kann dir helfen, ich kann mit Kamelen umgehen, reiten kann ich sie nicht, aber pflegen und satteln und die Lasten aufladen, das kann ich.«

Luc sah sie glücklich an. Er hätte sie so gern in die Arme genommen, um endlich das Mädchen, das er so lieb hatte, zu spüren, zu berühren, aber er wagte es nicht. Zu nah waren die Stadt, die Brüder und eventuelle Verräter. So sagte er nur: »Das ist sehr gut, komm und hilf mir.« Er zwang die Kamele sich niederzulegen und begann mit der Verteilung der Lasten. Das meiste musste das Lastkamel tragen, es konnte aber auch jederzeit gegen ein Reitkamel ausgetauscht werden, sollte eines der Tiere verletzt sein. In zwei großen Körben, die rechts und links am Lastensattel angebracht wurden und die er bereits nachts in seinem Haus gepackt hatte, waren seine Utensilien und die Kleidungsstücke, die er mitnehmen musste, die medizinischen Geräte, die Bücher und das Zelt. In dem zweiten Korb lagen Decken, Kissen, Kochgeschirr und Bestecke sowie Hirse, getrocknete Kräuter und Salz als haltbarer Proviant für unterwegs. Einen dritten Korb, der oben auf dem Sattel festgeschnallt wurde, hatte er für die Wasserschläuche und Alinias Habseligkeiten reserviert. Sie würde kaum etwas mitbringen, das wusste er, aber sie sollte das Gefühl haben, auf dieser Reise die gleichen Rechte zu genießen wie er selbst.

Lächelnd sah Alinia in den Korb. »Alles, was ich besitze, trage ich unter meiner Abayyha, und da soll es auch bleiben. Wenn wir später weiter entfernt sind, dann will ich in Männerkleidung reiten, aber hier wage ich nicht, mich umzuziehen.«

Sie befestigten gemeinsam die schweren Lastenkörbe, und während Luc die Riemen und Gurte festzog, bedeckte Alinia die Sättel mit Decken und Kissen, hängte an jeden Sattel einen Wasserschlauch und befestigte für jeden eine Burka hinter dem Sattel. Wenn ein plötzlicher Sandsturm aufkam, konnte man das weite Gewand schnell überstreifen, ohne abzusteigen, denn das Niederlegen des Kamels brauchte seine Zeit, und die konnte tödlich sein, wenn das Tier nicht sofort reagierte.

Luc half Alinia beim Aufsteigen. »Halte dich gut fest, das Kamel richtet sich langsam auf, und du wirst hin und her gewiegt.«

»Ja, ich weiß, ich habe oft zugeschaut. Erst falle ich nach vorn, dann nach hinten und dann noch einmal nach vorn. Ich weiß!« Luc wartete, bis Alinia die Reitposition eingenommen hatte, dann stieg er selbst auf. Er nahm die Führungsleinen aller drei Tiere in die rechte Hand und dirigierte mit der linken sein Kamel. Dann setzte sich die kleine Karawane in Bewegung.

»Wir reiten zuerst nach Westen, damit wir einen großen Abstand zu deinem Dorf gewinnen. Später geht es dann nach Norden, und dann suchen wir uns eine Karawane, an die wir uns anschließen können. Hier in der Nähe von Salalah ist es mir zu gefährlich, wir könnten auf Menschen stoßen, die mich kennen.«

Alinia nickte, sie wusste um die Gefahren, aber Angst hatte sie keine. Neben diesem wunderbaren Mann konnte ihr nichts geschehen, davon war sie überzeugt. Weit dehnte sich das Land vor ihnen aus. Hier gab es noch bestellte Felder, Plantagen, Palmenwälder und Wasserläufe mit grünen Ufern. Aber je weiter sie sich von der Küstenregion entfernten, umso karger wurde das Land, und bevor es zu den Bergen am Horizont aufstieg, würde die Wüste die vielen Reiter, die auf dem Weg ins Landesinnere waren, verschlingen.

Luc beobachtete Alinia. Sie saß mit der angeborenen Grazie einer jungen Frau auf ihrer Mehari-Stute und lächelte ihn glücklich an.

»Ist alles in Ordnung, kannst du gut sitzen?«

»Es schwankt so, aber ich gewöhne mich daran.«

»Das kommt vom Passschritt der Kamele«, erklärte er. »Es ist ein bisschen wie auf einem Schiff. Aber wir werden fast immer im Schritt reiten, da ist es nicht zu schlimm.«

Sie ritten gemächlich weiter. Die Landschaft rechts und links des breiten, ausgetretenen Sandweges war flach. Noch gab es kärgliche Felder, trockene Weiden. Ein paar Ziegen, ein paar Schafe grasten in der Nähe von Dörfern, die aus lehmgelben Hütten bestanden und sich kaum vom Land unterschieden.

Alinia zeigte auf eine Baumgruppe am Horizont. »Wenn wir dort die ferne Palmengruppe erreichen und wenn niemand dort ist, werde ich mich umziehen, wenn du es erlaubst, Herr.«

»Alinia, du brauchst mich nie um Erlaubnis zu fragen. Und ich bin nicht dein Herr, ich bin dein Freund. Du sagst, was du möchtest, und so wird es geschehen.«

»Aber wie soll ich dich nennen?«

»Sag Lukas zu mir, das ist mein wirklicher Name, und ich würde ihn gern aus deinem Mund hören. Zehn Jahre lang hat mich niemand mehr so gerufen, und es ist wie ein kleines Nachhausekommen.«

»Erzähle mir von deinem Zuhause, bitte.«

Und während Lukas von seiner Familie, von Venedig und von Hamburg erzählte, näherten sie sich dem Palmenhain, und als sie sahen, dass kein Mensch in der Nähe war, stiegen sie ab, Lukas band die Tiere fest, und Alinia verwandelte sich in einen arabischen Jungen von hinreißender Schönheit.

Lukas versuchte sich auf die Kamele zu konzentrieren und nicht hinzuschauen, aber er konnte sich nicht beherrschen und beobachtete, wie Alinia sich von der Abayyha trennte, die Gewänder abstreifte, die sie darunter trug, und schließlich, nur mit einem Hemd und männlichen Pumphosen bekleidet, die Gewänder sorgfältig in den leeren Korb packte. Dann zog sie die absatzlosen Halbstiefel des Bruders an. Aber bevor sie den Burnus überstreifte, nahm sie unter ihrem Hemd einen Gürtel mit schweren Beuteln ab und reichte ihn Lukas.

»Das ist für dich, es ist nicht viel, aber es ist alles, was ich beiseitelegen konnte, ohne dass meine Familie es merkte.«

Erschrocken sah Lukas sie an. »Aber was ist das? Du musst mir doch keine Geschenke machen, Alinia.«

»Ich kann dir keinen Schmuck geben, wie es üblich ist, wenn eine Frau sich in die Hände eines Mannes begibt. Ich habe nur Weihrauch. Aber ich weiß, dass das Harz ein sehr begehrtes Heilmittel in deiner Heimat ist. Also möchte ich dir das zum Geschenk machen.«

»Alinia, mein Liebes, du brauchst mir kein Geschenk zu machen. Du bist das Geschenk für mich, dich zu lieben habe ich mir so lange gewünscht. Es gibt nichts, was mit dir zu vergleichen wäre, nichts, was so wertvoll ist, wie du es bist.« Behutsam umarmte er den schlanken Körper und strich zärtlich über die nackten Schultern. Als er spürte, dass sie sich ihm entzog, ließ er die junge Frau los. Er wusste, er musste sehr behutsam vorgehen. Diese kleine Araberin kannte keine zärtlichen Berührungen, wahrscheinlich wurde sie noch nie von einem Menschen gestreichelt, dachte er, denn als Mädchen war sie kein wertvolles, liebenswertes Familienmitglied. Noch einmal strich er ihr über das lange Haar. »Alles ist gut, mein

Liebling. Nun kleide dich fertig an, wir dürfen uns nicht zu lange hier aufhalten.«

Alinia zog den Burnus über, aber als sie versuchte, ihr langes Haar mit dem fünf Meter langen Turbantuch zu umwickeln, brach sie in Tränen aus. »Es geht nicht, ich kann es nicht hineinbekommen«, schluchzte sie. »Hast du eine Schere oder ein Messer?«

»Was hast du vor?«

»Ich werde mein Haar abschneiden. Wenn ich es nicht verstecken kann, wird man sehen, dass ich eine Frau bin, und arabische Männer werden mich töten, weil ich unverheiratet mit einem Fremden unterwegs bin.«

»Kein Mensch wird dich töten.«

»Du kennst unsere Gewohnheiten nicht. Und dich wird man auch töten. Man wird denken, du hast mich verschleppt.«

»Ich werde um dich kämpfen, du sollst dein schönes Haar behalten.«

»Nein, Lukas, was bedeutet schon ein Haar, wenn Menschenleben davon abhängen. Bitte gib mir ein Messer.«

Als Lukas merkte, dass er sie nicht von dem Vorhaben abbringen konnte, holte er aus seinem Arztbesteck eine Schere und reichte sie ihr. Alinia hatte das Haar zu einem langen Zopf geflochten und bat ihn: »Bitte grabe in der Erde ein Loch, ich möchte, dass mein Haar hierbleibt«, und bevor er es verhindern konnte, hatte sie den Zopf abgeschnitten. Tränen liefen ihr über die Wangen, als sie ihn anlächelte. »Siehst du, was ist schon ein Zopf, wenn er uns zum Leben verhilft. Nun musst du aber mein Haar noch so schneiden, dass es wie Männerhaar aussieht.«

Lukas streichelte ihr die Tränen von den Wangen und versuchte, das Haar, das sich nun wie eine lockige Kappe um den zierlichen Kopf legte, in eine Fasson zu bringen, wie er sie bei arabischen Knaben gesehen hatte. Danach vergruben sie den Zopf, traten die Erde fest und legten Steine darauf, damit kein Wildtier den Zopf hervorwühlen konnte. Als Lukas ihr schließlich half, den großen

Männerburnus überzuziehen, stellte er fest, dass aus ihr tatsächlich ein Knabe geworden war. Ihre kleinen Brüste zeichneten sich unter der Kleidung nicht ab, und auch sonst fehlten ihrem schlanken Körper noch alle weiblichen Rundungen. Wie gern hätte er sie noch einmal in die Arme genommen, wie gern die Tränen von den Wangen geküsst, wie gern diesen zarten Körper berührt, aber er zwang sich zum Verzicht und zur Vernunft. »Alinia, du hast den schönsten Namen, den ich mir denken kann, aber damit wir uns nicht verraten, werde ich dich während dieser Reise, in der du die Verkleidung trägst, Ali nennen. Ist dir das recht?«

Sie nickte, und er hob sie hoch und setzte sie behutsam in den Sattel. Als sie einigermaßen bequem saß, reichte er ihr ein Stilett. »Das stecke bitte in deinen Gürtel. Ich möchte, dass du eine kleine Waffe bei dir hast. Was immer auch geschieht, du sollst dich wehren können.«

Sie sah ihn mit großen Augen an. »Ich brauche mich nicht zu wehren, denn du bist bei mir. Und wenn du nicht da bist, will ich nicht mehr leben.«

»Alinia, ich denke nicht an Banditen oder Räuber, aber vielleicht musst du dich gegen eine Schlange wehren oder einen Wolf. Was immer zu einer Gefahr für dich wird, du musst dich wehren können. Ich habe auch zwei Feuerwaffen bei mir, aber mit ihnen umzugehen ist schwer, das musst du richtig lernen. Wir werden üben, wenn wir einmal allein sind und Zeit dafür haben. Jetzt müssen wir erst einmal reiten, damit wir Salalah weit hinter uns lassen.«

Als sie den Wald verließen und sich dem öden Steppenland näherten, gab Lukas ihr den ersten Reitunterricht. »Wir werden fast immer langsam reiten, um die Tiere zu schonen. Aber wenn Gefahr droht, müssen wir mit ihnen rennen. Deshalb werde ich dich lehren, dein Kamel zu beherrschen. Und nun werden wir uns eine Karawane suchen, die in unserer Richtung unterwegs ist. Wir brauchen den Schutz der Menschen und der Tiere, wenn wir jetzt in die Wüstenregionen kommen.«

»Wohin werden wir reiten?«

»Wir werden den Routen der Weihrauchhändler bis zum Mittelmeer folgen und dann über den vorderen Orient die westliche Welt erreichen.«

»Das wird eine lange Reise.«

»Ja, Ali, es wird eine lange Reise!«

»Warum fahren wir nicht mit einem Schiff?«

»In meinem ganzen Leben werde ich kein Schiff mehr betreten.« Und dann erzählte er ihr, wie er als Junge im Alter von zwölf Jahren entführt, verkauft, gefangen, geschlagen und verschachert wurde.

Zehn endlos furchtbare Jahre lang.

Drittes Kapitel

Kurz vor Einbruch der Dunkelheit erreichten Lukas und Alinia die Karawane, die sich bereits in einem großen Kreis um eine Feuerstelle versammelt hatte. Lukas zählte etwa sechzig Kamele und mehrere Dutzend Trampeltiere. Als sie auf Rufnähe herangekommen waren, fragte Lukas nach dem Führer der Karawane. Ein Beduine löste sich aus dem Kreis und kam auf sie zu.

»Wer seid Ihr, und wohin wollt Ihr?«, fragte er höflich.

Lukas antwortete: »Ich bin ein Medicus aus Salalah, und das ist mein Gehilfe Ali. Wir sind auf dem Weg nach Norden und möchten uns euch anschließen. Seid Ihr der Führer der Karawane?«

»Wir sind keine große Handelskarawane, sondern ein Zusammenschluss von fünf kleinen Gruppen mit verschiedenen Zielen. Aber erst einmal ziehen wir gemeinsam nach Dhofar und dann weiter nach Hadramaut. Ich heiße Omar und bin der verantwortliche Führer dieser Karawane. Ihr seid kein Händler?«

»Nein, ich heile Menschen, und wo ich gebraucht werde, da bleibe ich.«

»Ihr seid uns willkommen.« Mit einer weit ausholenden Armbewegung lud der Mann Lukas und seinen jungen Begleiter ein, im Kreis der Lagernden einen Platz zu suchen.

Lukas bewunderte wieder einmal die bedingungslose Gastfreundschaft der Araber, stieg ab und forderte auch Alinia auf abzusteigen. »Es gebietet die Höflichkeit, lagernde Menschen nicht von oben herab zu begrüßen«, erklärte er ihr und führte die drei Kamele zu einem freien Platz, wo er ihnen die Lasten und die Sättel abnahm. Dann beobachtete er heimlich, wie die anderen Männer ihre Tiere versorgten, und machte es ihnen nach. Ja, ich habe noch viel zu lernen, dachte er, ich konnte schließlich meinem Reitlehrer nicht sagen, dass ich eine weite Wüstentour vor mir habe.

Dann führten sie die Tiere zu einem schmalen Wasserlauf, damit sie trinken konnten, und Lukas band ihnen die Vorderbeine lose mit dicken Stricken zusammen. So konnten die Kamele zwar von dem dornenreichen Gestrüpp fressen und sich hin und her bewegen, aber sie konnten nicht davonlaufen.

Alinia hatte ein paar Decken auf dem Sand ausgerollt, Wasserbecher bereitgestellt und das trockene Fladenbrot ausgepackt, das Lukas aus Salalah mitgebracht hatte. Langsam kauten sie das trockene Gebäck aus Wasser, Mehl und Salz, gönnten sich hin und wieder einen Schluck Wasser und waren froh, wieder festen Boden unter sich zu haben. Alinia war erschöpft, das sah Lukas ihr an, sie beschloss so bald wie möglich zu schlafen. Da die anderen Karawanenmitglieder keine Zelte aufbauten, unterließ er es auch. Er wollte durch nichts auffallen oder eine Ausnahme bilden.

Vor dem rötlich violetten Abendhimmel zeichneten sich schwarz die Silhouetten der grasenden Kamele ab. Dann brach die Nacht herein. Wie ein plötzlich ausgebreitetes riesiges Tuch legte sie sich von einem Augenblick zum anderen über das Land. Das Feuer erlosch, und man hörte, wie sich die Tiere eines nach dem anderen niederlegten.

Bis zum Morgen wird das Thermometer von vierzig Grad auf zehn Grad gesunken sein, dachte Lukas und holte zusätzliche Decken aus dem Korb. Als er Alinia und die Tiere wohl versorgt wusste, streckte sich Lukas neben ihr aus. Ganz vorsichtig griff er nach ihrer Hand und streichelte sie, bis er spürte, dass das Mädchen neben ihm eingeschlafen war. Irgendwo unterhielten sich noch ein paar Männer. Der Himmel war übersät mit funkelnden Sternen, und während Lukas in die unendliche Weite dieses Sternenmeeres schaute, schlief auch er ein.

Als sie früh am nächsten Morgen, die Sonne hatte kaum den Horizont überschritten, aufwachten und die Schlafdecken zusammenrollten, hockte sich Omar zu ihnen. »Für uns beginnt heute die weite

Wanderung nach Norden. Wir werden täglich bis zu sechzehn Stunden unterwegs sein. Oft viele Tage nacheinander. Das macht sehr müde. Werdet ihr das Tempo mithalten können?«

Lukas sah Alinia an, und als sie nickte, erklärte er: »Wir werden es versuchen. Wir sind solche Strapazen nicht gewohnt, aber wir wollen es wagen. Wir fühlen uns geborgen in eurer Mitte und werden alles tun, um mit euch Schritt zu halten.«

»Ich kann keine Verantwortung für euch übernehmen, aber ihr seid uns willkommen.«

»Wir entbinden euch von aller Verantwortung und danken euch für eure Gastfreundschaft«, antwortete Lukas höflich. Er wusste, welchen Wert Höflichkeit und Gastfreundschaft selbst bei diesen einfachen Leuten hatten.«

Omar nickte. »Wie ich sehe, seid ihr noch unerfahren im Umgang mit den Tieren und mit einer Wüstenwanderung, aber wir werden euch gern beraten. Ihr braucht eure Unwissenheit nicht zu verbergen, euer Wissen ist auf andere Dinge ausgerichtet, und wir schätzen uns glücklich, einen Medicus in unserer Mitte zu haben.«

Damit erhob er sich, nickte Lukas freundlich zu und verließ die beiden. »Er hat uns schnell durchschaut«, flüsterte Lukas.

»Er ist ein ehrlicher Mann, aber ich werde ganz schnell lernen, was zu tun ist, und dann soll uns nichts mehr von den anderen Reisenden unterscheiden.«

Lukas lächelte. »Vor allen Dingen müssen wir unseren Kamelen Namen geben. Die Männer rufen ihre Tiere mit Namen, und die Tiere gewöhnen sich daran. Das erscheint mir wichtig. Kennst du Kamelnamen?«

»Nein«, lachte Alinia, »aber ich denke, es sollten kurze, einprägsame Namen sein, damit wir die Merkfähigkeit der Kamele nicht überfordern.«

»Kamele sind sehr schlau, sie vergessen nichts, vor allem wenn man sie schlecht behandelt, verzeihen sie das nie – hat der Lehrer gesagt, der mir den Umgang mit Kamelen erklärte.«

»Also kurze Worte, die auch wir schnell gebrauchen können. Wie wäre es mit Sala, Sela und Sila?«

»Gut«, lachte Lukas. »Sala für meine Stute, Sela für deine und Sila für die dritte. Kannst du eigentlich melken?«

»Natürlich. Das Melken der Ziegen war in meinem Elternhaus meine Aufgabe.«

»Dann holen wir die Stuten jetzt, und du versuchst, ob sie uns Milch geben. Der Verkäufer hat gesagt, wenn wir sie regelmäßig melken, schenken sie uns Milch, und die kann lebensnotwendig sein.«

»Hatten sie denn schon Fohlen?«

»Ja, das hat er gesagt. Und du zeigst mir später, wie man das mit dem Melken macht, damit ich helfen kann.«

»Das ist nicht deine Aufgabe, H...«

Beinahe hätte sie wieder »Herr« gesagt! Sie verbesserte sich schnell und sagte entschieden: »Das ist nicht deine Aufgabe, Lukas.«

Aber er schüttelte den Kopf. »Was wir machen, machen wir gemeinsam. Also, wie geht es?«

»Na, wie bei den Ziegen natürlich«, kicherte sie.

»Und du denkst, ich habe schon jemals eine Ziege gemolken?«

»Dann wird es wirklich Zeit, Lukas.« Sie beobachtete die anderen Kameltreiber, und als sie sah, dass sie ihre Tiere tränkten, erklärte sie: »Dann tränken wir Sala, Sela und Sila jetzt an diesem Bach, und dann werde ich versuchen, Milch zu bekommen.«

Es ging besser, als sie gedacht hatten. Die Tiere waren ausgeruht, satt, hatten viele Liter Wasser getrunken und gaben bereitwillig ihre Milch. Es wurde so viel, dass Alinia den größten Teil davon verschenkte.

Als Omar das Signal zum Aufbruch gab, wurden die Kamele und die Trampeltiere gesattelt, mit ihren Lasten bepackt, und die Reiter setzten sich in die Sättel. Die meisten Tiere gingen, an das Lastengestell des vorangehenden gebunden, in langen Reihen hintereinander her. Lukas wollte, dass Alinia neben ihm ritt, und band Sila an seinem Sattel fest. »Ich möchte dich neben mir haben«, lächelte er und griff nach dem Führungsstrick für Alinias Kamel. »So können wir uns besser unterhalten, ich habe deine Sela im Griff, und du kannst trotzdem allein mit ihr reiten und ausprobieren, was ich dir beibringe.« Noch immer etwas ängstlich wegen der ungewohnten Höhe, nickte Alinia zögernd.

Gemächlich setzte sich die Karawane in Bewegung. Einige Männer liefen nebenher und trieben die Lastkamele mit Stöcken und Zurufen an, andere saßen auf ihren Reitkamelen und bestimmten das Tempo und die Richtung. Der Weg wurde steiniger, das Land öde und leer. Mehrmals kreuzten sie die Trampelpfade anderer Karawanen, aber ein leichter Wind verwischte sehr schnell die Spuren. Die Felder und Wiesen, die Dörfer und Siedlungen blieben zurück. Gegen Mittag wurde die Hitze fast unerträglich. Wie die anderen auch hatten Lukas und Alinia die Turbane fest um Kopf, Gesicht und Hals geschlungen. Die kleine Filzmütze mit dem meterlangen Schal schützte vor Sonne, Sand und Wind. Sie waren fast zwölf Stunden ohne Pause unterwegs, als Omar die Hand zum Halten hob. Vor ihnen erstreckte sich ein ausgetrocknetes Flussbett. Ein paar Binsen, ein paar trockene Grasflächen in der Flussmitte zeugten von geringen Wasservorräten unter dem Sand.

Omar gab das Zeichen zum Absitzen.

»Du wirst mir helfen müssen«, flüsterte Alinia, »ich kann mich nicht mehr bewegen.«

Lukas, selbst unfähig sich zu strecken, befahl den Kamelen sich niederzulegen. Langsam, jede falsche Bewegung vermeidend, ließ er sich vorsichtig aus dem Sattel gleiten. »Warte einen Augenblick, ich muss erst einmal meine eigenen schmerzenden Glieder in Bewegung setzen, dann helfe ich dir.« Als hätte er Stelzen unter den Füßen, stakste er um die Kamele herum und hob Alinia aus dem Sattel. Sie ließ sich sofort auf den Sand fallen. »Ich muss einen Augenblick warten, dann stehe ich auf und helfe dir.«

Während Lukas und Alinia noch dabei waren, die Sattelgurte und den Lastenträger zu lösen, gruben ein paar Männer bereits Löcher in den Flusssand, um an verborgenes Wasser zu gelangen. Omar gab ein paar Befehle, zeigte auf trockenes, von dornigem Gebüsch überzogenes Gelände am Ufer und ließ die Kamele dorthin führen. Hier sollten sie weiden, bis Wasser gefunden und sie getränkt werden konnten. Lukas beobachtete, dass das Wohlergehen der Tiere bei allem, was getan wurde, an oberster Stelle stand. So brachte er auch seine drei Kamele zu dem kargen Weideland, während Alinia sich um die Lastenkörbe kümmerte und kontrollierte, ob Sand und Sonne irgendwelche Schäden angerichtet hatten. Erst als alle Tiere versorgt waren, dachten die Männer an sich selbst. Sie suchten alten getrockneten Kamelmist von früheren Karawanen für ein Lagerfeuer, kochten, als es schließlich brannte, das modrige Wasser aus dem Fluss ab, um sich Tee zu bereiten, holten gedörrte Früchte und trockene Brotfladen aus den Körben und verteilten sie untereinander. Auch Lukas und Alinia wurden beschenkt und gaben ihrerseits, was sie entbehren konnten.

Als die Nacht hereinbrach, teilte Omar Wachposten ein. »Werdet Ihr eine Wache übernehmen, Medicus?«, fragte er höflich, als er sich zu Lukas und Alinia setzte.

»Natürlich«, antwortete Lukas, »sagt mir, was ich tun soll, und ich mache es. Aber sagt mir auch, warum Ihr Wachen aufstellt.«

»Die Gegend hier ist ein Durchzugsgebiet für Nomaden aus dem Westen. Sehr arme Menschen, viele leben nur von Raubzügen, und viele sind sehr gefährlich.«

»Befürchtet Ihr einen Überfall?«

»Ich weiß es nicht, aber ich will nichts versäumen, um die Gefahr abzuwenden. Besitzt Ihr Feuerwaffen?«

Lukas zögerte erschrocken. Dann nickte er. Er hatte sich diesen Menschen anvertraut, er musste jetzt ehrlich sein.

»Ich habe zwei Pistolen.«

»Das ist gut. Setzt sie ein, wenn euer Leben bedroht ist, aber zeigt sie niemandem. Feuerwaffen sind eine Rarität, die jeder gern besitzen würde.«

Lukas nickte, er hatte die Warnung verstanden.

Omar teilte die Männer ein und ermahnte sie zu größter Wachsamkeit. »Achtet auf die kleinsten Geräusche, eine Unruhe bei den Kamelen, versteckte Tierlaute, die unwirklich sind, und weckt uns alle sofort. Ich gestehe, ich bin in Sorge.«

Wie Recht er mit dieser Sorge hatte, erlebten die Männer in dieser Nacht – die wenigen, die in dieser Nacht nicht umkamen.

Viertes Kapitel

Das Herrengraben-Palais war hell erleuchtet. Selbst draußen auf der Straße brannten helle Fackeln, die sich im Kanalwasser spiegelten. In schneller Reihenfolge rollten Kutschen vor das Portal, entließen ihre Fahrgäste und fuhren weiter zu einem Stellplatz am Ende der Straße, wo die Pferde Heu und die Kutscher Bier bekamen. Aus den geöffneten Fenstern hallten die Melodien der neumodischen Wiener Walzer, die als Drehtanz der Paare in wenigen Jahren die Ballsäle der Welt erobert hatten.

Im Herrengraben-Palais feierten die Gäste den 20. Geburtstag von Theresa Iserbrook. Und sie feierten die Taufe des ersten Dampfschiffes des Iserbrook-Imperiums. Zwei Ereignisse, die in Hamburg für Furore sorgten, denn die junge Dame war eine der begehrtesten Frauen im heiratsfähigen Alter, und der Dampfer galt als Experiment bei der Eroberung der Weltmeere durch dampfbetriebene Überseeschiffe.

Robert Iserbrook war als experimentierfreudig bekannt, und obwohl die großen Reedereien der Stadt zögerten, setzte er unverdrossen auf moderne Techniken und die damit verbundenen Abenteuer. Robert, der Hasardeur, wie er heimlich von den traditionsbewussten Hanseaten genannt wurde, war durchaus beliebt in der Stadt. Er hatte vor vierzehn Jahren, nach dem Tod des Vaters, den Gewürzhandel der Iserbrooks übernommen und erfolgreich weitergeführt, wobei ihm eine gewisse Härte seiner Schwägerin Silvana gegenüber nachgesagt wurde. Aber dann hatte er die Venezianerin, die Witwe seines älteren Bruders, kurzerhand geheiratet und, wie man sagte, eine durchaus glückliche Beziehung aufgebaut. Eigene Kinder hatte er nicht gezeugt, aber seine Nichte Theresa, das jüngste Kind von Moritz und Silvana, liebte er abgöttisch, und so hatte er ihr auch ihren Wunsch nach einer großen Geburtstagsparty erfüllt. Nun tanzte er mit Theresa einen Walzer nach dem anderen, und als sie ihn lachend fragte: »Kriegst du eigentlich nie genug?«, antwortete er ernsthaft: »Du weißt, ich muss auf Vorrat tanzen.«

Ja, das war der einzige Schatten, der über diesem schönen Fest lag. Am nächsten Nachmittag würde Robert Iserbrook mit dem heute auf den Namen ›La Bella Silva‹ getauften Segel-Dampfschiff in See stechen, um, wie er sagte, in Venedig nach dem Rechten zu sehen. Aus einem nicht bekannten Grunde lief der einträgliche Weihrauchhandel seit ein paar Jahren an seiner italienischen Niederlassung vorbei, und das konnte er nicht länger dulden.

Nur, seine Frau war dagegen: »Ich will nicht, dass du mit einem Dampfschiff nach Venedig reist«, hatte Silvana erklärt. »Ich habe bereits einen Mann durch ein Schiff mit so einem furchtbaren Kessel verloren. Ich verbiete dir diese Reise.«

Er hatte versucht, sie zu beruhigen, denn damals war ein Heizkessel durch Überfeuerung explodiert und nicht ein Dampfkessel, der einen Schiffsmotor antrieb. Aber seine Frau war nicht zu überzeugen. Ja, sie drohte ihm sogar: »Wenn du jemals zurückkommen solltest, werde ich dich verlassen haben. Ich ertrage die Angst und die Ungewissheit nicht noch einmal.«

Es hatte lange gedauert, bis er sie überzeugt hatte, dass diese Reise ungefährlich war, dabei war er selbst nicht einmal davon überzeugt. Doch die Reise war notwendig für die Firma, und das Schiff würde schnell sein, denn wenn der Wind nachließ, hatten sie den Dampfkessel, und wenn ein vorzüglicher Wind blies, konnten sie die Segel setzen. Sie würden also immer fahren, und er konnte sehr schnell wieder in Hamburg sein.

Er lächelte, als er sich im Walzertakt drehte, diesmal hatte er seine Frau aufgefordert. Er freute sich auf die Reise. Seine Lust auf Abenteuer war ungebrochen. Obwohl seine Frau die Zügel straff hielt und ihm nicht viele Reisefreiheiten erlaubte, war seine Sehnsucht nach fernen Ländern, fremden Menschen, nach Eskapaden, Experimenten und Abenteuern nach wie vor groß. Er zog Silvana enger an sich. Auf keinen Fall wollte er die Frau, die er liebte, verlieren. Sie war so eine zauberhafte Geliebte, so eine fürsorgliche Ehefrau, so eine wunderbare Mutter. Und sie war eine Geschäftsfrau, wie es keine zweite in der Stadt gab. Mit weiblicher Logik erkannte sie lohnende Geschäfte und drohende Nachteile, wusste Vorteile zu nutzen und Niederlagen zu überwinden, und sie hatte ein Gespür für die Zukunft. Er wusste, dass sie die Verluste durch die Weihrauchgeschäfte genau so ärgerten wie ihn, aber niemals hätte sie zugegeben, dass er persönlich in Venedig nach dem Rechten schauen musste. Dort hatte man schließlich den Geschäftsführer Renato Bernetti, und der hatte schon unter ihrem ersten Mann Moritz Iserbrook hervorragende Arbeit geleistet. Rätselhaft war allerdings das ausbleibende Weihrauchgeschäft. Gerade dieses Aroma brauchte sie selbst für ihre Duftstoffe sehr dringend.

Robert dachte jetzt nicht an Geschäfte und Aromen. Er berührte mit den Lippen ihr Haar und flüsterte: »Du bist die beste Tänzerin, die ich jemals in den Armen gehalten habe. Aber Theresa wird dir immer ähnlicher.«

»Sie ist inzwischen eine Frau, du hältst nicht mehr den steifen Backfisch von früher in den Armen.« Silvana sah ihn an. Er war noch immer der große, starke, selbstbewusste Mann, den sie vor sechzehn Jahren erst kennen, dann hassen und schließlich lieben gelernt hatte. Er war der Mann ihrer Träume, und er war der sture Dummkopf, der sie morgen verlassen würde.

Obwohl ihre Geschäfte verschiedene Richtungen eingeschlagen hatten, denn während Robert den Gewürzhandel betrieb, hatte sie sich ganz den Aromen und Düften gewidmet, harmonierten sie auch geschäftlich hervorragend. Einer konnte sich auf den anderen verlassen, und ihr gegenseitiges Vertrauen war die Basis ihres Erfolges und in der ganzen Stadt bekannt.

Sie schmiegte sich enger in seine Arme, in denen sie Wärme und Geborgenheit im Leben gefunden hatte.

Heimlich beobachtete sie Markus, ihren zweiten Sohn, der mit

Vergnügen die Freundinnen von Theresa im Walzertakt drehte. Er hatte seinen Wunsch, ein Justitiar zu werden, durchgesetzt. Aber erst als Theresa ihr großes Interesse am Gewürzhandel bekundete, hatte sie als Mutter die Berufswünsche ihrer Kinder akzeptiert. Doch mit immer wiederkehrender, unendlich großer Trauer dachte sie an Lukas, ihren ältesten Sohn, den eigentlichen Erben des Gewürz-Imperiums, der auf so entsetzliche Weise aus ihrem Leben gegangen war. Sie legte die Stirn an die Schulter ihres Mannes, um die Tränen zu verbergen, die immer kamen, sobald sie an ihren großen, geliebten Sohn dachte. Er wäre nun fünfundzwanzig, dachte sie, und bestimmt ein wunderbarer Mann.

Der Walzer war zu Ende, die Tanzenden applaudierten begeistert. Wie viel amüsanter und erregender waren diese Melodien doch im Vergleich zu den Polonaisen, den Polkas, Reigen und Gavotten, bei denen man sich allenfalls beim Schreiten mit den Fingerspitzen berühren durfte.

Die vier Musiker, die Robert engagiert hatte, legten die Instrumente zur Seite und tranken ihr Bier. Silvana stellte sich auf die unterste Stufe der breiten Treppe, die in die oberen Gemächer führte, und klatschte in die Hände. »Meine Damen, meine Herren, liebe Freunde, das Büfett ist eröffnet.« Dann geleitete sie die Gäste aus der großen Eingangshalle, die als Ballsaal diente, in das Speisezimmer. Im Glanz unzähliger Kerzen lud ein meterlanges Büfett zur Stärkung ein. Ganz andächtig blieben die Gäste vor der reichhaltigen, mit Blumengirlanden und Silberleuchtern geschmückten Tafel stehen. Hühnchen in Gelee, Salm mit Mayonnaise, Hummersalat, kalte Fleischpasteten, Roastbeef mit Remouladensoße, Schweinsröllchen in Aspik, Sardellenschnittchen, geräucherte Aalrouladen und knusprig frisches Brot luden zum Speisen ein. Danach wurden Obsttörtchen, Champagnergelee, marmorierte Cremes, gebackene Früchte, Brüsseler Konfekt und Käseplatten serviert. Für die erlesenen Getränke sorgten Diener in Livree und für die Bequemlichkeit gemütliche Sitzgruppen mit kleinen Tischchen für die Ablage.

Während des Essens spielten die Musiker feine Tischmusik, und Silvana ging von Gruppe zu Gruppe, um sich mit den Gästen zu unterhalten. Da waren Ratsherren aus dem Stadthaus mit ihren Gemahlinnen, Handelsherren und Reeder aus den Kontorhäusern mit ihren Gattinnen, Bankiers, Fabrikanten und Professoren, und es waren die Freunde und Freundinnen ihrer Kinder da. Sogar die leitenden Mitarbeiter ihres Handelshauses waren mit ihren Frauen geladen und gekommen.

Silvana freute sich. Robert hatte das verstaubte Handelshaus seines Vaters mit Bravour und Elan zu einem wirklichen Imperium ausgebaut, den Handel vergrößert und verfeinert, Iserbrook-Geschäfte sogar in überseeischen Ländern eingerichtet und die alten Zentren in Berlin, Lübeck und Venedig mit neuen, weitreichenden Aufgaben und jüngeren Experten betraut. Ja, es war gut, dass er gekommen war, obwohl sie ihn zuerst so sehr gehasst hatte, denn er wollte ihr das Erbe ihrer Kinder streitig machen, für das sie sich jahrelang eingesetzt und sogar ihre geliebte italienische Heimat verlassen hatte. Sie kämpften gegeneinander und dann miteinander, und heute stand ihr Geschäft an der Spitze des Gewürzhandels, und jeder Gast, der eingeladen wurde, fühlte sich geehrt und kam mit Freude in ihr Haus.

Ja, Robert, den die eigene Familie damals als Nichtsnutz und Halodri bezeichnete, hatte es allen gezeigt. Im Stadtgeschehen hatte er ein Wort mitzureden, und selbst die traditionsbewussten Hanseaten, die sich so schwer modernen Ansichten beugten, hörten auf ihn. Sie beobachtete, wie er mit einigen Ratsherren diskutierte, die Damen in das Gespräch mit einbezog, was sehr ungewöhnlich war, und gleichzeitig den Musikern zuwinkte, damit sie mit ihrer erheiternden Tanzmusik fortfuhren.

Als gegen zwei Uhr nachts die letzten Gäste das Fest verlassen hatten, war Silvana zufrieden und erschöpft zugleich. Die Zeiten der unbegrenzten Festivitäten waren vorbei für sie. Sie spürte ihr Alter und die Strapazen der täglichen Verantwortung, denn mit vierundvierzig Jahren hatte sie die Kraft der Jugend und den Optimismus mädchenhafter Verspieltheit längst hinter sich gelassen. Mehr und mehr suchte sie die Geborgenheit in den Armen ihres Mannes und die Ruhe der abendlichen Stunden, wenn sie beide nach getaner Arbeit den Frieden der Zweisamkeit genossen.

Aber damit ist es nun erst einmal vorbei, dachte sie müde und enttäuscht und suchte ihr Schlafgemach auf. Anne, die Zofe, die sie vor zwei Jahren eingestellt hatte, weil ihre alte Bedienerin der Arbeit nicht mehr gewachsen war, hatte einen Krug mit warmem Wasser bereitgestellt, das Bett für sie aufgeschlagen und half ihr nun beim Auskleiden und Haarebürsten. Erschöpft legte sie sich schließlich nieder, befahl der Zofe, die Kerzen zu löschen und das Fenster zu schließen, denn die Elbe hatte abfließendes Wasser, und das bedeutete, dass auch das Wasser im Herrengraben zurück in den Fluss strömte und gegen Morgen den stinkenden Schlamm mit all dem angesammelten Unrat freilegte. Dann verpestete der Gestank die frische Morgenluft, und darauf konnte sie verzichten.

Während Silvana sich zur Ruhe begab, kontrollierte Robert die verlassenen Räume. Es gab zwar den Butler und den Hausdiener, die für die Sicherheit des Hauses Sorge tragen mussten, aber er wollte sicher sein und kontrollierte als Letzter die verschlossenen Türen, die gelöschten Lichter, die verriegelten Fernster. Nur in der Küche verzichtete er auf seinen Kontrollgang, dort herrschte Klara, und der durfte er nicht ins Handwerk pfuschen. Als er schließlich, die letzte brennende Kerze in der Hand, die Treppe hinauf in die privaten Gemächer der Familie stieg, bedauerte er es sehr, dass er seinerzeit Silvanas Wunsch nach getrennten Schlafzimmern nachgegeben hatte. Er hätte, wie so oft nach einem langen Tag, so gern seine Frau jetzt in die Arme genommen und später neben ihr geschlafen, aber damals, nach der Hochzeit, hatte Silvana auf eigenen Räumen bestanden. Sie habe sich an das Alleinsein gewöhnt, hatte sie erklärt. Selbstverständlich habe sie nichts gegen gelegentliche Besuche ihres

Ehemannes, das gehöre schließlich zu den ehelichen Pflichten, die sie nun miteinander eingegangen seien, hatte sie gesagt, aber die nächtliche Ruhe brauche sie für sich allein. Verliebt, wie er damals war, hatte er alle Wünsche respektiert und sein eigenes Gemach bezogen. Manchmal war er mit dieser Lösung sehr einverstanden, denn wenn er nachts von Herrenabenden oder vom Besuch einer für Damen nicht geeigneten Vorstellung im neuen Theater an der Dammtorstraße heimkehrte, war er sehr froh, keinen Fragen und Disputen ausgesetzt zu sein. Aber in Nächten wie dieser, erfüllt von Lust und Verlangen, fiel es ihm schwer, die verschlossene Tür seiner Frau zu akzeptieren – zumal er morgen, am Nachmittag, mit dem Höchststand der Tide, seine Familie, sein Haus, seine Stadt für unbestimmt lange Zeit verlassen würde.

Aber Geschäft ist Geschäft, überlegte er entschlossen und dachte an die entgangenen Gewinne durch verpasste Weihrauchgeschäfte und an das Iserbrook-Imperium, das er in den letzten Jahren wieder aufgebaut hatte. Zwar hatte er die Firma von seinen Vorfahren übernommen, aber in den Jahren vor seinem Eintreffen hatte der Name manchen Schaden genommen. Sein Vater war alt und kränklich gewesen und nach dem Tod seines ältesten Sohnes verzweifelt. Eine Verzweiflung, die ihm letzten Endes das Herz gebrochen hatte. Und Clemens, der ältere Bruder seines Vaters und Teilhaber, war der Spielsucht verfallen und in Biarritz unter mysteriösen Umständen zu Tode gekommen.

Dann kam der Hilferuf seiner Schwester Johanna, die Angst um das führerlose Imperium hatte und ihn nach Hamburg rief, um als zweiter Sohn das Vermächtnis der Familie zu retten. Ja, und dann fand er Silvana mit ihren Kindern auf dem Platz vor, der ihm gebührte. Sie wollten ihm sein Erbe streitig machen. Nicht mit mir, hatte er damals gedacht und die Zügel an sich gerissen. Und dann hatte er gekämpft: gegen die Venezianerin, gegen den drohenden Ruin, veraltete Methoden, schlechte Ware und verstaubte Traditionen.

Und er hatte gesiegt, denn nachdem Silvanas Sohn Lukas entführt worden war, hatte sie den Kampf aufgegeben. Sie hatten sich arrangiert – er hatte die Gewürzgeschäfte übernommen, und sie hatte sich den Aromen und Düften zugewandt und ein eigenes Geschäft im Schütze der Iserbrook-Dynastie gegründet. Sie übernahmen die vermieteten Kontorräume im Herrengraben-Palais selbst, richteten ihre eigenen Büros in diesem Teil des Hauses ein und unterstützten sich gegenseitig. Und schließlich, als aus Hass und Konkurrenzkampf gegenseitiges Vertrauen gewachsen war, lernten sie sich zu lieben. Vierzehn Jahre waren seit ihrer Heirat vergangen, vierzehn Jahre des Aufbaus eines Imperiums, wie es nun einmalig war in der alten Hansestadt. Natürlich gab es auch mal Meinungsverschiedenheiten und Missverständnisse, aber sie besaßen beide das Talent, miteinander zu reden, Differenzen zu diskutieren und letztlich zu klären.

Ja, dachte Robert, man kann über alles mit ihr reden – nur nicht über die Reise, die ich morgen antreten muss. Er zog sich den flauschigen Hausmantel an, bürstete sein Haar noch einmal korrekt nach hinten und spritzte ein paar Tropfen Lavendelöl auf seine Hände, damit sie weich wurden und nach Silvanas neuester Parfümkreation dufteten. Das wird ihr gefallen, hoffte er, nahm eine Kerze und ging über den Flur zur Schlafzimmertür seiner Frau. Leise klopfte er an. Als keine Antwort kam, öffnete er, trat ein und schloss die Tür leise hinter sich. Vorsichtig stellte er die Kerze auf der Kommode ab und ging zum Bett hinüber. Am Atem seiner Frau erkannte er, dass sie nicht schlief. Er setzte sich zu ihr auf den Rand des Bettes und strich ihr zärtlich über das Haar. »Mein Liebes, es ist für lange Zeit unsere letzte gemeinsame Nacht, lass mich jetzt nicht allein.«

Silvana schwieg einen Augenblick. Auch sie litt unter dieser Einsamkeit, aber war es nicht seine Schuld, die sie nun trennte? Doch Vorwürfe nützen gar nichts mehr, das wusste sie, warum dann diese letzten Stunden mit Disputen und Schuldzuweisungen verbringen? Sie öffnete die Augen und sah ihren großen, starken, besorgten Mann an. Er hat Angst vor neuem Tadel, dachte sie, er ist der bekannteste und einflussreichste Geschäftsmann mit den größten Erfolgen, aber vor meinen Worten hat er Angst. Sie lächelte und hielt seine Hand fest, die noch immer ihr Haar streichelte. »Alles wird gut, Robert, meine Sorge musst du verstehen, aber mein Glück, dich zu lieben, ist ungebrochen. Natürlich musst du reisen, und natürlich muss ich Angst haben, aber wir werden damit fertig.«

»Der Gedanke, dich allein zu lassen, gefällt mir gar nicht, aber mitkommen wolltest du auch nicht.«

»Nein«, ihr Gesicht verdunkelte sich, »niemals würde ich dich auf einer Schiffsreise begleiten, das weißt du.«

»Mich tröstet der Gedanke an deine Kinder. Sie sind in deiner Nähe, und sie werden immer für dich da sein.«

»Da bin ich gar nicht so sicher, Robert.« Sie lächelte: »Ich habe Markus heute beobachtet, er ist in dem Alter, in dem sich junge Männer intensiv nach passenden jungen Damen umschauen. Und ich glaube, er hat da eine junge Dame bereits fest im Auge.«

»Kennen wir sie?«

»Sehr gut sogar, weil sie die beste Freundin von Theresa ist.«

»Du meinst die elegante Tochter von Marius Mahnsberg?«

»Ja, sie heißt Mariella und hat einen ausgezeichneten Ruf.«

»Der Ruf ist nicht das Wichtigste, für mich zählt der Charakter, die Persönlichkeit, die Bildung und Herzenswärme.«

»Schön hast du das mit der Herzenswärme gesagt.«

»Silvana, ich liebe deine Kinder, als wären es meine eigenen, das weißt du, deshalb will ich in allen Dingen nur das Beste für sie. Auch bei der Wahl ihrer Partner. Du musst ein wachsames Auge auf sie haben, während ich fort bin.«

»Darauf kannst du dich verlassen. Bei Theresa ist es leicht, sie wohnt bei mir und arbeitet hier im Haus, Markus dagegen ist viel unterwegs, bis er sein Studium abgeschlossen hat. Auf seine Wege habe ich kaum noch einen Einfluss.«

»Bitte ihn, hier zu wohnen, während ich fort bin. Sag ihm, du brauchst einen Mann im Hause, die Verantwortung wird ihn ehren.«

Silvana lächelte. »Mein kleiner Markus als verantwortlicher Mann im Hause, das kommt mir doch sehr seltsam vor.«

»Er ist nicht mehr der kleine Junge, mein Liebes, er ist ein erwachsener Mann, und er fühlt wie ein erwachsener Mann. Es wird ihm eine Ehre sein, die Mutter zu betreuen. Ich werde morgen beim Abschied ein vertrauliches Gespräch mit ihm führen.«

»Mach mich nicht älter, als ich bin.«

»Nein, mein Liebstes, du bist die schönste und mädchenhafteste Geliebte, die ich mir wünschen könnte. Und nun rutsch ein wenig zur Seite, damit ich dir beweisen kann, was ich soeben sagte.«

Fünftes Kapitel

Theresa lag in ihrem Bett und weinte. Ihr Fest war zu Ende, ihre Liebe war zu Ende, ihr Leben – ja, das war eigentlich auch zu Ende. Ab morgen bin ich allein. Allein ohne meine Liebe, aber mit meiner Sehnsucht, mit meinen Träumen, mit all meinen Gefühlen. Ab morgen gibt es keine Gefühle mehr. Wie kann ich weiterleben ohne den Mann, den ich mehr liebe als mich selbst?

Sie warf sich im Bett auf die andere Seite und verbarg ihr Gesicht im Kopfkissen. Ich habe mir dieses Fest und diese neumodischen, engen Tänze gewünscht, damit er mich endlich in die Arme nimmt, damit er mich spürt, damit ich mich an ihn schmiegen kann. Ja, wir haben wie berauscht getanzt heut Nacht, und ich war geborgen in seinen Armen. Theresa drückte sich das Kissen fester auf das Gesicht, um die lauten Schluchzer zu ersticken, die sie nicht vermeiden konnte.

Im Haus war es still geworden. Die Mutter hatte sich sehr schnell zurückgezogen. Aber Robert machte seinen gewohnten Rundgang durch das Haus. Sie wusste genau, wo er war, wenn er die Fenster und Türen kontrollierte. Die knarrenden Treppenstufen und die hölzernen Dielenbretter verrieten jeden seiner Schritte. Ihr Herz setzte aus, wenn er sich ihrer Türe näherte, und es schmerzte, wenn er vorbeiging. Und er ging immer vorbei.

Damals, als ich ihn kennen lernte, war ich ein kleines Mädchen, verwöhnt von der Mutter, beschützt von den Brüdern und geliebt von der Hamburger Familie Iserbrook. Und ich hatte mich so gefreut, als er eines Tages in unser Haus kam, mit der Mutter zusammenarbeitete und schließlich ihr Ehemann wurde, erinnerte sie sich unter Tränen. Bewundert habe ich ihn schon immer, den vornehmen, gut aussehenden, tollkühnen Mann, der so gute Manieren besaß und abends vor dem Schlafengehen die aufregendsten Geschichten am Kamin erzählen konnte. Er war weder hochfahrend noch übermäßig stolz und wusste sich immer vorbildlich zu benehmen. Vom ersten Tag an behandelte er mich wie einen ernst zu nehmenden Menschen, und bereits da begann meine Sehnsucht, immer in seiner Nähe zu sein. Ja, damals entstand mein fester Wunsch, so klug, so erfolgreich und so einflussreich zu werden wie er. Gewürze hatten mich schon immer interessiert, schon in Venedig, wenn ich an der Hand des Vaters die Gewürzlager besuchen durfte, aber als ich Robert kennen lernte, wusste ich, dass ich mit Sicherheit eine Gewürzhändlerin werden will. Denn dann könnte ich mit ihm bis in alle Ewigkeit zusammen sein und zusammenarbeiten. Ja, das dachte ich, und nun verlässt er mich. Vielleicht für immer.

Doch sie wusste auch, dass Robert der Mann ihrer Mutter war und seine Frau über alles liebte. Aber dieses Wissen schützte sie in keiner Weise vor der Sehnsucht nach ihm, nach seiner Liebe, nach seiner Nähe, nach seiner Umarmung.

Aus dem Kind von damals war längst eine attraktive Frau von hinreißender Schönheit geworden, einer stillen, bescheidenen Schönheit, die von innen kam, die von ihrem ungestillten Verlangen zeugte und die die Menschen, denen sie begegnete, stark berührte. Mit ihrem ebenmäßigen Gesicht, den großen blauen Augen, mit ihrem langen brünetten Haar und einer Figur, die nicht wohlgestalteter sein konnte, glich sie dem Idealbild einer echten Hanseatin. Dass sie eine italienische Mutter hatte, zeigte sich nur in ihrem südländischen Temperament, denn das konnte heftig übersprudeln, wenn es nicht nach ihrem Willen ging. Die Liebe zu Robert aber konnte sie weder mit ihrem Willen noch mit ihrem Temperament erzwingen, und so weinte sie sich langsam in den Schlaf, zutiefst enttäuscht von dem Mann, der ihrer Mutter gehörte.

Im Herrengraben-Palais begann der Tag sehr früh. Silvana hatte den Tagesablauf so eingerichtet. Sie gehörte schon lange nicht mehr zu den Frauen, die in den Nächten feierten und die Vormittage im

Bett verbrachten. Die Bequemlichkeit des südländischen Establishment hatte sie im kühlen Hamburg schnell abgelegt und einen Tagesablauf angeordnet, der das gemeinsame Frühstück der ganzen Familie für sechs Uhr vorsah.

Da war es selbstverständlich, dass Klara ab vier Uhr in der Küche hantierte, den Ofen für das heiße Waschwasser der Herrschaften und den Backofen für die frischen Brötchen einheizte, den Hausdiener zur Eile antrieb, damit die Klosettreiniger eingelassen wurden und ihre Arbeit verrichtet hatten, bevor die Herrschaften aufstanden. Spätestens ab fünf Uhr herrschte im Hause rege Betriebsamkeit. Dann mussten die Zimmermädchen das heiße Wasser in den Krügen der Herrschaften verteilt, die Latrinenreiniger das Haus verlassen und Horst, der Hausdiener, die unteren Wohnräume durchlüftet haben. Wenn Klara dann einen Augenblick zur Ruhe kam und Zeit für einen Blick auf das Überhandtuch an seinem Gestell hatte, hinter dem sich die Küchenhandtücher verbargen, las sie mit Befriedigung den in Kreuzsticharbeit verewigten Spruch ›Morgenstund hat Gold im Mund‹ auf dem weißen Leinentuch. Ja dachte sie, ein Haushalt mit Prinzipien.

Vor der Tür ging Horst vorbei. »Sind die stinkenden Klosettbottiche aus dem Haus?«

»Ja, sie werden bereits im Fleet gereinigt, und die frischen sind in den Aborten angebracht.« Klara nickte. Die Hygiene wurde in diesem Hause ganz groß geschrieben. Da gab es auf jeder Etage diesen abgesonderten Abort – für Herrschaften und Gäste und Dienstpersonal getrennt –, aber nach dem gestrigen Fest konnte man nicht gründlich genug kontrollieren, ob die Latrinenreiniger wirklich keinen Bottich übersehen hatten. Aber letzten Endes hatte sie damit eigentlich nichts zu tun, das waren Aufgaben von Dana, der Mamsell, aber die schlief morgens wirklich gern bis zum letzten Augenblick, und Klara gönnte ihr diese Zeit, denn Dana war nicht mehr die Jüngste, und abends musste sie wach bleiben, bis auch das letzte Mitglied der Familie zu Bett gegangen war.

Ein wunderbarer Duft verbreitete sich in der Küche. Die Köchin nahm knusprig-braune Brötchen aus dem Ofen, ließ sie abkühlen und verteilte sie in Frühstückskörbchen. Aus der Speisekammer holte sie Butter und Honig, Marmelade und Schmalz. Da der Herr Iserbrook es deftig zum Frühstück liebte, holte sie auch den Schinken aus dem Rauchfang und ein Stück vom Steinburger Käse, der leicht angeräuchert am besten schmeckte und auch haltbarer war. Als sie die ersten Schritte auf der Treppe hörte, brühte sie den Kaffee auf, und endlich zog auch dieser geliebte Duft durch die Räume im Souterrain. Klara stellte sofort ein Extrakännchen für die Mamsell und für sich selbst auf dem Ofen beiseite, denn sobald die Herrschaften versorgt waren, konnten sie an ihr eigenes Frühstück denken.

Vor den Küchenfenstern, die nur mit dem oberen Drittel bis zum Straßenpflaster reichten, erklang Musik. Neugierig kletterte Klara auf einen Stuhl und sah nach draußen. Kinder mit Zimbeln, ein paar Erwachsene mit Fideln und Trommeln zogen bunt verkleidet durch den Herrengraben, Ponys, Esel, Ziegen und Hunde im Gefolge. Richtig, am Hafenrand gastiert heute ein Zirkus, dachte Klara und sah die bunten Plakate vor sich, die an Hauswänden klebten und akrobatische Höchstleistungen versprachen.

Da die Herrschaften beim Frühstück ungestört sein wollten, kam Dana nach kurzer Zeit in die Küche. »Alles erledigt, alle versorgt«, erklärte sie und setzte sich zu Klara. »Hm, wie das duftet.«

»Kaffee aus Brasilien«, nickte Klara, »der beste, den die Händler im Augenblick zu bieten haben.«

»Ja, da passt unser Fräulein auf, dass wir keine schlechte Ware kriegen. Heute sieht sie übrigens ganz schlecht aus.«

»Geht es ihr nicht gut?«

»Sie hat geweint, das sieht man deutlich.«

»Aber sie hatte gestern ihr wunderschönes Fest, da war sie doch so glücklich.«

»Vielleicht hat sie Liebeskummer. Sie ist schließlich in dem Alter, in dem man Ausschau nach einem geeigneten Mann hält.«

»Kann sein, ist vielleicht sogar schon ein bisschen spät für sie, aber bisher stand immer ihre Arbeit an erster Stelle.«

»Ab heute wird sich vieles ändern für sie.«

»Ja, wenn der Herr abreist, hat sie eine große Verantwortung zu tragen.«

»Er hat sie gut eingearbeitet.«

»Und sie hat fleißig gelernt.«

»Wenn er fort ist, wird alles im Haus ganz anders sein.«

»Die gnädige Frau kann damit gut umgehen, sie hat früher auch das Haus allein geführt, hab ich mir erzählen lassen.«

»Aber das Haus ist gewachsen, die fremden Mieter im Anbau sind fort, und das eigene Geschäft ist eingezogen.«

»So hat sie jetzt alles unter einem Dach. Da ist die Arbeit einfacher zu übersehen.« Klara stand auf. »Möchtest du noch etwas Kaffee?«

»Gern. Wann reist denn der junge Herr Markus wieder ab?«

»Morgen, mit einem Küstensegler, er will ja nur nach Bremen zu seinem Studium.«

»Was du alles weißt!«

Klara lachte. »Der Herr Markus kommt gern mal in die Küche, um sich eine Extraportion zu holen, wenn es sein Leibgericht gibt. Da sitzt er dann am Küchentisch und erzählt ein bisschen.«

»Er ist sehr nett, gar nicht eingebildet und hochherrschaftlich.«

»Das macht der Umgang mit den anderen Studierenden.«

»Wann ist er denn fertig mit dem Studieren?«

»Nächstes Jahr.«

»Und kommt er dann nach Hamburg zurück?«

Klara zuckte mit den Schultern. »Ich weiß es nicht, aber schön wäre es schon, wenn hier wieder ein Mann im Hause ist.«

»Na höre mal«, kicherte Dana, »als hätten wir hier keine Männer im Hause. Wenn der Horst das hört, wäre er bestimmt beleidigt, und der Herr Butler fühlt sich auch als Mann.«

Klara grinste. »Du weißt genau, was ich meine. Es ist immer besser, wenn ein Mann das Sagen hat, da weiß man gleich, woran man ist.«

»Und bei der Herrin nicht?«

»Doch, doch, die gnädige Frau ist in Ordnung. Die weiß genau, was sie will, nur sie hat so viel um die Ohren, da kommt der Haushalt schon mal zu kurz.«

»Nun, für den Haushalt hat sie uns. Und ich glaube, jetzt wird es Zeit, dass wir uns wieder darum kümmern.«

»Sind die Räumlichkeiten vom Fest schon in Ordnung gebracht?«

»Die Mädchen beseitigen die Blumendekorationen, und der Horst wechselt die Kerzen aus.«

»Das waren ja Hunderte.«

»Ja, aber wenn die gnädige Frau ein Fest gibt, dann soll es an nichts fehlen. Der Wachsgeruch wird allerdings noch lange in den Vorhängen und Möbeln hängen.«

Im Speisezimmer wurde mit den Stühlen gerückt, Stimmen wurden in der Halle laut, dann klingelte jemand nach der Mamsell.

Silvana bat die Familie in ihr Kontor. Sie hasste es, während der Mahlzeiten geschäftliche Gespräche zu führen. Als alle Platz genommen hatten, nickte sie ihren Kindern und ihrem Gatten zu. »Ihr wisst, heute beginnt ein neuer Abschnitt in unserem Leben. Euer Stiefvater, mein Ehemann, verlässt uns für eine unbestimmte Zeit. Er tritt die gefährliche Geschäftsreise nach Venedig gegen meinen Willen an. Da er aber von der Notwendigkeit dieser Reise überzeugt ist, kann ich ihn nicht daran hindern. Deshalb müssen wir uns auf eine lange Zeit des Alleinseins einrichten. Ich möchte, Markus, dass du in dieser Zeit hier bei uns in Hamburg lebst.«

Überrascht sprang Markus auf. »Halt, Mutter, das geht nicht. Es ist mein letztes Studienjahr in Bremen, das Jahr, in dem die Prüfungen stattfinden. Weshalb soll ich dieses Jahr versäumen?«

Silvana nickte. »Ich weiß, aber wir müssen alle Opfer bringen und uns neu orientieren, während euer Vater fern von uns ist. Ich wünsche einen Mann der Familie hier im Hause zu haben, und du bist der Einzige, der dafür in Frage kommt. Du kannst das Studienjahr nachholen, du bist noch so jung.«

Markus schüttelte entsetzt den Kopf. »Niemals kann ich das nachholen. In jedem Jahr gibt es neue, andere Prüfungen, vieles ändert sich, und wenn ich die jetzigen Examen nicht ablege, muss ich mit dem Studium fast von vorne anfangen. Das kann doch nicht dein Wille sein.«

»Es fällt mir nicht leicht, dich um dieses Opfer zu bitten, aber ich brauche einen kompetenten Mann, der unsere Geschäfte unterstützt, und das kann nur ein Iserbrook sein.«

»Mutter, ich bin weder kompetent noch geschäftstüchtig, ich habe nicht die geringste Ahnung von euren Gewürzen und von euren Düften, wie könnte ich denn Geschäfte für euch abschließen oder unterstützen?«

Sprachlos und wütend hatte Theresa dem Disput zugehört. Erregt stand sie auf und postierte sich neben dem Bruder. »Wie kommt es, dass du mich vergisst, Mutter? Dass du mich einfach übergehst? Ich habe das Geschäft gelernt, ich bin es, die kompetent und versiert und sachkundig ist. Wie kannst du meine jahrelange Ausbildung einfach vergessen?«

Silvana sah ihre hübsche, resolute Tochter traurig an. »Weil in dieser Stadt Geschäfte von Männern gemacht werden. Ich habe es am eigenen Leibe erfahren.«

»Das war vor vierzehn Jahren, Mutter, die Zeiten haben sich geändert.«

Robert ergriff das Wort. »Markus, wir brauchen einen Mann im Hause, im geschäftlichen und im familiären Bereich, bitte sieh das doch ein.«

»Dann solltest du zu Hause bleiben. Du bist es, der um zweifelhafter Geschäfte wegen auf Reisen geht. Wir haben die besten und treuesten Mitarbeiter in Venedig, die Reise ist völlig überflüssig. Also bleib hier und verrichte hier deine Aufgaben.«

Robert wurde zornig. »Was erlaubst du dir? Die Geschäfte, die du als zweifelhaft bewertest, schädigen unseren Handel und bringen uns Verluste ein, die wir nirgendwo sonst einfordern können. Wir haben die Rechte auf den Weihrauchhandel, und ein Betrüger nimmt sie uns weg. Das ist nicht nur geschäftsschädigend, das ist rufschädigend. Wir haben uns in jahrelanger Arbeit an die Spitze der Gewürzhändler gesetzt, den Namen Iserbrook wieder zu einem anerkannten Imperium geführt, ich kann die Schande, beim Weihrauchhandel versagt zu haben, nicht auf uns sitzen lassen, ich kann sie einfach nicht ertragen. Wenn ihr den Namen Iserbrook mit Stolz tragen wollt, dann ist es eure Pflicht, dafür zu kämpfen und Opfer zu bringen.«

Theresa stellte sich vor ihn und sah ihm in die Augen. Sie hasste es, ihm zu widersprechen, sich gegen ihn aufzulehnen, aber jetzt ging es nicht nur um die Ehre der Iserbrooks, jetzt ging es um ihre eigene ganz persönliche Ehre. »Ich werde kämpfen, darauf kannst du dich verlassen. Ich werde dich vertreten, und ich werde die Ehre und den Erfolg dieses Hauses verteidigen. Du verlässt uns heute, aber wir sind deshalb nicht verlassen, und kein Mensch wird es wagen, uns zu vergessen, das schwöre ich dir.«

Sprachlos sah Silvana ihre Tochter an. Da ist es wieder, dachte sie, da ist es wieder, dieses venezianische Temperament, das ich in den Jahren der Trauer um meinen Mann und um meinen Sohn verloren habe. Sie besitzt es noch, und sie wird kämpfen, wie sie es gesagt hat.

Sie ergriff die Hand ihres Mannes und zog ihn neben sich. »Lass gut sein, Robert, wir brauchen keinen Mann im Haus, wir haben eine Löwin hier, uns wird nichts geschehen.« Und zu Markus gewandt: »Ich hätte dich gern in meiner Nähe, aber ich akzeptiere deinen Wunsch. Beende dein Studium und dann komm und hilf uns als Advokat. Wenn unser Geschäft weiterhin wächst, werden wir ohne deine Hilfe nicht mehr auskommen.«

Die Reisevorbereitungen waren abgeschlossen. In der Halle stand der große Schrankkoffer, den Ludwig, der Butler, für Robert gepackt hatte. In der einen Hälfte hingen, sorgfältig auf Bügel gezogen, die Beinkleider, Jacketts, Mäntel und Capes, auf der anderen Seite, in den kleinen Schubladen, lagen die Hemden und die gestärkten Kragen, die steifen Manschetten und Handschuhe, die Unterwäsche, die Nachthemden und die Schlafmützen. In einem zweiten, kleineren Koffer befanden sich die Schuhe, Stiefel und die Hüte, in einem dritten Geschäftspapiere und Bücher.

Robert hatte die Packerei beobachtet und sorgfältig darauf geachtet, dass nur seine besten Kleidungsstücke in die Koffer kamen. Er wusste, dass man in Venedig den größten Wert auf die äußere Erscheinung eines fremden Kaufmanns legte. Und wenn er erfolgreiche Geschäfte abschließen wollte, musste auch sein tadelloses Aussehen die Bedeutung seines Handelshauses widerspiegeln.

Nach dem Mittagessen, Klara hatte zur großen Freude Roberts noch einmal seine Lieblingsspeise aufgetischt und Schinken in Burgunder auf französische Art serviert, ließ er die Kutschen rufen. Das Haus verfügte über mehrere Kutschen, denn die einzelnen Familienmitglieder verlangten stets einsatzbereite Wagen, und so gab es Einspänner- und Zweispännerkutschen neben Reitpferden und Lastenwagen, die von vier Pferden gezogen wurden. Um die Pferde und Wagen unterzubringen, hatte Robert ein großes brachliegendes Gelände am Herrengraben gekauft, auf dem die Stallungen, die Remisen und die Unterkünfte für die Kutscher gebaut wurden. Nur die Lastenwagen standen in der Nähe der Speicher, weil sie dort die Waren zwischen Lagerhäusern und Schiffen hin und her transportieren mussten.

Robert hatte für diesen Nachmittag die beiden Zweispänner bestellt, und pünktlich um zwei Uhr hielten die Wagen vor dem Portal. Die kleine Familie und Ludwig begleiteten Robert zum Hafen, wo die ›La Bella Silva‹ mit dem Höchststand der Tide gegen fünf Uhr ablegen sollte.

Da das warme Septemberwetter noch Sommergarderobe zuließ, hatten sich die beiden Damen in schmucke, duftige Gewänder gekleidet. Die augenblickliche Mode der kurzen Ärmel und der wadenlangen Röcke machten Silvana und Theresa allerdings nicht mit. Die Arme zu entblößen und die unteren Beine bis zu den Waden zu zeigen empfanden die Damen als gewagt. Mit ihren großen, spitzenbesetzten Hüten und den zum Kleiderstoff passenden Sonnenschirmen erregten sie überall Aufsehen. »Wir brauchen keinen neumodischen Firlefanz, um gesehen zu werden«, hatte Silvana einmal erklärt, als Robert sie auf die veränderte Moderichtung hingewiesen hatte.

Während Silvana und ihr Mann in der ersten Kutsche fuhren, folgten Markus und Theresa mit den Koffern im zweiten Wagen. Da zum Hafen hin das Kopfsteinpflaster im Herrengraben ausgewechselt wurde, mussten sie einen Umweg über die Pulverthurmsbrücke und die Admiralstraße machen und kamen erst wieder am Schaarthor auf den richtigen Weg, der sie dann bis zum Steinhöft mit dem Schiffsanleger führte. Die Straßen, kaum breiter als Gassen, führten zwischen hohen, eng miteinander verbauten, meist hässlichen Häusern hindurch und waren zum Teil so schmal, dass die Kutschen kaum ausweichen konnten, kam ihnen ein anderes Gefährt entgegen. Trotz des Sommerwetters herrschte hier eine dumpfe, übel riechende Luft, und Silvana bat den Kutscher, die Pferde anzutreiben, um die Gegend schneller verlassen zu können. Die Gerüche erinnerten sie an den Dunst, den die venezianischen Kanäle in der Sommerhitze verbreiteten und den die frische Brise vom Meer her kaum vertreiben konnte.

Es war der Dunst von Unrat und Armut, der sich durch nichts vertreiben ließ. Gott sei Dank, dass wir hier nicht wohnen müssen, dachte sie und erinnerte sich, wie lange ihr Schwiegervater damals nach einem geeigneten Haus in einer guten Wohngegend für sie und ihre Kinder gesucht hatte.

Als sie sich dem Binnenhafen näherten, wurden die Straßen breiter. Hier waren die Lastenwagen unterwegs, mussten wenden und rangieren und brauchten Platz, um Waren zu verladen. Als sie den Kai erreichten, wurde das Gedränge am Ufer fast lebensgefährlich. Zahlreiche Schiffe lagen dicht beieinander, und vor dem langsam dahingleitenden Strom reihten sich die schwankenden Masten einer neben dem anderen. In einer Stunde etwa, wenn das Wasser den Höchststand erreicht hatte, würden sie alle ablegen und einer stolzen Flotte gleich dem Meer entgegenziehen. Doch noch war es nicht so weit, das Gedränge auf dem Kai war unbeschreiblich, und die Kutscher hatten Mühe, die Pferde ruhig zu halten und bis in die Nähe der ›La Bella Silva‹ zu gelangen. Hier spürten die Reisenden, dass jedermann in der Stadt gewohnt war, mit Ebbe und Flut zu rechnen wie mit den Tageszeiten. Das ganze Hafenleben drehte sich um die Tide, und die Stadt lebte von ihrem Hafen.

Endlich fanden die Kutscher einen Halteplatz in der Nähe der Gangway. Der Butler, der mitgekommen war, um Roberts Gepäck in der Kabine zu verstauen, stieg ab, suchte Träger, die die drei Koffer auf das Schiff brachten, und folgte ihnen. Robert half Silvana aus der Kutsche und bat: »Komm mit an Bord, ich möchte dich dem Kapitän vorstellen und dir meine Kabine zeigen. Als Schiffseigner habe ich den besten Raum bekommen, den das Schiff zu bieten hat.«

»Nein, Robert«, Silvana schüttelte den Kopf. »In meinem ganzen Leben werde ich kein Schiff mehr betreten. Ich habe zwei Menschen durch Schiffe verloren, sie bedeuten für mich Unheil und Trauer, das musst du verstehen.«

Traurig sah er seine Frau an. »Ich hatte auf einen Abschied in meiner Kabine gehofft, nur du und ich.«

Aber Silvana schüttelte den Kopf und lächelte ihren Mann zärtlich an. »Den Abschied hatten wir letzte Nacht, mein Liebster, ohne Erinnerungen und Angstgefühle, die ich beim Betreten eines Schiffes hätte.«

Robert legte den Arm um seine Frau. »Wir könnten, wenn ich zurück bin, die wunderbarsten Reisen unternehmen und die ganze

Welt kennen lernen. Die Schiffe sind heute so sicher wie nie zuvor, das weißt du doch auch.«

»Nichts kann mich von meinem Entschluss abbringen.«

»Schade, dann müssen wir uns hier inmitten der drängelnden Menschenmassen verabschieden.«

Theresa und Markus waren hinzugekommen. »Sind wir die Menschenmassen, die euch stören?«, fragte Markus lachend.

»Ihr gehört dazu, aber ihr seid der liebste Teil hier auf dem Kai.«

Robert umarmte sie alle, dann winkte er noch einmal und verließ die kleine Gruppe. Die Tränen in Theresas Augen sah er nicht, und als er sich oben über die Reling beugte und sie ihm noch einmal zuwinkten, ahnte niemand, dass das erste eigene Schiff der Kaufmannsfamilie Iserbrook bereits im Ärmelkanal in Seenot geraten sollte.

Sechstes Kapitel

Theresa ertrug es nicht, in den Räumlichkeiten zu arbeiten, die Robert für lange Zeit verlassen hatte. Ihre Sehnsucht nach dem heimlich geliebten Mann wurde unerträglich, weil sie bei ihrer Arbeit ständig an ihn erinnert wurde. Alles, was sie tat, was sie berührte, selbst die Zahlen in den Kontobüchern erinnerten sie an ihn, und ihre Sehnsucht wurde zu einem Begehren, das sie kaum noch verstecken konnte. Sie verabscheute sich dafür, aber sie konnte ihre Gefühle nicht mehr beherrschen. Als die Mutter sie eines Tages darauf ansprach und fragte: »Was ist los, mein Schatz? Du bist so blass, du isst kaum etwas, und irgendwie wirkst du mutlos und verletzlich«, wusste sie, dass sie einen Schlussstrich ziehen musste. Da sie der Mutter nicht sagen konnte: »Ich liebe deinen Mann und kann ohne ihn nicht mehr leben«, musste sie einen anderen Weg finden. Sie musste der Mutter aus dem Weg gehen und diesen Ort, der sie ständig an ihre Liebe erinnerte, verlassen. Aber wohin sollte sie gehen?

Bei der Prüfung der letztjährigen Kontobücher fielen ihr die Belege der Lübecker Niederlassung in die Hände, und mit Erstaunen sah sie, dass die Ausgaben die Einnahmen in großem Umfang übertrafen. Und noch größer war ihr Befremden, als sie feststellte, dass Robert sich seit langer Zeit nicht um die Zustände in Lübeck gekümmert hatte. Er hatte, als der Mann seiner Schwester Johanna, der alte Karenius, mit fast achtzig Jahren der Arbeit nicht mehr gewachsen war, einen jungen Geschäftsführer, den ihm der Alte empfohlen hatte, eingesetzt und sich danach anscheinend kaum noch um die Niederlassung bemüht. Das sieht Robert überhaupt nicht ähnlich, dachte sie überrascht und verärgert, aber während er sich um die auswärtigen

Niederlassungen kümmert und mir die Hamburger Geschäfte überlassen hat, bekam ich ja kaum noch einen Einblick in diese Filialen. Das muss ich sofort ändern. Und während sie noch überlegte, was sie tun könnte, sah sie die Möglichkeit der Trennung von der Mutter in greifbare Nähe gerückt. Ja, erkannte sie, das ist die Gelegenheit, Hamburg mit einem triftigen Grund für lange Zeit zu verlassen.

Gleichzeitig wusste Theresa, dass die Mutter diese Reise niemals erlauben würde. Also muss ich heimlich reisen, überlegte sie und begann sofort mit den Vorbereitungen.

Als Erstes mussten die Hamburger Geschäfte so geordnet werden, dass niemand Verdacht schöpfte. Sie führte mehrere Gespräche mit dem Prokuristen und dem Lagerverwalter, vervollständigte die Abrechnungen und die Kontobücher bis zum Tag ihrer heimlichen Abreise und richtete neue Abrechnungsbücher ein. Dem Prokuristen Moser gegenüber begründete sie diese Änderungen mit der Abwesenheit Roberts und dem neuen Anfang unter ihrer Gesamtleitung. Am letzten Tag entnahm sie dem Aktenschrank alle Lübecker Geschäftsbücher und dem Geldschrank einen angemessenen Betrag, den sie unter der Bezeichnung »Spesen und Reisekosten« im Abrechnungsbuch vorschriftsmäßig notierte.

Als die geschäftlichen Obliegenheiten geregelt waren, bereitete sie die private Reise vor. Sie erkundigte sich nach der Station für Postkutschen, die nach Lübeck fuhren, und nach den Abreisezeiten, sortierte ihre Garderobe, denn viel konnte sie nicht mitnehmen, wenn sie das Haus heimlich verließ, und sie schrieb ein paar Briefe, um ihren Freundinnen ihre Abwesenheit zu erklären, aber ohne einen Grund zu nennen. Dann begann sie, mit einer großen, leeren Reisetasche in der Hand frühmorgens Kutschfahrten zu unternehmen. Sie wollte das Personal an ihre täglichen Ausflüge gewöhnen und begründete der Mutter gegenüber die Fahrten mit dringenden Besorgungen für den kommenden Winter. Sie kaufte Blumen, die sie der Mutter überreichte, besorgte Stoffe für die Wintergarderobe, holte Gewürzproben aus entfernten Lagerhäusern oder kaufte Bücher für die Bibliothek der Mutter, sodass sie ihre morgendlichen Ausflüge immer begründen konnte.

In Lübeck wollte sie zunächst in einem Hotel nächtigen und später das Haus der Iserbrooks in der Engelsgrube beziehen. Nach dem Tod der alten Verwandten waren die Wohnetagen des Stadthauses geschlossen und seither nicht wieder benutzt worden, nur unten im Erdgeschoss waren die Kontorräume für Mitarbeiter und Kunden geöffnet.

Der heimliche Abschied von der Mutter würde ihr sehr schwerfallen, das wusste Theresa. Zwischen ihnen beiden hatte es immer ein liebevolles Miteinander gegeben. Die Mutter war ihr gegenüber stets großzügig und tolerant, verständnisvoll und ehrlich gewesen. Umso wichtiger war es nun, der Mutter mit ihrer Liebe zu Robert keinen Schaden zuzufügen und zugleich den Grund für die heimliche Trennung so zu erklären, dass ihr Vertrauen nicht beschädigt wurde.

So schrieb sie mit Tränen in den Augen am letzten Abend ihren Abschiedsbrief:

»Liebste Mutter, ich weiß, dass ich Dir jetzt Kummer bereiten werde, und das tut mir unbeschreiblich leid, aber ich muss meinem Leben eine neue Richtung geben, weil ich mich in Hamburg so sehr eingeschränkt fühle. Ich brauche einfach Luft zum Atmen und Freiheit für mein Tun.

In Hamburg laufen die Geschäfte in festen, eingespielten Bahnen, die mir keinen Raum zu einer eigenen Entfaltung lassen, in Lübeck aber, wo ich ab übermorgen sein werde, wird meine Kraft gebraucht, denn dort herrscht das Chaos.

Ich bin heimlich abgereist, weil Du mir die Reise nicht erlaubt hättest, nun aber sollst Du wissen, wo ich bin und in Zukunft arbeiten werde. Mach Dir keine Sorgen, es wird mir besser gehen, wenn ich Erfolge sehe. Sollte ich in Hamburg gebraucht werden, so kann ich innerhalb von zwei Tagen dort sein, erst aber einmal möchte ich mein Können und meine Kraft in Lübeck unter Beweis stellen.

Bitte schicke meine Garderobe mit der Postkutschen-Verbindung nach Lübeck. Ich werde das Iserbrook-Haus in der Engelsgrube bewohnen und eine Mamsell engagieren, sodass es mir an nichts fehlen wird. Bitte versteh mich, Mutter, und bitte verzeih mir.

Deine Theresa.«

Sie versiegelte den Brief und legte ihn in die Reisetasche. Morgen früh würde sie von der Poststation aus einen Kurier beauftragen, den Brief zur Mittagszeit in den Herrengraben zu bringen. Dann war sie selbst bereits auf dem halben Weg nach Lübeck, auf dem Weg in ihr neues Leben.

Am nächsten Morgen verließ sie, wie bereits gewohnt, mit der Reisetasche das Haus. Sie hatte mit der Mutter zusammen gefrühstückt, sich mit ihr über ausstehende Geschäfte und neue Aromen unterhalten, kurz über Markus gesprochen, der nun längst wieder in Bremen war, und sich schließlich mit einem Kuss verabschiedet.

Der Kuss fiel ihr sehr schwer, und nur mit Mühe konnte sie ihre Tränen zurückhalten, aber sie musste, schon um selbst wieder ein Gleichgewicht zu erhalten, diesen Weg gehen, und sie musste nun ertragen, was sie eingefädelt hatte. Schuldgefühle gestattete ihr Selbstbewusstsein nicht – nur das beklemmende Gefühl, der geliebten Mutter Unrecht zu tun, wollte nicht weichen.

Ihr Kutscher wartete wie immer pünktlich vor dem Haus, und als er sie nach dem Ziel der Fahrt fragte, gab sie die Lilienstraße an. Sie würde die letzte Strecke zu Fuß gehen, denn sie wollte nicht, dass er sie bis zur Umspannstation der Lübecker Postkutschen brachte. Er hätte nach seiner Rückkehr bestimmt im Haus von ihrem Fahrziel berichtet, und die Mutter hätte es womöglich geschafft, sie zurückzuholen.

Sie ging die wenigen Meter bis zum Georgsplatz zu Fuß und kam durch eine Gegend, die sie noch nie gesehen hatte. Nach duftenden Lilien roch es weiß Gott nicht, stattdessen stank es in den engen

Gassen, die in die Straße mündeten, muffig und nach Unrat. Die hoch gebauten Fachwerkhäuser standen so eng beieinander, dass weder Wind noch Sonne den Boden erreichten. An einer öffentlichen Pumpe reinigten zwei Männer die nackten Oberkörper. Daneben wuschen Frauen ihre Wäsche in Holzzubern. In einem Seitengang legte eine Frau Bratwürste auf einen Rost. Am anderen Ende goss eine Frau einen Eimer Schmutzwasser aus dem Fenster. Auf penetrante Weise vermischte sich der Duft der Würstchen mit dem Unrat aus dem Eimer. Von der Hauptstraße aus gingen nach allen Seiten schmale Gänge, Gassen, Höfe und Twieten ab und bildeten einen Stadtteil, der Armut und Elend verkörperte. Sie lief durch eines der berüchtigten Gängeviertel.

Theresa ging schnell weiter. Sie dachte an die hygienische Situation in London, wo Siele die Stadt durchzogen und für reines Wasser und Unratabflüsse sorgten. Seit dem Unterricht ihrer englischen Gouvernante las sie gern englische Bücher und verglich das Leben dort mit dem in Hamburg. Dabei stellte sie immer wieder fest, wie rückständig ihr geliebtes Hamburg in vielfältiger Weise London gegenüber war. Da versuchten die Damen der Gesellschaft zwar die englische Mode zu kopieren, Sportklubs übernahmen englische Sportarten wie Tennis und Rudern, die Herren nannten ihre Sportkleidung nicht mehr Anzüge, sondern sprachen von Dress, Londoner Architekten bauten die Villen reicher Leute und legten ihre Gärten an, und das Teetrinken hatten sich die Hamburger auch angewöhnt – aber mit so grundlegenden Dingen wie Hygiene haperte es in dieser schönen Stadt.

Theresa erreichte den Georgsplatz dort, wo die Rosen- und die Lilienstraße zusammentrafen. Die Umspannstation am anderen Ende sah sie sofort. Pferdefuhrwerke und Kutschen standen auf dem Pflaster. Der süßliche Geruch von Pferdeurin und Mist waberte durch die Luft. Sie ging schnell näher, denn einige Kutschen standen abfahrbereit am Bürgersteig, und sah sich suchend um. Hier starteten die Fahrzeuge in Richtung Norden. Endlich fand sie Hinweisschilder, die die Abreiseplätze markierten. Da ging es nach Ratzeburg und Mölln, nach Kiel und Rendsburg, nach Eckernförde und – endlich hatte sie den richtigen Platz erreicht – nach Lübeck. Sie meldete sich beim Postillion, der in seiner schmucken Uniform und dem umgehängten Posthorn gut zu erkennen war, und stieg in das vordere Abteil der Zwei-Coupén-Kutsche, während der Kutscher ihre Reisetasche auf dem Dach verstaute. In ihrem Coupé, mit dem Rücken zur Fahrtrichtung, saßen zwei elegant gekleidete Herren. Die Strenge der dunklen Anzüge wurde durch bunte Westen und Halstücher gemildert, die Vatermörderkragen verrieten schon jetzt, wie unbequem der hohe, steife Kragen während der Fahrt sein würde. Die Chapeaux claques hatten sie auf den Knien abgelegt. Obwohl sie ihr weibliches Gegenüber zuvorkommend anlächelten, wusste Theresa, dass sie keine hochrangigen oder wohlhabenden Begleiter vor sich hatte, denn einflussreiche Hanseaten reisten nicht mit einer Postkutsche, sie hatten ihren eigenen Fuhrpark. Doch in Gedanken schalt sie sich selbst. »Sei nicht so arrogant«, flüsterte eine innere Stimme, »du reist schließlich auch mit dieser Kutsche, obwohl dir die Fahrzeuge der Familie zur Verfügung stehen.« So zwang sie sich zu einem Lächeln und grüßte die Herren mit einem Kopfnicken.

Immer mehr Passagiere stiegen ein, und als wirklich der allerletzte Platz besetzt war, stieß der Postillion in sein Horn, der Kutscher knallte mit der Peitsche, und das Fahrzeug setzte sich schwankend und knarrend in Bewegung.

Die Fahrt ging über die kleinen Vororte Hohenfelde, Eilbek und Wandsbek, und als sie am frühen Nachmittag Rahlstedt erreichten, atmete Theresa auf. Jetzt konnte sie sich sicher fühlen. Die Pferde bekamen eine Futterpause, die Reisenden durften eine Erfrischung zu sich nehmen, und nach einer Stunde ging es weiter. Es war eine langsame Fahrt, die Pferde gingen fast immer im Schritt, weil das so vorgeschrieben war, wie der Postillion während der Rast erklärte, und Theresa begann sich in dem eng geschnürten Korsett und den vielen Unterröcken unwohl zu fühlen. Die Herren hatten längst ihre hohen, harten Hemdkragen geöffnet und die Damen ihre Capes, Hüte und Umschlagtücher abgenommen. Um sich von der einschläfernden Langeweile dieser Reise abzulenken, dachte Theresa an die Geschichten ihres Großvaters, der ihr vor vielen Jahren so oft von seiner Reise nach Lübeck erzählt hatte, als er seine englische Frau vor den Franzosen verstecken musste und auf strapaziösen Umwegen nach Lübeck gereist war, um sie dort bei seiner Tochter Johanna unterzubringen. Tante Johanna, dachte sie, jetzt werde ich in ihrem Haus wohnen. Hoffentlich spuken die Geister von ihr und der Großmutter nicht dort herum.

Die Beziehungen zwischen ihrer Mutter und ihrer Schwiegermutter waren sehr gestört damals, und man hatte ihr nie verziehen, dass sie, aus Venedig kommend, die Gastfreundschaft der alten Iserbrooks abgelehnt und ein eigenes Haus beansprucht hatte. Erst Robert hatte für Frieden gesorgt – ach Robert, sinnierte sie, und dann wiegte die wankende Kutsche Theresa in einen unruhigen Schlaf.

Am Nachmittag des nächsten Tages endete die Reise vor dem Travetor in Lübeck. Theresa erkundigte sich beim Posthalter nach einem guten Hotel, und als er ihr das ›Hansa-Hotel‹ an der Fleischhauerstraße nannte, ließ sie sich von einer städtischen Droschke hinbringen. Das Hotel wirkte gepflegt, und das Zimmer machte einen sauberen Eindruck. Sie mietete sich für drei Tage ein, ließ sich ein kleines Abendessen auf das Zimmer bringen und ging gleich zu Bett. Erst jetzt spürte sie, wie anstrengend die Reise gewesen war. Ihre erste Reise in eigener Verantwortung. Hätte sie geahnt, wie viele aufregende Reisen sie in ihrem Leben noch erwarteten, sie wäre wohl nicht in einen so tiefen, ruhigen Schlaf gefallen.

Am nächsten Morgen ließ sich Theresa vom Pförtner den Weg in die Engelsgrube erklären, und da er ihr nicht allzu weit erschien, beschloss sie, zu Fuß zu gehen, um die Stadt ein wenig kennen zu lernen. Sie kreuzte die Königstraße, blieb überrascht vor der riesigen Marienkirche stehen, bog unterhalb der Kirche nach rechts ab und erreichte nach einigen Querstraßen die Engelsgrube, eine schmale

Gasse mit steilem Gefälle, die oben in die Breitestraße mündete und unten am Hafen endete. Verblüfft blieb sie stehen. Das ist doch keine Handelsstraße, dachte sie erschrocken, hier kommen doch keine Geschäftsleute her. Hier können nicht einmal Lastenwagen fahren oder gar wenden. Wer hat denn unser Haus hierher gebaut? Freilich, die Nähe zum Hafen ist günstig, das ist aber auch alles.

Dann ging sie die Gasse hinab und suchte das Iserbrook-Haus. Eine stumpfe, fleckige Messingplatte mit der kaum leserlichen Inschrift »Gewürzhandlung Iserbrook« zeigte ihr schließlich, dass sie vor dem richtigen Haus angekommen war. Ein schmales, dreigeschossiges, rotes Backsteinhaus mit einem Treppengiebel oben und einer Falltreppe vom Straßenpflaster hinunter zum Keller, drei Steinstufen mit Eisengeländer und Fußabstreifer zur Eingangstür und daneben eben dieses Messingschild. Das war es also!

Unzufrieden stieg Theresa die drei Stufen hinauf und betätigte den Türklopfer. Sie wusste, dass im Erdgeschoss gearbeitet wurde. Nur die oberen Etagen waren als Privaträume geschlossen. Als niemand auf ihr Klopfen reagierte, öffnete sie die Tür und trat ein. In der großen Halle war es fast dunkel. Zwei rußende Petroleumlampen rechts und links an den Wänden spendeten etwas Licht. In einem der Kontorräume hörte sie Männerstimmen. Sie ging zur Tür, klopfte kurz an und trat ein.

»Guten Morgen«, wünschte sie knapp und laut. Drei Männer, die an einem Tisch saßen und Rotwein tranken, sprangen erschrocken auf.

»Guten Morgen«, antwortete einer. »Was wünschen Sie?«

»Ich heiße Iserbrook, ich möchte Herrn Martens sprechen.«

Einer der Männer trat vor. »Ich bin Hans Martens, was wollen Sie von mir?«

Theresa sah ihn vom Kopf bis zu den Füßen an, und ihr Blick verriet deutlich die Missachtung, die sie empfand. Der Mann sah ungepflegt und schmuddelig aus, er roch nach Alkohol und ungewaschener Kleidung, und im Bart hing ein Krümel vom letzten Frühstück.

»Wo kann ich Sie allein sprechen?«

»Hier können wir sprechen, meine Mitarbeiter sind auch meine Vertrauten. Wer sind Sie, sagten Sie?«

»Ich bin Frau Iserbrook, die Besitzerin der Gewürzhandlung, für die Sie arbeiten, ich komme aus Hamburg und möchte die Lübecker Geschäfte inspizieren.«

Verdutzt starrte der Mann sie an. »Sie? Sie wollen unsere Bücher kontrollieren? Und so plötzlich? Da muss man doch Zeit haben, alles auf den neusten Stand zu bringen.«

»Geschäftsbücher sollten immer auf dem neusten Stand sein. Fangen wir an.«

Hans Martens schüttelte unwillig den Kopf. »Das geht nicht.«

»Warum nicht?«

»Die Bücher, also die Bücher sind nicht hier. Die nehme ich abends immer mit nach Hause, zur Sicherheit, wissen Sie, damit ihnen nichts passiert.«

»Das hier sind gute Geschäftsräume in einem soliden Haus. Hier sind sie sicher, oder schleppen sie den Geldschrank auch immer mit nach Hause?«

»Nee«, grinste er, »der ist so leer, da lohnt sich der Transport nicht.«

»Sehen Sie, und genau deshalb bin ich hier. Was ist los mit den Lübecker Geschäften? Wir führen nämlich in Hamburg auch Kontobücher, und die gefallen mir schon lange nicht mehr, und deshalb bin ich gekommen.«

»Eine Frau, eine Frau als Revisor, das gibt es doch gar nicht.«

»Das gibt es, und wenn ich nicht bald Einblick in Ihre Geschäfte bekomme, sehen wir uns vor dem Gericht wieder. Also, wo sind die Bücher?«

»Wer sagt mir denn, dass Sie wirklich eine Frau Iserbrook sind. Da kann ja jede kommen und sagen: ›Ich bin die Kaiserin von China.‹«

Theresa nahm einen versiegelten Umschlag aus ihrer Tasche,

brach vor den Augen der drei Männer das Siegel auf und entfaltete das Blatt vor Hans Martens. Als er danach greifen wollte, rief sie: »Finger weg. Das Blatt halte ich. Sie können es auch bei einem geringen Abstand lesen. Es ist die gerichtlich beglaubigte Urkunde über meine Vollmacht für die Gewürzhandlung Iserbrook.«

Sie sah sich um, steckte ihre Urkunde wieder ein und forderte: »Die Bücher, meine Herren!«

Zögernd sahen die anderen Männer Hans Martens an, und als er mit den Schultern zuckte, holten sie die verstaubten Folianten aus einem der großen Schränke. Theresa sah sofort, dass diese Geschäftsbücher seit Monaten nicht mehr geöffnet worden waren. »Legen Sie sie dort auf den Tisch und öffnen Sie die aktuellen Seiten.« Zögernd folgten die Männer ihrer Forderung, blätterten eine Weile hin und her und ließen die Bücher dann offen liegen. Theresa musste nur einen Blick auf die Seiten werfen, um zu sehen, dass die letzten Eintragungen aus dem vergangenen Jahr stammten.

»Diese Zahlen und Daten sind uralt, wo sind die gegenwärtigen Einnahmen und Ausgaben?«

»Nichts Gegenwärtiges, gnädiges Fräulein. Keine Geschäfte, was soll man denn dann eintragen?«

»Und warum nicht? Ich sag es Ihnen nur einmal, meine Herren, verkaufen Sie mich nicht für dumm. Wo sind die Gewürze, die wir geliefert haben?«

»Im Keller, und sie sind schlecht und unverkäuflich. Kein Händler will verschimmelte, muffige, feuchte Gewürze, die schon stinken, wenn man in ihre Nähe kommt.«

Sprachlos sah Theresa den Mann an. »Was sagen Sie da? Sie haben erstklassige Waren bekommen, sauber, trocken, sortiert und sachgemäß verpackt. Los, zeigen Sie mir die Gewürze.«

»Dann müssen wir in den Keller gehen.«

»Weshalb in den Keller? Sie haben hinten auf dem Hof große, staubfreie, trockene Lagerräume mit bester Belüftung. Ich sagte es schon einmal, halten Sie mich nicht für dumm, ich kenne die Räumlichkeiten, die zu diesem Haus gehören. Also los, worauf warten Sie?«

Hans Martens sah die Männer an, alle drei drucksten herum, zuckten mit den Schultern und schüttelten die Köpfe.

»Was ist los?« Theresa wurde wütend. »Gehen wir!«

Schließlich führte Martens sie durch die Halle zum Hofeingang, die beiden anderen Männer folgten. Er schob die Riegel zurück und öffnete die Tür. Der ehemals mit Kopfsteinen gepflasterte Hof war verwildert und mit Unkraut überwuchert. Hier, wo einst die Wagen mit den Gewürzen ankamen, wendeten und die Waren abluden, wo die Käufer mit den eigenen Gespannen vorfuhren und die gekauften Gewürze wegbrachten, herrschte wildes Chaos. Die Lagerschuppen waren allerdings in einem guten baulichen Zustand. Als Theresa darauf zuging und eine der Türen öffnete, sah sie in eine liederliche, unaufgeräumte Wohnung, aus der ihr ungelüfteter Mief entgegenschlug. Entsetzt sah sie sich um. »Was hat das zu bedeuten?«

»Meine Männer brauchten Wohnungen. Und Männerwohnungen sind schließlich wichtiger als Pfeffersäcke und Zimtkisten. Keine Wohnung – keine Arbeit, keine Arbeit – kein Lohn, kein Lohn – kein Leben. Also tot. Was ist denn nun wichtiger?«

Fassungslos schlug Theresa die Tür wieder zu. »Wo sind unsere kostbaren Gewürze?«

»Im Keller.«

»Zeigen Sie mir den Keller!«

Die Männer führten sie zurück durch die Halle und auf die Straße. Hier öffnete Martens an der Falltüre, die zum Keller führte, ein großes Vorhängeschloss, öffnete die Bretterverschläge und lud ein. »Bitte, hier hinunter, aber fallen Sie nicht, die Stufen sind glitschig.«

Ihr als Stütze die Hand zu reichen, daran dachte er nicht. Mein Gott, dachte Theresa, woher hatte Johannas Mann, dieser Daniel Karenius, damals bloß diesen Tölpel. Dann sah sie in die dunkle Tiefe. Sie würde nicht als Erste hinuntergehen. Zu leicht konnten die Männer hinter ihr den Eingang versperren, und sie wäre gefangen, verschwunden – vielleicht für immer. »Einer der Männer soll vorausgehen und für Beleuchtung sorgen«, verlangte sie mit Blick in den Abgrund, der sich unter ihr auftat. Ein Mann mit einer Kerze ging schließlich voraus. Vorsichtig stieg sie die glitschigen Stufen hinunter. Unten schlug ihr der typische dumpfe Kellergeruch entgegen, vermischt mit dem Geruch von Stein und Erde. Und dann roch sie noch etwas. Sie brauchte einen Augenblick, dann wusste sie, was es war: Es roch fein säuerlich nach Wein. Unten angekommen sah sie, was sie nun schon vermutete. An den Wänden lagerten in drei Schichten dicke Weinfässer übereinander. »Was ist das?«

»Lübecker Rotspon«, antwortete Hans Martens frech.

»Und was hat der in meinem Keller zu suchen?«

»Hier hat er eine optimale Lagerung.«

»Wem gehört der Wein?«

»Ein paar Winzern aus dem Perigueux.«

»Und was tut der Wein aus dem Perigueux hier?«

»Ich verkaufe ihn.«

»Aha, dann kann ich also annehmen, die Kontobücher des Weins sind in Ordnung?«

»Jawohl, bis auf den heutigen Tag«, erklärte er frech.

»Und wo sind die Gewürze?«

»Da hinten rechts.«

Theresa ging weiter, immer darauf bedacht, dass der Mann mit der Kerze vor ihr herging. Schließlich kamen sie an eine Ecke. An dem scharfen, fauligen Geruch erkannte sie, dass sie die Gewürze erreicht hatten. »Leuchten Sie hier herüber«, befahl sie. Und dann sah sie einen Haufen zerschlissener, verfaulter Säcke, zersplitterter Kisten, aufgebrochener Fässer – Mäuse stoben davon.

Angeekelt und entsetzt verließ Theresa den Keller. Sie wollte es nicht in dieser dunklen Höhle auf einen Machtkampf ankommen lassen. Wieder oben in der Helligkeit, nickte sie den Männern zu.

»Ich danke für die interessante Führung.« Damit verließ sie die drei und ging davon.

Martens grinste vor sich hin. Die beiden anderen sahen ihr nach.

»Das hätten wir geschafft«, bestätigte der Geschäftsführer. »So muss man's machen: kurz und knapp und zeigen, wo's langgeht. Kommt rein, wir hatten nur eine unterbrochene Weinprobe, weiter nichts.«

Theresa ging auf dem kürzesten Weg zum Polizeikommissariat. Sie wusste, dass sie es mit den Männern allein nicht aufnehmen konnte. Sie brauchte autorisierte Hilfe. Der wachhabende Polizist ließ sich erklären, um was es ging, dann bat er sie, einen Augenblick zu warten, und dann winkte er sie, ihm in eine Amtsstube zu folgen. Und zu ihrer großen Überraschung sah sich Theresa jenen beiden Herren gegenüber, die mit ihr in der Kutsche von Hamburg nach Lübeck gereist waren. Jetzt hatten sie eine Uniform an und machten einen sehr kompetenten Eindruck.

Siebtes Kapitel

Wie auch in der vergangenen Nacht breiteten Lukas und Alinia ihre Decken etwas abseits des großen Lagers aus. Lukas hatte nach wie vor Angst, dass die Männer erkennen könnten, dass Alinia ein Mädchen und kein Knabe war.

Sie hatten im Sand eine kleine Mulde gefunden, in die sie ihre Ausrüstung legten und mit einem großen Segeltuch bedeckten, es würde die Sachen vor Wind und Sand schützen. So zugedeckt, waren ihre Habseligkeiten kaum vom Wüstensand zu unterscheiden. Als die Nacht hereinbrach und die Männer das Feuer löschten, legten sie sich selbst zu ihren Lastenkörben und zogen das Segeltuch bis über ihre Decken.

Lukas sollte gegen Morgen die Wache übernehmen, er konnte also erst einmal schlafen. Der Wächter, der vor ihm Wache hielt, würde ihn wecken, wenn er an der Reihe war. Er hatte beide Feuerwaffen aus den Öltüchern gewickelt, geladen und griffbereit neben sich gelegt.

»Werden wir eine gefahrvolle Nacht haben?«, fragte Alinia ängstlich und schmiegte sich eng an Lukas.

»Ich weiß es nicht, mein Liebling.« Lukas strich ihr mit der Hand zärtlich über das kurze krause Haar. »Aber wir haben starke Männer in unserer Nähe, die sehr wachsam sind.«

»Ich möchte, dass du mich in die Arme nimmst, Lukas.«

»Ich weiß, auch ich möchte dir ganz nah sein, aber wir werden vielleicht beobachtet, und man wird sich fragen, warum ich meinen Begleiter umarme.«

»Aber das macht doch nichts, ich kenne viele Männer, die Knaben in die Arme nehmen.«

»Ich möchte das nicht, mein Liebling. Ich liebe dich, weil du eine Frau bist, und diese Liebe ist mir heilig.«

»Willst du mich denn, weil ich eine Frau bin, bei deiner heiligen Liebe nie in die Arme nehmen?«, kicherte sie und schmiegte sich noch enger an ihn.

Lukes brauchte seine ganze Kraft, um den Verlockungen zu widerstehen. Er spürte die sanften Rundungen, die sich an seinen Körper schmiegten, die zarten Brüste, die seine Arme berührten, die Hände, die seinen Körper ertasteten.

Er schob die dicken Decken zurück. »Bitte, Alinia, tu das nicht, ich ertrage es nicht.«

Alinia küsste ihn sacht auf die Wange, dann spielte sie in seinem langen Haar und flüsterte. »Ich weiß, dass du es nicht erträgst, ich weiß aber auch, wie ich dir helfen könnte, ich weiß, was ein Mann braucht – ich habe es oft genug im Haus meiner Eltern erlebt, wenn ich mit ansehen musste, wie meine Mutter den Vater besänftigte, wenn er erregt und nicht zu zügeln war. Und ich weiß, was meine Brüder auf den langen Wanderungen zu den Weihrauchwäldern tun, wenn sie sich Mädchen ins Zelt holen. Ich bin nicht dumm und unerfahren – obwohl ich unberührt bin.«

Lukas hatte erst entsetzt, dann beruhigt und schließlich mitleidig zugehört. Nun zog er selbst Alinia an sich. »Ich weiß, mein Mädchen, auf Kinder wird wenig Rücksicht genommen, wenn Erwachsene ihrer Lust nachgehen. Aber ich möchte, dass unsere Liebe anders ist, unser erstes Zusammensein unvergesslich bleibt, und das wird nicht hier in dieser Nacht auf diesem Sand inmitten fremder Menschen der Fall sein. Irgendwann kommt die Stunde, darauf sollten wir warten.« Er zog die Decken wieder über sich und legte das Segeltuch darüber.

»Und woran merken wir, dass unsere Stunde gekommen ist?«

»Wir werden es merken, wenn nichts mehr zwischen uns steht, nicht die Vernunft, nicht die Besonnenheit, keine Sorgen und keine Ängste.« Er küsste zärtlich ihr Ohr und merkte, dass sie eingeschlafen war.

Ein Schuss peitschte durch die Nacht. Männer schrien, Kamele brüllten, Steine flogen, ein zweiter Schuss. Lukas schlüpfte aus den Decken, ergriff die Pistolen, sprang auf und sah sich ratlos um. Wohin sollte er zielen, wen würde er treffen? Tiefschwarze Nacht umhüllte das Lager. Vor der schwachen Neumondsichel waren Menschen flüchtig zu sehen, aber wer waren sie? Freunde oder Feinde? Säbel klirrten aufeinander, Messer prallten an Steinen ab, zwei, drei weitere Schüsse folgten, Frauen weinten, Keulen und Stöcke krachten aufeinander. Das Brüllen der Kamele wurde leiser, entfernte sich. Mein Gott, dachte Lukas, sie haben die Kamele davongetrieben. Er kniete nieder, hüllte Alinia wieder in das Segeltuch und beruhigte sie. »Sei ganz still, kein Weinen, Alinia, keinen Ton, bitte. Hier bist du sicher, niemand findet dich. Aber du musst ganz still liegen.«

»Und du, wohin gehst du?«

»Ich bleibe bei dir, ich passe auf dich auf. Schießen kann ich erst, wenn ich sehe, wen ich vor mir habe. So lange warte ich still neben dir.«

»Du rennst nicht zu den anderen?«

»Nein, ich kann weder Feind noch Freund erkennen. Ich werde morgen gebraucht, ich bin kein Krieger, ich bin ein Heiler.« Sobald sich Schritte seinem Lagerplatz näherten, duckte sich Lukas und wartete ab. Aber die Männer liefen immer vorbei. Manche humpelten, einige heulten, einer kroch auf Händen und Füßen an ihm vorüber. Aber in den weiten, alles verhüllenden Burnussen, mit den Turbanen auf dem Kopf und im Gesicht waren sie nicht zu erkennen. Sie werden mich für einen Feigling halten, dachte Lukas entsetzt, sie werden mich verachten und verjagen, denn ich habe mich nicht als hilfreicher Freund erwiesen. Ich habe sie allein gelassen, aber was hätte ich tun sollen?

Das Geschrei wurde leiser. War das Gemetzel zu Ende? Männer stöhnten und röchelten. Im Osten zeigte ein erster grauer Schein am Horizont den neuen Tag an.

Lukas beugte sich zu Alinia hinunter und zog die Decken weg. Zusammengekrümmt lag sie weinend im Sand und sah ihn fassungslos an. »Was war das?«

»Ein Überfall, mein Liebling. Aber jetzt ist es vorbei. Ich brauche meine Arzttasche, viele Männer sind verletzt.«

»Darf ich mitkommen?«

»Ja, ich kann deine Hilfe gebrauchen. Aber zieh dich sorgfältig an, damit man dich als Knabe respektiert, sonst lässt man dich nicht in die Nähe der Männer.«

Alinia gehorchte. Schnell und unauffällig zog sie ihren Burnus an und wickelte den Turban um Kopf, Hals und Gesicht.

Und dann schwebte die Sonne, so plötzlich wie sie am Abend verschwunden war, einem goldenen Ballon gleich über dem Horizont und tauchte das Land von einem Augenblick zum anderen in gleißendes Licht. Aber dieses Licht erhellte nicht nur die unendliche Weite der welligen Wüste, es zeigte auch auf grausamste Weise das Gemetzel der vergangenen Nacht. Da lagen die verletzten Männer und krümmten sich unter Schmerzen, denn die, die still lagen, waren tot. Und das waren die meisten.

Vorsichtig näherte Lukas sich den stöhnenden, jammernden Männern, Alinia hinter sich mit Decken bepackt. Als sie die Feuerstelle vom Vorabend erreicht hatten, bat er: »Ali, leg die Decken nebeneinander, und pass auf, dass kein Sand sie bedeckt. Ich brauche saubere Decken als Krankenlager und zum Operieren.« Gewissenhaft schüttelte Alinia die Decken aus und legte sie nebeneinander in den Sand, darauf bedacht, dass kein Stein von unten drückte. Sie zählte fünfzehn Männer, die nicht verletzt zu sein schienen. Auch Omar, der Karawanenführer schien unversehrt. Er eilte zu Lukas, und gemeinsam trugen sie den ersten Verletzten zu den Decken. Die anderen Männer sahen zu, dann begriffen sie, was Lukas vorhatte, und halfen, die Männer zu bergen. Einige konnten noch laufen, wenn sie gestützt wurden, andere krochen zu den Decken, aber die meisten blieben liegen. »Die können verrecken«, rief einer der Händler, »die haben uns überfallen und unsere Freunde niedergemetzelt.«

»Die haben unsere Kamele gestohlen«, rief ein anderer, und ein dritter erklärte, »sie haben unsere Waren und unsere Wasservorräte erbeutet.«

Omar hob beschwichtigend die Hände. »Wer von euch kann noch richtig laufen?« Vier Männer meldeten sich.

»Dann geht los und versucht, ob ihr noch ein paar Kamele findet und einfangen könnt. Und ihr anderen hebt eine Grube aus, damit wir die Toten begraben, bevor die Sonne sie verbrennt.«

»Alle Toten? Auch die Banditen?«

»Alle Toten. Vor Allah sind sie alle gleich.«

Einmal blieb Omar neben Lukas stehen und sah zu, wie er auf dem Boden kniend eine Wunde reinigte und nähte. »Du machst eine gute Arbeit, Medicus. Aber deine Pistolen habe ich in dieser Nacht nicht gehört.«

»Ich konnte nicht schießen, ich hätte dich in der Dunkelheit treffen können, es war zu gefährlich.«

»Da hast du Recht«, nickte Omar und ging weiter.

Die Männer arbeiteten den ganzen Tag. Einmal verteilte Alinia Brot und Wasser aus ihren eigenen kargen Vorräten. Als die Sonne beinahe den westlichen Horizont erreicht hatte, kamen über die fernen Hügelkämme zwei Männer mit mehreren Kamelen. Alle sahen ihnen gespannt entgegen. Aber erst als sie erkannten, dass es die eigenen Leute waren, brach der Jubel los, und man rannte ihnen entgegen.

Sie hatten neun Kamele eingefangen. »Wo sind die anderen beiden Gefährten?«, fragte Omar und suchte den Horizont ab.

Die Männer zuckten die Schultern. »Wir haben uns getrennt, um ein möglichst großes Gebiet abzusuchen. Sie werden morgen früh kommen, es ist ja gleich dunkel, da finden sie uns nicht.«

In dieser Nacht blieben alle um ein brennendes Feuer versammelt.

Siebenunddreißig Verletzte hatte Lukas behandelt, aber am nächsten Morgen waren zehn von ihnen gestorben. Die Wunden hatten sich infiziert, die Männer waren nicht zu retten gewesen. Noch einmal hatte Alinia Brot und Wasser verteilt, dann erklärte Omar: »Ich werde meine klein gewordene Karawane zurück zur Küste bringen. Ohne Waren, ohne Kamele und ohne Nahrung ist unsere Reise sinnlos geworden. Willst du bei uns bleiben, Medicus, oder weiterziehen?«

»Ich werde weiterreisen, ich habe ein anderes Ziel.«

Plötzlich brach Jubel aus. »Sie kommen, sie kommen«, riefen die Männer, und die, die laufen konnten, sprangen auf und rannten dem Horizont entgegen, wo zwei Reiter mit zahlreichen Kamelen auftauchten. Als sie näher kamen, erkannte Alinia, dass die drei eigenen Kamele dabei waren. Nun lief auch Lukas hinüber und nahm seine Reittiere in Empfang. Alinia begann sofort, sie zu melken, und verteilte großzügig die ganze Milch.

Lukas sah Omar besorgt an: »Wie willst du mit all den Verletzten zurückreisen?«

»Sie werden auf den Kamelen festgebunden. Wenn es sein muss, zwei auf einem Tier. Wer laufen kann, muss zu Fuß gehen. Wir werden es schaffen, der Weg nach hinten ist nicht so weit wie der nach vorne.«

»Ich gebe dir eins meiner Kamele, wir kommen mit zwei Tieren aus.«

»Du bist sehr großzügig. Ich werde dein Geschenk im Namen der Männer, die es transportieren wird, annehmen. Danke, Medicus. Aber auch ich werde dir ein Geschenk machen.«

»Aber das will ich nicht. Deine Gastfreundschaft war ein sehr großzügiges Geschenk.«

»Ich besitze nicht viel, aber ich habe etwas, was dir und deinem Gehilfen vielleicht das Leben retten kann. Hier, nimm.« Und damit übergab er Lukas eine Geländekarte, auf der bis nach Ar-Riyad der Weg durch die Wüste Rub' al Khali in groben Umrissen eingezeichnet und mit Erklärungen versehen war.

Lukas bedankte sich. »Ich wünschte, wir könnten Freunde werden, und ich bedauere, dass sich unsere Wege in diesem Augenblick trennen.«

Omar nickte. »Allah hat es so entschieden. Lebwohl, mein Freund.«

Dann setzten sich die beiden Karawanen in Bewegung. Die eine nach Südosten, zurück zu Menschen, von denen sie Hilfe erwarten konnte, die andere nach Nordwesten in eine fremde Ferne.

Lukas und Alinia ritten nebeneinander her. Sie hatten die Lastenkörbe auf Sala und Sila verteilt. Als Lukas noch einmal zurückblickte, war von der anderen Karawane nichts mehr zu sehen. Allein in der Unendlichkeit, begann er Alinia im Gebrauch der Pistole zu unterrichten. Er erklärte ihr die Funktion, die Gefahr des Rückstoßes, die Berechnung der Entfernung und die Kalkulation des Windes. Dann holte er eine der Waffen aus seinem Lastenkorb und bat Alinia abzusteigen. »Aber warum soll ich das lernen?«, jammerte sie, »ich will nicht schießen und nicht töten.«

»Du könntest unser Leben dadurch retten«, versuchte er sie zu trösten und half ihr aus dem Sattel. Dann zeigte er ihr, wie man die Waffe lädt, wie man zielt und abdrückt. Er zeigte auf einen Stein. »Du musst ganz fest mit beiden Beinen stehen, sonst wirft sie dich um, wenn du feuerst, und du musst sie mit beiden Händen halten, sonst fliegt sie zu Boden. Sie hat eine sehr große Kraft. Komm, schau zu, wie ich es mache.« Er stellte sich neben sie und drückte ab. Mit lautem Knall entwich die Kugel, und im gleichen Augenblick zerbarst der Stein, auf den er gezielt hatte.

Alinia hielt sich die Ohren zu und starrte ihn erschrocken an.

»Komm, mein Kleines, jetzt bist du dran.« Aber sie schüttelte den Kopf. »Das kann ich nicht.«

»Liebling, wenn unser Leben davon abhängt, musst du es können.«

Mit zitternden Händen griff sie nach der neu geladenen Waffe. Lukas stellte sich hinter sie und umfasste ihre Finger, bis sie den

Griff richtig hielt. »Ich bleibe hinter dir stehen und fange dich auf. Nun schau nach vorn zu einem anderen Stein und richte die Waffe darauf. Und nun zieh den Hahn nach hinten, einfach nach hinten und ganz schnell.«

Alinia bebte am ganzen Körper, aber sie hielt die Waffe fest in beiden Händen, zielte auf einen Stein und zog den Hahn durch. Ein Knall, aufspritzender Sand und starke Arme, die sie festhielten. Dann sank sie weinend zwischen die Beine von Lukas. »Sehr gut, meine Kleine, das hast du gut gemacht. Komm, steh auf. Ich bin sehr stolz auf dich.« Langsam stand Alinia auf, dann sah sie Lukas an und lächelte. »Ich hab's gemacht. Ich habe geschossen, ich werde uns retten, wenn es nötig ist.«

Lukas strich ihr beruhigend über die Schultern. »Und jetzt zeige ich dir noch, wo und wie du die Waffe trägst, ohne dass jemand sie sieht.« Er hob seinen Burnus hoch, griff nach dem Bund der Pumphose und schob die Pistole am Rücken zwischen seine Haut und den kühlen Stoff. Den Griff ließ er über den Gürtel hinausragen. »Siehst du, so ist sie griffbereit und doch gut versteckt. Darf ich das bei dir probieren?«

»Ja, aber sei vorsichtig mit meinem Gürtel, du weißt, ich trage unser Vermögen unter dem Burnus.« Verblüfft hob Lukas den Stoff in die Höhe und sah die Beutel mit den Weihrauchbrocken, die sie immer noch bei sich trug. »Ich hatte das ganz vergessen, Alinia, diese schwere Last trägst du tagein, tagaus mit dir herum?«

»Weihrauch ist nicht schwer, etwas störend ist er nur beim Reiten.«

»Soll ich dir den Gürtel abnehmen?«

»Nein, ich möchte auch eine Aufgabe haben, du hast andere.« Lukas nickte. »Wie du willst. Aber jetzt schiebe ich die Pistole hinter deinen Hosenbund, damit du dich an das Gefühl gewöhnst.«

»Muss ich die etwa jetzt immer tragen?«

»Nein, mein kleiner Liebling. Nur wenn Gefahr droht, gebe ich dir die Waffe, und dann weißt du, wo du sie tragen musst.«

Eine Stunde später ritten sie weiter. Lukas hatte noch einmal die Teppiche geglättet, mit denen die Sättel ausgelegt waren, hatte die Gurte überprüft und fester gezogen und Alinia einen kleinen Becher Wasser gereicht. Sie mussten sehr sparsam mit dem kostbaren Nass umgehen, denn sie hatten fast alles an die Verletzten verteilt. Aber Omars Karte nach zu urteilen, würden sie gegen Abend einen Brunnen erreichen, der als kleines Geheimnis auf der Skizze verzeichnet war.

Ohne die große Karawane kamen sie jetzt schneller vorwärts. Obwohl sie die Kamele schonten und meist im Schritt ritten, sparten sie viel Zeit, weil sie nicht, wie mit einer der Karawanen, fünfmal am Tag eine Rast einlegen mussten, damit die Muslime ihre Gebete verrichten konnten.

Sie ritten nebeneinander, und Lukas hatte den Halfterriemen von Sila an seinem Sattel befestigt. Das Tier, das bis jetzt die Lasten getragen hatte, war noch fremd für Alinia, und sie fühlte sich sicherer. Lukas hatte sich schweren Herzens von Sela getrennt, aber sie gab die wenigste Milch.

Unterwegs erzählte Lukas von Hamburg, von seiner Familie, von der Entführung und dem furchtbaren Leben als Sklave auf den fremden Schiffen. Später begann er mit ihr die deutsche Sprache zu üben. Er fing mit den Zahlen an, dann mit den Wochentagen und Monatsnamen und noch später mit dem ABC. Aber da hatten sie Ar-Riyad, die größte Stadt in Zentralarabien, schon fast erreicht. Die Karawanenwege waren zu viel benutzten Straßen geworden, die Reiter und Treiber von Handelskarawanen, von großen Schaf- und Ziegenherden, Pilgerkarawanen auf dem Weg nach Mekka und zahlreiche Beduinenstämme auf Wanderschaft bevölkerten die Wüstenwege, und Lukas gewann ein Gefühl von Sicherheit und Geborgenheit inmitten der fremden Menschen.

In einer Karawanserei vor den Toren der Stadt legten sie eine lange Rast ein. Sala und Sila sollten sich gründlich ausruhen, und auch Lukas und Alinia brauchten Erholung. Da Lukas den verschmutzten

Badebecken nicht traute und wusste, wie groß die Seuchengefahr in diesen eng begrenzten Unterkünften war, ging er mit Alinia in die Stadt und bezahlte für saubere Bäder und reine Handtücher. Sie tauschten einen kleinen Weihrauchbrocken gegen saubere Kleidung und gegen haltbare Lebensmittel für die weitere Reise. Lukas erstand eine neue Landkarte, die sie bis in das Mündungsgebiet von Euphrat und Tigris bringen würde, und von dort aus wollte er versuchen, auf Flussschiffen Kleinasien zu erreichen. Er sah die Reiseroute genau vor sich. Erdkunde war damals in der Schule sein Lieblingsfach gewesen, und noch heute waren die Weltkarten in seinem Gedächtnis fest eingeprägt.

»Wenn wir Kleinasien durchwandert haben, überqueren wir auf einer Fähre eine Meerenge, die heißt Bosporus, und schon sind wir in Europa«, erklärte er Alinia und lachte fröhlich. In Gedanken war er schon beinahe zu Hause. In Gedanken …

Achtes Kapitel

Lukas und Alinia waren drei Monate unterwegs, bis sie das breite Mündungsgebiet von Euphrat und Tigris, den Schatt el-Arab erreichten. Immer wieder mussten sie Umwege reiten, weil Stammesfehden oder Unwetter, Räuberbanden oder Raubtiere ein Weiterkommen unmöglich machten. Oft ritten sie allein, dann setzte Lukas seinen Deutschunterricht fort, oft schlossen sie sich aber auch Karawanen an, wenn die Sicherheit es gebot. An die langen Ritte hatten sie sich längst gewöhnt, und auch die Kamele, denen sie immer wieder genügend Rast gönnten und deren Sohlenschwielen sie mit größter Sorgfalt pflegten, überstanden die langen Strecken gut. Da sie von Ar-Riyad aus den Nordwesten der Arabischen Halbinsel ansteuerten, waren sie meist parallel zum Golf von Persien unterwegs und streiften die großen Wüsten im Süden nur noch selten. Hier in Küstennähe stießen sie immer wieder auf große, viel genutzte Karawanenwege und auch auf Oasen mit Karawansereien.

Endlich am Ufer des Schatt el-Arab angekommen, entschied sich Lukas, am Euphrat entlang den Weg nach Kleinasien zu suchen. Dieser Strom konnte sie über Syrien bis in die Nähe des östlichen Mittelmeeres bringen, während der Tigris sie nach Anatolien und Armenien entführen würde.

Lukas bereitete Alinia langsam darauf vor, sich von den Kamelen zu trennen. Er wusste, wie sehr sie an Sala und Sila hing, er wusste aber auch, dass sie, sollten sie ein Flussschiff für ihr Fortkommen finden, die Tiere nicht mitnehmen konnten. »Aber was wird aus Sila und Sala, wenn wir sie zurücklassen müssen, wer kümmert sich dann um sie?«

Alinia hatte sich in den Monaten der Zweisamkeit sehr verändert, sie hatte sich zu einer jungen Frau entwickelt, die trotz der kargen Lebensweise zu Schönheit und Sanftmut erblüht war. Dennoch war es ratsam, sie zu verstecken. So musste sie nach wie vor den Burnus eines Mannes tragen und den Turban um Kopf und Gesicht drapieren.

Aber auch ihr Verstand und ihr Scharfsinn hatten sich gewandelt. Sie war aufgrund ihrer naturverbundenen Kindheit viel wachsamer geworden und erkannte Gefahren, bevor andere sie erahnen konnten. Sie konnte sich mit ihm in Deutsch verständigen, auch rechnen hatte sie gelernt. Freilich, schreiben konnte sie weder Zahlen noch Buchstaben, wo hätte sie das üben sollen? Im Wüstensand?

Als sie den Euphrat erreichten, hatten sie das Gefühl, im Paradies angekommen zu sein. Üppige Vegetation, Blumen, die keiner von beiden je gesehen hatte, Früchte und Düfte, Viehherden von unüberschaubarer Größe und Menschen, die wohlgenährt und reich gekleidet waren, entzückten sie. Hier endlich erlaubte Lukas, dass Alinia wieder ein Frauengewand tragen und den Turban gegen einen Gesichtsschleier tauschen durfte. Endlich konnte sie wieder das Mädchen sein, in das er sich vor vielen Monaten verliebt hatte.

Bei an-Näsiriya erreichten sie endlich den Euphrat. Zahllose arabische Dschunken dümpelten in einem kleinen Hafen und an den Ufern des Stromes. Hunderte von Händlern boten ihre Waren feil, schrien, lachten, fluchten und feilschten. Lukas wagte sich nicht in das Gewühl. Zu groß war die Sorge, dass sie beraubt oder verletzt werden konnten. So ritt er in einem großen Bogen um den Handelsplatz herum, bis er weiter nördlich am Ufer auf einen Kamelmarkt stieß.

»Will der Herr Kamele tauschen, kaufen, verkaufen?«, wurde er von allen Seiten angerufen. Er winkte ab und ritt langsam weiter, Alinia immer dicht neben sich. Endlich sah er einen Händler, der ein paar sehr schöne und gepflegte Dromedare neben sich angepflockt hatte. Er war ein Mann, der seine Tiere auch hegte und pflegte.

Nur zwei Kommandos von Lukas sorgten dafür, dass sich Sala niederlegte, und Sila folgte sofort. Sie stiegen ab, und während Alinia bei den Tieren blieb, ging Lukas auf den Händler zu.

»Du hast sehr schöne Tiere, sie sehen gesund und sauber aus«, sprach er den Händler an.

»Ich bin ein Züchter, Herr, und ich weiß, worauf es ankommt.« Er stand auf und sah sich die beiden Reitkamele an, die friedlich und müde im Gras lagen und wiederkäuten. »Auch Ihr habt wertvolle Tiere.«

»Sie haben uns durch ganz Arabien getragen. Sie sind friedlich und gehorsam und sie sind weiblich und geben regelmäßig ihre Milch an uns ab.«

Der Züchter nickte. »Ich sehe das. Was wollt Ihr? Neue Tiere dazukaufen, oder wollt Ihr sie nur tauschen?«

»Ich muss mit dem Schiff weiterreisen und will sie verkaufen.«

»Ich habe genug Dromedare und Trampeltiere, ich brauche keine neuen.«

»Du könntest mit ihnen züchten, sie sind jung und wohlgenährt.«

»Ich habe genug Jungtiere, mehr als ich halten kann«, dabei sah er mit lüsternen Augen Sila und Sala an.

Lukas zuckte mit den Schultern. »Dann werde ich einen anderen Händler fragen.« Er drehte sich um, ging zu seinen Tieren und ergriff die Halfterstricke. »Ho, kommt«, rief er ihnen zu, und gehorsam erhoben sich die schönen Dromedare mit dem majestätischen Aussehen. Alinia sah ihn fragend an. »Er will sie, aber er weigert sich, das zuzugeben«, flüsterte er ihr zu. »Komm mit.«

Langsam entfernten sie sich von dem Händler und gingen auf einen anderen zu. »Warum willst du, dass er sie nimmt?«

»Seine Tiere sehen gesund und sauber aus, bei ihnen hätten es Sila und Sala gut.« Sie besahen die Tiere, die rechts und links von dem sandigen Weg angepflockt waren. Plötzlich war der Händler wieder neben ihnen. »Verkauft sie nicht an Tierquäler und Banditen, Herr.«

»Aber du willst sie ja nicht.«

»Ich habe jetzt erst ihre Größe gesehen und ihre Schönheit. Es könnte sein, dass ich sie doch zum Züchten möchte.«

»Dann entscheide dich schnell. Ich habe auch andere Händler mit edlen Tieren gesehen.«

»Aber ich bin der Beste hier am Fluss.«

»Das sagst du, andere sagen dasselbe von sich.«

»Die anderen lügen. Ich gebe Euch gute Rial und einen Esel für Euer Gepäck.«

»Ich reise mit einem Schiff weiter, ich brauche keinen Esel.«

»Ihr werdet immer einen Esel brauchen. Schiffe fahren nur kleine Strecken, dann müsst Ihr ein anderes Schiff suchen, und immer müsst Ihr Eure Lastenkörbe tragen. Herr, Ihr braucht einen Esel.«

»Ich kann den Esel nicht auf ein Schiff mitnehmen.«

»Jede Dhau nimmt Euren Esel mit.«

Schließlich wurden die beiden handelseinig. Lukas forderte viel und gab wenig nach, der Händler bot wenig und gab kaum etwas dazu. Aber Lukas kannte die Gepflogenheiten arabischer Händler, er wusste, wie weit er gehen konnte, und nach einer angemessenen Zeit einigte man sich. Lukas bekam genügend Rial, um die Schiffspassagen bezahlen zu können, und den Esel konnte er sich aussuchen. Er nahm eine Eselin, weil er wusste, dass sie weniger störrisch und widerstandsfähiger war als ein Esel und weil er Alinia mit einem weiblichen Tier eher erfreuen würde als mit einem männlichen.

»Sie heißt ›Farah‹ und ist mein bester Esel«, erklärte der Händler großspurig und übergab Lukas die Zügel. »Sie kann auch einen leichten Wagen ziehen, aber schlagen dürft Ihr sie nicht, Herr, das verzeiht sie nie.«

Alinia hatte sich im Hintergrund aufgehalten und die geliebten Reittiere gestreichelt. Sie wusste, dass sie sich als Frau nicht in Handelsgeschäfte einmischen durfte. Sie kraulte Sala und Sila hinter den Ohren, strich ihnen zärtlich über die Nüstern und klopfte ihnen den Hals. Dann kam Lukas mit dem Esel. Er hatte die Trensen der

Kamele gegen Lastenriemen für den Esel getauscht, behielt aber die wertvollen Kamelsättel, weil er nicht wusste, ob sie die nicht später noch gebrauchen würden.

Alinia kontrollierte die Hufe des Esels. »Mit Eseln kenne ich mich aus«, erklärte sie Lukas, »Kamele konnte sich meine Familie nie leisten, aber mit Eseln bin ich groß geworden« – und als sie sah, dass die Hufe fest und gesund waren, belud sie den Esel mit den Körben, band die Sättel auf seinem Rücken fest, und mit dem Lederbeutel voll klingender Münzen machten sie sich auf die Suche nach einer Dhau, die stromaufwärtssegeln würde.

Nur wenige der Küstensegler mit zwei oder drei Masten, die über den Schatt-el-Arab ins offene Meer fahren würden, waren geeignet, den Strom zu befahren. Lukas suchte also im Hafengebiet nach Einmastern, die flach genug waren, auf dem Euphrat und gegen die Strömung und die Untiefen des Flusses zu segeln. Am nördlichen Ende der Hafenanlage fand er schließlich Boote, die nach Flussschiffen aussahen. Alinia mit dem Esel wartete, bis Lukas mit einem Schiffseigner verhandelt hatte.

Endlich kam er zurück. »Er nimmt uns bis Najaw mit. Wir müssen im Heck lagern. Dort befinden sich die Tiere, damit ihr Gestank nicht über das Schiff zieht, und wir müssen selbst auf Farah achten.«

»Welche Tiere meint er?«, fragte Alinia und sah zum Schiff hinüber.

»Er ist ein Tiertransporter und bringt Schafe, Ziegen, Enten und Hühner nach Najaw. Sind sie vorn im Bug, würde ihr Geruch die anderen Reisenden belästigen.«

»Ja, das kann ich verstehen. Schafe stinken schrecklich, wenn es heiß ist.«

»Wir müssen ihm beim Füttern und Tränken helfen, dafür gibt er uns das Futter für Farah.«

Sie gingen über eine Planke an Bord, der Esel folgte willig. Dann zeigte ihnen der Bootsführer den Platz, an dem sie sich niederlassen konnten. Die vordere Hälfte des offenen Schiffes war mit Passagieren belegt, die mit ihrem Gepäck auf dem blanken Boden lagerten. Männer, Frauen, Kinder, dazwischen kleine Öfen zum Kochen und Platz für die Gebetsteppiche. Neben einigen Männern lagen Gewehre griffbereit auf dem Boden. Als Lukas den Schiffseigner fragte, was die Gewehre zu bedeuten hätten, sagte der: »Wir müssen immer mal mit Flusspiraten rechnen. Wenn sie aber wissen, wir haben Feuerwaffen an Bord – und das spricht sich wie ein Lauffeuer herum, wenn die Waffen ganz offen daliegen, haben wir meist Ruhe vor ihnen.«

Nachdenklich ging Lukas zu seinem Platz. Als Alinia ihn besorgt ansah, beruhigte er sie und lenkte von den Waffen ab. »Das Schiff bleibt vom Gestank der Tiere verschont, dafür werden wir den Kochgeruch genießen«, grinste er und breitete Decken für ihr Lager aus, während Alinia die Eselin an einen Pfosten band und ihr die Lasten abnahm. Gedrängt standen Schafe und Ziegen in mehreren Pferchen im Heck, blökten und meckerten, während Dutzende von Hühnern und Enten in Käfigen übereinandergestapelt an einer Bootswand leise vor sich hinschnatterten und -gackerten. Im Laderaum unter Deck befanden sich Korn und Reis für Händler in Najaw und das Futter für das Vieh an Bord.

Da die Reise erst am nächsten Morgen losgehen sollte, ging Lukas noch einmal in den Ort. »Ich werde uns getrocknete Brote, Datteln und Feigen holen und so einen kleinen Ofen besorgen, wie ihn die Leute da vorn haben, damit wir Reis, Gerste und Trockenfleisch zubereiten können. Außerdem müssen wir das Flusswasser kochen, bevor wir es trinken.«

Lukas ging in den Basar, kaufte neben den notwendigen Lebensmitteln noch Tee, Zucker und Salz, Kerzen, Feueranzünder und Seife, ein paar Kissen und ganz zum Schluss noch ein neues Gewand für Alinia, damit sie das Kleidungsstück hin und wieder wechseln und waschen konnte.

Die erste Nacht an Bord war für Lukas eine Katastrophe. Das

leichte Schaukeln, die knarrenden Planken, das Plätschern des Wassers erinnerten ihn an seine Sklavenzeit auf den Hochseeschiffen, die ihm vierzehn Jahre seines Lebens geraubt hatte. Nie wieder würde er ein Schiff betreten, hatte er sich geschworen, und nun?

Es ist kein Schiff, tröstete er sich selbst, es ist nur ein Boot. Eine Dhau auf einem Fluss kann man nicht mit Überseefrachtern vergleichen. Dann sah er wieder die Gewehre vor sich, die Mitreisende griffbereit neben sich liegen hatten, als er von seinen Einkäufen zurückkam. Auch hier rechnet man also mit Überfällen, überlegte er, stand vorsichtig auf, um Alinia nicht zu wecken, und suchte seine Pistolen hervor. Er kontrollierte die Waffen, und als er sah, dass sie geladen waren, legte er sie neben sein Kopfkissen.

Alinia hatte ihn heimlich beobachtet. Als er sich wieder niederlegte, rückte sie dicht an ihn heran, griff nach seiner Hand und flüsterte: »Wovor hast du Angst?«

»Ich habe keine Angst, ich möchte nur sicher sein, dass wir keine bösen Überraschungen erleben.«

»Aber du kannst nicht schlafen heute Nacht, was beunruhigt dich?«

»Es ist die Erinnerung an meine furchtbaren Jahre als Gefangener auf fremden Schiffen. Ich wollte nie wieder ein Schiff betreten.«

»Ich weiß, du hast es mir gesagt, deshalb reisen wir übers Land. Aber hier sind wir immer noch auf dem Land, rechts und links sehen wir es, und wenn das Boot umkippt, stehen wir auf dem Sand, der zum Land gehört«, versuchte sie ihn zu beruhigen.

»Ich weiß, mein Liebling, und ich bin auch wieder ganz ruhig. Es waren nur die ersten Erinnerungen, mit denen ich fertig werden musste.« Entspannt streckte er sich neben ihr aus. »Komm zu mir.«

Ganz nah rückte sie an ihn heran und begann ihn zu streicheln. Sein Haar, seine Stirn, die Augenlider und die Lippen. Vorsichtig beugte sie sich über ihn und liebkoste mit ihrem Mund sein Gesicht, während ihre Hände dann seinen Körper streichelten. Und diesmal wehrte Lukas sich nicht. Er duldete die tastenden Finger, die so weich und sanft waren, er duldete das Begehren, das ihn erfasste, und wusste, dass er noch nie erlebt hatte, was ihn jetzt, einer Ohnmacht gleich, in einen Glücksrausch zu versetzen begann. Er schmiegte seine Arme um den Körper, der ihm noch nicht vertraut war, und gab seinem Verlangen nach. Mit letzter Kraft drehte er sich um, bettete die Geliebte auf die Kissen und suchte die Erfüllung.

Lukas und Alinia waren vier Monate auf dem Euphrat unterwegs. Zahlreiche Hafenaufenthalte, viele Schiffswechsel, einige Pausen, weil der Fluss unbefahrbar war, und ein paar Wanderstrecken lagen hinter ihnen, als sie bei Aleppo den Euphrat verließen und die Küste des Mittelmeeres zu erreichen versuchten. Lukas hatte sich entschlossen, seine Angst vor einer Überseereise zu überwinden und einen Hafen aufzusuchen, um auf dem Seeweg seine Heimat zu erreichen, denn nach diesen vier Monaten begann sich der schlanke Körper Alinias zu runden. Und Lukas als Medicus wusste, dass er seiner Geliebten eine strapaziöse Landreise nicht mehr zumuten durfte. Er kaufte einen kleinen Karren, den Farah ziehen musste und den Alinia sich mit dem Gepäck teilte.

Langsamer als je zuvor kamen sie vorwärts, und als sie endlich die Küste bei Beirut erreichten, war Alinia im sechsten Monat schwanger.

Bevor Lukas nach einem Schiff Ausschau hielt, suchte er auf dem Basar einen Händler, der ihm im Tausch gegen wertvollen Weihrauch persönliche Urkunden besorgen konnte. Weder Alinia noch er selbst besaßen Ausweispapiere, und da Lukas wusste, dass er mit dem Eintritt in die westliche Zivilisation persönliche Dokumente besitzen musste, setzte er alles daran, in den Besitz von Dokumenten zu kommen. Als er die Ausweise endlich in der Hand hielt, ging er mit Alinia in eine kleine katholische Missionskirche, um zu heiraten. Dem Pfarrer, dem die Ausweise nicht genügten und der Glaubensbekenntnisse und Nachweise über die Zugehörigkeit zu seiner Kirche forderte, drohte Lukas: »Ich bin nicht gewillt, weitere

Papiere vorzulegen, Hochwürden. Entweder Sie nehmen die Trauung vor und mein Kind wird ein christlicher Mensch und im guten katholischen Glauben erzogen, oder Sie weigern sich und ich lasse mich vom Kapitän meines nächsten Schiffes verheiraten.« Nach einigem Bedenken und nach Rücksprache mit einem anderen Missionar stimmte der Pfarrer der Trauung zu. Und so wurden Lukas und Alinia am 20. April 1831 in der Kirche ›Santa Maria di Borgo‹ auch offiziell Mann und Frau. Alinia legte die arabische Kleidung ab, und als die beiden endlich auf die Suche nach einem Schiff gingen, das die Route in Richtung Nordmeer anstrebte, konnten sie als wohlsituiertes Ehepaar auftreten und eine vornehme Kabine mieten. Dass die Reise einen großen Brocken Weihrauch kostete, bedauerte Lukas nicht. Er wollte nach Hause, und er wollte, dass seine angebetete Frau auf die bequemste Weise reiste.

Am 16. Juni 1831 legte die Dreimastbark am Baumwall in Hamburg an. Genau einen Tag nachdem Theresa heimlich nach Lübeck gereist war.

Neuntes Kapitel

Silvana saß an ihrem Schreibtisch und starrte auf die blank gebohnerte Platte. Sie war nicht in der Lage, einen einzigen vernünftigen Gedanken zu fassen. Theresas Abschiedsbrief hatte sie völlig verwirrt. Wie war es möglich, dass das Kind sich von ihr abwandte, eine Freiheit beanspruchte, die ihm in diesem jungen Alter noch gar nicht zustand, und vor allem, warum ist sie heimlich weggegangen, ohne mit mir darüber zu sprechen, mich um Rat zu fragen, ohne mich auf ihren Freiheitsdrang vorzubereiten?

Silvana vergrub das Gesicht in den Händen und schluchzte verhalten. Was hab ich falsch gemacht? Was hat mein Kind fortgetrieben? Was ist in diesem Hause unrichtig gewesen?, dachte sie und konnte ihre Tränen kaum verhalten. Erst Lukas, der verschollen ist, dann Markus in Bremen, vor wenigen Tagen hat mich Robert wegen dubioser Geschäfte in Venedig verlassen und nun Theresa. Für wen bin ich eigentlich noch wichtig, wem bedeute ich noch etwas, für wen lebe und arbeite ich eigentlich noch? Für das Iserbrook-Imperium? Was bedeutet mir das schon. Ich habe es für meine Kinder aufgebaut und erhalten, für Kinder, die einfach nicht mehr da sind. Na schön, sie seufzte, Lukas konnte nichts dafür, dass er entführt wurde, aber Markus will ein Advokat und kein Gewürzhändler werden, und Theresa, die immer Interesse zeigte, geht nun einfach wegen dringender Gründe in eine fremde Stadt. Und Robert? Der Mann, den ich liebe? Er suchte schon immer das Abenteuer, und nun sind die undurchsichtigen Weihrauchgeschäfte ein guter Anlass für ihn, nach Venedig zu reisen. Sie wischte sich ein paar Tränen ab, die nun doch nicht zurückzuhalten waren. Die Gewürze haben mir wirklich nur Unglück gebracht, schluchzte sie. Erst der Tod meines

Mannes, dann die zwangsweise Umsiedlung nach Hamburg, dann der Tod von Justus, der seine Großhandlung in einem Fiasko zurückließ, dann die Entführung von Lukas, Markus, der von Gewürzen nichts wissen will, und nun ist auch noch meine geliebte Tochter weg. Nur Unglück, seufzte sie und sehnte sich mit allen Sinnen zurück in ihr geliebtes Venedig, in dem Glück und Fröhlichkeit ihre Kinder- und Jugendjahre beherrscht hatten. Vergessen waren die kalten Winter, die vielen Nebeltage, die Überschwemmungen, die das Leben so oft einschränkten, der Streit mit den übermäßig strengen Eltern und das Leid, als sie vom Tod ihres Mannes erfuhr. Ein Tod, der ihr Leben so vollkommen verändert hatte und ihr Venedig raubte.

Sie seufzte tief auf, tupfte die Augen trocken und sah sich um. Wie schon so oft lag nun wieder einmal die ganze Verantwortung bei ihr. Anstatt sich auf ihre geliebte Arbeit mit den Aromen und Düften zu konzentrieren, die ihr ein einträgliches und endlich anerkanntes Parfümgeschäft garantierten, musste sie sich nun wieder mit dem Ankauf und Verkauf der Gewürze beschäftigen, die Arbeiter in den Lagerhäusern und die Kontoristen in ihren Büros beaufsichtigen, Eingänge und Ausgänge kontrollieren und die Bilanzen im Gleichgewicht halten.

Sie wollte gerade aufstehen, um sich die letzten Kontobücher zu holen, als es an der Tür klopfte. Auf ihr Herein erschien der Butler: »Gnädige Frau, Sie haben Besuch.«

Silvana sah auf die Uhr. Kaum neun, dachte sie, das ist doch zu früh für Geschäftsleute. »Wer ist es?«

»Ein Herr und eine Dame, die eine weite Reise hinter sich haben, sagt der Herr.«

»Dann bitten sie die Herrschaften herein, Ludwig.«

Silvana stand auf, um ihnen höflich ein paar Schritte entgegenzugehen. Und dann standen sie vor ihr: ein großer, gut aussehender Mann mit breiten Schultern, dunklen Locken und braunen Augen, der sie fröhlich anlächelte, und eine bildschöne, hochschwangere

Frau, die kaum älter als sechzehn Jahre sein konnte. Und ihre Haut hatte die Farbe von Mahagoni.

»Hallo, Mutter«, sagte der Mann zu ihr, und dann fing er sie auf, weil ihr schwarz vor Augen wurde. Behutsam brachte er sie zu einem Kanapee und ließ sie hineingleiten, und als sie die Augen wieder öffnete, kniete er vor ihr und ergriff ihre Hände. »Ich bin es, Mutter, Lukas, und das ist meine Frau Alinia.«

»Oh, mein Gott«, mehr konnte sie nicht sagen. Lukas küsste ihr die Hände, und dann nahm er sie in die Arme und drückte sie fest an sich und stammelte: »Nie wieder, nie wieder lass ich dich allein, Mutter.«

Silvana weinte vor Glück. »Herzlichst willkommen, ihr beiden, Gott segne euch«, flüsterte sie. Dann zeigte sie auf Alinia: »Aber sie braucht jetzt den Platz neben mir. Komm, mein Mädchen, setz dich.« Sie küsste Alinias Wange und legte den Arm um sie: »Herzlich willkommen, ich bin sehr glücklich, dass du da bist.«

Aufgewühlt, beglückt und doch noch ein bisschen ungläubig streichelte sie die Hände des fremden Mädchens, das seine Augen nicht von Lukas abwenden konnte. So muss einzigartige, selbstlose Liebe aussehen, dachte sie. Dann zog sie an der Klingelschnur, und als der Butler kam, bat sie: »Sagen Sie bitte der Köchin Bescheid, heute erwarte ich ein Festmahl. Mein Sohn Lukas ist heimgekehrt, und er hat seine Frau mitgebracht. Und dann lassen Sie die besten Zimmer herrichten, denn in dieses Haus zieht neues Leben ein. Und bringen Sie uns bitte Champagner und Fruchtsäfte für die werdende Mutter.«

Und dann begannen die Fragen, die fünfzehn endlos lange Jahre überbrücken mussten.

Als Klara, die Köchin, das Essen servierte, konnten sie sich kaum entschließen, die Fragen und Antworten zu unterbrechen, aber Klara hatte sich mit dem Menü so große Mühe gegeben, dass sie sie nicht warten lassen konnten. Da sich die Heimkehr des Sohnes mit seiner hochschwangeren Frau wie ein Lauffeuer im Hause herumsprach, hatte Klara ganz besonders an die junge Frau gedacht und gut bekömmliche Gerichte aufgetischt. Eine leichte Hühnersuppe als Entree, Kalbsbraten mit feinem Gemüse und Kartoffelpüree als Hauptmahlzeit und einen Schokoladenauflauf mit Eierschaum zum Abschluss.

Silvana, die der jungen Frau die Erschöpfung ansah und wusste, wie man sich in diesem Zustand fühlt, erklärte nach dem Essen: »Die Zimmer sind für euch hergerichtet, ich denke, es wird Zeit, dass ihr euch frisch macht und dass Alinia sich für ein Weilchen niederlegt.« Dann führte sie die beiden nach oben und zeigte ihnen die Zimmer, die Dana vorbereitet hatte. »Wenn ihr etwas braucht, klingelt nach Dana, sie ist die Haushälterin und wird für euch sorgen.«

Als Alinia sich zurückgezogen hatte und Lukas allein mit der Mutter war, bat er: »Mutter, wir sind mit kleinem Gepäck gereist, wir brauchen unbedingt frische Wäsche, eine komplette Garderobe für Alinia und frische Kleidung für mich. Wir haben kein Geld, aber wir haben ein paar gute Brocken Weihrauch im Gepäck, die wir tauschen können.«

»Mein Liebling, mach dir darum keine Sorgen, was mir gehört, gehört auch euch. Ich werde eine Modistin, einen Schuhmacher und eine Wäschenäherin bestellen, die können bereits heute Nachmittag maßnehmen und morgen die ersten Sachen liefern. Und, da wir schon einmal damit beschäftigt sind, mit einer Babyausstattung sollten wir wohl auch nicht zu lange warten?« Lukas lächelte. »Ja, Mutter, spätestens in einem Monat wird es so weit sein.«

Später erzählte er der Mutter von seiner großen Liebe zu dem Mädchen aus dem Oman, von ihrem armseligen Dasein und ihrer harten Arbeit, von der Ehe, zu der sie gezwungen werden sollte, und von dem Frauenhaus, in das sie eingesperrt wurde, wenn sie die Arbeit auf dem Basar verrichtet hatte. Er berichtete von dem Vater, den sie verwöhnen musste, von den Brüdern, die mit Stiletten im Gürtel über sie wachten, und von der gefahrvollen Flucht, die ihnen schließlich geglückt war.

Fassungslos hörte Silvana zu. Ihr ging das Leben des Sohnes über alles, und wenn diese junge Frau ihn glücklich machte, dann wollte sie sie lieben wie ihr eigenes Kind.

Dann erzählte Lukas von den schrecklichen Jahren auf den Schiffen. »Sie haben mich behandelt wie einen Sklaven, Mutter. Sie haben mich gepeitscht und bespuckt, wenn ich nicht schnell genug gehorchte. Sie haben mich mit verbundenen Augen von einem Schiff auf das andere verkauft. Ich musste vom Abfall der Kombüse leben, und dieses Essen musste ich auch noch mit den Ratten teilen. Wenn ich von Schmerzen geplagt nicht mehr arbeiten konnte, haben sie mich getreten, und einmal haben sie meinen ganzen Kopf geschoren, weil ich eine Flaschenpost ins Meer geworfen habe.« Als er das erzählte, liefen Tränen über sein Gesicht, obwohl er gar nicht weinen wollte. »Aber ich habe niemals aufgegeben. Ich habe heimliche Turnübungen gemacht, um in Bewegung zu bleiben, und ich habe gelernt. Ich habe alles gelernt, was sich mir angeboten hat, Sprachen, Himmelskunde, Wetter und Wasser und Wolken habe ich beobachtet, und zum Schluss habe ich die Heilkunde erlernt. Ein alter arabischer Medicus hat mich gelehrt, und er war es auch, der mir zur Flucht von dem letzten Schiff verholfen hat, auf dem ich gefangen gehalten wurde. Ich bin bei ihm geblieben, weil er alt und hilfsbedürftig war, ich habe seine Arbeit gemacht, und er hat mir Unterschlupf gewährt, und als er starb, habe ich sein Haus bekommen. Ich bin ein guter Heiler geworden, Mutter, und ein Medicus wollte ich schon immer werden.«

Silvana nickte stumm, enttäuscht, dass auch dieser Sohn nicht den Gewürzhandel betreiben wollte, aber auch, weil seine Berichte sie in tiefster Seele getroffen hatten. Schließlich fragte sie leise: »Wie ist es passiert, dass du plötzlich fort warst? Wir haben das nie verstanden und dich wochenlang gesucht.«

Lukas zuckte mit den Schultern. »Ich weiß es nicht. Plötzlich, ich war auf dem Schulhof, flog ein Sack über meinen Körper, man hat mir einen Lappen in den Mund gestopft, die Hände und Füße zusammengebunden und mich auf einen Karren geworfen. Dann hat man mich irgendwohin gekarrt, dann wieder getragen, und als man mir den Sack abnahm, war ich in dem stockdunklen Laderaum eines Schiffes. Wochenlang habe ich den Himmel nicht gesehen, Mutter, das war am schlimmsten.«

Später, als Alinia wieder bei ihnen saß und Klara Kaffee und Blätterteigschnittchen serviert hatte, bat Lukas: »Und nun erzähle uns von dir, Mutter, von meinem Bruder und meiner Schwester und von Hamburg. Gibt es diesen Robert noch, der plötzlich hier auftauchte und dir alles wegnehmen wollte, was du aufgebaut hattest?«

»Ja«, lächelte Silvana, »den gibt es noch. Er hat die Suche nach dir organisiert und mir sehr beigestanden. Aber von seinem Anspruch, der rechtmäßige Erbe der Gewürzhandlung zu sein, hat er nie abgelassen. Da ich wusste, dass das Gesetz auf seiner Seite war, haben wir uns entsprechend eingerichtet. Ich habe ihm die Gewürze überlassen und mich mit den Aromen beschäftigt. Inzwischen bin ich so etwas wie ein Parfümeur. Ja – und den Robert habe ich geheiratet. Wir haben uns arrangiert, angefreundet, gegenseitig unterstützt und dann lieben gelernt. Das alles ist nun schon zehn Jahre her.«

Fassungslos sah Lukas seine Mutter an. »Du bist seine Frau? Aber warum denn?«

Alinia lächelte und griff nach seiner Hand. »Ach Lukas, hast du vergessen, dass Liebe stärker ist als aller Verstand?« Es war erstaunlich, in welch kurzer Zeit sie Deutsch gelernt hatte und wie gut sie an den Gesprächen teilnehmen konnte. Aber sie redete noch mit einem deutlichen Akzent.

Silvana nickte. »Ich war sehr einsam in der Stadt. Meine neue Familie hatte mit dem Tod von Justus Iserbrook aufgehört zu existieren, meine alte, hilfsbereite Freundin Mathilde kehrte nach Potsdam zurück, für die Hamburger Gesellschaft war ich eine Fremde und für meine Kinder eine Mutter, die um ihre Existenz kämpfte und Anerkennung innerhalb der Firma, aber keine Zeit für sie hatte. Es war kein erfreuliches Leben, mit dem ich fertig werden musste. Das alles wurde erst besser, als Robert auftauchte. Wir haben zwar heftig gegeneinander gekämpft, aber ich hatte wenigstens ein Gegenüber, mit dem ich kämpfen konnte. Wir haben eine Berg- und Talfahrt mit dem Gewürzhandel gehabt. Wir haben gestritten und gezankt und geflucht, und dann haben wir gelacht, und er hat mich einfach in die Arme genommen. So ist das alles gekommen.«

Lukas, noch immer benommen von dem Gedanken, die Mutter mit einem fremden Mann teilen zu müssen, schüttelte den Kopf. »Verstehen kann ich dich ja, Mutter, nur glauben kann ich es nicht. Wo ist er denn, dieser Robert? Er war doch als Hallodri bekannt, niemand hat ihn ernst genommen, und immer war er auf abenteuerlichen Reisen unterwegs. Das haben sogar wir Kinder mitbekommen.«

»Er ist wieder auf einer Geschäftsreise«, sagte Silvana traurig, »auf einer Reise nach Venedig, die ich ihm nicht ausreden konnte.«

»Und was will er in Venedig?«

»Wir haben Probleme mit dem Weihrauchgeschäft, es läuft an uns vorbei. Irgendwann hat man mir Dokumente mit einer genauen Ortsbeschreibung der Weihrauchwälder und der Transportroute gestohlen, und nun will Robert für neue Verbindungen sorgen.«

»Aber da kann ich doch helfen«, unterbrach Alinia sie erfreut. »Ich weiß, wo man Weihrauch anbaut, ich weiß, welche Routen man einschlagen muss, schließlich sind wir hierhergekommen, und ich habe ohne Probleme Weihrauch mitgebracht.«

Überrascht sah Silvana die junge Frau und dann ihren Sohn an. »Ist das wahr?«

»Ja, freilich, Alinia musste selbst in den Wäldern arbeiten, und dann sind wir auf dem kürzesten Weg gereist. Eine bessere Route gibt es nicht. Man muss nicht über Chaibar, Tabuk und Petra nach Gaza reisen, wo Räuber und Banditen und Zolleintreiber die Handelsroute kennen und die kostbare Ware stehlen. Wir haben die arabischen Wüsten im Westen nur gestreift und uns die Flüsse im

Norden nutzbar gemacht, Mutter. Sicher, wir sind auch an einem Schnittpunkt großer Karawanenrouten überfallen worden, wir hatten gerade erst mit der Reise begonnen und kannten die Gefahren nicht, aber wenn man sie kennt, kann man sie umgehen. Meist hatten wir Glück, weil wir in der Geborgenheit großer Karawanen unterwegs waren und niemals mit unseren Lasten geprahlt haben. Wir haben uns still verhalten, und nun sind wir hier.«

»Gott sei Dank«, meinte Silvana und nahm Alinia in die Arme. »Ich bin so glücklich.«

Silvana war eine tolerante Frau. Es störte sie überhaupt nicht, dass ihr Sohn eine Araberin geheiratet hatte und dass ihr Enkelkind vielleicht eine andere Hautfarbe trug, als man in der feinen Hamburger Gesellschaft gewohnt war. Sie kam aus Venedig, wo die Handelsrouten von Orient und Okzident zusammenstießen und wo schon immer ein buntes Netz europäischer, afrikanischer und asiatischer Händler miteinander verwoben war.

»Woher kannst du unsere Sprache so gut sprechen, Alinia?«

»Ich habe sie auf dem Kamelrücken gelernt. Lukas war mein Lehrer während der langen Wanderungen. Und ich bin ehrgeizig. Aber schreiben kann ich sie nicht.«

»Reden ist wichtiger, das Schreiben kannst du bei uns lernen.« Lukas bat die Mutter: »Erzähl uns von Markus und Marie-Theres. Wo sind sie, was tun sie, wohnen sie nicht hier bei dir?«

Silvana seufzte. »Ich bin sehr traurig, wenn ich an sie denke. Markus will Advokat werden und studiert in Bremen.«

»Das wollte er schon als kleiner Junge, daran erinnere ich mich noch.«

»Und deine Schwester, die sich seit ihrem zwanzigsten Geburtstag übrigens Theresa nennt, um damit ihr Erwachsensein zu unterstreichen, hat mich gestern verlassen. Heimlich.« Silvana kämpfte mit den Tränen. »Irgendetwas ist in diesem Hause vorgefallen, von dem ich nichts weiß. Sie hat mir in einem Brief erklärt, dass sie Abstand zu uns und zu Hamburg brauche. Voller Fröhlichkeit hatten wir gerade ihren zwanzigsten Geburtstag gefeiert, dann ist am nächsten Tag Robert abgereist, und gleich darauf war Theresa fort. Ihren Brief bekam ich erst, als ich sie nicht mehr zurückhalten konnte.«

Bestürzt hörte Lukas zu. »Und wo ist sie nun?«

»Sie will in der Lübecker Niederlassung nach dem Rechten sehen. Du weißt, dass die Schwester deines Vaters mit ihrem Mann die Geschäfte dort führte. Aber die beiden sind tot, und ein fremder Geschäftsführer arbeitet für uns. Anscheinend gibt es da Verdruss.«

»Aber was geht dieser Verdruss Marie-Theresa an? An den Namen Theresa muss ich mich noch gewöhnen.«

»Sie ist die Einzige von euch, die sich für Gewürze interessiert, und Robert hat sie gut ausgebildet.«

»Dann ist es doch gut, wenn sie sich in Lübeck umsieht.«

»Ja, das schon, aber sie ist noch so jung, sie kann doch nicht allein in dieser fremden Stadt arbeiten und leben – und warum ist sie heimlich gegangen, was hat sie aus diesem Haus getrieben? Was habe ich falsch gemacht, Lukas?«

»Das weiß ich nicht, aber wir werden es herausfinden. Sobald wir uns hier eingelebt haben, fahre ich nach Lübeck und schaue nach dem Rechten, das verspreche ich dir.«

Klara rief zum Abendessen. Sie verließen den gemütlichen Salon mit dem wärmenden Kaminfeuer und gingen durch die große Halle in das Speisezimmer. Lukas blieb einen Augenblick stehen und sah sich um. »Hier hat sich etwas verändert, aber ich weiß nicht, was.«

»Du meinst die große Doppeltür dort drüben.«

»Ja, sie war früher nicht hier.«

»Damals hatte ich die große zweite Hälfte des Hauses an fremde Händler, die ein Kontor suchten, vermietet. Von den Mieten konnte ich unseren Lebensunterhalt bestreiten. Aber sehen wollte ich diese Mieter nicht jeden Tag, und so ließ ich die Tür zumauern.«

»Und jetzt?«

»Jetzt brauchen wir die Räume selbst und haben den Durchgang wieder geöffnet.«

»Und was befindet sich hinter der Tür?«

»Unten sind eine Lagerhalle für besonders wertvolle Waren, die Büros von Robert und Theresa, von dem Prokuristen und dem Lagerverwalter und der Eingang für die Geschäftsleute. Darüber befinden sich die Kontorräume, und im oberen Geschoss wohnen Angestellte.«

»So habt ihr alles unter einem Dach, das ist sehr praktisch.«

»Ja, aber natürlich gibt es außerdem die großen Speicher am Hafen.«

»Dann wächst das Geschäft, Mutter?«

Glücklich lächelte Silvana ihren Sohn an. »Wir haben viel Erfolg gehabt. Und seit ein paar Tagen haben wir sogar ein eigenes Schiff, ein Dampfschiff, stell dir das vor. Und mit dem ist Robert nun nach Venedig gereist.«

»Ein Dampfschiff?«

»Es ist ein Segelschiff mit einer Dampfmaschine, die das Schiff antreibt, wenn kein Wind bläst.«

»Was die Menschen so alles erproben. Als unser Vater starb, ist da nicht so eine heiße Maschine explodiert?«

»Das habe ich auch gedacht. Aber Robert sagte, es sei ein überhitzter Heizkessel gewesen, der habe mit einer Dampfmaschine nichts gemein.«

Lukas sah sie zweifelnd an. »Na, hoffentlich hat er Recht.«

Und sie ahnten beide nicht, dass es die Dampfmaschine war, die Robert im Ärmelkanal, als das Schiff wegen zerbrochener Masten in Seenot geriet, das Leben rettete.

Zehntes Kapitel

Die polizeiliche Amtsstube war karg möbliert. Zwei Schreibtische, ein paar Stühle, eine Reihe von Aktenschränken, an der Wand eine Karte der Lübecker Innenstadt, eine Karte der Außenbezirke und eine Karte, die bis nach Neustadt und Oldesloe reichte, sowie Milchglasscheiben an den Fenstern, damit niemand hereinsehen konnte. Die beiden Männer in der schmucken Offiziersuniform der Polizei standen höflich auf, als Theresa in ihre Amtsstube geführt wurde.

»Guten Morgen, Madame, so treffen wir uns wieder?«

Verblüfft nickte Theresa. »Ja, so treffen wir uns wieder, guten Morgen.«

Die beiden Offiziere stellten sich vor: »Das ist Herr Bartels, ich bin Thomas Bergmann. Bitte nehmen Sie Platz, was können wir für Sie tun?«

Theresa setzte sich, zog ihren Schal enger um die Schultern und strich die Falten ihres Reisekleides glatt. Peinlich, dachte sie, ich habe immer noch das gleiche Kleid an, aber für zwei Kleider war in meiner kleinen Tasche kein Platz. Sie lächelte höflich und stellte sich selbst vor. »Ich bin Theresa Iserbrook von der Gewürzhandlung Iserbrook in Hamburg, und ich stehe vor einem Problem«, erklärte sie. »Ich bin in das Lübecker Geschäftshaus unserer Familie gekommen und fand bestätigt, was ich vermutet habe. Die Mitarbeiter betrügen unser Handelshaus. Aber ich bin allein und kann nicht gegen drei Betrüger ankämpfen.«

»Nein, das können Sie nicht. Und wir können Ihnen nur helfen, wenn Sie Ihre Unterstellungen beweisen können. Vor allem brauchen wir gültige Papiere, die Sie als berechtigte Eigentümerin der Niederlassung bestätigen.«

Gott sei Dank, dachte die junge Frau, dass Robert mich mit solchen Papieren versorgt hat und dass ich daran dachte, sie mitzunehmen. Sie holte ihren Ausweis, eine Urkunde, die sie zur Geschäftsführerin ernannte, und die Besitzurkunde für das Haus in der Engelsgrube aus ihrer Handtasche. »Bitte sehr, hier sind meine Unterlagen. Ich bin hergekommen, weil der hiesige Gewürzhandel keine Erträge mehr einbrachte. Heute habe ich nun gröbste Missstände festgestellt.«

Während die beiden Männer die Unterlagen einsahen, beobachtete Theresa die zwei. Der eine, der schon in der Kutsche kaum Beachtung fand und trotz seiner Korpulenz unscheinbar wirkte, war auch hier anscheinend von untergeordneter Bedeutung. Der andere, dieser Thomas Bergmann, aber hatte bereits während der Reise großen Eindruck auf sie gemacht, obwohl sie kein Wort gewechselt hatten. Er war ein kräftiger, breitschultriger Mann mit dunklem Haar und dunklem Bartwuchs, hatte gepflegte, sensible Hände – die waren ihr schon während der Reise aufgefallen – und einen Charme, der stark auf sie wirkte, den sie aber nicht einordnen konnte. Männer wie ihn hatte sie noch nicht kennen gelernt.

»Die Papiere sind in Ordnung«, erklärte Bergmann. »Bitte erzählen Sie uns Einzelheiten.«

»Das Haus, so weit ich es betreten konnte, in den oberen Wohnetagen bin ich noch nicht gewesen, ist in einem desolaten Zustand. In den extra für Gewürze konzipierten Lagerhallen auf dem Hof wohnen die Angestellten in verkommenen Räumen. Im Keller liegen unzählige Weinfässer, mit deren Inhalt der von uns angestellte und bezahlte Geschäftsführer seinen eigenen Handel betreibt, und unsere kostbaren Gewürze verrotten in dem hintersten, feuchtesten Loch des Kellers und dienen den Mäusen als Behausung.« In der Erinnerung an diese Bilder musste Theresa mit den Tränen kämpfen. »Wissen Sie«, fuhr sie fort, »diese Gewürze werden unter Lebensgefahr von Menschen in fernen Ländern angebaut, umsorgt und geerntet, über weite, gefahrvolle Ozeane hierher gebracht und sollten auch hier gehegt und gepflegt werden, damit wir sie als erstklassige Ware verkaufen können und sie die Küchen der Menschen bereichern und allen, die sie genießen, Freude machen.«

Sprachlos hörten ihr die beiden Männer zu. Dann sagte Horst Bartels: »Donnerwetter, so habe ich das noch nie gesehen. Es schmeckt gut, wenn am Essen außer dem Salz auch noch Pfeffer ist oder wenn der Milchreis mit Zimt verfeinert wird.«

Theresa nickte. »Gerade der Zimt ist von feinster Qualität, wenn er hier ankommt. Hunderte von Menschen in China schälen die dünne Rinde von Zimtbäumen, trocknen sie vorsichtig, damit sie nicht zerbricht, und rollen sie – Schale für Schale – ineinander, damit wir die feinen Stangen bekommen. Und nun hausen Mäuse und die Ratten in den Tonnen.«

»Also, das geht nicht«, nickte Bartels seinem Kollegen zu. »Was machen wir?«

Thomas Bergmann sah Theresa zweifelnd an. »Wir kontrollieren Ihre Aussagen, das müssen wir. Dann werfen wir die Männer raus. Wir können sie wegen Betrugs verhaften und einsperren, wenn Sie offizielle Anklage erheben. Was aber passiert, wenn die wieder auf freiem Fuß sind? Dann, fürchte ich, sind Sie in Lübeck Ihres Lebens nicht mehr sicher. Wollen Sie das?« Theresa sah ihn fassungslos an. »Was meinen Sie damit?«

»Die Männer werden es Ihnen heimzahlen. Vielleicht haben sie sogar Kumpane, die sofort zuschlagen.«

»Das glaube ich nicht, wie sollten sich die Männer an mir rächen?« Sie schüttelte den Kopf.

»Man könnte Ihr Haus anzünden.«

»Dann würde die ganze Straße abbrennen. Das kann kein Mensch verantworten. Nein, Herr Bergmann, ich bin kein ängstlicher Mensch. Zunächst wohne ich in einem Hotel, denn das Haus muss von Grund auf renoviert werden. Dann werde ich einen Hausmeister einstellen und andere Bedienstete, und als persönlichen Begleitschutz könnte ich mir einen großen Hund zulegen, eine Dänische Dogge etwa – nein, Angst habe ich nicht.«

»Sie könnten noch etwas anderes tun, Fräulein Iserbrook.«

»Und was wäre das?«

»Sie könnten sich gütlich mit Ihrem Geschäftsführer einigen.«

»Mit einem Betrüger, der seit Jahren mein Geschäft schädigt?«

»Sie würden sich viel Ärger, Aufregung und Kosten ersparen.«

»Und wie soll so eine Einigung aussehen?«

»Überreden Sie ihn, mit Sack und Pack auszuziehen und seine Kumpane und seine Weinfässer mitzunehmen. Wenn er seinen Wein behalten darf, kommt er gut weg, darauf wird er eingehen.«

»Und wenn nicht?«

»Wir werden neben Ihnen stehen und ihm klarmachen, was eine Anzeige für ihn bedeutet.«

Theresa überlegte eine Weile, dann nickte sie. »Gut, ich bin nicht uneinsichtig. Wir können es versuchen. An meinem Plan für Haus und Hund ändert sich aber nichts.«

»Dann wollen wir gehen.« Horst Bartels befahl zwei jungen Polizisten, sie zu begleiten. Die Männer setzten ihre Helme auf, zogen die Jacken glatt und schnallten die Gürtel enger.

Auf dem Markt hinter dem Rathaus herrschte lebhaftes Gedränge. Händler und Marktfrauen boten Obst und Gemüse aus den Dörfern rund um die Stadt an, eine Meierei mit Milch und Molke, Butter und Käse hatte ein großes offenes Zelt aufgebaut, Geflügelhändler mit Käfigen voller Tauben, Hühner, Enten und Gänse schrien im Chor mit ihren Vögeln, ein Fischhändler pries seinen frischen Fang in Zubern voller lebender Aale und Zander an, und ein Marktaufseher machte sich mit lauten Worten und kampfbereiten Ellenbogen Platz, um von Stand zu Stand vorwärtszukommen und seine Gebühren einzukassieren. Und zwischen allen Menschen drängten sich die Hausmädchen und Köchinnen mit ihren Körben; Damen mit gerüschten Hauben oder Hüten und in feinen Gewändern, die ihre Dienerinnen beaufsichtigten und die Ware bezahlten, Schmarotzer, die auf Abfälle hofften, um ihren Hunger zu stillen, und Handwerker, die Schnitzereien, gedrechselte Teller und Dosen und verzierte Werkzeuge feilboten, bevölkerten den Platz.

Die Polizisten führten Theresa in einem großen Bogen um das Gedränge herum und begleiteten sie durch die Schüsselbuden und angrenzende Straßen bis zur Engelsgrube. Schließlich zeigte Theresa auf das schmalbrüstige Kaufmannshaus mit den drei Etagen und dem Treppengiebel am Dachgeschoss.

Aus einem geöffneten Fenster im Parterre hörte man Männer grölen. Bartels nickte den beiden Polizisten zu. »Holt sie heraus.«

Die beiden gingen die Steinstufen hoch, betätigten den Klopfer, und als niemand die Tür öffnete, stießen sie mit den Stiefeln dagegen und gingen hinein. Das Gegröle endete mit einem Schlag, und die Polizisten schoben drei Männer mit hochroten Gesichtern, trüben Augen und schweißnassen Haaren heraus. Sichtlich angetrunken, starrten sie auf die Offiziere und die Frau in ihrer Mitte.

»Was soll denn das?«, keifte Hans Martens entrüstet. »Kann man nicht mehr in Ruhe seine Geschäfte erledigen?«

»Von Geschäftsverhandlungen kann bei diesem Gegröle wohl kaum die Rede sein«, erklärte Horst Bartels. »Uns ist eine Beschwerde zu Ohren gekommen, der wir nachzugehen haben.«

»Beschwerde? Was für 'ne Beschwerde? Hier hat alles seine Ordnung, und wenn wir etwas laut sind, liegt das am Rotwein, den wir verkosten mussten. Weinhandel verlangt so was.«

»Weinhandel? Ich höre wohl nicht recht.« Bartels stellte sich direkt vor die Männer. »Dieses Haus ist eine Gewürzhandlung, was hat das mit Wein zu tun?«

»Ich … wir … also mit den Gewürzen ist kein Geld zu verdienen, da habe ich …, da haben wir … na ja, da haben wir den Weinhandel aufgebaut.«

Die beiden Lagerarbeiter schüttelten energisch den Kopf.

»Nicht wir, Hans, du hast mit 'm Wein angefangen. Und vom Profit haben wir noch nischt gesehen. Zieh uns nich in dein Schlamassel mit rein.«

»Hält's Maul«, fuhr Martens den Mann an. »Du lebst hier wie die Made im Speck, hast 'ne Wohnung und 'n Auskommen, was willste mehr?«

»Dafür schuften wir auch wie die Verrückten«, mischte sich der andere ein. »Ne, ne, mit krummen Dingen will ich nischt zu tun haben. Du hast gesagt, mit dem Wein, das hat seine Ordnung, und nu steh'n die Schutzmänner hier rum und woll'n uns an den Kragen, ne, Hans, nich mit mir.«

»Verdammt«, schimpfte Martens, »da füttert man die Laffen durch, und dann sitzt man allein in der Tinte. Was woll'n Sie eigentlich von mir?«

»Hier wird Anzeige gegen Sie erstattet, Herr Martens«, wendete sich Thomas Bergmann an den so genannten Geschäftsführer. »Sie werden angezeigt wegen fehlender Umsätze im Gewürzhandel, für den Sie eingestellt wurden, wegen Vernachlässigung dieses Hauses, wegen falscher Benutzung der Gewürzlager auf dem Hof, wegen des Schadens an falsch gelagerten Gewürzen in einem ungeeigneten Keller, wegen Missbrauchs des Kellers als privates Weinlager und wegen Betrugs des Hamburger Großhandelshauses Iserbrook durch falsche und fehlende Kontoführung.«

Die beiden Polizisten stellten sich rechts und links neben Hans Martens, seine beiden Kumpane rückten Schritt um Schritt von ihm fort.

»Was soll das heißen? Bin ich etwa verhaftet, weil ich ein paar Fässer Wein in den Keller gerollt habe?«

»Sie haben Ihren Auftraggeber, Ihren Herrn und Meister, nach Strich und Faden betrogen, darum geht es, und das zählt schwerer als ein paar Weinfässer im falschen Keller.«

»Und was wird nu? Sperren Sie mich ein wegen so 'n bisschen Wein und falscher Kontobücher? Die Dame da, die Sie mitgebracht haben und die mich anscheinend angezeigt hat, kann mir gar nichts nachweisen. Für mich gilt nur, was der Herr Iserbrook in Hamburg sagt.«

»Die Dame ist die Geschäftsführerin und vertritt den Herrn Iserbrook, wir haben die Papiere geprüft. Ihr gehörten das Haus, das Geschäft und der ganze Gewürzhandel. Sie haben ihr großen Schaden zugefügt, und deshalb sind wir hier.«

»Verdammt, das kann ich ja nich wissen.«

»Jetzt wissen Sie es, und jetzt müssen Sie mit den Folgen fertig werden.«

»Und was für Folgen sind das?«

»Sie können wählen: Entweder Sie räumen noch heute das Haus mit allem, was dazugehört, oder wir nehmen Sie sofort mit, und dann gibt's eine Gerichtsverhandlung, und als Verurteilter werden Sie zum Gespött der ganzen Stadt und verbringen Ihre Zukunft in der Zuchthauszelle.«

»Aber das können Sie doch nicht machen, ich bin ein unbescholtener Bürger.«

»Sie waren ein unbescholtener Bürger.«

»Na gut, dann räume ich das Haus. Und was ist mit dem Wein?«

»Sie können ihn mitnehmen, hat die Dame gesagt.«

Martens sah sich um. »Rudolf, Erich«, rief er, aber die beiden Kumpane waren nicht mehr zu sehen.

»Mist, nu steh ich auch noch allein da. Wie soll ich das denn schaffen?«

»Das ist Ihr Problem«, mischte sich Bartels wieder ein. »Suchen Sie sich Helfer, und spätestens morgen Mittag sind das Haus, der gesamte Keller und die Lagerhäuser auf dem Hof leer, gesäubert und in einem einwandfreien Zustand. Morgen um Punkt zwölf, beim letzten Glockenschlag der Marienkirche, sind wir wieder hier und sehen uns das alles an, und glauben Sie mir, wenn auch nur ein Krümelchen irgendwo liegt und eine einzige Spinnwebe zu finden ist, nehmen wir Sie mit.«

»Himmel, wegen 'ner Spinnwebe.«

»Tun Sie, was ich sagte, und hüten Sie sich vor Frechheiten, Sie sind der Dumme, das garantiere ich Ihnen. Und nun ran an die Arbeit.«

Die vier Polizisten nahmen Theresa in die Mitte und liefen die Engelsgrube hinauf zur Breitenstraße. Da die Straße vom Hafen aus ziemlich steil noch oben führte, stolperte Theresa über ihr langes Kleid. Mühsam raffte sie den Rock hoch und schüttelte die Volants aus. Galant reichte ihr Thomas Bergmann seinen Arm. Auf einen Wink von ihm verabschiedeten sich die drei anderen. »Ich werde das gnädige Fräulein in ihr Hotel begleiten. Es ist besser, sie genießt einen gewissen Schutz, bevor sie sich den großen Hund anschafft«, lächelte er und bedeutete den Kollegen, zurück zur Wache zu gehen.

In der Breitenstraße angekommen, winkte Thomas Bergmann nach einer Mietdroschke. »Erlauben Sie, dass ich Sie zu Ihrem Hotel begleite?«

»Ja, danke«, antwortete Theresa verlegen. An Herrenbegleitung musste sie sich erst gewöhnen. Zu Hause in Hamburg hatte sie ein paar Freundinnen und deren Brüder, mit denen sie verkehrte, und selten genug erlaubte die Mutter, dass sie einmal mit denen ausging.

Als sie in der Droschke saßen, fragte der Polizist sie: »Kennen Sie Lübeck, Fräulein Iserbrook?«

»Nein, ich bin zum ersten Mal hier.«

»Es ist eine sehr schöne, alte Stadt mit vielen Sehenswürdigkeiten. Wenn es Ihnen recht ist, bitte ich den Kutscher, ein paar kleine Umwege zu fahren, damit ich Ihnen etwas von der Stadt zeigen kann.«

»Danke, das ist sehr nett, aber ich möchte lieber auf dem kürzesten Wege in mein Hotel zurückkehren, denn ich habe viel zu tun.«

»Das ist schade, aber ich kann Sie verstehen. Wie wollen Sie jetzt vorgehen?«

»Ich muss mir Handwerker suchen, die das Haus instand setzen, ich muss Dienstpersonal finden und engagieren, ich muss die oben liegende Wohnung ansehen und feststellen, ob sie bewohnbar ist und ob ich neue Möbel brauche und …«

»Und Sie müssen einen großen Hund anschaffen …«

Lachend sah sie ihn an. »Sie nehmen den Gedanken mit dem Hund nicht ernst? Ich sage Ihnen, er wird meine erste Anschaffung sein. Verstehen Sie nun, dass ich keine Zeit für eine Besichtigungsfahrt habe? Es wartet wirklich viel Arbeit auf mich. Und vor allen Dingen muss ich den Gewürzhandel wieder einrichten. Wenn ein Händler schläft, verschläft er seine Chancen, man wird ganz schnell vergessen, wenn man nicht aktiv ist.«

Verblüfft sah er sie an. »Sie haben aber viel vor, ist das nicht ein bisschen zu viel, gnädiges Fräulein?«

Theresa schüttelte den Kopf. »Sie haben selbst gesehen, wie es um meine Gewürzhandlung steht. Ich scheue die Arbeit nicht, im Gegenteil, ich freue mich darauf. In Hamburg war ich immer nur die Zweite im Geschäft, jetzt will ich beweisen, dass ich auch die Erste sein kann.«

Er lächelte. »Sie werden das schaffen, davon bin ich überzeugt. Aber sollten Sie einmal etwas freie Zeit haben, dann würde ich mich freuen, Ihnen Lübeck zeigen zu dürfen.«

»Danke, dann werde ich Ihr Angebot gern annehmen.«

Sie hatten das Hotel erreicht. Thomas Bergmann stieg aus und reichte ihr die Hand, um sie zu stützen. Lustig und vom Wind zerzaust quollen die braunen Locken unter ihrem Hut hervor, und als sie den Fuß ausstreckte, um über den Eisentritt auf die Straße zu gelangen, war er entzückt von dem schlanken Bein in dem weißen Baumwollstrumpf, das sich ihm entgegenstreckte. Er, der eingefleischte Junggeselle, war fasziniert von einer Frau, die er erst seit zwei Stunden kannte – die Reise von Hamburg nach Lübeck zählte für ihn nicht, denn sie hatten nicht ein einziges Wort miteinander geredet. Er geleitete sie bis zur Rezeption, verneigte sich und küsste ihr galant die Hand. »Wir sehen uns morgen um zwölf Uhr vor Ihrem Haus in der Engelsgrube?«

»Ja, ich werde pünktlich sein. Und vielen Dank für Ihre Hilfe.« Sie drehte sich um, ließ sich den Zimmerschlüssel geben und stieg auf der Treppe nach oben. Sie drehte sich nicht noch einmal um.

Bergmann sah ihr nach. Wenigstens hat sie ein gutes Hotel gewählt, dachte er. Sie so allein in dieser Stadt und mit all ihren Problemen zu wissen, behagte ihm gar nicht. Na schön, immerhin hat man deutlich gesehen, dass sie unter polizeilichem Schutz steht.

Er grüßte den Mann an der Rezeption, wandte sich um und ging.

Elftes Kapitel

Die Venezianerin widmete sich ganz und gar der Betreuung ihrer heimgekehrten Kinder – dass sie Alinia als Tochter betrachtete, war für sie ganz selbstverständlich. Sie ließ Schneider und Schuhmacher, Weißnäherin und Hutmacherin und vor allem einen Hamburger Arzt und eine Hebamme kommen, damit der Gesundheitszustand der werdenden Mutter kontrolliert wurde.

Alinia hatte mit ihrer Schwangerschaft keinerlei Probleme. Freilich, das Gehen wurde beschwerlich und das Schlafen auch, aber sonst fühlte sie sich wohl. Das Kind bewegte sich in ihrem Bauch, und wenn sie mit Lukas allein war, gestattete sie ihm hin und wieder, seine Hand auf ihren Leib zu legen, um ihn an ihrem Glück teilhaben zu lassen.

Viel interessanter als ihre Schwangerschaft erschien ihr die Arbeit von Silvana, und am liebsten hätte sie viele Stunden in dem duftenden Laboratorium der Mutter zugebracht. Aber Silvana erlaubte ihr höchstens einmal am Tag einen Blick in ihren Arbeitsraum. »Ich möchte dich nicht den Gerüchen und Essenzen ausgesetzt sehen«, tröstete sie Alinia. »Ich weiß nicht, ob die Aromen und die Öle, die du bei mir einatmest, deinem Kind schaden. Später, wenn dein Baby in der Wiege oben im sonnigen Zimmer liegt, kannst du gern kommen und mir zuschauen.«

Alinia nickte. »Ich verstehe dich schon, du meinst es gut mit uns. Aber später möchte ich nicht nur zuschauen, ich würde gern mit dir zusammenarbeiten, deine Essenzen und Düfte faszinieren mich sehr, ich habe nicht gewusst, was man alles mit Aromen machen kann.«

»Du kannst gern und so oft du willst zu mir kommen«, sie lächelte, »aber ich glaube, wenn dein Kind auf der Welt ist, wirst du alle Hände voll zu tun haben, um es zu versorgen und zu lieben. Du ahnst ja gar nicht, wie viel Zärtlichkeiten ein kleines Kind braucht.«

»Ich habe sie nie kennen gelernt, diese Zärtlichkeiten. Bei uns kam ein kleines Mädchen in eine Hängematte; wenn es schrie, bekam es zu trinken, und ab und zu stieß einer an die Matte, damit sie schaukelte. Die Jungen freilich bekamen ab und zu Zärtlichkeiten zu spüren, immer dann, wenn der Vater sie auf den Arm nahm und seinen Freunden vorstellte. Aber Mädchen? Ihre Hängematten wurden hoch oben an die Decke gehängt, damit sie nur nicht störten.«

»Mein armes Kind, ich sehe schon, wir haben viel nachzuholen und gutzumachen.« Silvana strich ihr über die Haare. »Warum sind sie so kurz?«

»Lukas hat sie abgeschnitten, sie waren so lang«, sie zeigte an ihre Taille, »aber ich musste mich auf der Reise als Junge verkleiden und einen Turban tragen, das ging nicht mit dem langen Haar.«

»Sie werden wieder wachsen, sei nicht traurig.«

»Nein, das bin ich nicht. Aber damals in der Wüste, da habe ich schon ein bisschen geweint. Wir haben sie ganz feierlich begraben – so ist ein Teil von mir im Oman geblieben.«

»Hast du Heimweh?«

»Ein bisschen, alles hier ist sehr fremd für mich.«

»Wir werden dir eine gute Familie sein.«

»Es ist nicht die Familie, nach der ich mich sehne, meine Familie war nicht sehr nett zu mir, außer meiner Mutter, aber die musste ihre Liebe zu mir verstecken, und so habe ich davon nicht viel gespürt.«

»Das muss eine schwere Zeit für so ein kleines Mädchen gewesen sein.«

»Ich kannte kein anderes Leben. Ich war zwar oft traurig, aber eigentlich wusste ich nicht, warum.«

»Und dann solltest du einen fremden Mann heiraten, hat Lukas erzählt.«

»Ja, das war ein großer, alter, fremder Mann, und er wollte mich nur zu seinem Vergnügen und als Dienerin für seine Familie haben. Ich hatte solche Angst.«

»Und dann kam Lukas.«

»Ja, er hat meine Mutter geheilt und war immer freundlich zu mir. Da habe ich gemerkt, dass es auch liebevolle Menschen gibt. Und dann habe ich mir gewünscht, immer in seiner Nähe zu sein. Wenn er mich an die Hand nimmt, habe ich keine Angst mehr.«

Um Alinia auf andere Gedanken zu bringen, schlug Silvana vor: »Was hältst du von einer Spazierfahrt am Nachmittag? Ich würde euch beiden so gern Hamburg zeigen. Die Stadt ist in den Jahren, die Lukas nicht hier war, sehr gewachsen, und die Bauherren haben sich große Mühe gegeben, die Stadt zu verschönern.«

»Ich würde mich auf so eine Fahrt sehr freuen. Irgendwann muss ich mich ja auch selbst einmal in Hamburg zurechtfinden.«

Silvana rief den Butler und befahl ihm, die bequemste Kutsche aus der Remise der Iserbrooks für eine Nachmittagsfahrt zu bestellen.

Sie lächelte Alinia an: »Wir wollen ja nicht, dass dein Kind zu sehr die gepflasterten Straßen zu spüren bekommt.«

An der Haustür wurde die Glocke gezogen. Ludwig öffnete und kam gleich darauf mit zwei Briefen in das Büro von Silvana. »Gnädige Frau, der Postkurier hat Briefe für Sie abgegeben.«

»Danke, Ludwig.« Silvana wollte die Umschläge beiseitelegen, Post bekam sie oft, und fast immer handelte es sich um geschäftliche Nachrichten, und die konnten warten, wenn sie sich mit ihrer Schwiegertochter unterhielt. Aber der Butler schüttelte den Kopf. »Der eine Brief ist vom gnädigen Herrn, und er kommt aus Rotterdam mit einem Eilkurier.«

»Von meinem Mann? Aus Rotterdam?« Hastig griff sie nach dem Umschlag. »Verzeih, Alinia, aber den Brief muss ich lesen, was tut mein Mann in Rotterdam?«

Alinia stand höflich auf und wollte Silvana allein lassen, aber die wehrte ab: »Bleib nur, meine Liebe, du störst mich nicht.«

Mit einem Federmesser öffnete sie den Umschlag und las:

»Meine geliebte Frau, dieser Brief wird dich erschrecken, denn er kommt aus einer Stadt, die ich nie aufsuchen wollte. Ich bin in diesen Tagen in Rotterdam, wohin mich das Schicksal verschlagen hat. Oder sagen wir besser, wohin mich die schwer beschädigte ›La Bella Silva‹ gebracht hat.

Sei nicht entsetzt, mir geht es gut, aber unser Schiff hat einen schweren Schaden erlitten. Bei einem Sturm zwischen den Küsten von England und den Niederlanden sind beide Masten gebrochen, und wir sind in Seenot geraten. Aber die neue Dampfmaschine hat uns gerettet. Mit ihrer Kraft konnten wir den Hafen von Rotterdam erreichen. Nun liegen wir hier auf Reede, und die Schiffsbauer bemühen sich, neue Masten einzubauen und die Schäden zu beseitigen. Es wird ein oder zwei Wochen dauern, aber die Männer arbeiten forsch, denn ich habe ihnen eine Belohnung versprochen. So lebe ich nun hier in einem Hotel und besichtige die fremde Stadt. Es ist eine schöne Stadt, und sie hat viel Ähnlichkeit mit Hamburg. Auch hier droht der Hafen zu versanden, und das wäre das Aus für den Schiffsverkehr, von dem die meisten Menschen hier leben. Genau wie bei uns. Doch ich arbeite auch und nutze den Aufenthalt, um Händler zu treffen, mit denen wir schon lange zusammenarbeiten, die wir aber noch nie persönlich kennen gelernt haben. So hat mein Schiffsunglück auch noch eine gute Seite.

Bitte, meine Liebste, sei nicht traurig oder enttäuscht, alles wird gut, und zum Schluss ziehen wir auch noch einen Nutzen aus der Katastrophe. Bedauerlich ist nur, dass meine Rückkehr sich nun verzögern wird. Aber ich hoffe, du hast eine gute Unterstützung durch Theresa und durch Markus, der sich hoffentlich hin und wieder sehen lässt.

Ich liebe Dich und denke täglich an Dich. Dein Robert.«

Entsetzt blickte Silvana auf das Blatt in ihrer Hand. Alinia war aufgestanden und umarmte sie. »Was ist passiert, Mutter, du bist ganz blass, was ist passiert?«

Silvana tupfte mit einem Taschentuch die Augen trocken, die Tränen ließen sich kaum zurückhalten. »Unser Schiff war in Seenot, jetzt wird es in Rotterdam repariert. Mein Mann war an Bord, und ich hatte schon vorher solche Angst um ihn. Begründete Angst, wie ich jetzt sehen muss. Und er will die Reise nach Venedig fortsetzen, obwohl ich ihn bat, hierzubleiben.«

Alinia zog einen Stuhl heran und setzte sich neben sie. »Alles wird gut, Mutter, er ist bestimmt nicht leichtsinnig und wird die Reise erst fortsetzen, wenn das Schiff wieder ganz hergestellt ist. Schade, dass wir nicht früher hier angekommen sind, wir hätten ihm die Weihrauchstraße beschreiben können, er hätte nicht nach alten Papieren und Wegeskizzen in Venedig suchen müssen.«

»Ja, mein Liebes, und nun denkt er, ich habe hier eine gute Unterstützung durch Theresa, dabei ist sie in Lübeck und wird kaum fragen, wie ich hier zurechtkomme.«

»Beide wissen, dass du mit dem Handel fertig wirst, dass sie sich auf dich verlassen können. Du wirst von allen Menschen, die ich kenne, bewundert«, jetzt musste sie beinahe lachen, »na ja, viele sind es ja nicht, die ich kenne, aber Lukas und ich und alle hier im Haus lieben und bewundern dich.«

Silvana lächelte nun auch. »Du versteht es, einen Menschen zu trösten, wie gut, dass ihr endlich hier seid.« Sie sahen sich an. »Wo ist Lukas eigentlich?«

»Er wollte einen Medicus aufsuchen und sich nach hamburgischen Ausbildungsmöglichkeiten erkundigen.«

»Aber er ist doch so ein guter Heiler. In Salalah gab es viele Menschen, die er geheilt hat, und alle sagten, dass er ein großer Heiler ist. Auch meine Mutter hat er gesund gemacht.«

»Aber in Hamburg stellt man große Ansprüche an einen Medicus, es gibt andere Methoden und sogar Maschinen, die einem Doktor helfen, man muss sie nur bedienen können. Und das muss Lukas erst noch lernen.«

»Er wird es ganz schnell lernen, er ist sehr begabt«, erklärte Alinia stolz.

»Ich weiß, Alinia. Mir wäre ja lieber, er würde sich mit dem Gewürzhandel befassen, aber ich weiß, dass ich seinem Lebenstraum nicht im Weg stehen darf.«

»Du bist die beste Mutter, die ein Mensch sich wünschen kann. Du lässt deine Söhne gehen, dafür werden sie dir ewig dankbar sein.«

Silvana betrachtete heimlich die junge Frau an ihrer Seite. Wie schon so oft in den wenigen Tagen, die sie nun zusammenlebten, bewunderte sie die Klarsicht, mit der Alinia komplizierte Vorgänge in ganz einfache Worte kleidete und wie sie Probleme zu durchleuchten wusste, die oft so schwer verständlich waren. Und dann ihre Sprache, Lukas hatte ihr die Sprache der Gebildeten beigebracht, sie wusste sich gut auszudrücken, und sie hatte wohl auch eine große Begabung zum Lernen. Sie lächelte im Stillen und stellte sich die beiden auf dem Rücken der Kamele mitten in der Wüste vor und hörte im Geist die Lektionen, mit denen ihr Sohn dem Mädchen aus Oman Grammatik und Aussprachen erklärte. Er hat es wirklich gut gemacht, dachte Silvana dankbar. Dann griff sie zu dem zweiten Brief, den sie zuerst achtlos auf die Kommode gelegt hatte. Er war von Theresa, wie sie jetzt sah, und er war wohl nicht weniger wichtig.

»Geliebte Mama«, schrieb ihr die Tochter, »ich hoffe, Du bist mir nicht mehr böse wegen meiner Heimlichkeiten, aber es war höchste Zeit, in Lübeck nach dem Rechten zu sehen. Hier herrscht das Chaos, Mutter. Das schöne Haus ist verwahrlost, statt unserer Gewürze verkaufte der Geschäftsführer Rotwein auf eigene Rechnung, die Lagerhäuser wurden von Gehilfen bewohnt, und die kostbaren Gewürze verfaulten im Keller. Mit Hilfe der Polizei habe ich Ordnung schaffen können und den Geschäftsführer Hans Martens zusammen mit seinen Kumpanen und mit seinen Rotweinfässern aus dem Haus getrieben. Aber nun muss ich an den Wiederaufbau des Gewürzhandels und die Instandsetzung des Hauses denken, und dazu benötige ich Geld. Ich weiß, dass wir gutes Kapital angespart haben, nun brauche ich einen großen Teil davon, denn unser Handel mit den Ostseeländern war immer erfolgreich, und an diesen Erfolg möchte ich wieder anknüpfen.

Bitte schicke durch einen bewachten Kurier so viel Geld, wie wir in Hamburg entbehren können, an Polizeikommissar Thomas Bergmann direkt in das Lübecker Rathaus, wo er seine Amtsstuben hat. Er ist ein vertrauenswürdiger Mann mit großer Kompetenz in dieser Stadt, und ich weiß keinen besseren Empfänger und Verwalter meines Vermögens.

Mutter, ich entschuldige mich noch einmal für meine Abreise. Glaube mir, sie war nötig, aber über die Gründe möchte ich noch nicht sprechen. Nur so viel, mit Dir und dem Geschäft hatten sie nichts zu tun. Dass meine Anwesenheit hier von größter Wichtigkeit ist, habe ich nicht gewusst, aber geahnt.

Ich wohne zurzeit in einem gut geführten Hotel, will aber in den nächsten Tagen in unser Haus in der Engelsgrube umziehen. Ich werde dann zunächst in einer Baustelle leben, aber ich denke, ein Zimmer kann ich bewohnbar machen. Außerdem bin ich auf der Suche nach einem Hausmeisterehepaar, das sich um die äußeren Belange kümmert, während ich so schnell wie möglich das Geschäft wieder aufbauen will. Wenn Du mir auch noch meine Kleidung und meine kleinen geliebten Utensilien aus Hamburg herschicken könntest, wäre mein Leben beinahe wieder ganz in Ordnung.

Ich liebe Dich, und ich denke oft an Dich. Deine Theresa.«

Benommen legte Silvana den Brief zur Seite. So viele Nachrichten, von denen sie nicht wusste, ob sie gut oder schlecht waren, so viele Neuigkeiten, die sie verstehen musste, so viele Berichte, die sie bedenken sollte. Mein Gott, dachte sie, wie sehr hat sich mein Leben in wenigen Tagen gewandelt.

Silvana ahnte nicht, dass die alles verändernde Nachricht schon bald eintreffen sollte.

Mit schuldbewusster Miene kam Lukas verspätet zum Mittagessen. Noch immer versuchte die Köchin mit großer Geduld zu erfahren, was Lukas besonders gern mochte, und mit noch größerer Geduld zauberte sie seine Lieblingsgerichte auf den Tisch. Wenn er dann aber zum Essen zu spät kam, hatte er allen Grund, schuldbewusst dreinzublicken. So auch heute. Das Vorgericht, ein köstliches Taubenparfait, hatte er bereits versäumt, nun musste er sich beeilen, um von dem Salzwiesenlamm zu kosten, bevor es erkaltete und zurück in die Küche wanderte. Frische frittierte Blumenkohlröschen und die ersten neuen Kartoffeln rundeten die köstliche Speise ab. Auf den süßen Nachtisch verzichtete er meist. »Wisst ihr, ich muss an meine Körperfülle denken. Ich möchte nicht eines Tages als dickleibiger Medicus hier in Hamburg praktizieren«, erklärte er dann lachend und schob die Schüsseln mit Pudding oder Sahnebaisers, Karamellspeisen oder schaumig geschlagenen Cremes weit von sich.

Silvana wartete mit einem Gespräch, bis die Mamsell den Kaffee im Salon serviert hatte, dann erzählte sie Lukas von den beiden Briefen. Dass Robert in Seenot geraten war und nun in Rotterdam auf die Reparatur seines Schiffes wartete, bedauerte er zwar, die Nachricht berührte ihn aber wenig. Er kannte den zweiten Mann seiner Mutter nicht und wusste nur in einer vagen Erinnerung an frühere Gespräche, die er meist heimlich belauscht hatte, dass dieser Robert ein Abenteurer war. Der Brief von Theresa hingegen bewegte ihn sehr.

»Wir müssen ihr natürlich helfen«, bestätigte er den Wunsch der Schwester.

»Aber ich wage nicht, ein Vermögen einem fremden Kurier anzuvertrauen«, begründete Silvana ihre Zurückhaltung. »Selbst ein eskortierter Kurier kann von einem solchen Vermögen verführt werden. Auch wenn er nicht überfallen wird, kann er der Verlockung, so viel Geld zu besitzen, verfallen.«

Lukas richtete sich selbstbewusst auf. »Ich selbst könnte als Kurier nach Lübeck reisen. Ich könnte gleichzeitig dort nach dem Rechten sehen, Theresa beraten und ihr helfen, und du hättest nicht die Sorge mit dem Geld. Besitzen wir denn dieses Geld, von dem Theresa schreibt?«

»Ja. Wir hatten gute Geschäftsjahre, und Robert hat alle Gelder, die wir nicht wieder für den Handel gebraucht haben, in der Hamburger Sparcasse im Stadthaus deponiert.«

»In Hamburg gibt es eine Sparcasse?«

»Ja, sie wurde vor drei Jahren vom Ratsherrn Abendroth gegründet, und Robert meinte, sie sei der sicherste Aufbewahrungsort, den er sich wünschen könnte.«

Ihr Gespräch wurde durch einen Seufzer unterbrochen. Alinia, die bisher höflich geschwiegen hatte, sah mit ängstlichen Augen ihren Mann an. Schließlich flüsterte sie: »Du willst mich allein lassen?«

Lukas kniete sofort neben ihr. »Du bist doch nicht allein, mein Liebling. Mutter ist hier, der Doktor kennt dich und die Hebamme auch, und außerdem haben wir noch zwei Monate Zeit bis zur Geburt unseres Kindes. Dann bin ich längst wieder zurück.«

»Aber es ist so eine weite Reise in eine fremde Stadt.«

»Es ist nicht weit, mein Liebes. Nur siebzig, höchstens achtzig Meilen. In zwei Tagen bin ich dort, zwei Tage bleibe ich, und in zwei weiteren Tagen bin ich zurück. Ich bin kaum eine Woche unterwegs, mein Liebes, also kein Grund zur Beunruhigung. Und Theresa braucht unsere Hilfe, das musst du verstehen.«

Und zum ersten Mal spürte Alinia, dass sie nicht der Mittelpunkt dieser neuen Familie war.

Zwölftes Kapitel

Theresa hatte in ihrem Brief an die Mutter nicht übertrieben. Das Haus und vor allem die Wohnung in den oberen seit Jahren nicht benutzten Etagen war in einem desolaten Zustand und nicht bewohnbar. Das Dach war undicht, und die Feuchtigkeit war nicht nur in die Mansarde eingedrungen, sondern hatte auch die darunter liegenden Wohnräume erfasst. Die roten Backsteine, mit denen das Haus vor mehr als hundert Jahren erbaut wurde, waren von schlechter Qualität und sogen die Feuchtigkeit wie ein Schwamm auf, und das gesamte Gebäude roch feucht und muffig. Die Möbel, zwar korrekt mit Tüchern zugedeckt, waren verstaubt und feucht, Spinnweben zogen sich über die Wände, und in der Dunkelheit huschten überall Mäuse herum.

Theresa, an den Luxus im Herrengraben-Palais gewöhnt, war fassungslos. Sie musste sich zusammenreißen, um das Haus nicht sofort zu verlassen. Sie wollte ihr Entsetzen nicht vor den Polizisten zeigen, die mit ihr in die Engelsgrube gekommen waren, um den Zustand des Hauses und den Auszug des Geschäftsführers zu überprüfen.

Martens hatte sich an die polizeilichen Auflagen gehalten und die Räume, für die er zuständig war, geräumt und gereinigt. Auch die Mobilien in den Lagerräumen auf dem Hof, die Weinfässer im Keller und die rattenverseuchten Gewürzreste hatte er entfernen lassen. Mit einem Lächeln und den »besten Wünschen für das Fräulein Iserbrook« hatte er schließlich den großen Schlüssel übergeben und war mit seinen Kumpanen zum Hafen hinunter davongegangen.

Polizeikommissar Thomas Bergmann und Horst Bartels, sein Inspektor, waren nicht weniger entsetzt als Theresa. Ihre Aufgabe als

Gesetzeshüter war eigentlich mit der Übergabe des Schlüssels erledigt, aber Bergmann brachte es nicht über sich, die junge Frau allein in diesem Chaos zurückzulassen. So verabschiedeten sich Bartels und seine beiden Polizisten und gingen zurück zur Wache im Rathaus, während Bergmann bei Theresa blieb. Er ließ sich den Schlüssel geben, verschloss das Haus und nickte der jungen Frau zu. »Kommen Sie, gnädiges Fräulein, wir gehen in ein kleines Restaurant, essen einen Happen und besprechen die Zukunft in aller Ruhe.«

Theresa schüttelte den Kopf und unterdrückte mit aller Macht Tränen der Enttäuschung. »Ich kann jetzt nichts essen. Ich sehe mein Heim vor mir, und ich weiß nicht, wo ich mit allem anfangen soll.«

»Ich mache einen Vorschlag: Wir werden in aller Ruhe die nächsten Schritte besprechen, und ich bin gern bereit, Ihnen zur Seite zu stehen, wenn es Sie beruhigt.«

Sie nickte erleichtert: »Ich wüsste nicht, wen ich hier um Hilfe bitten könnte, ich bin Ihnen sehr dankbar, Herr Kommissar.«

»Jetzt lassen Sie mal den Kommissar weg und übersehen Sie die Uniform. Ich heiße Thomas.« Galant reichte er ihr den Arm und führte sie durch den Engelswisch zu einem Gasthaus mit dem großartigen Namen ›Zu den himmlischen Heerscharen‹.

»Es ist von außen eher unscheinbar, von innen aber beeindruckend«, versicherte er, öffnete die verwitterte Eingangstür, führte sie durch einen kleinen Raum mit einem Ladentisch, auf dem ein paar Lebensmittel zum Kauf angeboten wurden, und durch einen niedrigen Bogengang in ein kellerartiges Gewölbe, das von Wandlichtern dezent beleuchtet wurde. Die hell getünchten Mauern waren mit lustigen Fresken verziert. In vielen kleinen Nischen standen elegant gedeckte Tische mit weißen Damastdecken, Servietten in Silberhaltern, Blumensträußchen und Kerzen. Kellner mit Delikatessen auf großen Platten eilten von Tisch zu Tisch, Bestecke klapperten, Gäste sprachen miteinander, und ein angenehmer Duft von Kerzen und Blumen lag in der Luft. Überrascht und fasziniert blieb Theresa stehen. »Wie schön«, sagte sie und sah ihren Begleiter an, »wirklich ein himmlisches Versteck.«

Thomas Bergmann bat einen Kellner, ihnen einen Platz zu zeigen, und der führte sie in eine etwas abseits gelegene freie Nische. Ein paar Gäste nickten dem Polizeikommissar zu, als sie vorbeigingen, und Theresa bemerkte, dass ihr Begleiter ein bekannter und gern gesehener Gast in diesem Lokal war. Galant half er ihr aus dem Mantel, und für einen Augenblick schämte sich Theresa, dass sie noch immer ihr Reisekleid trug. Aber sie hatte nur wenig Geld aus Hamburg mitgebracht und musste es gewissenhaft einteilen, und ganz bestimmt würde sie es nicht für Garderobe ausgeben.

Verlegen nahm sie Platz, und als sie nicht wusste, wohin sie ihren Beutel mit der Petit-Point-Stickerei legen sollte, nahm Thomas ihr die Tasche ab und legte sie neben sich auf einen freien Stuhl. Dann bestellte er einen leichten Weißwein und sah sie fragend an. »Wir können unter Fischgerichten, Fleisch- und Eierspeisen wählen, gnädiges Fräulein.« Er reichte ihr die Speisekarte, ein in braunem Leder gehaltenes Futteral mit dem goldgeprägten Namen des Gasthauses.

Theresa lächelte, obwohl sie sich etwas unwohl in der feinen Gaststätte fühlte, denn in ihrer Familie war es nicht üblich, außerhalb des Hauses zu speisen, es sei denn, man war bei guten Freunden eingeladen. Dann nahm sie allen Mut zusammen und erklärte: »Bitte vergessen Sie das ›gnädige Fräulein‹, ich heiße Theresa, und ich schließe mich Ihrer Wahl bei den Speisen an.«

Thomas nickte zufrieden, sie hat den Schock überwunden, dachte er erleichtert und wählte Schollenfilets und als Vorspeise Travemünder Aalsuppe. Fragend sah Theresa ihn an. »Ich dachte, es gäbe nur eine Hamburger Aalsuppe.«

»Die Spezialität aus Travemünde ist eine Suppe mit besonders geräuchertem Aal, sie wird Ihnen schmecken.« Und während sie auf die Suppe warteten, fragte er: »Wie stellen Sie sich Ihre Zukunft in Lübeck vor?«

Theresa antwortete nicht sofort, die Ängste waren wieder da.

Aber sie war höflich genug, die Furcht zu unterdrücken. Sie wollte diesem netten Mann nicht die Freude an dem gemeinsamen Essen verderben. So sagte sie couragiert: »Ich werde das gesamte Haus leer räumen und instand setzen lassen. Ein Zimmer werde ich bewohnen, um an Ort und Stelle zu sein, wenn die Handwerker kommen. Außerdem muss ich sofort mit dem Gewürzhandel anfangen.«

»Aber Sie können nicht allein in dem leeren Haus leben, mit Handwerkern verhandeln und Geschäfte machen.«

»Ich brauche ein zuverlässiges Hausmeisterehepaar, das dort vorübergehend in einem der Kontorräume wohnen könnte, dann bin ich nicht allein.«

»Warum bleiben Sie nicht in Ihrem Hotel, bis das Haus bewohnbar ist?«

»Um ehrlich zu sein, ich habe nicht das Geld für einen langen Hotelaufenthalt mitgenommen.«

»Aber ich könnte …«

Mit einem klaren Nein unterbrach ihn Theresa sofort. »Ich werde die Hamburger Firma bitten, mir das nötige Geld zu schicken. Ich wäre allerdings dankbar, wenn ich die offizielle Anschrift der Polizeibehörde im Rathaus und Ihren Namen als Empfangsstelle angeben dürfte. Ich weiß nicht, wo ich es sonst sicher deponieren kann.«

»Das ist kein Problem, ich bin Ihnen gern behilflich, wenn es in meiner Macht steht.«

Theresa bedankte sich erleichtert. Die Suppe wurde serviert.

Und sie schmeckte köstlich. Während des Essens unterhielten sie sich nicht, und Theresa beobachtete heimlich ihr Gegenüber. Seine Tischmanieren waren untadelig, und seine schlanken und dennoch kräftigen Hände hatten ihr schon in der Kutsche gut gefallen. Schön müsste es sein, von solchen Händen gestreichelt zu werden, dachte sie und erinnerte sich an die Hände von Robert, die sie heimlich geliebt und nie gefühlt hatte. Nun ja, überlegte sie, beim Tanzen neulich, da habe ich sie gespürt und das hat mir sehr gefallen. Verlegen senkte sie die Augen und tupfte mit der Servierte die Lippen ab. Die Teller wurden abgeräumt, und eine Platte mit Schollenfilets, gedünstetem Gemüse und kleinen Kartoffelbällchen bedeckte die ganze Mitte des Tisches. Theresa konnte ein entzücktes »Oh« nicht unterdrücken, und Thomas freute sich, dass er ihren Geschmack getroffen hatte. Mit wenigen eleganten Handbewegungen legte er ihr Speisen auf den Teller, reichte ihr die Sauciere und nickte ihr lächelnd zu. »Guten Appetit, Theresa«, und damit war besiegelt, dass sie sich mit dem Vornamen ansprechen würden.

Auf ein Dessert verzichteten beide, und Thomas bestellte nur Mokka, zu dem einige selbst gefertigte Pralinés des Hauses gereicht wurden.

Als der Tisch abgeräumt war, zog Thomas ein Notizbuch und einen Stift aus der Tasche. »Wenn es Ihnen recht ist, schreiben wir einmal auf, was der Reihe nach gemacht werden muss.«

»Ich brauche zuerst einen Hausdiener mit Frau, damit die Räumung des Hauses beaufsichtigt wird. Dann muss ich ein Zimmer so herrichten, dass ich darin wohnen kann. Das Gleiche gilt für den Hausmeister, für ihn muss ein Kontorraum eingerichtet werden. Die notwendigen Möbel für beides kann ich kaufen. Dann muss ein Abfuhrunternehmen das Haus leer räumen, danach erst kann ich Handwerker bestellen.«

Thomas machte sich eifrig Notizen. »Ein Hausmeisterehepaar kenne ich vielleicht. In dem Dorf, aus dem ich komme, ist vor wenigen Wochen ein Gutsherr gestorben, und das Personal ist nun ohne Arbeit. Es sind zuverlässige Leute.«

»Das wäre eine große Hilfe. Handwerker und den Fuhrunternehmer finden wir sicher in Lübeck.« Ganz spontan hatte sie »wir« gesagt, und leicht verlegen sah sie den Mann gegenüber an.

»Ich hab es gehört«, lächelte er, »mir gefällt es, wenn Sie Vertrauen zu mir haben. Und gute Handwerker haben wir in Lübeck auf jeden Fall. Aber ich denke, Sie sollten zuerst den Wert und die Beständigkeit des Hauses prüfen lassen.«

»Wie meinen Sie das?«

»Wir sollten wissen, ob sich die Reparaturen lohnen. Wenn die Basis nicht mehr stimmt, würden Sie viel Geld in eine Ruine investieren, und das möchte ich vermeiden.«

Theresa sah ihr Gegenüber konsterniert an. »Aber ein neues Haus kann ich nicht bauen, über ein solches Vermögen darf ich allein nicht verfügen.«

»Ich kann das verstehen, aber eine Fehlinvestition wäre auch von großem Schaden.«

»Und was mache ich nun?«

»Wir warten ab, was die Handwerker sagen. Und wenn sich die Reparatur nicht lohnt, könnten Sie vielleicht ein anderes Haus kaufen oder mieten.«

»Das Haus in der Engelsgrube ist ein alter Familienbesitz und bei den Gewürzhändlern wohl bekannt. Ich weiß nicht, wie so ein räumlicher Wechsel aufgenommen würde. Obwohl« – sie zögerte einen Augenblick – »obwohl ich persönlich den Standort in der Engelsgrube nicht für günstig halte. Man erreicht das Haus schlecht, die Lagerräume auf dem Hof sind nicht optimal, und repräsentativ sieht die Umgebung auch nicht aus.«

»Die Gruben, die vom Hafen zur Stadtmitte hinaufführen, waren schon immer das Zentrum der Händler.«

»Ja, das mag stimmen, der Hafen liegt vor der Haustür, meine Vorfahren haben da keine Ausnahme gemacht und sich mittendrin angesiedelt. Aber man muss auch an den Fortschritt denken. Die Lastenwagen werden größer, die Gespanne bestehen jetzt vielfach aus sechs Pferden, die können in der Engelsgrube nicht einmal wenden.«

Thomas legte seine Hand auf die ihre. »Ich merke, Sie sehen das alles mit den Augen einer erfahrenen Kauffrau, und ich stimme Ihnen zu. Ich verstehe aber auch, dass Sie an die Kapitalien Ihrer Familie denken müssen. Warten wir die Einschätzung der Handwerker ab.«

Er winkte den Kellner herbei und reichte ihm ein paar Silbermünzen. »Der Rest ist für Sie, und sagen Sie dem Koch meinen Dank, das Essen war vorzüglich.« Eine tiefe Verbeugung zeigte Theresa, dass das Trinkgeld mehr als angemessen schien, und es gefiel ihr, dass dieser Thomas Bergmann kein kleinlicher Mensch war.

Sie wandten sich dem Ausgang zu, wo ein breitschultriger, sehr großer Mann auf sie wartete und dem Kommissar ein Päckchen überreichte. »Für die Frau Mama«, erklärte er und winkte ab, als sich der Polizist dafür bedanken wollte. Dann hielt er seinen Gästen höflich die Eingangstür auf und winkte ihnen noch einen Augenblick nach. Thomas zeigte Theresa das in weißes Leinentuch eingeschlagene Geschenk. »Meine Mutter ist eine Verehrerin seiner Schinkenspezialitäten, und er vergisst nie, mir eine Kostprobe mitzugeben.«

»Und wer war der große Mann mit der weißen Schürze?«

»Er ist der Wirt von den ›Himmlischen Heerscharen‹.«

»Die Gaststätte hat mir gut gefallen. Das Essen war ausgezeichnet. Vielen Dank für die Einladung. Ich hoffe, ich kann mich eines Tages mit einer Einladung in meinem Haus dafür revanchieren.«

»Darf ich Sie wieder in Ihr Hotel begleiten?«

»Ich würde mich sehr freuen, aber ich fürchte, ich beanspruche zu viel Ihrer Zeit, Thomas.«

»Ein Vergnügen ist keine Beanspruchung«, und mit einer Verbeugung reichte er ihr seinen Arm. »Heute Abend werde ich Elsa und ihren Mann Rudolph Maurer aufsuchen und ihnen Ihre Notlage erklären.« Dann winkte er eine Droschke herbei und half Theresa beim Einsteigen.

Später, allein in ihrem Hotelzimmer, legte sich die junge Frau erschöpft auf die Chaiselongue. Auch andere Städte haben galante, wohlerzogene Männer, dachte sie und vergaß ganz, an Robert zu denken, was sie sonst immer vor dem Einschlafen tat. Am Abend schrieb sie ihrer Mutter und bat um Geld für das Haus und den Handel.

Dreizehntes Kapitel

Es war nicht leicht für Lukas, sich auf die Reise vorzubereiten. Alinia machte Schwierigkeiten. Zum ersten Mal seit ihrem Zusammenleben weigerte sie sich, eine Aufgabe, die Lukas für unvermeidbar hielt, anzuerkennen. Sie sah nicht ein, dass das Befinden und die Wünsche einer Schwester wichtiger waren als ihr Wohlergehen. Sie war die Frau, die sein Kind im Leibe trug, sie sollte im Mittelpunkt all seiner Gedanken und seiner Pflichten stehen. Es war schon schwer genug zu ertragen, dass er täglich für viele Stunden das Haus verließ, um bei einem fremden Medicus Hamburger Gepflogenheiten in der Behandlung kranker Menschen zu erlernen. Für sie war er ein untadeliger Heiler, der mit allen Gebrechen fertig wurde, das hatte er in Salalah bewiesen, und schlimmere Gebrechen als dort konnte es hier nicht geben.

Nein, Alinia war mit seiner Reise nicht einverstanden. Sie fühlte sich verletzt, zurückgestoßen, niedergeschlagen, verspürte keinen Appetit mehr und begann ihre Schwerfälligkeit zu beklagen. Seinen Zärtlichkeiten wich sie aus, und Gesprächen ging sie aus dem Wege.

Lukas, der in dem Brief von Theresa eine gewisse Dringlichkeit erkannte, wandte sich schließlich an die Mutter. »Ich weiß nicht, was mit Alinia los ist. Sie ist deprimiert, unlustig, nicht ansprechbar, wenn ich Lübeck erwähne, entzieht sie sich mir.« Silvana, die das Verhalten Alinias genau beobachtete, lächelte. »Sie ist eifersüchtig, mein Junge. Sie will dich nicht mit irgendwem irgendwo wegen irgendwelcher Probleme teilen.«

»So ein Unsinn. Theresa ist nicht irgendwer, sie ist meine Schwester, und sie bedeutet mir sehr viel.«

»Eben, das ist es. Deine Frau fürchtet, sie könnte dir mehr bedeuten als sie selbst. Sie will deine Liebe, deine Fürsorge, deine Betreuung nicht mit einer anderen Frau teilen. Du wirst dich durchsetzen müssen, mein Junge, wenn du das jetzt nicht schaffst, wirst du es nie können.«

»Das klingt sehr hart, Mutter.«

»Es ist sehr hart, Lukas. Alinia muss lernen, nicht im Mittelpunkt zu stehen, sondern Rücksicht auf andere zu nehmen. Wir haben sie lieb, und wir haben sie verwöhnt, das ist in Ordnung, aber irgendwann muss sie auch soziales Verhalten erlernen, und mit dieser Lehre fangen wir am besten gleich an. Geh und kümmere dich um deine Reisevorbereitungen, ich kümmere mich um deine Frau.«

»Ich muss als Erstes zur Hamburger Sparcasse fahren, um Geld zu holen. Wie viel soll ich mitnehmen?«

»Komm mit in mein Kontor und lass uns die Kontobücher prüfen. Theresa braucht viel Geld, das ersehe ich aus dem Brief, aber wir dürfen unser Konto nicht so stark belasten, dass wir hier in Hamburg handelsunfähig werden.«

»Was sind das für Gelder in dieser Sparcasse?«

»Es sind Gewinnsummen, die wir nicht sofort wieder ausgeben mussten. Wir brauchen das Geld aber, um immer geschäftsfähig zu bleiben. Geht eine Gewürzlieferung verloren, müssen wir sie ganz schnell erneuern können, um den Handel aufrechtzuerhalten. Ist eine Lieferung schlecht oder verdorben, müssen wir sie ersetzen können. Und das alles gilt nicht nur für die Waren, sondern auch für Notstände hier im Haus oder in der Dienerschaft, also auch für den Verlust von Hab und Gut.«

»Bei Theresa geht es also um das Haus und den Handel. Lübeck war doch schon immer unsere bedeutendste Niederlassung.«

»Neben Venedig«, korrigierte Silvana. Lukas lächelte. »Natürlich, neben Venedig.« Er kannte die geheimen Sehnsüchte seiner Mutter. »Also, was meinst du, wie viel können wir entbehren?«

»Ich denke, wir teilen das Geld. Hier laufen die Geschäfte gut, und Verluste sind nicht zu befürchten. Unsere Lagerhallen sind gefüllt, und kleinere Einbußen können wir verkraften. Also, hole die Hälfte, aber nimm bitte den Prokuristen mit. Ich möchte, dass alles seine Ordnung hat, dass Horst Moser eingeweiht wird und dass du mit dem vielen Geld nicht allein in der Stadt unterwegs bist. Ich werde inzwischen die Mamsell bitten, dein Gepäck vorzubereiten, Theresas Sachen zu packen, und dann mit deiner Frau sprechen.«

»Könnte ich den Prokuristen nicht mit nach Lübeck nehmen? Er kennt sich doch im Geschäftlichen besser aus als ich und könnte Theresa wenigstens am Anfang unterstützen.«

»Das ist eine gute Idee, obwohl ich ungern auf seine Arbeit verzichte. Aber ihr seid ja nicht lange fort, ich werde die Zeit überbrücken können, und Theresa hat sich mit Moser immer gut verstanden.«

Die Venezianerin, als erfahrene Frau und Mutter, wartete mit dem Gespräch bis nach dem Essen. Lukas war, wie immer in letzter Zeit, zum Essen nicht zu Hause – sonst waren es die Unterrichtsstunden beim Medicus, heute war es der Gang zur Hamburger Sparcasse im Rathaus, die ihn fernhielten. So hatte sie mit Alinia allein am Tisch gesessen, und wie immer in diesen beiden Tagen beklagte sich Alinia über fehlenden Appetit und stocherte lustlos in ihrem Essen herum. Silvana sah mit Verdruss, wie die junge Frau das köstliche Essen missachtete, sagte aber noch nichts. Nach der Mahlzeit, als Alinia erklärte, dass sie sich ausruhen müsse, begleitete Silvana die werdende Mutter nach oben in den Salon, in dem Alinia auf der Chaiselongue zu ruhen beabsichtigte. Sie half ihr beim Hinlegen, deckte sie mit einem Plaid zu und setzte sich neben sie.

Verdrossen sah Alinia sie an. Wollte die Mutter etwa bei ihr sitzen bleiben und ihren Schlaf bewachen? Unglücklich wollte sie sich auf die Seite drehen, aber Silvana legte ihr die Hand auf den Arm. »Wende dich nicht fort, ich muss mit dir reden.«

»Aber ich bin müde, und mein Kind ist sehr unruhig. Ich muss mich auf die Seite drehen.«

»Lass das Kindchen strampeln, es wird ihm guttun.«

»Aber was willst du von mir, worüber willst du reden?«

»Ich weiß, es gefällt dir nicht, aber Lukas wird morgen nach Lübeck fahren. Es ist unsere Pflicht, uns um Theresa und den Handel zu kümmern. Also, sieh diese Notwendigkeit ein, und mach ihm die Abreise nicht so schwer.«

»Lukas ist mein Mann, er gehört in dieser Zeit an meine Seite. Was ist wichtiger, mein Leben und das meines Kindes oder ein Gewürzhandel in dieser fremden Stadt?«

»Du bist eine gesunde Frau, du hast keine Probleme mit der Schwangerschaft, und bis zur Geburt des Kindes ist er längst zurück, also gib deine schlechte Laune auf. Sie nützt nichts und macht nur unser Leben schwerer.«

»Ich will aber, dass er an meiner Seite ist. Immer redet ihr vom Handel, bin ich denn gar nichts wert?«

»Ich werde dir eine Geschichte erzählen, die in dieser Familie von Generation zu Generation weitergetragen wird und die für unsere Einstellung typisch ist: Ganz am Anfang, vor mehr als zweihundert Jahren, als die Iserbrooks mit dem Gewürzhandel begannen, waren sie sehr arm. Aber der Vater der damaligen Familie musste Brot verdienen, damit sie nicht verhungerten, und so sammelte er Kräuter und Gewürze, trocknete sie, verpackte sie in kleine Beutelchen und legte sie in einen Kasten, den er vor seinem Bauch trug. Damit ging er von Haus zu Haus, um die Kräuter und Gewürze gegen Brot einzutauschen. Oft kam er mit blutenden Füßen nach Hause und war kein einziges Beutelchen losgeworden. Dann trieb ihn die Familie wieder fort, für seine blutenden Füße hatte keiner Verständnis oder Mitleid. Aber wenn er heimkam und statt der Gewürze Brot mitbrachte oder Milch für die Kinder oder eine kleine Silbermünze, für die neue Gewürze erworben wurden, erst dann durfte er daheimbleiben, und man pflegte seine wunden Füße mit Salben, bis das Brot und die Milch und die Silbermünze aufgebraucht waren. Dann musste er wieder fort, und kein Mensch fragte nach seinen Schmerzen. Später, als seine Söhne groß genug waren, begleiteten sie ihn. Der Handel wurde etwas besser, und eines Tages konnten sie eine zweirädrige Karre anschaffen, auf der sie ihre Ware anboten. Dann wurden die Füße des alten Mannes so krank, dass er nicht mehr laufen konnte, da setzten ihn die Söhne mitten in die Gewürze auf die Karre und nahmen ihn mit, denn er war der beste Verkäufer, und die Kunden kannten ihn. Als er eines Tages starb, fuhren sie ihn in seinem Sarg mit der Karre zum Friedhof, und viele andere Händler der Stadt begleiteten ihn auf seinem letzten Weg.

Der Gewürzhandel wurde umfangreicher, die Iserbrooks konnten ein Pferdefuhrwerk anschaffen, dann ein zweites, und das erste Haus wurde gebaut. Es war das Handelshaus in der Engelsgrube von Lübeck, das wir nun zu retten versuchen. Aber bis heute ist es so geblieben: Zuallererst kommt der Handel und dann der Mensch. Ich habe das auch lernen müssen, und es ist mir nicht leichtgefallen, aber ich habe die Notwendigkeit begriffen. Nur wenn der Handel funktioniert, haben wir Zeit für die menschlichen Seiten des Lebens. Es ist hart, dieses Leben, nicht nur in Oman, liebe Alinia.«

Silvana atmete tief ein, diese Geschichte bewegte sie immer wieder. Sie dachte an ihr unbeschwertes Leben in Venedig, an den Reichtum ihrer Eltern, der einfach immer da gewesen war und nicht solcher Geschichten bedurfte.

Sie sah Alinia an. Und die schlief tief und fest auf ihrer Chaiselongue. Hatte sie überhaupt ein einziges Wort dieser Geschichte gehört?

Enttäuscht erhob sich Silvana. Wir werden eine schwierige Zeit haben, meine Kleine, aber irgendwann wirst du dich fügen. Auch meine Kinder mussten das lernen. In einer Familie darf keiner nur an sich allein denken, das Wohl der anderen muss immer an vorderster Stelle stehen, und ich werde dafür sorgen, dass du das begreifst.

Mühsam stand sie auf. Die Bewegung nach dem langen Sitzen war anstrengend, und mit Wehmut dachte sie: Ich werde älter, und mit diesem Älterwerden habe ich Probleme, denn in sechs Jahren werde ich fünfzig. Welch ein Alter! Ich kann und ich will es nicht akzeptieren, dass sich mein Körper verändert, dass mein Gesicht Falten bekommt und meine Hände Altersflecken. Mein Haar wird von grauen Strähnen durchzogen, und meinen Augen fällt das Lesen schwer. Ich möchte so gern meine Jugendlichkeit erhalten und meine Frische, sie seufzte, aber ich kann nichts anderes tun, als immer weiter nach außen hin Fröhlichkeit und Frische und Optimismus zu verbreiten. Sie verließ den Salon und ging, auf das Treppengeländer gestützt, langsam nach unten. Sogar auf dieser bequemen Treppe brauche ich schon Unterstützung, dachte sie verzagt, holte tief Luft, richtete sich gerade auf und beschloss: So geht das nicht weiter. Als Erstes werde ich meine Kleidung ändern. Der schwere Stoff, die vielen Unterröcke, die Volants und Bordüren, sie wiegen viel zu viel. Ab sofort werde ich leichte Seidenstoffe ohne jede Verzierung tragen, und die schweren Leinengewebe der Unterröcke und der Unterwäsche verschwinden auch. Und wenn ich im Winter in meinen leichten Kleidern friere, dann müssen die Öfen eben besser geheizt werden.

In der Halle angekommen, rief sie die Mamsell. »Lassen Sie meine Schneiderin kommen und die Weißnäherin ebenfalls, und sie sollen seidene Kleiderstoffe mitbringen und feinsten Batist für die Wäsche.«

»Jawohl, Madame. Denken Sie an eigene Kleidung oder an die der jungen Frau? Ich meine wegen der Musterauswahl und der Farben?«

»Ich denke an meine eigene Garderobe, und die Frauen sollen sich beeilen.«

Silvana ging in ihr Kontor, setzte sich und seufzte resigniert. Ich sollte mich auch viel mehr bewegen, dachte sie. Immer sitzt man: im Kontor, beim Essen, in der Kutsche und schließlich im Salon. Aber wo und wie kann man sich bewegen? Spaziergänge sind ausgeschlossen für eine Dame der Gesellschaft, und außerdem gibt es keine Fußsteige, auf denen ich mich ungefährdet und ohne die Kleidung zu beschmutzen bewegen könnte. Es sei denn, ich begebe mich zu dieser neuen Promeniermeile, die sie Jungfernstieg nennen. Aber auch dort kann ich nicht ohne Begleitung auf und ab gehen. Wenn Robert hier wäre … ach, Robert! Auch er neigt zur Fülle. Noch gefalle ich ihm, noch hält er mich für attraktiv – aber wie lange noch? Männer dürfen älter und korpulenter und weißhaarig werden, aber wir Frauen? Da werden die Messlatten der Attraktivität verschieden angelegt. Auf jeden Fall spreche ich morgen mit der Köchin. Sie soll leichtere Kost auf den Tisch bringen, Fette und Saucen und Torten verbannen, und sie soll morgen damit anfangen.

Sie widmete sich wieder den Kontobüchern, die noch auf ihrem Schreibtisch lagen. Ich sollte ein Schreibpult benutzen wie die Männer, dachte sie, dann könnte ich wenigstens im Stehen arbeiten, nur darauf passen die großen Kontobücher nicht, also muss ich sitzen, um sie vor mir auszubreiten.

Sie griff zu einer Kielfeder, spitzte sie mit dem kleinen Federmesser an und begann zu rechnen: Das Geld, das nach Lübeck überführt wurde, musste in Geschäftsgeld für den Handel und die Hausinstandsetzung und in persönliches Geld für Theresa unterteilt werden. Die Summe, die die Tochter für persönliche Ausgaben brauchte, musste sie auch den Söhnen zugestehen. Also musste sie berechnen, wie viel Geld nach Bremen für das Studium von Markus und seine Wohnausgaben floss. Eine gleiche Summe stand dann auch Lukas zu, aber das glich sich aus, weil er mit seiner Frau hier im Hause lebte. Sie seufzte. Es war schwer, es allen recht zu machen, aber sie war eine pedantisch genaue Mutter, und keines ihrer Kinder sollte sich jemals benachteiligt fühlen. Obwohl sie zornig auf Theresa war, die sie so ohne Rücksprache verlassen hatte, sah sie ein, dass das Chaos in Lübeck beseitigt werden musste. Der Handelsplatz war unerlässlich, wollten sie nicht große Verluste im Ostseeraum hinnehmen.

Sie rechnete noch, als Lukas mit dem Prokuristen vom Rathaus an der Trostbrücke zurück in den Herrengraben kam. Sie trugen das Geld in zwei Beuteln unter ihren Mänteln und waren froh, die Münzen und Banknoten unbeschadet abzuliefern. Silvana besprach mit beiden ihre Aufzeichnungen und legte ihnen die Listen für die Ausgaben zur Unterschrift vor. »Ich möchte, dass alles seine Ordnung hat und schriftlich festgehalten wird.«

»Aber du bist die Prinzipalin, du bestimmst, Mutter.«

»Es handelt sich um Gelder, die der ganzen Familie und dem Handelshaus gehören, darüber kann und will ich nicht allein verfügen.«

»Na gut, wie du willst.« Lukas nahm die Kielfeder und unterschrieb mit seinem Namen. Horst Moser folgte ihm. Dann unterschrieb Silvana, fügte das Datum und den Ort der Unterzeichnung hinzu und streute Sand auf die frische Tinte. Dann verschloss sie das Dokument in ihrem Geldschrank.

»Könnt ihr morgen früh aufbrechen?« Sie sah die beiden Männer erwartungsvoll an. »Es wäre mir lieb, wenn die ganze Angelegenheit so schnell wie möglich erledigt würde. Theresa wartet auf das Geld in Lübeck, und Alinia wartet auf ihren Ehemann in Hamburg. Also, beeilt euch«, fügte sie lächelnd hinzu.

Vierzehntes Kapitel

Sehr früh am nächsten Morgen begaben sich Horst Moser und Lukas Iserbrook auf den Weg nach Lübeck. Der Prokurist fröhlich und erwartungsvoll, denn es war seine erste Fernreise, Lukas schweren Herzens, denn Alinia hatte sich weinend geweigert, ihn zu verabschieden. »Du lässt mich mit meinem Kind allein, das ist unbedacht, Allah ist mein Zeuge ...« Es folgte ein Schwall arabischer Worte, und zum ersten Mal spürten Lukas und Silvana, dass die junge Frau in Hamburg noch keine wirkliche Heimat gefunden hatte. Die beiden Männer fuhren mit einer familieneigenen Kutsche, denn neben den eigenen Reisetaschen hatten sie viel Gepäck für Theresa dabei. »Außerdem ist der Transport mit der Post zu langsam«, hatte Lukas erklärt. »Die Pferde müssen verordnete Pausen einhalten, die Kutsche hält an jeder Poststation, um Fahrgäste zu entlassen oder neue aufzunehmen, macht deshalb Umwege, und man selbst ist vollständig abhängig von den Entscheidungen des Postillion.« So hatte er im Stall der Iserbrooks die große Kalesche mit dem Faltverdeck und die beiden Friesenpferde angefordert. Die waren kräftig, ausdauernd und unempfindlich. Die Kutsche selbst war geräumig, man konnte viel Gepäck mitnehmen, und das Verdeck konnten sie schließen, wenn schlechtes Wetter drohte. Auf einen Boten, der vorausreiten, Hotelzimmer bestellen und Theresa benachrichtigen sollte, hatte Lukas verzichtet. »Wir sind schneller dort als so ein Bote«, versicherte er. »Wir fahren auf der kürzesten Strecke, rasten nur, um die Pferde zu füttern, und übernachten in Oldesloe. Danach ist es nicht mehr weit bis Lübeck, und wir sind vor der Torsperre in der Stadt.«

»Glaubst du, in Lübeck gibt es diese Torsperren auch?«, fragte Silvana besorgt.

»Wenn der Senat, genau wie hier in Hamburg, die unerlaubte Einwanderung von Fremden in die Stadt vermeiden will, muss er Torsperren einrichten. Dann kommt am Abend nur noch der Bürger in die Stadt, der seine Wohnrechte vorweisen kann.«

»Sehr vernünftig«, nickte Silvana, »nachts treibt sich zu viel Gesindel auf den Fernstraßen herum.«

Obwohl Lukas nicht viel Zeit für die Reisevorbereitungen besaß, hatte er die Strecke gründlich geplant. Anhand von Straßenkarten und nach Rücksprache mit dem Kutscher wies er ihn an, über die Orte Wandsbek und Volksdorf in Richtung Ahrensburg zu fahren und von dort aus die Fernstraße nach Oldesloe zu benutzen. Die Fahrwege, zum größten Teil mit Kopfsteinen gepflastert, hatten zu beiden Seiten Sandwege für die Pferdefuhrwerke, und da es in den letzten Tagen nicht geregnet hatte, waren die Wege trocken und angenehm zu befahren. Nur wenn ein langsameres Fuhrwerk vor der Kutsche unterwegs war, mussten die Insassen mit Staub und feinem Sand kämpfen, bis ein solches Fahrzeug überholt war.

Die Pferde, ausgeruht und von dem frischen Morgen angeregt, waren kaum zu halten. Sie wollten vorwärts, sie wollten sich bewegen, und Werner Breitner hatte alle Hände voll zu tun, die kräftigen Schwarzen zu zügeln. Als sie Wandsbek erreichten, ging im Osten die Sonne auf und versprach einen schönen Reisetag. Lukas freute sich auf die Tour an diesem ersten Oktober. Mit großem Vergnügen atmete er die erfrischende Luft ein und dachte für einen Augenblick an die fauligen Schiffsunterkünfte und an die glühenden Hitzetage in Salalah, unter denen er so oft und so furchtbar gelitten hatte.

Gegen Mittag erreichten sie Ahrensburg und legten eine Pause ein. Die Pferde mussten getränkt und gefüttert werden, und die Reisenden wollten einen Imbiss zu sich nehmen. Klara hatte sich selbst übertroffen und neben der Flasche Wein Köstlichkeiten in dem Korb versteckt. Vom kalten Hühnchen bis zu marinierten Filetscheiben, von Pflaumentörtchen bis zu Apfelpfannkuchen und knusprigfrischem Brot fehlte es an nichts. Und während die Pferde am Futtertrog einer Umspannstation standen und ihren Hafer fraßen, ließen sich die drei Männer das Essen munden.

Für Lukas war es selbstverständlich, dass auf so einer Reise die Schranken zwischen Herrschaft und Diener fielen, und die beiden Angestellten, leicht irritiert zwar, nahmen die Freundlichkeit dankbar an. Nach einer guten Stunde mahnte der Kutscher zum Aufbruch. Er kontrollierte die Pferde und sah nach, ob sie sich keine Steine in die Hufe getreten hatten, ob die Eisen fest saßen und ob die Geschirre korrekt geschnallt waren. Lukas überprüfte das festgezurrte Gepäck, und Horst Moser fettete mit einer Ölkanne noch einmal die Drehpunkte der Kutschenräder nach.

Dann ging es weiter. Vor die Sonne hatte sich eine dicke Wolkenwand geschoben, und ein heftiger Wind blies den Reisenden jetzt ins Gesicht. Doch das Wetter hielt sich, bis sie Oldesloe und einen Gasthof mit Stallungen erreicht hatten. Aber kaum war das Gepäck abgeschnallt, die Kutsche in einer Remise untergestellt und die Pferde im Stall, brach das Unwetter los. Wie ein grauer Vorhang fiel der Regen fast senkrecht vom Himmel und hüllte Land und Leute, Häuser und Straßen in eine nasskalte Finsternis. Während Lukas und Horst Moser zwei kleine Kammern bezogen, wollte Werner Breitner im Stall übernachten. »Ist mir lieber, ich bin bei den Pferden. Sie sind fremd hier und unruhig, und dann schlaf ich lieber im Stroh als im Himmelbett.«

Lukas lachte. »Na, Himmelbetten haben wir nicht, und mit Stroh sind unsere Matratzen auch gefüllt, aber ein bisschen weniger stachelig dürften unsere Betten schon sein.«

Die drei nahmen ein gemeinsames Abendessen ein, und dann suchte jeder sein Nachtlager auf.

Es regnete die ganze Nacht, und am Morgen standen viele Straßen unter Wasser. Als die drei Hamburger sich zum Frühstück in der Gaststube trafen, riet ihnen der Wirt dringend von der Weiterfahrt ab. »Sie kommen in die Traveniederung, und da steht alles unter Wasser.«

»Aber wir haben es eilig, gibt es keine andere Strecke? Kann man die Niederung nicht umgehen?«, fragte Lukas besorgt.

»Sie müssten große Umwege fahren, und das sind dann Strecken, auf denen es bestimmt Probleme gibt.«

»Was für Probleme?«

»Unpassierbare Strecken, Diebesbanden, kaputte Brücken, umgestürzte Bäume, die kein Mensch beseitigt – na so was eben.«

»Und was schlagen Sie vor?«

»Bleiben Sie hier und warten Sie's ab. Wenn's aufhört zu regnen, dauert's drei bis vier Tage und Sie können die Niederungen passieren, aber im Augenblick regnet's noch, und ein Ende ist nicht abzusehen.«

»So lange können wir nicht warten.«

»Sie müssen's selbst wissen, aber ich hab Sie gewarnt.«

»Können Sie uns die Umwege aufzeichnen? Wir hätten dann wenigstens einen Plan.« Lukas sah seine Begleiter an: »Was meinen Sie?«

Horst Moser zuckte mit den Schultern. »Es ist Ihre Entscheidung, Herr Iserbrook.«

Der Kutscher kratzte sich am Kopf, ganz behaglich war ihm nicht. Er wollte Pferde und Kutsche nicht unnötig strapazieren, andererseits hatte es der Herr eilig. »Ich richte mich nach Ihnen, Herr. Die Pferde sind kräftig, und die Kutsche ist stabil, aber schlechte Wege haben ihre Tücken.«

»Was könnte passieren?«

»Ein Rad könnte brechen, ein Zaumzeug reißen, wir könnten Gepäck verlieren oder wir müssten zu Fuß gehen, wenn die Kutsche versackt.« Breitner kratzte sich wieder am Kopf. »Wir sollten auf jeden Fall ein Reserverad mitnehmen und eine Säge, wenn Bäume auf dem Weg liegen. Und Riemen können wir brauchen, falls Geschirr kaputtgeht oder das Gepäck sich löst.«

»Also gut«, nickte Lukas. »Besorgen Sie das Zeug und dann nichts wie weiter.«

Eine Stunde später bekam Lukas seine Wegezeichnung, der Kutscher hatte eine Säge und ein Beil sowie je ein Reserverad für vorn und hinten besorgt, und Moser hatte dem Stallmeister mehrere Lederriemen abgekauft und die Anschaffungen des Kutschers bezahlt.

Der Plan, den der Wirt gezeichnet hatte, führte südlich der Trave über Klein- und Groß-Barnitz, durch ein dichtes Waldgebiet, das bei Wesenburg begann und weiter bis Moorgarten reichte, bevor die Reisenden bei Niendorf in die Umgebung von Lübeck kamen. »Die nördliche Strecke bringt Sie in die Nähe vom Herrenteich, in dem Gebiet sind zu viele Seen, da kommen Sie bestimmt nicht weiter, aber da unten ist viel Wald, vielleicht ist es da trockener«, erläuterte der Wirt.

»Welche Strecken benutzen denn die Postkutschen bei solchem Wetter?«, wollte Lukas wissen.

»Die bleiben hier und warten. Das ist Vorschrift, und die Fahrgäste müssen sich damit abfinden.«

»Dafür haben wir keine Zeit.« Lukas bezahlte die Rechnung für Verpflegung und Logis sowie die Stallgebühren, während Breitner und Moser das Gepäck in der Kutsche verstauten, die Pferde anspannten und Planen über den Koffern von Theresa befestigten. Dann drängte Lukas zum Aufbruch. Die Wirtin gab ihnen ein Brot und geräucherte Forellen als Wegzehrung mit: »Da hinten in der Wildnis gibt's keine annehmbaren Gasthäuser«, erklärte sie, und der Wirt hoffte: »Kommen Sie auf dem Rückweg wieder rein, ich würde mich freuen.«

Der Kutscher nahm auf seinem Bock Platz, Horst Moser und Lukas stiegen in die Kalesche, winkten kurz, und ab ging's. Den Pferden machte der Regen nichts aus. Im Gegenteil, Breitner hatte alle Mühe, sie im Zaum zu halten, und Lukas musste sehr aufpassen, dem Kutscher die richtigen Abzweigungen von Haupt- und Nebenstraßen zu nennen, um nicht daran vorbeizupreschen.

Dann hatten Sie Oldesloe hinter sich. Zu dem Regen hatte sich Nebel gesellt, und die Wege verwandelten sich langsam in Pfade, die nur noch durch die Reifenspuren anderer Gespanne erkennbar waren. Hier wurde der Boden schwerer, und die Pferde mussten sich ordentlich in die Riemen legen und wurden ruhiger. Die Räder wühlten sich durch Schlamm und durch Löcher, die in Pfützen verborgen waren, der Wagen knirschte und ächzte, und Lukas bedauerte den Kutscher, der dem Wetter ausgesetzt war und nur seinen Mantel als Schutz hatte. Als sie den Wald bei Moorgarten erreichten, war von dem Fahrweg kaum noch etwas zu erkennen, und der Kutscher bat Horst Moser vor der Kutsche herzugehen, um den Pfad zu suchen. Schließlich kamen sie nur noch im langsamsten Schritttempo vorwärts. Zweimal mussten Sie Bäume zur Seite zerren und einmal einen kleinen Flusslauf durchqueren, der in der Skizze vom Wirt nicht vorhanden war.

Inzwischen bedauerte Lukas seinen Entschluss, trotz der Warnung des Wirtes aufgebrochen zu sein. Da er sich näher an Lübeck als an Oldesloe glaubte, lehnte er eine Umkehr ab.

Der furchtbare Regen wurde etwas schwächer, und als sie eine kleine Waldlichtung erreichten, gönnte Lukas den Pferden eine Rast, verteilte Brot und Fisch unter den Männern und versicherte den beiden, dass sie es, der Zeichnung nach zu urteilen, wohl bald geschafft hätten.

Bevor sie weiterfuhren, gingen die Männer zwischen die Bäume, um ihre Notdurft zu verrichten. Lukas hatte seinen schweren Mantel in der Kutsche abgelegt und war gerade dabei, die Beinkleider wieder hochzuziehen, als das laute Gebrüll schreiender Männer durch den Wald hallte.

Entsetzt rannte er zurück an den Rand der Lichtung und beobachtete, wie sieben Burschen, mit Mistgabeln, Stecken und Beilen bewaffnet, auf die Kutsche zustürmten, die Reisetaschen an sich rissen, das Gepäck für Theresa vom Ständer schlugen, seinen Mantel ergriffen und die Pferde anzutreiben versuchten. Aber die Tiere, erschrocken von dem Gejohle und den plötzlichen Stockhieben, wehrten sich, sie schlugen mit Hinter- und Vorderbeinen um sich und verstrickten sich so in ihren Geschirren, dass sie sich nicht mehr vorwärtsbewegen konnten. Die Burschen sahen sich um, ergriffen alles, was sich zu stehlen lohnte, und rannten brüllend und jubelnd davon.

Zu ihrem Glück und zur eigenen Rettung waren die drei Reisenden in ihren Verstecken geblieben. Gegen die sieben Männer und ihre Waffen hätten sie keine Chance gehabt. Entsetzt und verwirrt traten sie endlich wieder auf die Lichtung, beglückwünschten sich zu ihrem Überleben und versuchten, die aufgebrachten Pferde zu beruhigen. Dann erst bemerkte Lukas das Fehlen seines Mantels, und – was weitaus schlimmer war – mit dem Mantel hatten die Banditen das gesamte, für Lübeck bestimmte Vermögen erbeutet. Silvana hatte die Münzen und die Geldscheine eigenhändig zwischen Wollstoff und Futter eingenäht.

Fassungslos setzte sich Lukas auf den Kutschentritt, schlug die Hände vor das Gesicht und schüttelte den Kopf. Breitner und Moser, die nicht wussten, was den Herrn so entsetzte, versuchten ihn zu besänftigen. »Ist ja noch mal gutgegangen, Herr, die paar gestohlenen Sachen kann man nachkaufen, und die Pferde haben sich auch beruhigt«, versuchte der Kutscher ihn zu ermutigen. Aber Lukas schüttelte den Kopf. »Mein Mantel ist weg, und in den war das Geld für den Aufbau von Haus und Geschäft in Lübeck eingenäht. Unsere Reise ist umsonst, und ich bin schuld an einer Katastrophe, die die Existenz unseres Imperiums in Hamburg und Lübeck gefährdet.«

Sprachlos hörten die beiden Männer die Klagen. Eigentlich war es unüblich, dass Gebieter vor ihren Angestellten eigenes Verschulden beklagten oder geschäftliche Probleme offenbarten, in diesem Fall aber verstanden sie die maßlose Verzweiflung ihres Herrn. »Wir werden eine Lösung finden, Herr Lukas«, versuchte der Prokurist zu beschwichtigen. »Geld und Gepäck kann man ersetzen, ein Leben nicht. Und wir haben unser Leben noch.«

»Wir haben auch noch die Pferde und die Kalesche«, nickte Breitner stolz. »Die Pferde haben die Kutsche gerettet, wir können weiterfahren, wir müssen nicht zu Fuß laufen.«

»Aber wohin?«, stöhnte Lukas. »Was soll ich in Lübeck ohne Geld?«

»Wir müssen unbedingt nach Lübeck«, widersprach Moser.

»Wir müssen nach dem Rechten sehen und die neue Lage mit Fräulein Iserbrook besprechen. Sie wird auf jeden Fall auf Hilfe aus Hamburg warten.«

Langsam beruhigte Lukas sich. Die Männer hatten Recht. »Also gut, fahren wir weiter.«

Sie erreichten Lübeck kurz vor Toresschluss und kamen wegen der Umwege über das Mühlentor in die Stadt. Lukas erkundigte sich bei dem Torwärter nach dem Weg zur Engelsgrube. »Fahren Sie immer geradeaus durch die Mühlenstraße. Dann kommen Sie durch die Breite Straße, und am Ende davon ist der Koberg, da geht's dann links runter in die Engelsgrube.« Lukas bedankte sich und wies den Kutscher an weiterzufahren.

Lübeck war eine reiche Stadt, das sah Lukas sofort, und er erinnerte sich, im Gymnasium gelernt zu haben, dass Lübeck im vierzehnten Jahrhundert als ›Königin der Hanse‹ galt und nach Köln die zweitgrößte deutsche Stadt war, und das ›Lübecker Stadtrecht‹ wurde einst von mehr als hundert anderen Städten im Ostseeraum übernommen. Von ihrem Reichtum zeugten nicht nur die eleganten Bürgerhäuser, sondern auch die mächtigen Kirchen, deren sieben Türme sie schon von weitem gesehen hatten.

Die Straßen waren genauso eng bebaut wie in Hamburg, aber alle Häuser, die an den Straßen standen, waren wegen Brandgefahr aus Stein gebaut.

Lukas erinnerte sich, dass die Befestigungsanlagen die Stadt vor zwanzig Jahren vor den Franzosen, die in Hamburg so verheerend gewütet hatten, retteten und seine Großmutter, die als Engländerin vor den Franzosen von Hamburg nach Lübeck in die Engelsgrube geflüchtet war, schützten. Und nun stand dieses Stammhaus der Iserbrooks, das damals ihre Zuflucht gewesen war, in einem desolaten Zustand vor dem Verfall. Und das Geld für die Reparaturen war in seinem Mantel geblieben und für immer verloren.

Moser, der ihm gegenübersaß, beobachtete den jungen Mann und ahnte, was in ihm vorging. Er wollte ihm gern helfen, denn er mochte diesen ältesten Sohn seiner Herrin, der schon so viel Schweres in seinem Leben durchgemacht hatte, aber er wusste nicht, wie. Wir müssen erst einmal ankommen, dachte er, und mit dem Fräulein sprechen, dann sehen wir weiter.

Sie hatten den Koberg erreicht und bogen in die Engelsgrube ein. »Welche Hausnummer, Herr?«, fragte der Kutscher.

»Ich weiß es nicht, aber am Eingang ist ein Schild mit dem Handelsnamen.« Angespannt suchten nun alle drei nach dem Haus. Dann entdeckte Moser das Schild neben dem Eingang. »Hier ist es, Breitner, halten Sie an.« Der Kutscher hatte Mühe, das Gespann auf der abfallenden, mit Kopfsteinen gepflasterten, regennassen Straße zum Stehen zu bringen. Endlich stand die Kutsche, und Lukas stieg aus. Er lief die Stufen hoch und bediente den Klopfer. Ein älterer Mann öffnete und sah den Besucher skeptisch an. »Zu wem wollen Sie denn?«, erkundigte er sich und blickte auf die drei Männer und die Kutsche.

»Wir kommen aus Hamburg, und wir suchen Fräulein Iserbrook. Ich bin ihr Bruder«, stellte sich Lukas vor.

»Dann kommen Sie man rein. Das Fräulein ist oben, ich rufe sie gleich.« Er ging in den Flur und rief: »Gnädiges Fräulein, da ist Besuch für Sie aus Hamburg.«

In einer der oberen Etagen ging eine Tür. »Ich komme.«

Dann Schritte auf der Treppe, und dann sah Lukas seine Schwester nach fünfzehn Jahren zum ersten Mal wieder. Aus dem kleinen, blond gelockten Mädchen von damals war eine bildschöne junge Frau geworden, die ihr dunkles Haar unter einem Kopftuch verbarg und eine grobe Arbeitsschürze über ihrem Kleid trug.

»Hallo«, begrüßte Lukas sie. »Ich bin es, Lukas, dein Bruder.«

»Lukas?« Fassungslos sah Theresa den Mann an, der da unten in ihrem Hausflur stand und seinen Hut verlegen in den Händen drehte.

»Lukas? Bist du das wirklich?« Dann sah sie Horst Moser, der neben ihn trat und ihr zunickte. »Ja, du bist es«, mit ein paar Sprüngen flog sie die Treppe hinab und mitten hinein in seine ausgebreiteten Arme. »Du bist es wirklich. Wo kommst du her? Seit wann bist du zu Hause? Warum hat mir keiner berichtet, dass du da bist? Gott sei Dank, dass du noch lebst. Ich habe so um dich geweint, damals, als man dich entführt hat.« Auch jetzt liefen ein paar Tränen über ihre Wangen. Sie wischte sie hastig ab und lachte: »Jetzt sind es aber Freudentränen.«

Lukas, selbst überwältigt von dem Wiedersehen, drückte seine Schwester an sich. »Das will ich auch hoffen«, flüsterte er mit erstickter Stimme, »das will ich auch wirklich hoffen.«

»Und nun bist du hergekommen. Hat Mutter dich geschickt? Hat sie meinen Brief bekommen? Ist sie sehr böse auf mich? Willst du mir hier helfen? Bleibst du bei mir?« Sie löste sich aus der Umarmung. »Mein Gott, und den Herrn Moser hat sie auch gleich mitgeschickt und eine ganze Kutsche. Ihr könnt euch gar nicht denken, wie froh ich bin, dass ihr alle gekommen seid.«

Der Kutscher räusperte sich. »Gnädiges Fräulein, das Gespann steht mitten auf der Straße, da kommt keiner vorbei, kann ich die Pferde irgendwo unterstellen? Gibt es hier einen Mietstall?«

Theresa lachte: »Ja, natürlich, wir müssen Platz auf der Straße machen.« Sie winkte Rudolph Maurer heran, der noch immer etwas verlegen neben der Haustür stand.

»Rudolph, fahren Sie bitte mit und zeigen Sie dem Kutscher den Weg zu unserem Hof. Es geht nur zwei Mal rechts herum, dann kommen Sie auf den Hof. Da ist ein Schuppen, in dem Sie Pferde und Kutsche unterstellen können.« Sie sah ihren Bruder an. »Habt ihr kein Gepäck?«

»Nein«, verlegen schüttelte Lukas den Kopf, »aber das ist eine andere Geschichte.«

»Gut«, erklärte Werner Breitner, »dann bringen wir erst mal die Kutsche weg, und Futter muss ich auch besorgen.« Er war froh, dass er nicht dabei sein musste, wenn Lukas die Geschichte des Überfalles und seine Folgen erzählte.

Zweifelnd fragte Theresa: »Und ihr habt gar kein Gepäck?«

»Nein. Wir sind überfallen worden, und man hat uns alles gestohlen.«

»Was? Das ist nicht wahr. Wo denn?«

»Wir mussten wegen Überschwemmungen einen Umweg machen, und im Wald von Moorgarten sind wir Banditen in die Hände gefallen. Wir können froh sein, dass wir überhaupt noch leben.«

»Mein Gott, wie furchtbar. Welch ein Glück, dass man euch nicht umgebracht hat. Seid ihr verletzt, können wir etwas für euch tun?« Sie sah sich nach der Frau des Hausdieners um. »Elsa, bitte koch Tee für alle und bring ihn in mein Büro«, und an Lukas und Horst Moser gewandt: »Nun kommt erst einmal rein, legt eure Sachen ab und setzt euch. Mein Kontor ist der einzige akzeptable Raum in diesem Haus.« Sie ging durch die Halle und öffnete die Tür. »Bitte, nehmt Platz und dann erzählt, was passiert ist und wie es in Hamburg aussieht.«

Die beiden Männer erzählten aus Hamburg und schilderten dann die Reise und den Überfall. »Es ist alles meine Schuld«, versicherte Lukas. »Der Wirt hat uns von der Weiterfahrt abgeraten, aber ich wollte so schnell wie möglich zu dir. Mit so einem Überfall hat natürlich keiner von uns gerechnet. Und nun ist alles weg. Dein Gepäck und vor allem das viele Geld, mit dem wir dir helfen wollten.«

Sprachlos hörte Theresa dem Bruder zu. Was sollte sie dazu sagen, wie sollte sie ihn trösten – und wie sollte es nun weitergehen?

Es klopfte an der Haustür. Da Rudolph mit dem Kutscher unterwegs und Elsa noch in der Küche im Souterrain war, stand Theresa auf, um zu öffnen. Sie wusste, dass Thomas Bergmann jeden Abend um diese Zeit kam, um sich nach ihrem Ergehen zu erkundigen. Vielleicht wusste der Rat? Sie bat ihn herein und sagte: »Mein Bruder ist gekommen, aber er hat sehr schlechte Nachrichten. Bitte kommen Sie, ich möchte Sie miteinander bekannt machen.«

Die beiden Besucher standen auf, als sie mit dem gut aussehenden Polizeioffizier ins Kontor kam, und Lukas empfand einen winzigen Stich der Eifersucht, als er dem fremden Mann die Hand gab. Theresa stellte sie einander vor und sagte sofort: »Wir müssen eine Anzeige aufgeben, Thomas. Mein Bruder ist überfallen und all seiner Sachen beraubt worden.«

Lukas schilderte noch einmal den Überfall und sah den Offizier fragend an. »Hat so eine Anzeige überhaupt einen Sinn?«

Thomas Bergmann schüttelte den Kopf. »Ich fürchte: nein! Wir haben es in den Wäldern noch immer mit marodierenden Banden aus der Franzosenzeit zu tun. Sie haben sich abgesetzt, als die Franzosen zurückgezogen sind, und treiben seit Jahren ihr Unwesen in den Wäldern und an der Küste. Sie kapern Flussschiffe, leben von Überfällen auf Überlandreisende und brechen in die Dörfer ein, wenn keine andere Beute zu machen ist. Bis wir eingreifen können, sind sie längst über alle Berge.«

»Damit habe ich wirklich nicht gerechnet«, sagte Lukas verlegen, »aber hinterher ist man immer klüger als vorher.«

»Und was machen wir nun?« Theresa war nicht nur enttäuscht, sie war verzweifelt. All ihre Pläne vom Aufbau des neuen Handels, von der Renovierung des Hauses, von der großen Bonität der Firma und von der Macht, die sie anstrebte und mit der sie beweisen wollte, dass auch eine Frau ein blühendes Geschäft aufbauen und ausüben konnte, sah sie im Nichts zerrinnen.

»Wir werden einen Weg finden«, sagte Lukas energisch. Er wollte vor dem fremden Mann nicht als Versager erscheinen. »Wir werden die Situation prüfen und Möglichkeiten finden. Morgen krempeln wir hier im Haus die Ärmel hoch und beginnen mit der Arbeit.«

Theresa sah ein winziges Licht am Horizont.

»Wir müssen das Dach regendicht machen, das übrige Haus oben kann warten, leer ist es schon, die muffigen, zerfressenen und maroden Möbel habe ich auf die Müllhalde bringen lassen. Hier unten gibt es vier Räume, die ich nutzen kann: Ein Raum wird Gewürzlager, einer ist der Kontorraum – in dem sitzen wir gerade, in einem werde ich wohnen, und in dem vierten wohnen Elsa und Rudolph. In den alten Lagerhallen auf dem Hof gibt es Regale, die man reparieren und hier im Lager aufstellen kann – und dann tausche ich meinen Schmuck gegen die ersten Gewürze, und dann kann der Handel beginnen.« Sie hatte ganz leuchtende Augen, als sie mit ihrem Plan fertig war, und keiner wagte sie zu unterbrechen und Bedenken anzumelden.

Horst Moser, dem der Mut der jungen Frau imponierte, warf ein: »Und ich schicke, sobald ich in Hamburg bin, ein großes Lastenfuhrwerk mit vielen guten Gewürzen her. Damit füllen wir dann die Regale.«

»Und wenn es wieder überfallen wird?«, wandte Theresa besorgt ein?

»Ich schicke vier bewaffnete Lagerarbeiter mit, und dann will ich die Bande sehen, die sich an den Gewürzen vergreift.«

»Ja«, lächelte Theresa beruhigt, »so könnte es gehen. Und später schicken Sie die Waren mit dem Schiff, so, wie es früher war.«

Lukas nickte ihr zu. Am wichtigsten sind jetzt ihr Mut und ihre Zuversicht, dachte er, und in ein paar Tagen haben wir das Schlimmste hinter uns, und ich kann zurück nach Hamburg und mich um Alinia kümmern, die mich, das weiß ich, sehr vermissen wird, weil ich länger in Lübeck bleibe, als ich versprochen habe. Und als Elsa den Tee und ein kärgliches Abendessen servierte, erzählte er von seiner Frau, von ihrer Flucht aus Oman und von dem Kind, das sie erwarteten. Als Thomas Bergmann sich gegen Mitternacht verabschiedete, waren sich auch die beiden Männer nähergekommen.

Fünfzehntes Kapitel

Theresa stand in ihrem Kontor und sah sich um. Die Hamburger waren abgereist. Lukas hatte ihr versprochen, sobald er seine Frau und das Baby für ein paar Wochen allein lassen konnte, zurückzukommen, um ihr zu helfen, und Horst Moser hatte ihr feinste Gewürze auf schnellstem Wege zugesichert.

»Ich schicke Ihnen den größten Lastenwagen und die besten Pferde mit einem guten Kutscher und vier Lagerarbeitern, und das alles können Sie hier behalten, bis der eigene Handel sich entwickelt hat«, sagte er zum Abschied.

»Als Leihgabe?«, hatte sie gefragt. Und er hatte genickt. »Als Leihgabe, bis das Geschäft hier wieder blüht. Sie brauchen den Lastenwagen und das Gespann, um die Händler zu beliefern und Waren in Ihr Lager zu transportieren. Auf dem Hinterhof sind leere Schuppen und Lagerhallen, da können Sie einen Stall einrichten und Platz für die Hamburger Lagerarbeiter schaffen, bis Sie selbst eine eigene Kolonne aufgebaut haben. Dann schicken Sie die Hamburger zurück.«

Die junge Frau seufzte und strich mit der Hand über die leere Tischplatte. Die wollte sie so schnell wie möglich durch einen Schreibtisch ersetzen, auf dem sich Kontobücher und Händleradressen, Bestelllisten und Auftragsbücher türmten. Aber bevor es so weit war, mussten hundert Kleinigkeiten getan werden, und am besten war es, ohne zu zögern damit anzufangen.

Sie nahm sich Tücher und einen Eimer mit Wasser und Scheuersand und begann, das Schild der Firma Iserbrook draußen an der Hauswand zu putzen. Es war das Entree für Kunden und deshalb musste es den besten Eindruck machen. Dann bat sie Elsa, die Ziegelsteinstufen vor dem Eingang zu scheuern, während sie selbst das

Holz der Eingangstür mit Bienenwachs bearbeitete, bis die Tür glänzte. Rudolph reparierte und putzte unterdessen die Regale im hinteren Kontorraum. Hier würden die Gewürze aus Hamburg lagern – sollten sie jemals Lübeck erreichen.

Sie schüttelte den Kopf. Der Verlust des Geldes und ihres Gepäcks hatte sie tiefer getroffen als sie den Gästen gegenüber zugegeben hatte. Lukas war so entsetzt über sein Missgeschick, dass sie es nicht durch Jammern vertiefen wollte. Also hatte sie die furchtbare Enttäuschung heruntergeschluckt und sich so optimistisch gezeigt, wie es ihr nur möglich war. Aber im Grunde war sie maßlos verzweifelt. Denn den Schmuck, den sie angeblich veräußern wollte, besaß sie gar nicht. Da hatte sie gelogen, um Lukas nicht tiefer in die Verzweiflung zu stürzen. Ein paar Ketten mit kleinen Anhängern, die sie zu Geburtstagen bekommen hatte, silberne Ringe mit Halbedelsteinen, die kaum etwas kosteten, und der Siegelring, den ihr Robert an ihrem letzten Geburtstag überreicht hatte – aber von dem würde sie sich nie trennen. Auf zierliche Weise waren die Anfangsbuchstaben ihres Namens darauf graviert und innen stand *Von Robert für Theresa* und das Datum ihres Geburtstages.

Sie setzte sich, schluckte ein paar Tränen hinunter und strich ihr Kleid glatt. Seit ihrer Ankunft in Lübeck trug sie das gleiche Kleid. Wenn das Wetter trocken war, wusch sie es abends aus und ließ es über Nacht irgendwo im Durchzug trocknen, aber an manchem Morgen musste sie es feucht anziehen und auf dem Körper trocknen lassen, was nicht gerade angenehm war. Genauso war es mit der Unterkleidung. Aber sie hatte kein Geld, um neue Stoffe zu kaufen und Kleidung nähen zu lassen. Sie hatte so fest mit ihren Sachen aus Hamburg gerechnet, dass sie das wenige Geld, das sie auf die Reise mitgenommen hatte, für die Hotelrechnung, für die Dachreparatur und für die Entrümpelung ausgegeben hatte, denn das Haus musste geräumt werden, bevor sie mit einem Neuanfang beginnen konnte. Nun lüfteten oben die leeren Zimmer bei geöffneten Fenstern, und Rudolph hatte die Aufgabe, bei dem geringsten Anzeichen von schlechtem Wetter durch die Räume zu laufen und die Fenster zu verriegeln. Hoffentlich beginnen Herbstregen und Winterkälte noch lange nicht, dachte sie, stand auf und ging hinunter in die Küche. Auf dem Tisch stapelten sich Berge von Geschirr. Dem Porzellan, den Keramiken und Gläsern hatte zum Glück die Verwahrlosung des Hauses nichts anhaben können. Elsa hatte alles in der Küche sorgfältig gereinigt und nach Mustern, Herstellern und Gebräuchlichkeit sortiert.

Theresa war sicher, dass sie einige Stücke davon verkaufen konnte, denn in dem Geschirr spiegelten sich der gute Geschmack und der Reichtum ihrer englischen Großmutter wider, die stets das Beste für die Familien der Kinder angeschafft und gesammelt hatte. Da gab es Wedgewoodschalen und Platten aus England, zauberhafte Figurinen aus Meißen, Tafelgeschirr aus Limoges, Fayencen und Vasen aus Italien sowie Gläser, Lüster und Spiegel aus Murano. Viele der Kostbarkeiten hatten die Männer der Familie Iserbrook von ihren Handelsreisen mitgebracht, und vieles hatten auch ihre Ehefrauen mit viel Liebe und Sorgfalt ausgesucht. Ein Schatz, mit dem Theresa sehr sorgsam umgehen wollte. Sie musste Händler finden, die Interesse an solchen Kostbarkeiten hatten, und vor allem Händler, die in der Lage waren, diese Stücke mit der entsprechenden Wertschätzung zu verkaufen oder gegen Gebrauchsgegenstände, die sie dringend brauchte, zu tauschen.

Sie begann das Geschirr zu sortieren. Sie brauchte Teller, Tassen und Schüsseln für den täglichen Gebrauch, sie benötigte kostbares Geschirr als Gastgeberin, und sie sonderte das aus, was ihr am wertvollsten erschien und den größten Ertrag bringen würde.

Sie war noch damit beschäftigt, als es an der Haustür klopfte. Gleich darauf erschien Elsa an der Küchentür. »Der Herr Polizeikommissar ist gekommen. Soll ich ihn in Ihr Büro führen?«

»Ja, bitte, ich komme sofort.« Sie freute sich. Die Regelmäßigkeit dieser Besuche tröstete sie über einsame Stunden und traurige Gedanken hinweg. Thomas Bergmann verstand es immer wieder, sie aufzumuntern, ihre Zukunft, an die er ganz fest glaubte, in leuchtenden Farben zu schildern und sie zu Musikaufführungen oder zu kleinen Spazierfahrten einzuladen, um sie mit ihrer neuen Heimat vertraut zu machen. Heute würde sie ihn fragen, ob er Händler empfehlen konnte, denen sie ihr wertvolles Porzellan anvertrauen konnte.

Sie band die Arbeitsschürze ab und eilte die Treppe aus dem Souterrain nach oben. Leicht atemlos betrat sie ihr Büro und ahnte nicht, wie hinreißend sie mit den geröteten Wangen und den leuchtenden Augen aussah.

Auch Thomas Bergmann war leicht atemlos, nicht weil er eine Treppe bewältigt hatte, sondern weil ihm der Anblick der jungen Frau die Luft zum Atmen raubte. Endlich waren diese Hamburger Gäste abgereist, und er konnte an die gemeinsamen Stunden der ersten Tage wieder anknüpfen, in denen sie sich schätzen und kennen gelernt hatten. Er konnte das Verständnis, das sie füreinander hegten, wiederherstellen und kleine Vertraulichkeiten behutsam erweitern. Er war kein Draufgänger, er war ein Mann, der weiblichen Reizen durchaus zugetan war, aber die Frau für eine beständige Beziehung hatte er noch nicht gefunden. Im Freundeskreis galt er als Schwerenöter, aber das war er nicht, er hielt sich nur gern zurück, wenn sich Gefühle nicht lohnten. Doch mit Theresa war das anders.

Aus der Fürsorge für das einsame Mädchen aus Hamburg war längst stille Bewunderung und aus der Bewunderung heimliche Zuneigung geworden. Dennoch, er ließ sich Zeit mit der Offenbarung seiner Gefühle. Er musste die junge Frau erst besser kennen lernen, er musste wissen, ob sie frei war, auch gefühlsmäßig, und wenn er dessen sicher war, würde er ihr seine Empfindungen zeigen.

Galant wie immer küsste er ihr die Hand und fragte nach ihrem Ergehen.

»Ich freue mich über Ihren Besuch, Thomas«, erklärte sie frei heraus, »Sie lenken mich von dem Alltagskram ab und garantieren einen unterhaltsamen Abend.«

Er lächelte: »Mir geht es genauso. Immer wenn ich dieses Haus betrete, erwarten mich Überraschungen, und dann bin ich froh, nicht mehr an die Arbeit denken zu müssen.«

»Hatten Sie einen anstrengenden Tag?«

»Er hielt sich in Grenzen. Ein paar Messerstechereien vor dem Mühlentor, ein paar Diebstähle in Hafenkneipen und ein Gespräch mit dem Senator für Innere Sicherheit über ein gekapertes schwedisches Schiff auf der Trave bei Gothmund. Die Schweden haben sich gewehrt und die Banditen verjagt, aber für eine Aufklärung ist mein Amt zuständig.«

»Ich finde Ihre Arbeit sehr interessant und abwechslungsreich«, stellte Theresa fest.

»Ach, für den Außeneinsatz sind meine Männer zuständig, mir bleiben nur die Büroarbeiten und die Entschuldigungen beim Senat, wenn die Polizisten ein Fehlverhalten nicht aufklären konnten. Das ist dann nicht sehr angenehm für mich.«

»So haben wir jeder unser Päckchen zu tragen.« Sie lachte: »Dennoch, heute würde ich gern ein Stück von dem Päckchen an Sie abgeben.«

»Dann her damit, ich habe breite Schultern, die sind das Lastentragen gewohnt«, ging er auf ihren Scherz ein.

»Würden Sie mir in die Küche folgen?«

»Gern.«

Unten angekommen, bot sich ihm ein farbenfrohes Bild. Auf dem großen Tisch, in Körben, auf Anrichten und auf der kalten Herdplatte stapelte sich in bunter Vielfalt herrlichstes Geschirr, wie er es nur aus dem Sortiment vom Händler Soffriers aus Frankreich kannte, der eines Tages sein Geschäft in Lübeck eröffnet und den Bürgern mitgeteilt hatte, dass er gedenke, die Stadt mit seinen schönen Dingen zu verwöhnen.

Bewundernd stieß Thomas Bergmann hervor: »Mein Gott, wie schön«, dann sah er Theresa fragend an.

»Das Geschirr stapelte sich oben in den Schränken und Vitrinen, die wir ausgeräumt haben, bevor sie zusammenbrachen und zum Schuttplatz gefahren wurden. Es ist sehr wertvoll, und ich möchte den größten Teil davon verkaufen oder gegen brauchbare Möbel tauschen.«

»Welch ein Jammer, dies alles zu veräußern.«

»Ich brauche Geld, Thomas, und andere Werte habe ich nicht.«

»Das verstehe ich, dennoch ist es schade, die edlen Stücke aus den Händen zu geben.«

»Was nützen mir die Figurinen aus Meißen, wenn mein Kleid sich vom vielen Waschen und Tragen auflöst? Und was nützen mir die Fayencen, wenn ich auf der Erde schlafen muss und kein Brot mehr backen kann, weil das Mehl ausgegangen ist? Und wozu brauche ich Geschirr, wenn mir das Geld für die Lebensmittel zur Bewirtung meiner Gäste fehlt?«

Bestürzt sah er sie an. So schlimm hatte er sich ihre Not nicht vorgestellt. Er nickte ihr zu. »Ja, ich verstehe. Und wobei kann ich helfen?«

»Ich brauche einen zuverlässigen, kompetenten und ehrlichen Händler, der mir hilft, die Teile zu veräußern, von denen ich mich trennen muss, der einen guten Geschmack und kaufkräftige Kunden hat.«

»Ich kenne einen französischen Händler mit exquisitem Stilgefühl. Er hat seine Handlung im Fegefeuer und beste Kundschaft in der Stadt.«

»Im Fegefeuer? Das hört sich direkt nach einem schlechten Omen an«, spaßte Theresa.

»Eine Straße hinter dem Dom, wer weiß, was sich die Namensgeber seinerzeit gedacht haben, heute ist die Gasse ein Ort für gut betuchte Händler.«

»Ich bin beruhigt«, sie sah Thomas bittend an, »würden Sie mich zu diesem französischen Händler begleiten?«

»Gern. Wir können fahren, sobald Sie wollen.«

»Aber es ist Abend, und er wird die Handlung geschlossen haben«, gab Theresa zu bedenken.

»Er ist ein guter Bekannter von mir, er wird die Ladentür wieder öffnen, wenn ich davorstehe.«

»Das hört sich gut an. Würde er auch zu mir kommen, um mein Geschirr zu betrachten?«

»Bestimmt wird er kommen. Er ist Händler, und Händler lassen sich nie ein gutes Geschäft entgehen.«

»Ja, das stimmt. Aber ich möchte die Sachen so stilvoll wie nur möglich präsentieren, und dazu brauche ich eine gewisse Zeit und eine passende Dekoration.«

»Woran haben Sie gedacht?«

»Auf dem großen Tisch in meinem Kontor soll eine dunkelblaue Samtdecke liegen, darauf verteilt müssten Leuchter mit brennenden Kerzen stehen, und dazwischen würde ich mein Porzellan und die wertvollen Gläser aus Murano aufstellen. Bei Kerzenschein dürfte das überaus vorteilhaft aussehen.«

»Eine großartige Idee.«

»Eine nicht vollziehbare Vision, Thomas, leider.«

»Aber warum? Das alles lässt sich doch einrichten?«

»Und woher nehme ich den kostbaren Sammet und die silbernen Leuchter?«

»Lassen Sie mich überlegen. Wenn ich nun …«

»Nein, Thomas, Sie werden nichts kaufen und nichts bezahlen und mir auch nichts leihen. Sie wissen, dass ich das ablehne.«

»Ich kenne den Lagermeister, der den Fundus vom Theater verwaltet. Er würde mir ein paar Sachen zur Verfügung stellen.«

Jetzt lachte Theresa herzhaft und dankbar. »Wen kennen Sie eigentlich nicht?«

»Ich bin nun einmal eine stadtbekannte Persönlichkeit, mich sollte man nicht unterschätzen«, scherzte er. »Kommen Sie. Wir fahren los. Zuerst zum Monsieur und dann zum Theater, und morgen früh kann die Besichtigung beginnen.«

Theresa warf einen kritischen Blick auf ihr Kleid. »Ich muss meine Garderobe vervollständigen, warten Sie einen Augenblick?«

Und während Thomas Bergmann den Hausdiener bat, eine Droschke zu rufen, betrachtete sich Theresa im Nebenzimmer. So kann ich unmöglich gehen, dachte sie. Der erste Eindruck ist der wichtigste, und wenn man mich in dem derangierten Kleid sieht, sind meine Chancen auf gute Preise sogleich verflossen. Sie besah sich die Garderobe, die ihr zur Verfügung stand. Dann wählte sie ein großes Schultertuch aus chinesischer Seide, das die Mutter ihr einmal geschenkt hatte, den spitzenbesetzten Hut, den sie auf der Reise getragen hatte, und die dazugehörenden Handschuhe. Ja, überlegte sie, so könnte es gehen. Das Seidentuch lenkt von dem Kleid ab, die Handschuhe verbergen meine verarbeiteten Hände und der Hut mein ungepflegtes Haar. Mein Gott, bat sie, wie sehr wünsche ich mir eine Zofe, die mein Haar bürstet und meine Kleidung instand hält.

Sie ging in die Halle, wo der Kommissar in seiner schmucken Uniform auf sie wartete. Wie immer war er zu Fuß gekommen. Er hatte zwar ein Reitpferd, aber er mochte es nicht am Zügel führen, wenn er einen abendlichen Spaziergang mit ihr plante, oder den Hengst hinter einer fremden Kutsche anbinden, wenn sie, wie heute, eine Fahrt unternahmen.

Die Droschke war vorgefahren. Thomas half ihr galant, die Kutsche zu besteigen, ging hintenherum, setzte sich neben sie und erklärte dem Kutscher: »Wir brauchen Sie für den ganzen Abend. Fahren Sie bitte zuerst ins Fegefeuer, dort warten Sie auf uns. Dann geht's zum alten Theater in die Königstraße und anschließend durchs Burgtor hinaus ins Grüne.« Er lächelte Theresa an und erklärte: »Ein wenig frische Luft wird uns an diesem warmen Herbstabend guttun. Ich kenne da ein Gartenlokal an der Wakenitz, das abends wunderschön mit bunten Laternen geschmückt ist. Sobald es kälter wird, schließt es den Garten, und Sie hätten es nicht kennen gelernt.«

Theresa nickte dankbar. Er war so aufmerksam, so ritterlich, so zuvorkommend – eine feine Röte überzog ihr Gesicht, als sie spürte, wie ein Gefühl von Dankbarkeit und Zuneigung sie erfüllte. Oder war es mehr? War da schon dieses leise Kribbeln des Verlangens, das sie in der Nähe von Robert empfunden hatte und dessen Erfüllung sie nie erfahren durfte?

In zügigem Trab fuhr die Kutsche zum Hafen hinunter, an der Trave entlang, am Holstentor vorbei und dann die Hartengrube hinauf, am Dom vorbei, zum Fegefeuer. Thomas zeigte ihr die Anlegeplätze der verschiedenen Hochseefrachter, der Küstenewer und der Flussschiffe, erzählte ihr die Geschichte des Holstentores, das seit 1478, auf sumpfigem Boden und deshalb ein wenig schief gebaut, die Stadt vor den Dänen schützen sollte, und er zeigte ihr den prächtigen Dorn mit seinen zwei Türmen, den Heinrich der Löwe gegründet hatte. Dann bat er den Kutscher: »Fahren Sie einmal rundherum«, und lachend deutete er auf ein kleines Seitenschiff. »Sehen Sie, da ist das Pendant zum Fegefeuer, das Paradies. Menschen, die etwas angestellt hatten, flüchteten vor der Obrigkeit durchs Fegefeuer in das Paradies und erhofften von der Kirche ein mildes Urteil, weil der Rat der Stadt am Domgelände nichts mehr zu sagen hatte. Und heute noch werden in der kleinen Kapelle Almosen an Arme verteilt.«

»Dann sollte ich vielleicht in dieses Paradies gehen? Und nicht ins Fegefeuer?«

Thomas lachte. »Vertrauen Sie meinen Erfahrungen, ich kenne mich in den heutigen Gepflogenheiten ganz gut aus.« Er nahm ihre Hand, schob den Handschuh zurück und küsste ihr Handgelenk. »Ich meine es gut mit Ihnen, das dürfen Sie mir glauben.«

Ein unbeschreibliches Gefühl von Wohlbehagen und Freude durchströmte Theresa.

Eine Stunde später, auf dem Weg zum Burgtor, lehnte sie sich dankbar und zufrieden zurück. Vor ihr auf der Rückbank stand die kleine Kiste aus dem Theaterfundes mit blauem Sammet, einem Tischläufer aus golddurchwirktem Brokat und mehreren Kerzenhaltern.

Nachdem Thomas Bergmann seinen Freund Monsieur Soffriers von der Bedeutung der wertvollen Porzellansammlung überzeugt und ein Treffen für den nächsten Vormittag vereinbart hatte, war auch der Besuch im Theater erfreulich verlaufen. Morgen früh würde sie als Erstes mit Elsas Hilfe das Geschirr im Kontorraum so dekorativ wie möglich aufbauen, und dann konnte sie nur noch hoffen, dass ihre ansehnliche Ausstellung den Händler ansprach. Heute Abend aber wollte sie die Stimmung dieses warmen Oktobertages und die Zuneigung eines Mannes genießen, den sie in diesen ersten Wochen ihres Aufenthaltes in Lübeck sichtlich beeindruckt hatte.

Als sie das Burgtor durchfahren hatten und die weite Fläche des Wakenitzsees rechts vor sich hatten, konnte Theresa ein überraschtes »Oh, wie schön« nicht unterdrücken.

»Ja«, nickte Thomas, »die alte Stadt ist von Wasser umgeben. Auch wenn sie längst aus ihren Toren hinausgewachsen ist, der Kern wird sich nie verändern.« Er zeigte auf einen bunten Punkt auf der anderen Seite des Sees. »Dorthin fahren wir. Ich bin froh, dass der alte Bleibtreu seinen Garten noch geöffnet hat, ganz sicher war ich mir nicht.«

Der Wirt mit der grünen Schürze vor dem ansehnlichen Bauch führte sie persönlich zu einem Tisch direkt am Wasser. Über ihnen schwankten Monde, Sonnen und Sterne aus Papier im leichten Abendwind in den Ästen, unter ihnen plätscherten kleine Wasserwellen und schleckten über den Rasen fast bis an die Tischbeine. Beinahe alle Tische waren besetzt, und doch herrschte eine andächtige Ruhe über dem Garten. Die Menschen waren von der Schönheit der Nacht beeindruckt, laute Stimmen hätten nur gestört. Nachdem der Wirt eine Flasche und zwei Gläser auf den Tisch gestellt und den Lübecker Rotspon sorgfältig in die Gläser gefüllt hatte, ließ er seine Gäste allein.

Thomas hob sein Glas. »Auf uns, Theresa, auf uns und unsere Zukunft.«

Die Gläser stießen klingend aneinander, und Theresa sah ihr

Gegenüber fragend an. Was bedeuteten dieses ›Uns‹ und ›unsere Zukunft‹?

Thomas blickte ihr in die Augen und nickte. »Ich weiß, was du fragen willst, und ich sage dir, ich meine genau das, was ich gesagt habe. Liebe Theresa, du bedeutest mir sehr viel, mehr als ich auszudrücken im Stande bin. Ich wäre sehr glücklich, wenn du ebenso empfinden könntest und eine gemeinsame Zukunft nicht ausschließen würdest. Aber ich will dich nicht bedrängen, du sollst dich nicht eingeengt oder gar verpflichtet fühlen, das will ich auf gar keinen Fall. Ich liebe dich, und diese Liebe erträgt alles, sogar dein ›Nein‹, obwohl mich das unsäglich traurig machen würde. Würdest du mit mir eine gemeinsame Zukunft planen?« Er nahm ihre Hände, streifte die Handschuhe ab und küsste die Handflächen. Dann sah er sie an und sah, dass Tränen ihre Augen füllten. Da stand er auf und küsste die Tränen weg. »Sag Ja, mein Liebes«, und als sie zaghaft nickte, küsste er sie mit der Liebe und Zurückhaltung eines Mannes, der nun wusste, dass er die Frau fürs Leben gefunden hatte.

Der Wirt, der seine Gäste aus der Ferne beobachtet hatte, kam mit einem dritten Glas an den Tisch und sagte: »Ich denke, dieser Augenblick sollte gefeiert werden. Prosit, ihr beiden! Und in Zukunft steht immer eine Flasche von meinem besten Rotspon für euch bereit.« Und keiner von ihnen ahnte, dass es nie dazu kommen sollte.

Sechzehntes Kapitel

Robert bereitete sich auf die Ankunft in Venedig vor. Nach der Reparatur in Rotterdam war die ›La Bella Silva‹ mit ihren neuen Masten und der Dampfmaschine tief unten in ihrem Rumpf ohne erneute Schwierigkeiten und schneller, als Robert gedacht hatte, in das adriatische Meer eingelaufen und wenige Tage später in der Lagune von Venedig vor Anker gegangen.

Robert war kein eitler Mann, aber er wusste, dass er als Geschäftsmann in dieser weltbekannten Handelsmetropole zu einem stattlichen Auftreten und einem gepflegten Aussehen verpflichtet war. Wollte er andere Händler beeindrucken, musste sein Erscheinen untadelig sein. Vorbei waren die abenteuerlichen Reisen seiner jungen Jahre, in denen ihm Eskapaden und Affären wichtiger waren als der Umschlag von Gewürzen. Sie hatten ihm den Ruf eines Flaneurs eingetragen, einen Ruf, den er längst abgelegt hatte. An der Seite seiner willensstarken Frau war er längst der geschickte Händler geworden, den die Konkurrenten im Norden Europas in ihm sahen.

Hier aber, in dieser Metropole, war er unbekannt, und nur der Name Iserbrook verkörperte eine gewisse Bedeutung im Gewürzgeschäft. Und diese Bedeutung nahm ab. Das konnte er nicht dulden. Angefangen hatte es damit, dass plötzlich der Weihrauchhandel, auf den er so großen Wert legte, an seiner Niederlassung vorbeilief und andere Händler damit reich wurden. Diese Entwicklung konnte und durfte er nicht hinnehmen. Die Existenz der Firma lag ihm sehr am Herzen, und eine lasche Führung und Inkompetenz in der Geschäftsleitung konnte er nicht dulden.

Robert kleidete sich sorgfältig an. Der hellgraue Anzug mit dem feinen Karomuster und die dunkelblaue Seidenweste mit den Perlmuttknöpfen standen ihm gut. Die Farben waren aufeinander abgestimmt, und auch der Hut und die Handschuhe passten zu dem eleganten Erscheinungsbild. Den Regenschirm trug Robert ebenfalls bei sich, denn über der Stadt hingen schwarzgraue Wolken. Er wartete an der Reling, bis eines der Ruderboote, die auf der Lagune zwischen der Stadt und den Überseeschiffen hin- und herpendelten, unten am Fallreep anlegte, um die Passagiere aufzunehmen.

Als Schiffseigner hatte er natürlich den Vortritt, aber als Gentleman ließ er zwei Damen vorangehen, denn es wäre bei dem Wind unhöflich gewesen, die Damen von unten zu betrachten. Schlimm genug, dass sie sich den Blicken der Ruderer aussetzen mussten.

Er kannte die Damen inzwischen recht gut, sie waren in Palermo an Bord gekommen und wollten nach einem Kurzbesuch von Venedig aus nach Wien weiterreisen. Was er bedauerte, denn sie waren charmant, unterhaltsam und gebildet.

Robert wartete, bis Signora Scorfi, so der Name der älteren Dame, und Signora Bonetti, ihre Tochter, das Boot erreicht hatten, dann stieg er selbst über das Fallreep in die Tiefe. Er ließ sich schnell auf dem Sitz nieder, denn das Boot schwankte bedenklich. Zwei weitere Passagiere kamen hinzu, dann legte das behäbige Boot ab, und die beiden Ruderer legten sich in die Riemen.

Am Anleger zur Piazza della Paglia verabschiedete sich Robert von den Damen und stieg in eine Gondel, die ihn zum Geschäftshaus der Iserbrooks am Rio San Zulian bringen sollte. Noch immer war Renato Bernetti Geschäftsführer und Prokurist der Iserbrooks in Venedig. Inzwischen längst verheiratet und Vater von zwei Söhnen, war er nach wie vor ein zuverlässiger und integrer Mitarbeiter des Handelshauses, und doch gingen die Geschäfte zurück. Das lag zum einen an vielen neu gegründeten Handelsgesellschaften, die sich als große Konkurrenten erwiesen, und zum anderen an einer gewissen Unflexibilität Bernettis, der sich schwertat, mit neuen Methoden und schnelleren Zeitabläufen Schritt zu halten. Robert hatte vor, ein ausführliches Gespräch mit ihm zu führen und den Handel genau zu kontrollieren. Er wusste, dass die Kontorbücher peinlich genau geführt wurden, das bewiesen die jährlichen Abrechnungen, die er nach Hamburg geschickt bekam, und doch verliefen die Handelsgeschäfte zu zögerlich und zu umständlich.

Der Gondoliere hielt am Anlegesteg, und Robert betrachtete interessiert den alten Palazzo. Die Farbe bröckelte ab, und dort, wo der Wasserspiegel das Auf und Ab der Tide an der Mauer markierte, hatten sich Algen und Schwämme festgesetzt. Auch der Steg selbst mit den rot-weiß bemalten Pfosten brauchte dringend neue Farbe, schließlich war so ein Steg in dieser Stadt das Entree in ein Haus. Robert betrachtete die Fassade. Auch das Holz der Fensterläden und Balkongeländer war verwittert und brauchte Imprägnierung – alles in allem war das Haus in einem schlechten Zustand, und Robert erinnerte sich an Silvanas Worte, die schon vor Jahren den maroden Zustand bemängelt hatte, aber aus Rücksicht auf den alten Vater Iserbrook von einem Verkauf des Hauses Abstand genommen hatte.

Robert zog am Klingelzug. Eine Frau öffnete die Tür und sah ihn fragend an.

»Ich möchte zu Herrn Bernetti, mein Name ist Robert Iserbrook, ich komme aus Hamburg.«

»Guten Tag, Herr Iserbrook. Ich bin Magda Bernetti, mein Mann ist im Kontor bei den Lagerhäusern. Er kommt erst am Abend zurück.«

»Danke, dann will ich Sie nicht länger stören. Könnten Sie meinem Gondoliere bitte den Weg zu den Lagerhäusern erklären?«

»Selbstverständlich.« Magda Bernetti beschrieb dem Mann in der Gondel den Weg.

Robert zog den Hut und verabschiedete sich mit einer leichten Verbeugung. »Danke, Signora, es hat mich sehr gefreut.« Dann nahm er wieder Platz und ließ sich durch die Wasserstraßen dieser einmaligen Stadt an sein Ziel bringen.

Im Hafengebiet angekommen, musste der Gondoliere mehrmals fragen, bis er die Lagerhäuser der Firma Iserbrook erreichte. Robert fiel auf, dass sie sehr versteckt in einem abgelegenen Gebiet des Hafens lagen. Er zahlte dem Mann am Ruder seinen Obolus und stieg aus. Ein Lagerarbeiter sah ihn kommen und fragte, ob er helfen könne. Aber Robert, der Italienisch nicht konnte, schüttelte nur den Kopf und zuckte mit den Schultern. Dann fiel ihm der Name seines Geschäftsführers ein, und erleichtert fragte er nach Signore Bernetti.

Der Mann lächelte und nickte und führte ihn schließlich an ein paar Lagerhallen vorbei zu einem Anbau, über dem ›Iserbrook-Negozio‹ stand. Er brachte ihn bis an die Tür und ließ ihm dann den Vortritt. Robert klopfte an, wartete auf das »Avanti« und trat ein. Ein dunkelhaariger Mann in seinem Alter erhob sich und kam ihm entgegen. Robert stellte sich vor und entschuldigte sich für den überraschenden Besuch. Aber Bernetti schüttelte den Kopf. »Ich bin erfreut über Ihr Kommen. Ich brauche Hilfe aus Hamburg, und ich bin sehr froh, dass Sie da sind, Signore Iserbrook.«

»Sie brauchen Hilfe?«

»Ja, es gibt da ein paar Probleme, die den Handel behindern, und es gibt Entscheidungen, die ich nicht allein fällen kann. Aber bitte, nehmen Sie doch erst einmal Platz.«

Robert legte Hut und Handschuhe ab und setzte sich in einen alten Lehnstuhl, der vor dem Schreibtisch stand. Renato Bernetti bot ihm kühle Limonata oder einen Cappuccino an, und Robert entschied sich für den Kaffee. Als ihn ein Arbeiter servierte, stellte er mit Genugtuung fest, dass dieser Geschäftsführer sich nicht von weiblichen Angestellten bedienen ließ. Dennoch war der Kaffee ausgezeichnet. Robert, der nicht lange um irgendetwas herumredete, fragte geradeaus: »Was haben Sie für Probleme, Signore Bernetti? Ich bin gekommen, um Ihnen zu helfen, also reden Sie freiheraus.«

»Da ist zunächst einmal der Hafen. Sie werden gesehen haben, dass wir hier sehr versteckt und im ältesten Teil liegen. Die Becken versanden, und größere Frachtschiffe können hier nicht mehr anlegen. Wir müssen viel Geld für das Verladen der Ware von den großen Frachtschiffen auf kleine Schaluppen, die hier anlegen können, aufwenden.«

»Wie kommt das? Sind die Schiffe zu groß oder die Hafenbecken zu klein geworden?«

»Beides. Und: Viele neue, große Unternehmen haben sich hier angesiedelt. Sie haben sich zwischen uns und dem Meer niedergelassen und uns alten Händlern den Zugang zum Meer fast abgeschnitten.«

»Aber gibt es denn keine Hafenaufsicht, keine Bebauungsgesetze, die so etwas verhindern?«

»Wenn Geld im Spiel ist, nicht, Signore Iserbrook. Die Stadt braucht Einnahmen, und sie bekommt ihr Geld von den zahlungsfähigen Unternehmen. Außerdem, und da komme ich gleich zum dritten Problem, es sind Gewürzhändler aus den Niederlanden und aus Marseille, und die machen uns sehr große Konkurrenz.«

Robert nickte: »Also Sie kämpfen gegen die Versandung, gegen die Bebauung und gegen die Konkurrenz. Haben Sie Lösungen gefunden?«

»Teure Lösungen, Signore Iserbrook.«

»Das habe ich befürchtet. Tragen Sie die trotzdem vor.«

»Wir müssen nach vorn an den Hafenanfang. Wir brauchen neue Lagerhäuser, moderne Umfrachtung der Ware und exotischere Gewürze.«

»Exotischere Gewürze ?«

»Alle Händler führen Pfeffer, Ingwer und Kardamom aus Indien, Muskatnuss, Canehl und Nelken aus Ceylon, Ingwer, Zimt und Kurkuma aus China; die Umschlagplätze und Lagerhäuser sind voll davon, jedenfalls hier bei uns. Was wir brauchen, sind die ganz seltenen, die ganz teuren, die einmaligen Gewürze und Heilmittel.«

»Und welche wären das?«

»Safran, zum Beispiel, teurer als Gold, oder Weihrauch, fast unbezahlbar, Myrrhe, kaum zu bekommen und von jedem Parfümeur dringend gesucht. Solche Gewürze, Aromen und Heilpflanzen brauchen wir, Signore Iserbrook. Ich bin in diesem Geschäft groß geworden, ich weiß, wovon ich rede, und ich kenne die Bedürfnisse. Ihre Gewürzhandlung ist mein Leben, ich möchte es nicht verlieren.«

Robert war begeistert von der Integrität eines Mitarbeiters, der sein Leben dem der Firma widmet. Solche Männer braucht der Handel, dachte er zufrieden und fügte im Stillem hinzu: und solche Frauen. Und dabei dachte er an Theresa in Hamburg, die eine so wunderbare Mitarbeiterin geworden war, sich dann aber – obwohl er sich geschmeichelt fühlte – leider in ihn verliebt hatte. Er spürte diese Liebe, und er genoss sie sogar, aber er durfte nicht leichtsinnig sein. Silvana war eine liebenswerte und sehr kluge Frau, und auch um anstehenden Komplikationen aus dem Wege zu gehen, hatte er sich zu dieser Reise entschlossen.

Nachdenklich sah er seinen Geschäftsführer an. »Da kommen große Ausgaben auf uns zu, Signore Bernetti. Mit diesen großen, neuen Niederlassungen wird unsere alte Firma kaum mithalten können.«

»Wir müssten in einem kleinen Rahmen anfangen. Ich habe schon ein paar Überlegungen angestellt.«

»Berichten Sie.«

»Wenn wir uns auf seltene Kostbarkeiten beschränken, brauchen wir nur kleine Lagerräume. Um die zu bauen, bekämen wir auch Platz am vordersten Hafenrand, ich habe da ein paar Beziehungen.«

»Aber auch kleine Lagerhäuser kosten Geld.«

»Natürlich. Aber wir könnten diese großen alten Hallen verkaufen. Für Bootsbauer sind sie ideal, und Anfragen gab es auch schon.«

»Eine gute Idee.«

»Wir müssten die derzeit gelagerten Gewürze umschlagen und dann mit dem Kauf der neuen Gewürze beginnen.«

»Das hört sich plausibel an, aber auch dieser Wechsel erfordert ein Vermögen.«

»Ja, ich weiß. Auch da hätte ich eine Idee, aber ich weiß nicht, auf welchen Widerstand ich damit bei Ihnen stoße, Signore Iserbrook.«

»Sprechen Sie.«

»Also damals, als der Herr Moritz verunglückte und die Signora nach Hamburg reiste, sollte der Palazzo am Rio San Zulian eigentlich geschlossen und für spätere Generationen aufbewahrt werden, weil der Herr Justus das Haus als wertvollen alten Familienbesitz behalten wollte. Man hat mir dann erlaubt, den Palazzo zu bewohnen, denn ein unbewohntes Haus ist hier in Venedig ein sterbendes Haus. Wegen dem Wasser, wissen Sie?

Mir kam das sehr gelegen, ich hatte ein Heim, und ich konnte eine Familie gründen. Inzwischen sind meine Söhne selbst fast erwachsen, die haben ihre Pläne, sie wollen zu den Anbaugebieten unserer Gewürze in die Tropen, und für meine Frau und mich allein ist der Palazzo viel zu groß.« Nachdenklich und prüfend sah er sein Gegenüber an. Wie würde dieser Robert Iserbrook auf seine Idee reagieren?

Er fuhr fort: »Signore, wir brauchen den Palazzo nicht mehr, er belastet uns, und wir wären mit einer kleinen Wohnung zufrieden. Vielleicht sogar in einem Anbau der Lagerräume am Hafen, und ich hätte unsere Handlung Tag und Nacht im Auge. Sie könnten den Palazzo für ein Vermögen verkaufen, denn diese Gegend ist sehr begehrt unter den wohlhabenden Venezianern.«

Fasziniert hörte Robert den Plänen zu. Der Mann hatte Recht. Was nützte der Iserbrook-Dynastie in Hamburg ein dekadenter Palazzo in Venedig? Wir brauchen kein Prestigeobjekt, wir brauchen einen florierenden Handel, dachte er und nickte seinem Prokuristen zu. »Ich bin ganz Ihrer Meinung, Signore Bernetti. Ich habe den Palazzo gesehen, aber er macht äußerlich keinen guten Eindruck, wie sieht er drinnen aus? Wie ist die Bausubstanz?«

»Er ist typisch für viele italienische Häuser, von außen dekadent, aber innen in einem noblen Zustand. Die Basis ist gesund, und meine Frau hat die Räume, auch die, die wir nie benutzten, immer gepflegt und gelüftet. Das Haus ist in Ordnung, das kann ich versprechen. Es kann jederzeit besichtigt werden.«

»Gut. Ich möchte trotzdem, dass der Anlegesteg mit den Pfosten für die Gondeln, die Fensterläden und die Balkongeländer gestrichen werden, dann verkaufe ich den Palazzo. Wenn Sie Interessenten kennen, nehmen Sie Verbindungen auf, Signore Bernetti.«

»Ich möchte für so eine Maßnahme nicht allein verantwortlich sein.«

»Ich bleibe hier, bis alles abgewickelt ist. Das Gleiche gilt für neue Warenlager. Fangen Sie morgen mit der Ausführung der Pläne an. Und nun bringen Sie mich zu einem exquisiten Hotel. Ich will mein Schiff verlassen und in der Stadt wohnen. Der Kapitän soll sich auf die Reise zu unseren subtropischen Händlern begeben und die exotischen Gewürze kaufen, von denen Sie gesprochen haben.«

»Weihrauch und Myrrhe findet er in Oman, Safran und Kurkuma in Kaschmir. Ich habe Händlernamen und Adressen.«

»Warum ist der Weihrauchhandel bei uns zum Erliegen gekommen?«

»Ich habe auf Wunsch der Signora die Händleranschriften und die Weihrauchroute in einem Eilbrief nach Hamburg geschickt, und dort ist der Brief anscheinend in falsche Hände geraten, denn kurz darauf wurde die Ware von anderen Händlern aufgekauft, und wir hatten das Nachsehen. Das ist bis heute so geblieben. Inzwischen habe ich ein anderes Anbaugebiet gefunden, aber nicht die nötigen Zahlungsmittel. Auch das ist ein Grund, weshalb ich so froh über Ihr Kommen bin, Signore.«

»Ich sehe schon, meine Reise hat sich gelohnt. Nun aber will ich nichts mehr von Handel und Wandel hören. Bringen Sie mich bitte in ein Hotel, und schicken Sie einen Arbeiter zum Schiff, damit er mein Gepäck holt, denn wie ich sehe, muss ich mich auf einen längeren Aufenthalt einrichten.«

»Und Ihre Geschäfte in Hamburg, Signore?«

»Um die kümmert sich meine Stieftochter. Aus ihr ist eine begabte Mitarbeiterin geworden.«

»Ich erinnere mich an sie, sie war so ein bezauberndes Kind. Ein richtiger Sonnenschein.«

Ja, dachte Robert, ein Sonnenschein ist sie immer noch. Ein Sonnenschein, der mich mehr erwärmte, als erlaubt ist.

Siebzehntes Kapitel

Das Hotel ›Imperial‹ stand am Rio di San Luca und wirkte, wie so viele Palazzi in dieser Stadt, von außen ungepflegt und ärmlich, als hätte es seine schönste Zeit vor Jahrhunderten erlebt. Innen aber präsentierte es in überwältigendem Maße Reichtum und Eleganz. Robert fühlte sich beinahe unwohl zwischen all dem Prunk. Orientalische Teppiche und seidene Tapeten, Kristalllüster und brokatbezogene Sessel und Kanapees, Möbel aus Mahagoni, meterhohe Ölgemälde und uniformierte Lakaien schmückten die große Eingangshalle mit der Buntglaskuppel hoch oben.

Renato Bernetti begleitete ihn zur Rezeption und übersetzte seine Wünsche. Der Empfangschef lächelte: »Signore, wir sprechen Ihre Sprache, Sie werden sich hier sehr wohl fühlen.«

Robert war erleichtert, mit Englisch und Französisch hätte er sich zwar verständigen können, aber Italienisch beherrschte er überhaupt nicht. Er bedankte sich für das Entgegenkommen und bat um eine Suite zur Landseite hin, denn er wusste, wie stark die Kanäle rochen, je nachdem wie das Wetter sich entwickelte. Moritz hatte sich oft genug beklagt, als er noch in Venedig lebte, und auch zu Hause in Hamburg gab es Zeiten, in denen man am liebsten den Herrengraben wegen der Gerüche gemieden hätte.

Ein Lakai nahm den Schlüssel für die Suite entgegen, um ihn in den ersten Stock zu führen, und Robert verabschiedete Bernetti. »Ich bin morgen früh um zehn bei Ihnen im Büro, bereiten Sie alles vor, damit wir mit der Arbeit beginnen können. Mit dem Verkauf der gelagerten Gewürze beginnen wir, damit die Lager leer werden. Und Ihre Frau sollte den Palazzo zur Besichtigung herrichten.« Robert wusste, dass er von seinem Geschäftsführer viel verlangte, aber er hatte nicht vor, einen einzigen Tag zu vergeuden.

Während er auf sein Gepäck wartete, schrieb er dem Kapitän, dass er ihn am nächsten Tag um zehn Uhr in den Lagerhallen der Iserbrooks zu sprechen wünsche, dann bat er einen Lakai, die Mitteilung zu seinem Schiff zu bringen.

Endlich kam sein Gepäck, endlich konnte er sich umkleiden und auf den Abend vorbereiten. Bernetti hatte ihm das Hotelrestaurant vorgeschlagen: »Es soll sehr gut sein, erzählt man sich in der Stadt«, hatte er gesagt, und Robert gedachte hier im Hause zu speisen.

Längst war die Zeit der auffallenden Mode für Robert vorbei. Im Gegensatz zu früher bevorzugte er heute vollendete, unauffällige Eleganz, die sich durch einen perfekten Schnitt und hochwertige Stoffe ergab. Für den Abend kam nur ein dunkler Anzug in Frage. Er betrachtete die schmale Form des Beinkleides und legte es über das Bett. Statt einer Krawatte nahm er das Halstuch mit einer wertvollen Perlennadel und statt des Fracks den legeren Gehrock. Einziger Schmuck war die dezent und Ton in Ton bestickte Seidenweste mit der goldenen Uhr.

Bevor er sich ankleidete, ließ er den Hotelbarbier kommen und genoss die flinken, sanften Hände des fremden Mannes und zum Schluss die kühlen, duftenden Tücher, die dieser ihm um das Gesicht legte. Dann kleidete er sich an. Zufrieden mit seiner Erscheinung, zog er die schmalen schwarzen Halbschuhe an und begab sich nach unten in das Restaurant. Die Fenster öffneten sich zu einem Innenhof mit Palmen und großen Blumenkübeln, der jetzt im nächtlichen Licht einiger Kerzenkandelaber lag. Ein Bediener führte ihn zu einem Tisch, der ihm einen guten Blick auf den großen Saal gewährte. Die meisten Tische waren besetzt – und mit Erstaunen sah er Signora Scorfi und Signora Bonetti an einem der Tische sitzen. Die beiden Damen hatten ihn noch nicht bemerkt und unterhielten sich angeregt mit einer Dame am Nebentisch. Wie er feststellte, hatten auch sie sich sehr elegant gekleidet. Während

Signora Scorfi ein eng geschnürtes bodenlanges Seidenkleid trug, hatte ihre Tochter eine Bluse und einen wadenlangen Rock an, der einen Blick auf die weißen, spitzenbesetzten Pantalettes gestattete. Robert winkte den Sommelier heran, bestellte für sich einen Bardolino Chiaretto und bat: »Bitte bringen Sie den beiden Damen dort drüben eine Flasche von Ihrem besten Champagner und meine Karte.« Dabei zog er ein Visitenkärtchen aus der Westentasche und reichte es dem Mann.

Die beiden Damen, überrascht und entzückt, winkten ihm zu, Platz an ihrem Tisch zu nehmen. Aber er schüttelte lächelnd den Kopf. Er hatte heute keine Lust auf gepflegte Konversation. Er wollte in Ruhe speisen und anschließend in seinem Zimmer Pläne für die nächsten Tage machen.

Mit Genugtuung studierte er die umfangreiche Speisekarte und entschloss sich dann zu einer Zuppa pavese, zu Fegato di vitello auf venezianische Art als Hauptgericht und würde mit Mokka und Formaggio das Dinner beenden. Während er auf die Suppe wartete, ging er dann aber doch kurz hinüber, küsste den beiden Damen die Hände und bat um Entschuldigung, dass er seinen Tisch beibehielt. »Ich habe sehr viel zu tun und bin mit meinen Gedanken bei den Geschäften, die ich morgen erledigen muss. Es wäre unhöflich, Sie mit meiner inneren Abwesenheit zu langweilen. Vielleicht passt es morgen besser, sollten Sie dann noch hier sein.«

»Oh ja, doch, wir bleiben ein paar Tage. Venedig gefällt uns sehr gut, und wir wollen die Chance nutzen, die bekannten Kirchen und Paläste, die Museen und die berühmten Brücken zu besichtigen.«

»Vielleicht kann ich mich einmal anschließen«, erwiderte Robert höflich und ging dann an seinen Tisch zurück. Die Zuppa pavese wurde in einer kleinen Terrine serviert.

Der nächste Tag war angefüllt mit geschäftlichen Gesprächen. Der Kapitän bekam eine Liste der Waren, die er aus den Lagerhäusern übernehmen und bei Händlern in Tunesien gegen Safran tauschen sollte. Hatte er die kostbare Fracht später in Venedig abgeliefert, sollte er nach Indien aufbrechen, Seide und Tee einkaufen und im Jemen gegen Weihrauch und Myrrhe tauschen. Anschließend sollte er nach Venedig zurückkehren, um die restlichen Waren aus den Lagern und die erworbenen, besonders wertvollen Güter in die Heimat zu transportieren. Auf dieser Tour wollte dann auch Robert Iserbrook zurück nach Hamburg reisen.

Renato Bernetti hatte die Nacht damit verbracht, die Routen und Daten festzulegen, die Händlernamen aufzulisten und die gewünschte Ware seiner Lager in der richtigen Reihenfolge zu sortieren. Als der Kapitän die Listen in den Händen hielt, sah er seinen Schiffseigner an und nickte. »Das sind lange Strecken, Herr Iserbrook, Sie werden kaum vor dem nächsten Sommer in Hamburg sein.«

»Ja, ich weiß«, nickte Robert, »aber diese Geschäfte bringen dem Unternehmen eine ganz neue Reputation, und unser Ansehen wird in hohem Maße steigen. Dafür müssen wir alle Opfer bringen, ich auch.« Und während er den Kapitän verabschiedete, traf bereits ein Bootsbauer ein, der an den Lagerhäusern interessiert war und den Bau seiner Gondeln in diesen Teil des Hafens verlegen wollte.

Gleichzeitig begannen die Lagerarbeiter mit dem Verladen der für Tunesien bestimmten Waren in flachbödige Lagunenschuten, die die Pfeffersäcke und Ingwerwurzeln, die Zimtkisten und Nelkenfässer zur ›La Bella Silva‹ auf die Reede bringen sollten, damit das Schiff am folgenden Tag in See stechen konnte. Nach der Mittagssiesta holte Bernetti seinen Herrn im Hotel ab, um ihm den Platz am Hafenrand zu zeigen, an dem er seine neuen kleineren Lagerräume errichten wollte. »Die Verwaltung wird uns keine Schwierigkeiten machen, wenn wir genügend Geld anbieten.«

»Wie weit sind die Verhandlungen mit dem Bootsbauer gediehen? Wie steht's mit dem Palazzo?«

»Der Bootsbauer übernimmt die alten Lagerhallen. Der Preis, den er bietet, ist zwar nicht so hoch, wie ich gehofft hatte, aber die Häuser sind ja auch nicht mehr in allerbestem Zustand. Das sieht man erst, wenn die Böden geräumt sind. Und meine Frau hat zwei Reinemachfrauen bestellt, die beginnen morgen mit der Arbeit. In zwei Tagen kann das Haus besichtigt werden.«

»Gut so! Wo werden Sie wohnen, bis Sie eine Wohnung in dem neuen Lageranbau beziehen können?«

»Bei der Schwester meiner Frau. Das ist schon geregelt.«

»Befinden sich noch Möbel meines Bruders im Palazzo?«

»Nein. Die Signora hat damals darauf bestanden, alles mit nach Hamburg zu nehmen. Der Herr Justus war gar nicht glücklich darüber, aber er musste sich fügen, weil er unbedingt seine Enkelkinder in Hamburg selbst erziehen wollte.«

»Ja, ich weiß, da sind zwei Dickköpfe aufeinandergestoßen.«

»Und? Ist ihm das mit der Erziehung gelungen, wenn ich fragen darf?«

»Ja und nein. Eigentlich hat meine Frau immer ihren Kopf durchgesetzt. Dann ist mein Vater sehr plötzlich gestorben, meine Mutter hat sich nach Lübeck zurückgezogen, und die patriarchalisch geprägte Familie gab es plötzlich nicht mehr.« Robert sah kein Vergehen darin, seinen Angestellten in Familienintimitäten einzuweihen. Bernetti zeigte sich als loyaler Mitarbeiter, der, wie Silvana oft betonte, schon immer reges Interesse an der Familie hatte.

»Die gnädige Frau war schon immer sehr couragiert.«

»Bis ihr der Sohn entführt wurde. Da ist sie zusammengebrochen.«

»Ja, das muss furchtbar gewesen sein. Hat man nie wieder von ihm gehört?«

»Nie wieder. Danach hab ich mich um die kleine Familie gekümmert, und dann hat das Leben langsam auch wieder normale Formen angenommen.«

»Ja, Gott sei Dank. Auch wir hier haben uns große Sorgen gemacht, als wir vom Tod des Patriarchen hörten. So eine Handelsgesellschaft braucht eine starke Hand, und dann auch noch der Verlust der Weihrauchunterlagen, er hat uns in eine tiefe Mutlosigkeit gestürzt.«

»Wer hat das Geschäft jetzt an sich gezogen? Wissen Sie etwas darüber?«

»Ein gewisser Conte di Melcastaro. Nach dem Tod von Signore Moritz hat er versucht, die Signora für sich zu gewinnen, aber die Signora war nicht interessiert. Da hat er sich an mich gewandt und versucht, Geschäftsgeheimnisse von mir zu erfahren. Ich habe das der Signora Silvana mitgeteilt, und danach hat sie die Besuche des Grafen beendet, weil sie merkte, dass er eigentlich nicht an ihr, sondern nur an ihren Geschäften interessiert war.«

»Diesen Menschen habe ich in Hamburg kennen gelernt. Ein dicklicher, unsympathischer Mann.«

»Ein sehr reicher Mensch. Obwohl er nun bald siebzig Jahre alt ist, gibt es immer noch Frauen, die gerne von ihm hofiert werden.«

»Er war just an dem Tag in unserem Hamburger Kontor, als der Brief mit den Weihrauchunterlagen bei uns eintraf. Da wir das aber erst viele Wochen später erfahren haben, dachten wir nicht mehr an den Besuch dieses Grafen. Ich werde den Dingen nachgehen.«

»Er ist einer der einflussreichsten Männer dieser Stadt. Seien Sie vorsichtig, Signore Iserbrook.«

»Vor betrügerischen Gaunern habe ich keine Angst.«

»Aber seinen Einfluss in der Stadt müssen Sie berücksichtigen.«

»Wir werden sehen.«

Und dann kam es schneller zu einer Begegnung mit Marcello di Melcastaro, als Robert Iserbrook erwartete.

Am Abend des gleichen Tages traf er wieder die beiden Damen aus Palermo im Restaurant. Diesmal konnte er ihnen nicht entgehen. Signora Scorfi stand auf und kam an seinen Tisch. Ohne eine Begrüßung abzuwarten, setzte sie sich zu ihm und erklärte: »Ich weiß, es ist unerzogen, mich zu Ihnen zu setzen, ohne aufgefordert zu sein, aber wir, meine Tochter und ich, befinden uns in einer misslichen Lage. Nichts Schlimmes, eigentlich nur etwas Unerwartetes, und da dachten wir, vielleicht kann dieser nette Gentleman aus Hamburg uns helfen.«

Robert, zuerst erschrocken, lächelte über die rühmliche Bezeichnung. »Um was geht es denn, Signora?«

»Also, wir haben für morgen eine Einladung zu einem Weinfest hier im Hinterland. Es würde uns sehr gefallen, dorthin zu fahren, weil der Gastgeber ein sehr angesehener Venezianer sein soll und die Einladung sehr schmeichelhaft für uns ist. Nur leider ist es so, dass wir nicht ohne männliche Begleitung daran teilnehmen können, es schickt sich einfach nicht für Damen, die etwas auf sich halten. Und das tun wir. Nun wollten wir Sie fragen, ob Sie uns vielleicht begleiten würden. Es verspricht ein sehr originelles Fest zu werden, und wir würden sehr gern daran teilnehmen.«

Robert schmunzelte. Als Begleiter dieser attraktiven Frauen aufzutreten würde ihm durchaus gefallen. Obwohl die Geschäfte drängten, konnte er vielleicht einen Tag dafür opfern. Bevor er aber zustimmte, wollte er genauere Informationen einholen. »Und wo genau findet dieses Fest statt?«

»Auf einem Weingut in Venetien. Das Anwesen heißt Fonsari di Melcastaro.«

»Und wer ist der Gastgeber?« Robert wurde neugierig. Melcastaro war ein nicht alltäglicher Name.

»Der Conte heißt Marcello di Melcastaro, und er ist berühmt für schöne und ausgefallene Feste. Wir sind so neugierig, bitte begleiten Sie uns doch.«

Robert nickte. »Ja, ich werde Sie begleiten.« Die Einladung kam wie gerufen. Endlich hatte er Gelegenheit, diesen Herrn näher kennen zu lernen.

»Das ist sehr nett von Ihnen. Dürfen wir uns revanchieren?«

Robert lachte. »Aber ich erwarte doch keine Gegenleistung.«

»Sie wären interessiert, das weiß ich.«

»Sie machen mich neugierig.«

»Wir wissen natürlich, wer Sie sind. Der Kapitän Ihres Schiffes war voll des Lobes und stolz, ein Schiff des größten Gewürzhändlers von Nordeuropa lenken zu dürfen. Er hat viel geplaudert zwischen Palermo und Venedig.«

Robert amüsierte sich. Dumm, dass er so gar keine Ahnung vom Leben dieser beiden Damen hatte. Womit könnten die sich schon revanchieren, dachte er – abgesehen davon, dass ich das gar nicht erwarte.

»Gewürze sind uns nicht fremd, Signore Iserbrook. Wir sind ein führendes Unternehmen im Anbau von Safran auf Sizilien. Sie wissen doch, das sind die Felder mit den zartvioletten, krokusähnlichen Blüten, von denen nur die Narben, jene feinen, aromatischen Fädchen, die mit der Hand gepflückt werden müssen, Verwendung finden. Eine unendlich mühsame Arbeit. Wir bieten Ihnen ein Geschäft an, Signore.«

»Safran interessiert mich in der Tat.«

»Dann schließen wir den Handel ab?«

»Ich bin dabei.«

»Damit ist unser Handel perfekt? Sie begleiten uns zum Weinfest, und wir verkaufen Ihnen einen Jahresertrag unserer Felder.«

»Nur einen Jahresertrag? Warum können wir nicht ein regelmäßiges Geschäft eröffnen?«

»Wenn Sie das wollen? Finanzstarke Händler sind rar.«

»Ich denke, die Einkünfte meiner Firma werden reichen, um den Luxus von Safran in den Handel aufzunehmen.«

»Dann haben wir hiermit ein Geschäft abgeschlossen.« Sie reichte ihm die Hand. »Morgen um zehn wird uns eine Barkasse nach Venetien zum Weingut des Conte di Melcastaro bringen. Um zehn Uhr hier vom Landesteg aus.«

»Aber ich habe keine Einladung.«

»Wir dürfen Freunde mitbringen. Und Sie sind doch nun ein Freund, oder?«

»Ich bin es gern.« Er lächelte und reichte ihr die Hand. »Ich bin Robert.«

»Danke, Roberto. Ich bin Sophia, und meine Tochter heißt Gina. Und heute laden wir Sie zu einem köstlichen Champagner ein. Diesmal aber an unserem Tisch.«

»Danke, sehr gern.« Hätte er geahnt, was ihn erwartete, er hätte sich bestimmt nicht bedankt.

Achtzehntes Kapitel

Die Venezianerin in Hamburg wartete drei Monate auf den ersten Brief ihres Mannes, und als sie ihn erhielt, war sie maßlos enttäuscht, denn statt eines Briefes hatte sie eigentlich seine Rückkehr erwartet. Es waren drei aufregende, dramatische, überraschungsreiche Monate, in denen sie dringend die Hilfe ihres Mannes gebraucht hätte.

Die Heimkehr ihres Sohnes mit der fremden, schwangeren Ehefrau, die heimliche Abreise von Theresa, die einer Flucht gleichkam, der desolate Zustand der Niederlassung in Lübeck, der Verlust des halben Vermögens durch den Überfall der Banditen auf Lukas und die Geburt des ersten Enkelkindes forderten von Silvana übermenschliche Kräfte. Zudem war das Leben mit der Schwiegertochter nicht einfach.

So geht es nicht weiter, dachte sie, als sie den Brief las, der darauf hinwies, dass sie noch viele Wochen und Monate allein mit dem Geschäft, mit der Familie, mit der drohenden Insolvenz und der Angst vor der Cholera, die in der Stadt wütete, fertig werden musste. Statt in die Arme ihres Ehemannes flüchten zu können, Trost an seiner Schulter und Verständnis in seinen Armen zu finden, ließ er sie einfach im Stich und gab sich dem amüsanten Leben in Venedig hin. Und nicht nur das, von Wien war die Rede und von Reisen nach Sizilien.

Fassungslos las sie immer wieder den Brief, in dem er schrieb:

»Geliebte Silvana, ich bin so glücklich in Deiner unterhaltsamen, abwechslungsreichen Stadt. Wie schön muss es damals für Euch gewesen sein, hier zu leben. Unsere gegenwärtigen Geschäfte machen

Fortschritte. Renato Bernetti ist ein guter Mitarbeiter, und ich kann ihm vollkommen vertrauen. Aber er hatte mit Schwierigkeiten zu kämpfen, die er nicht allein bewältigen konnte. So war es richtig und höchste Zeit, dass ich mich selbst darum kümmerte.

Wir haben das Geschäft vollkommen umgeändert und handeln in Zukunft nur noch mit hochwertigsten Gewürzen, die wenig Lagerraum beanspruchen, denn von den alten Häusern am versandeten Hinterhafen haben wir uns getrennt und bauen nun vorn am großen Anlegekai neue Lagerräume. Verkaufen werde ich auch den Iserbrook-Palazzo, damit ich Geld für den inneren und äußeren Umbau des Geschäftes bekomme.

Ich habe interessante Leute kennen gelernt und konnte gute Konditionen im Safranhandel erwirken. Dazu ist es notwendig, dass ich nach Wien und später nach Sizilien reise, um alles in die Wege zu leiten. Zwischendurch bin ich aber immer wieder in Venedig, um nach dem Rechten zu sehen.

Ich habe auch einen Grafen Melcastaro kennen gelernt, der uns große Schwierigkeiten im Weihrauchgeschäft macht. Wenn ich mich recht erinnere, kennst Du ihn auch, und dann weißt Du, was für ein Gauner er ist. Manchmal glaube ich, er trachtet mir nach dem Leben. Deshalb ist es gut, wenn ich zwischendurch immer einmal unauffindbar bin.

Ich hoffe, Dir, geliebte Silvana, unserer Theresa und Markus, dem zukünftigen Justiziar, geht es gut und Ihr könnt Euer behütetes, geruhsames Leben genießen. Unser Geschäft weiß ich bei Dir, geliebte Frau, in den besten Händen. Überlasst die Plackerei und die Sorgen ruhig mir, ich werde damit fertig, wenn ich zurück bin.

Mein Brief wird euch in der Vorweihnachtszeit erreichen, schade, dass ich nicht mit Euch feiern kann. Ich werde die Tannenbäume und die Kerzen und den wunderbaren Geruch von Honigkuchen und Spekulatius vermissen. Am meisten aber wirst Du mir fehlen. Meine Gedanken sind bei Euch.

In Liebe, Dein Mann Roberto (so nennt man mich hier).«

Und wieder einmal legte Silvana den Brief tief enttäuscht nieder. Wer nannte ihn Roberto? Wer war so vertraut mit ihrem Mann, dass er ihn beim Vornamen nennen durfte? Wann und bei welcher Gelegenheit hatte er den Conte kennen gelernt, und warum war der Graf so gefährlich? Und wen gab es in Wien und auf Sizilien, mit dem Robert verhandeln musste? Wenn er in Wien war, warum kam er nicht nach Hause, er hatte dann doch den halben Weg schon geschafft?

Fragen über Fragen, auf die es keine Antwort gab, und allmählich verwandelte sich Silvanas Enttäuschung in Ärger und schließlich in Zorn. Sie nahm den Brief, verschloss ihn in der hintersten Schublade ihres Schreibtisches und nahm sich vor, ihn nie wieder zu lesen.

Wir werden auch allein fertig, dachte sie, ich habe es schon einmal geschafft, ich schaffe das auch wieder. Und wie an jedem Morgen bestellte sie Horst Moser, ihren Prokuristen, in ihr Kontor.

»Moser, wir haben eine lange und arbeitsreiche Zeit vor uns. Ich habe schon viel zu lange den Gewürzhandel schleifen lassen, weil ich ständig mit der Rückkehr meines Mannes gerechnet habe und nicht in die laufenden Geschäfte eingreifen wollte. Wie mein Mann mir jetzt geschrieben hat, kommt er erst in mehreren Monaten zurück, und wir werden die Geschäfte allein tätigen müssen. Ich brauche Bestandslisten aller Waren, Aus- und Eingänge der Gewürze mit genauen Daten, eine voraussichtliche Auflistung aller Einnahmen und Ausgaben für die nächsten sechs Monate und die Namen der Händler mit einer Liste, aus der hervorgeht, wer regelmäßig, wer zögerlich und wer überhaupt nicht mehr bei uns kauft. Außerdem möchte ich, dass Sie sich überlegen, wo es neue Käufer gibt und wie wir sie gewinnen können. Und das alles betrifft auch die Geschäfte in Lübeck, für die ich mich verantwortlich fühle, auch wenn meine Tochter das nicht spüren soll.«

»Ich beginne sofort mit den Auflistungen, gnädige Frau.«

»Setzen Sie auch Ihre Schreiber und Buchhalter in den Kontoren ein. Ich möchte die Listen so schnell wie möglich hier auf meinem Schreibtisch haben.

Und noch etwas: In der Stadt häufen sich Choleraerkrankungen. Haben Sie ein wachsames Auge auf unsere Arbeiter, schicken Sie einen kränkelnden Mann sofort nach Hause, und besorgen Sie einen Arzt, der sich um ihn und seine Familie kümmert.«

»Jawohl, gnädige Frau. Aber ich fürchte, dann haben wir bald keine Lagerarbeiter mehr. Die meisten wohnen doch in den Gängevierteln, und da sind schon viele Leute krank.«

»Wir müssen die Krankheit aus unseren Lagern fernhalten, Moser. Sie müssen da sehr konsequent vorgehen. Ich werde mit meinem Sohn sprechen, er soll dafür sorgen, dass Wasserwannen mit Desinfektionslösungen an allen Eingangstüren der Lagerhäuser stehen. Jeder, der kommt, muss dort hindurchgehen. Und wer drinnen in den Lagerhäusern ist, muss sich zuerst reinigen und einen Arbeitskittel anziehen, damit seine Kleidung draußen bleibt. Die Kittel besorge ich heute Nachmittag.«

»Ich werde sehr konsequent sein.«

»Wie läuft das Weihnachtsgeschäft? Haben wir genug Gewürze, um alle Kunden beliefern zu können?«

»Anis, Fenchelsamen, Gewürznelken, Kardamom und Ingwer haben wir genug. Mit den Muskatnüssen, den Vanilleschoten und dem Zimt könnte es knapp werden.«

»Erwarten wir noch Lieferungen?«

»Wenn die Herbststürme es zulassen, müsste noch ein Frachter der Nepomuk-Linie in Hamburg eintreffen. Der größte Teil der Ladung ist für uns bestimmt, aber in diesen Wochen sind die Meere unberechenbar.«

»Ich weiß.« Silvana seufzte. In einer dieser stürmischen, kalten Wochen war ihr Mann umgekommen. Mein Gott, sechzehn Jahre ist das nun schon her, dachte sie, Moritz hätte mich nie in einer so schwierigen Situation allein gelassen.

»Moser, teilen Sie die vorhandenen Gewürze so ein, dass alle Kunden beliefert werden können. Vertrösten Sie die, die mehr wollen, auf nachfolgende Lieferungen, und erkundigen Sie sich regelmäßig bei der Nepomuk-Reederei nach der Ankunft des Schiffes.«

»Soll ich die vorhandenen Gewürze mit der Niederlassung in Lübeck teilen?«

»Nur die, von denen wir genug haben. Unsere Kunden gehen vor. Nur wenn wir hier gute Geschäfte machen, können wir Lübeck unterstützen.«

»Ich werde alles veranlassen, gnädige Frau.«

Moser ging, und während er die Tür schloss, hörte Silvana oben Alinias Kind schreien. Der Junge hat Hunger, dachte sie zufrieden, nur gut, dass wenigstens dieser kleine Alexander wächst und gedeiht. Sie dachte an die Geburt des Enkels. Er kam drei Wochen später, als Lukas errechnet hatte, und diese letzten Wochen hatten den Hausfrieden auf eine starke Probe gestellt. Alinia war unerträglich, verletzlich und eigensinnig gewesen und hatte ihnen allen das Leben schwer gemacht. Sie war monatelang von allen verwöhnt und verhätschelt worden und sah sich darum als Mittelpunkt der Familie, um den sich alles drehen musste. Gott sei Dank, dass Lukas früh genug aus Lübeck zurückgekommen ist, dachte sie, Alinia hätte uns alle an den Rand der Verzweiflung getrieben. Aber Lukas hatte sich rührend um sie gekümmert, auf seine Unterrichtsstunden beim Medicus verzichtet und ihre Wünsche so zu erfüllen versucht, dass nicht der gesamte Haushalt darunter leiden musste. Und dann war es endlich so weit. Abends begannen die Wehen, gegen Mitternacht ließ Lukas die Hebamme holen, und morgens war der kleine Schreihals da.

Silvana lächelte in der Erinnerung an diesen ersten Morgen.

Schreiend lag er in den Armen seiner Mutter und gab erst Ruhe, als sie ihm die Brust reichte. Obwohl die Hebamme die Mutter zu einer strengen Erziehung und zu nur fünf Mahlzeiten am Tag überreden wollte, kümmerte sich Alinia nicht um die Ratschläge. »Mein Kind weiß am besten, was ihm fehlt«, erklärte sie, reichte dem Kind die Brust, wann immer es schrie, und verwöhnte ihren Sohn mit Hingabe. Und Lukas, der vernünftige, kluge Mann, vergötterte Mutter und Sohn vom ersten Augenblick an. Er ist so glücklich, dachte sie, und allein das zählt. Auch den Namen Alexander hat er bestimmen dürfen. »Wir brauchen einen Namen, der eine gewisse Würde ausstrahlt. Er wird einmal unser Imperium leiten«, mit diesen Worten hatte er Alinia überzeugt, die eigentlich männliche Namen ihrer Familie weitergeben wollte.

Nun beherrschte der kleine Alexander schon seit vier Wochen das Herrengraben-Palais und war zum Mittelpunkt der Familie geworden. Gott sei Dank hat Alinia ihre Unhöflichkeiten und übertriebenen Forderungen eingestellt, überlegte Silvana, sie wäre unerträglich geworden. Jetzt aber, fast vierundzwanzig Stunden mit ihrer Mutterrolle beschäftigt, findet sie sogar hin und wieder Zeit, sich nach dem Fortschritt meiner Arbeit im Duft-Laboratorium zu erkundigen. Die Aromen scheinen sie wirklich zu interessieren, mir soll es recht sein.

Draußen ertönte der Gong, der zum Mittagessen rief. Jetzt im Herbst, wenn die Jäger ihr Wild jagen und die Fischer ihre Teiche entwässern, bevor der Frost einsetzt, gibt es fast täglich Wildbret oder Fische, dachte Silvana und freute sich auf das Essen. Sie hatte zwar seit einiger Zeit Probleme mit ihrer Figur, aber solange Anna die Schnüre des Korsetts noch zuziehen konnte, sah man es nicht. Silvana warf einen Blick in den Spiegel, richtete sich seufzend gerade auf und ging nach oben in das Speisezimmer. Vielleicht sollte ich die Korsettschneiderin kommen und neue Schnürleibe anfertigen lassen, es ist doch sehr mühsam, immer die Luft anzuhalten und beim Essen auf die feinsten Stückchen verzichten zu müssen, lächelte sie, amüsiert über sich selbst. Es ist das Alter, das uns Frauen so matronenhaft werden lässt. Mein Körper verändert sich, damit muss ich fertig werden. Hauptsache ist doch, dass Robert das akzeptiert. Warum werden Männer mit dem Älterwerden immer interessanter und wir Frauen immer nur üppiger? Sie atmete schwer, als sie oben angekommen war, und Lukas, der am Treppenabsatz auf sie wartete, nahm sie liebevoll in den Arm.

»Hallo, Mutter, geht es dir gut?«

»Nun ja, die Treppen plagen mich ein bisschen, manchmal wird die Luft etwas knapp.«

»Na, das kenne ich auch. Wir beide sind eben nicht mehr zwanzig.«

Silvana lachte. »Richtig, wir beide kommen jetzt ins Greisenalter. Ach, mein Junge, ich möchte wirklich noch einmal zwanzig sein.«

»Was würdest du dann machen?«

»Über Schwierigkeiten lachen und das Leben genießen.«

»Beides kannst du auch jetzt noch tun.«

»Lukas, mein Lieber, ich wünschte, du hättest Recht. Leider gibt es wenig zu lachen und dafür bergeweise Schwierigkeiten.«

»Lass die Sorgen hinter der Kontortür, Mutter, und freue dich über das Leben. Wir sind zusammen, wir sind gesund, uns geht es gut, und wir führen ein privilegiertes Leben, was wollen wir mehr?«

»Lukas, die Geschäfte gehen schlecht, die Cholera steht vor der Haustür, wir …«

»Pst, Mutter, das sind die Probleme, die hinter die Bürotür gehören. Darüber sprechen wir, wenn ich dich nachher im Kontor aufsuche. Jetzt genießen wir die Mahlzeit, ich hab mich schon in der Küche umgesehen, Klara hat wunderbare Röllchen aus Zanderfilet in Dillsauce gezaubert, und ein saftiger Hasenbraten schmort mit gefüllten Birnen und Preiselbeeren im Ofen, da kann man die Sorgen wirklich für ein Weilchen vergessen.«

»Du hast Recht, mein Junge. Wo ist Alinia?«

»Sie stillt das Baby und kommt später.«

Silvana erwähnte nichts von ihrer Besorgnis, dass der Junge zu dick, zu verzogen und eigensinnig werden könnte. Lukas war so zufrieden und so stolz, dass sie sein Glück in keiner Weise trüben wollte. Später einmal würde sie mit Alinia sprechen und sie auf diese Gefahren hinweisen, später, wenn eine Kinderpflegerin die Erziehung übernehmen würde, aber auch von dieser Notwendigkeit musste die junge Mutter erst einmal überzeugt werden. Silvana dachte gerade jetzt oft an die eigene, lieblose Kindheit bei den Eltern, die nur auf ihr Ansehen bedacht waren und die Erziehung und Pflege ihres einzigen Kindes fremden Menschen überließen. Nein, dachte sie, so habe ich meine Kinder nicht erzogen. Ich war immer für sie da, aber Zucht und Ordnung müssen sein, und dafür sind Erzieher zuständig. Aber das wird Alinia schon beizeiten lernen, sie ist ja selbst noch ein Kind, und eines Tages, wenn die erste Euphorie der Mutterschaft verflogen ist, werde ich ihr helfen.

Liebevoll betrachtete Silvana ihren Sohn beim Essen. Er ist ein Genussmensch, dachte sie, aber er hat ja auch fünfzehn Jahre seines Lebens auf jede Art von Genuss verzichten müssen. Die Jahre waren furchtbar für ihn, aber sie haben ihn geprägt. Er ist stolz und selbstsicher geworden. Und er ist der attraktivste Mann, den ich kenne – groß und schlank, mit einer Vorliebe für lässige Eleganz und voller Verachtung für den strengen Geschmack der Hanseaten. Die Haare eine Spur zu lang, die Bewegungen eine Spur zu lässig, die Stimme eine Spur zu männlich und die Augen – Silvana lächelte vor sich hin –, diese dunklen Augen, wie konnte eine Frau diesen Augen widerstehen? Amüsiert dachte sie an Begegnungen mit Gästen, die sie beobachtet hatte, selbst Männer blieben von seinem Charme nicht unberührt, denn er war ein hervorragender Gesprächspartner, voller Visionen und Charisma.

Die Tür ging auf, und Alinia kam herein. In ihrem Gefolge die Mamsell, die den Korb mit dem Baby trug. Lukas stand sofort auf und bot seiner Frau den Stuhl an seiner Seite an. Alinia nickte strahlend ihrer Schwiegermutter zu, als wolle sie sagen: »Und die Königin bin ich.« Silvana erwiderte den Gruß mit einem Lächeln, sie kannte Alinia, und sie gönnte ihr dieses Selbstbewusstsein. Sie wusste aus eigener Erfahrung um den unbändigen Stolz einer jungen Mutter, der durch nichts zu übertreffen war. Aber sie förderte diesen Stolz nicht. Sie hielt Alinia in Schranken und begann ein Gespräch mit ihr, in dem weder Kinder noch Mütter noch Entwicklungsfragen erwähnt wurden. Hätte sie Alinia zu einem Gespräch über Kinder, Mütter und Entwicklungsfragen ermutigt, wäre jede andere Thematik für den Rest des Tages im Enthusiasmus der jungen Mutter untergegangen – und dazu hatte Silvana keine Lust.

Nach dem Essen zog sie sich in ihren Salon zurück. Aber an einen erholsamen Schlaf war nicht zu denken. Zu sehr gingen ihr die Gespräche mit Horst Moser durch den Kopf.

Die Desinfektionsmaßnahmen in den Lagerhäusern, die sie mit dem Prokuristen besprochen hatte, mussten natürlich auch auf das Palais ausgedehnt werden. Hier würde sie Lukas mit den nötigen Maßnahmen beauftragen, denn die Wasserträger waren genauso eine große Gefahr wie die Latrinenreiniger. Auch Karla sollte in ganz besonderer Weise auf ihre Einkäufe achten. Die Mamsell musste ungebetene Gäste an der Tür abweisen. Die Dienerschaft durfte vorerst das Haus nicht verlassen.

Der ›Hamburger Beobachter‹ berichtete zwar von Gesundheitsbezirken, in die die Stadt eingeteilt worden war, um eine Ausbreitung zu vermeiden, gab die Schuld aber gleichzeitig den besorgniserregenden hygienischen Verhältnissen in den Wohnquartieren der ärmsten Bevölkerung, und diese Gassen oder Gänge gab es in der ganzen inneren Stadt, vor allem um die Kirchen St. Michaelis und St. Jakobi herum. Und das Gängeviertel rund um die schöne St. Michaeliskirche war nur einen Steinwurf vom Herrengraben entfernt.

Silvana stand auf, sie hatte keine Zeit zum Ruhen. Sie rief die Mamsell und gebot ihr, alle Fenster und Türen luftdicht zu verschließen. Womöglich waren die Bakterien in der Luft – wie sonst sollten sie von Asien bis nach Hamburg gekommen sein?

Neunzehntes Kapitel

Draußen fiel nasskalter Schneeregen. Obwohl die Mitte des Nachmittags kaum erreicht war, wurde es bereits dunkel.

Theresa kuschelte sich in ihrem Sessel fröstelnd zusammen. Der Kamin spendete kaum Wärme, das lag an dem feuchten Holz, das der Händler ihnen aus seinen billigen Restbeständen geliefert hatte, und an dem schlechten Abzug im Kamin. Aber für eine Kaminreparatur hatte sie kein Geld. Nur gut, dass Mutter mir genügend warme Decken und mein dickes Federbett mitgeschickt hat, als die Fuhre mit den Gewürzen kam, dachte sie dankbar und zog die Decke enger um die Schultern.

Elsa klopfte und brachte ihr den Tee: heiß, dunkel, süß, mit wenig Zucker und viel Sahne – wie sie ihn liebte. Sie hatte die Teezeit von fünf auf drei Uhr am Nachmittag vorverlegt, denn während die Fünf-Uhr-Teetrinker mit der Zeremonie ihre Tagesarbeit beendeten, begann für Theresa um vier Uhr der letzte und wichtigste Arbeitsabschnitt des Tages.

Mit viel Zeit und Mühe hatte Theresa in den vergangenen Wochen einen kleinen Gewürzhandel aufgebaut. Der renommierte Name Iserbrook half ihr dabei, ein paar alte Kunden zurückzugewinnen und ein paar neue von der guten Qualität ihrer Gewürze zu überzeugen. Längst nicht genug, um von einem florierenden Handel zu sprechen, aber genug, um auf Tauschbasis das Geschäft am Leben zu erhalten. Sie hatte einen Buchhalter und einen Lagerarbeiter eingestellt, und sie verfügte mit dem Pferdegespann aus Hamburg und einem jungen Burschen als Kutscher über ein Fuhrwerk, mit dem sie die Waren befördern konnte.

Der Schnee wurde dichter, die Türme der Marienkirche stachen nur noch als graue Pfeile in den Himmel. Ein weißer Teppich legte sich auf das Kopfsteinpflaster, und Theresa war froh, dass sie die Hofeinfahrt hinter dem Haus hatte, hier vorn in der Engelsgrube hätten die Pferde auf den glatten Steinen jeden Halt verloren.

Sie stand auf. Der Tee hatte sie gewärmt und wieder munter gemacht. Für sie begann der dritte, wichtigste Arbeitsabschnitt mit der Führung der Kontorbücher. Sie verließ ihr Zimmer und ging durch die Halle mit den hübschen Gemälden, die sie aus den unbewohnten Etagen heruntergeholt hatte, in das Kontor. Wie an jedem Nachmittag hatte Karl Osterbeck, der Buchhalter, die Bücher mit den abgeschlossenen Tagesbilanzen und ein paar Notizen auf ihren Schreibtisch gelegt. Er selbst beendete seine Arbeit um drei Uhr, dann hatte er Zeit, noch einer zweiten Beschäftigung nachzugehen, und sie musste ihm nicht einen ganzen Tag honorieren, denn mit dem Geld war das so eine Sache. Sie hatte zwar eine ansehnliche Summe Courantmark für das erlesene Geschirr ihrer Großmutter bekommen, aber die dringendsten Ausgaben hatten fast alles aufgezehrt. Reparaturen im Haus, Lohn für die Angestellten, Stoffe für ihre allernötigste Garderobe, Futter für die Pferde, Holz für die Öfen und die wichtigsten Lebensmittel hatten das Geld bis auf ein Minimum schrumpfen lassen, und diesen kleinen Rest musste sie einfach als Reserve behalten. Man muss immer einen Notgroschen haben, das hatte sie von der Mutter gelernt.

Die Händler allerdings arbeiteten am liebsten auf Tauschbasis. Von der Courantmark hielten sie wenig. »Das Brot in der Hand ist uns lieber als die Münze in der Hosentasche«, argumentierten sie und wiesen auf die Besatzungszeiten durch die Franzosen oder die Dänen oder die Schweden hin, in denen diese Münzen gar nichts bedeuteten.

Theresa kannte diese Tauschmethoden aus der Hamburger Niederlassung, und sosehr sie sich wünschte, bares Geld einzunehmen, sosehr musste sie sich mit diesen Methoden zufrieden geben. Elsa, Rudolph, der Kutscher und sie selbst hungerten nicht mehr, denn der Fleischhauer gab gutes Fleisch und genügend Wurst, wenn er reichlich Pfeffer, Salz und Kümmel bekam, und der Bäcker knauserte nicht beim Abwiegen vom Brot, solange er seine Kuchengewürze erhielt.

Etwas mehr Glück hatte sie beim Provisor, der ihre Gewürze zu Heilmitteln verarbeitete. Er brauchte die Gewürznelken gegen Asthma und Husten. Und bei Durchfall, Kopfschmerzen und Zahnproblemen, bei Blähungen, Übelkeit und Darmkoliken war er auf ihren Ingwer und den Kümmel angewiesen. Er zahlte dann wenigstens in Münzen, und von diesen Courantmark konnte sie wiederum Handwerker, Arbeiter und Frachtgeld bezahlen, wenn ein Schiff Waren aus Hamburg für sie mitbrachte.

Die Glocke der Marienkirche schlug sieben Mal. Theresa schloss die Bücher und legte sie in den Schrank. In einer halben Stunde kommt Thomas, und er ist auf die Minute pünktlich, überlegte sie und sah an ihrer Kleidung hinunter. Ich muss mich umziehen, Gott sei Dank habe ich zwei neue Kleider nähen lassen und muss mich nicht mehr in dem abgetragenen Reisekleid zeigen, freute sie sich und lief in ihr Zimmer. Heute bleiben wir hier, überlegte sie und schichtete etwas von dem feuchten Holz in den Kamin. Wir machen es uns hier gemütlich, Elsa hat einen Karpfen in der Ofenröhre, den sie nach dem polnischen Rezept ihrer Großmutter knusprig brät, und zum Nachtisch gibt es Käsekuchen und Kaffee.

Sie wechselte Rock und Bluse gegen ein weinrotes Samtkleid, das ihr nicht nur gut stand, sondern sie auch ein bisschen wärmte, wenn das mit dem Kamin nicht klappte. Sie bürstete ihr Haar, bis es glänzte und in weichen Wellen auf die Schultern fiel.

Die Turmglocke schlug zwei Mal. Halb acht, dachte sie und lauschte zur Haustür hinüber, jeden Augenblick musste der Türklopfer anschlagen. Hörte sie schon Schritte auf dem Pflaster? Nein, Unsinn, dachte sie, der Schnee dämpft alle Geräusche. Sie schaute aus dem Fenster, draußen blieb alles still, und hinter den Schneeflocken konnte sie nur das schwache Licht einer fernen Gaslampe sehen. Sie zog die Vorhänge vor. Dann schlug die Glocke drei Mal, dann acht Mal. Unruhig ging Theresa im Zimmer hin und her. Thomas verspätet sich sonst nie, was ist passiert? Hält ihn die Arbeit auf?, sinnierte sie. Endlich hörte sie Schritte, die sich dem Haus näherten. Eilig lief sie in die Halle, um die Tür persönlich zu öffnen. Aber da stand nicht Thomas Bergmann, sondern Horst Bartels salutierte vor ihr.

»Was ist passiert?«, fragte sie enttäuscht und beunruhigt.

»Mit Verlaub, gnädige Frau, der Herr Kommissar schickt mich mit diesem Brief.« Er reichte ihr einen versiegelten Umschlag und salutierte wieder. Dann drehte er sich um und ging raschen Schrittes davon, als wolle er unliebsamen Fragen ausweichen.

Enttäuscht und bestürzt schloss Theresa die Tür, schob den schweren Riegel vor und ging zurück in ihr Zimmer. Dann brach sie das Siegel und las:

»Liebe Theresa, es ist etwas Furchtbares passiert. In Schwerin ist der Kommandeur ermordet worden. Ich muss dorthin und sein Amt übernehmen. Es tut mir unendlich leid, dass ich Dich nicht persönlich benachrichtigen kann und Dich nun auf unbestimmte Zeit verlassen muss. Aber so ist das mit meiner Arbeit, man muss immer mit unvorhersehbaren Ereignissen rechnen.

Ich wäre so gern heut Abend und an all den vielen Abenden, die noch kommen sollten, bei Dir, stattdessen bin ich mit einem Reitertrupp auf der Reise in das ferne Mecklenburg. Glatte Wege, ein eisiger Wind, heftiges Schneetreiben und viel Kälte warten da draußen auf uns; und ich kann Dir nicht einmal persönlich Adieu sagen.

Aber eine Überraschung habe ich noch für Dich. Du wolltest Dir eine große Dänische Dogge anschaffen. Nun habe ich einen Hund für Dich gefunden. Es ist keine Dänische, sondern eine Deutsche Dogge, aber sie wird genauso groß und sie wird Dich auf Schritt und Tritt beschützen, denn ich kann das nun nicht mehr. Morgen trifft sie bei Dir ein, sie ist sandfarbig, vier Monate alt, schon sehr gut erzogen, und sie heißt ›Senta‹.

Jetzt muss ich aufbrechen, die anderen warten schon draußen bei den Pferden. Ich schicke Horst Bartels mit diesem Brief zu Dir. Er ist zuverlässig, denn eigentlich soll niemand wissen, wohin wir reiten.

Ich grüße Dich auf das Herzlichste. Vergiss mich nicht. Ich werde immer an Dich denken. Dein Thomas Bergmann.«

Fassungslos hielt Theresa das Blatt Papier in der Hand. Er ist fort, dachte sie, der einzige Mensch hier in Lübeck, der mir etwas bedeutet, ist fort. Immer war er da, wenn ich ihn brauchte, immer kannte er einen Ausweg, wenn ich nicht weiter wusste, immer hat er mich aufgefangen, wenn ich abzustürzen drohte. Und nun? Was soll nun werden? Wie kann ich ohne ihn fertig werden? Sein Rat wird mir fehlen, sein Humor, seine Zuversicht. Seine Liebe?

Hat er mich eigentlich geliebt? Ängstlich hörte sie auf ihre eigene Stimme. Habe ich ihn geliebt? Es war anders als bei Robert. Wenn der in meine Nähe kam, wurden meine Beine schwer, und mein Atem kam ins Stocken, ich hatte Angst vor einem körperlichen Kontakt und Sehnsucht, wenn er fort war. Nein, sie schüttelte den Kopf, so war das bei Thomas nicht. Der war immer für mich da, er war etwas Selbstverständliches für mich geworden, ich genoss seine Nähe, seine zurückhaltenden Zärtlichkeiten, seine bescheidenen Versuche, mich zu hofieren. Du warst wie ein großer Bruder für mich, Thomas, und ich vermisse dich schon jetzt. Nicht nur wegen deiner Hilfsbereitschaft, sondern wegen deiner liebevollen Aufmerksamkeit, die die Einsamkeit vertrieb und mir so oft so viel Freude bereitet hat. Du wirst mir schrecklich fehlen, dachte sie verzweifelt und ließ den Tränen freien Lauf.

An der Tür klopfte es.

»Herein?«

»Gnädiges Fräulein«, Elsa stand in der Tür, »das Essen ist seit einer Stunde fertig.«

Theresa wischte die Tränen ab. »Es tut mir leid, Elsa, aber der

Herr Kommissar bekam einen dienstlichen Auftrag und musste verreisen. Und ich habe keinen Appetit mehr. Sei nicht böse, bitte.«

»Das tut mir aber sehr leid, gnädiges Fräulein. Wann kommt er denn wieder?«

»Das weiß er selbst nicht.«

»Ach Gott, er ist so ein netter Mensch, hoffentlich kommt er bald zurück.« Theresa nickte nur, die Tränen liefen wieder über ihre Wangen. Elsa zog sich zurück.

Sie las den Brief noch einmal. Einen Hund will er mir schicken. Das ist so typisch für ihn, bis zum letzten Augenblick denkt er an mein Wohlergehen – als könnte ein Hund ihn ersetzen. Sie schluchzte noch einmal, dann richtete sie sich in ihrem Sessel auf und atmete tief durch. Sie brauchte keinen Schutz, sie brauchte einen Mann, so einfach war das.

Und dann schalt sie sich selbst. Sei nicht so undankbar. Natürlich brauchst du Schutz. Wie oft schreckst du nachts auf, wenn Pöbel durch die Gasse zieht, wie schnell schlägt dein Herz, wenn ein zerlumpter Mann dir auf der Straße folgt, wie unsicher fühlst du dich, wenn unbekannte Händler dein Kontor betreten. Freilich, der Thomas war dann auch nicht bei mir, aber so ein Hund, der kann nachts neben meinem Bett liegen, im Kontor neben mir stehen und auf der Straße an meiner Seite gehen. Doch, dachte sie, so ein großer Hund ist gut. Jetzt ist sie zwar noch klein, die Senta, aber Hunde wachsen schnell, und morgen besorge ich Futter beim Fleischhauer und eine dicke Decke als Lager. Und mit einem Brocken Fleisch in der Hand werde ich sofort deine Freundin, kleine Senta.

Theresa war in Hamburg mit Hunden groß geworden, die Mutter hatte immer einen Hund besessen, sie hatte miterlebt, wie gütig die Mutter zu den Tieren war und wie energisch sie die Vierbeiner erzogen hatte. So wollte sie es auch machen, und wenn Thomas Bergmann jemals zu ihr zurückkehren würde, wollte sie ihm einen gehorsamen, treuen Hund präsentieren. Wenn!

Am nächsten Morgen wurde ihr der Hund gebracht. Rudolph hatte die Haustür geöffnet, als es klopfte, und führte Herrn und Hund in ihr Kontor. Der Überbringer, ein großer, gut aussehender Mann, blieb höflich neben der Tür stehen und verbeugte sich leicht. »Madame, ich habe die Aufgabe und die Freude, Ihnen Senta zu übergeben«, erklärte er mit leicht französischem Akzent und streckte ihr die Hand mit der Leine entgegen. Theresa stand ruhig auf und ging auf die beiden zu, sie wollte sich dem Hund behutsam nähern, um ihn nicht zu erschrecken, und ihm die Möglichkeit geben, ihren Geruch langsam aufzunehmen. Obwohl erst vier Monate alt, hatte Senta bereits die Größe eines Jagdhundes erreicht, machte aber mit ihren tapsigen Pfoten, den großen dunklen Augen und der schwarzen Nase durchaus den Eindruck eines Hundebabys. Je näher Theresa kam, desto heftiger wedelte Senta mit der Rute, ein Zeichen dafür, dass sie die fremde Person annahm.

»Sie ist erfreut, Sie zu sehen, Madame«, versicherte der Fremde. Theresa reichte ihm die Hand. »Guten Tag, ich bin Theresa Iserbrook, und man hat mir Ihr Kommen angekündigt. Bitte treten Sie doch näher und nehmen Sie Platz.«

Der Fremde setzte sich auf den Stuhl vor dem Schreibtisch, und der Hund ließ sich ganz ruhig neben ihm nieder. »Verzeihen Sie, Madame, ich habe vergessen, mich vorzustellen. Ich bin Alain Defosier aus der Nähe von Rostock, und ich züchte Deutsche Doggen. Als man mir erzählte, dass Kommissar Bergmann hier in Lübeck einen solchen Hund sucht, habe ich mich mit ihm in Verbindung gesetzt, und er war erfreut, eine junge, gut erzogene Hündin zu bekommen. Nun sind wir hier.«

Theresa hatte lächelnd zugehört. »Ich freue mich sehr. Senta ist ein besonders schöner Hund und schon so wohlerzogen.«

»Sie ist sehr gelehrig, und als wir hörten, dass sie hier gebraucht wird, haben wir jeden Tag ein wenig Gehorsam geübt. Es gibt einige wenige Worte, aber auf die hört sie sofort. Ich habe sie Ihnen aufgeschrieben, denn wenn ich die Worte jetzt alle sage, wird sie ganz konfus, wenn sie plötzlich alle auf einmal hört.« Theresa nickte. Der Mann war ihr sympathisch, er machte einen offenen, ehrlichen Eindruck, und er war ein Mann, der Tiere mochte. »Ich weiß nicht, wie es um Ihre Zeit bestellt ist, aber ich würde Sie gern zum Mittagessen einladen, Herr Defosier. Ist das ein französischer Name?«

»Ja, ich bin hugenottischer Abstammung, aber leider der Letzte meiner ehemals großen Familie.«

»Werden Sie zum Essen bleiben?«

»Gern, aber ich müsste meinem Kutscher Bescheid sagen, er steht draußen mit der Kutsche und wartet auf mich.«

»Mein Hausdiener wird ihm zeigen, wo er die Kutsche und die Pferde auf dem Hof abstellen kann. Und nun legen Sie doch bitte erst einmal ab.«

Mit Erstaunen sah Theresa zu, wie der Mann seinen schweren, mit Wolfspelz gefütterten Mantel ablegte und sich in einem eleganten Anzug von exquisiter Stoffqualität präsentierte.

Ein Bauer?, fragte sie sich überrascht. Nach einem Bauern sieht er aber nicht aus, dachte sie und schämte sich ein wenig, dass sie nicht höflicher gewesen war.

»Sie müssen entschuldigen, wenn ich Sie nicht in einen Salon bitte, aber dieses Haus ist teilweise unbewohnbar, und ich kann nur das Erdgeschoss benutzen.«

Alain Defosier sah sich um. »Es ist ein schöner, warmer Raum, er gefällt mir.«

»Er ist Kontor, Wohnraum und Speiseraum in einem. Ich muss mich räumlich im Augenblick sehr einschränken, ich hoffe, dass ich die oberen Etagen im nächsten Sommer wieder bewohnen kann, wenn trockenes Wetter die Feuchtigkeit endgültig austreibt.«

Defosier nickte. »Alte Häuser haben einen ganz besonderen Wert, sie haben aber auch ihre Schwierigkeiten. Ich kenne solche Probleme. Mein Haus ist fast dreihundert Jahre alt und ständig reparaturbedürftig.«

Senta stand auf und schüttelte sich, und Theresa nutzte die Gelegenheit, das Tier endlich willkommen zu heißen. Sie strich über das samtweiche Fell und hielt dem Hund ihre Hand hin, damit er sie ausgiebig beschnüffeln konnte. Dann nahm sie die Leine und führte die Hündin zu der bereitgelegten Decke. Fragend sah sie Alain Defosier an. Er verstand sofort und kommandierte: »Leg dich!«, und schon legte sich Senta auf die Decke, ließ aber ihren wachsamen Blick nicht von den Menschen. Elsa klopfte und brachte ein Tablett mit Kaffee und Gebäck. »Gnädiges Fräulein, ich kann in einer Stunde das Mittagessen servieren, ist das recht?«

»Ja, Elsa, und wir haben einen Gast. Und bitte bringen Sie eine Schale Wasser für den Hund. Um sein Futter kümmere ich mich später selbst.«

»Senta bekommt jetzt noch zweimal am Tag Futter, später nur noch einmal. Aber frisches Wasser sollte sie immer haben. Ich habe eine Liste zusammengestellt, daraus können Sie sehen, was sie frisst und welches ihre Gewohnheiten sind. Es wäre gut, wenn am Anfang nicht zu viele Änderungen stattfinden.«

»Das kann ich verstehen. Ich richte mich gern nach den Gewohnheiten. Senta soll sich hier wohl fühlen. Ich liebe Tiere, und ich bin mit Hunden groß geworden. Sie können mir Senta getrost überlassen. Aber wir müssen noch über den Preis sprechen, Herr Defosier.«

»Senta ist ein Geschenk von Kommissar Bergmann für Sie, Madame.«

»Oh, nein, das kann ich nicht annehmen.«

»Sie müssen, Madame, das hat er ausdrücklich gesagt. Ich dürfe Senta auf keinen Fall wieder mitnehmen. Sie brauchen Schutz, und er habe Ihnen diesen Schutz versprochen.«

Theresa lächelte. »Er ist ein sehr hilfsbereiter Mann, er war der Einzige, der mir hier zur Seite stand, ich bin nämlich noch nicht lange in Lübeck.«

»Und woher kommen Sie, wenn ich fragen darf?«

»Ich komme aus Hamburg. Meine Familie hat einen großen Gewürzhandel hier im Norden, und diese Lübecker Niederlassung war bankrott.«

»Mein Gott, wie konnte das passieren?«

»Ein unehrlicher Geschäftsführer und ein unbeaufsichtigter Betrieb. Das kann sehr schnell gehen.«

»Und nun bauen Sie die Firma wieder auf?«

»Ich habe den Handel gelernt, die Arbeit macht mir Spaß – auch wenn ich mir den Zustand hier nicht so desolat vorgestellt habe.«

»Aber Sie haben den nötigen Mut.«

»Glauben Sie?«

»Sonst wären Sie nicht hier.«

»Mit meinem Mut ist es nicht weit her, sonst brauchte ich die Senta nicht, aber Verantwortungsgefühl, das habe ich.«

»Ich bewundere Sie. Darf ich Sie einmal besuchen, wenn ich wieder nach Lübeck komme?«

»Gern, jederzeit. Vielleicht könnten Sie Ihr Kommen vorher ansagen? Ich werde, wenn die Straßen es zulassen, viel unterwegs sein. Um den Handel wieder aufzubauen, darf ich nicht in Lübeck festsitzen, wir haben viele Händler oder kleine Handelshäuser in der Umgebung, die ich betreuen muss.«

»Und wie weit reicht diese Umgebung?«

Theresa hielt kurz inne, dann lachte sie: »Wenn ich es recht bedenke, bis nach Riga.«

»Oh, das sind ja nicht gerade kleine Wege.«

»Nein, aber bis nach Riga reise ich noch lange nicht. Der Handel im Ostseeraum muss neu aufgebaut werden. Das bedeutet viel Arbeit, und zuerst muss die Arbeit hier wieder komplett funktionieren.«

»Werden Sie auch einmal nach Rostock kommen?«

»Ja, bestimmt. Aber nur, wenn hier das Geschäft läuft.«

»Ich würde mich sehr freuen, Sie bei mir begrüßen zu dürfen.«

Theresa lächelte dankbar. »Gern, aber wo finde ich Sie?«

»Fragen Sie nach dem Einhorn-Hof, man kennt ihn in Rostock.«

Elsa kam, brachte eine Schale mit Wasser und deckte den Tisch. »Wenn es recht ist, können Sie in zehn Minuten speisen.«

Theresa nickte. »Danke, Elsa, und bitte versorgen Sie auch den Kutscher von Herrn Defosier.«

»Selbstverständlich, gnädiges Fräulein.«

Wenige Minuten später servierte Elsa eine Geflügelsuppe mit selbst gemachten Nudeln und als Hauptgericht Grünkohl mit Rauchfleisch. Alain Defosier langte kräftig zu. »Es schmeckt ausgezeichnet. Hausmacherkost ist das Beste, was die nordische Küche hergibt«, sagte er lächelnd und bediente sich ein zweites Mal.

Zwanzigstes Kapitel

Weihnachten stand vor der Tür: Hochkonjunktur für den Gewürzhandel. Theresa arbeitete von morgens bis abends. Zwei Gewürzhändler in Lübeck hatten ihre Geschäfte geschlossen, weil erwartete Schiffe aus Arabien, durch Unwetter behindert, nicht im Hafen eingelaufen waren. Auch Theresa litt unter fehlenden Waren, aber die Hamburger Hauptniederlassung hatte sie wenigstens mit den dringendsten Gewürzen beliefern können.

Einige wichtige Aromen wie etwa Vanille, Muskatnüsse und Zimt fehlten, da mussten sich die Bäcker behelfen, aber Mandeln, Rosenöl und Zucker konnte sie in ausreichender Menge liefern, und darüber freuten sich vor allem die Apotheker, die mit diesen Ingredienzen das köstliche, wenn auch kostspielige Marzipan herstellten. Und sie bezahlten bar mit Courantmark. So kaufte Theresa Mandeln und Zucker, wo immer sie die Waren bekommen konnte, und zwei Fässer Rosenöl hatte ihr die Mutter geliefert. Es waren die ersten geschäftlichen Erfolge, die Theresa verbuchen konnte, und sie war sehr stolz auf ihre Leistung.

Als sie am Tag vor Heiligabend mit ihrem Buchhalter die Kontobücher durchsah, erklärte sie übermütig: »Wir haben es geschafft, Karl Osterbeck«, um lächelnd hinzuzufügen: »Wenigstens einen Anfang haben wir geschafft.«

Karl Osterbeck bestätigte zufrieden. »Sie haben das geschafft, mein Fräulein, Sie hatten das richtige Gespür für das Marzipan, und damit haben Sie Geld in die Kasse geholt. Die Bäcker meutern zwar ein bisschen, aber sie sehen auch, dass der Mangel an Vanille, Muskat und Zimt nicht Ihr Verschulden ist.«

»Im nächsten Jahr wird alles besser. Dann sorgen wir für Vorräte, dann gibt es keine Engpässe mehr. Und damit die Zuckerbäcker zu Ostern alle Gewürze in genügender Menge vorfinden, fangen wir mit dem Sammeln von Vorräten gleich nach Weihnachten an.«

Osterbeck schloss die Kontobücher, aber Theresa schüttelte den Kopf. »Warten Sie, ich möchte, dass in den Kontobüchern eine neue Ausgabenrubrik eingerichtet wird. Bisher haben wir alle hier von der Hand in den Mund gelebt. Jetzt muss Ordnung in die Bücher kommen. Immerhin haben wir nun schon mit Elsa und Rudolph, dem Kutscher, den beiden Lagerarbeitern, mit Ihnen und mir sieben Mitarbeiter im Geschäft. Ich möchte, dass die Arbeiter und Angestellten alle vom ersten Januar an einen geregelten Lohn bekommen. Stellen Sie eine Liste auf und tragen Sie die Höhe des Lohnes ein, die in dieser Stadt üblich ist. Ziehen Sie die Ausgaben für Kost und Unterkunft und die Einnahmen von Tauschwaren ab, die wir an die Mitarbeiter verteilen. Dann aber sollten die Löhne eine feste Ausgabe bilden, die wir monatlich berücksichtigen müssen. Ich bin dankbar, dass unsere Mitarbeiter auf die vage Hoffnung, dass es eines Tages besser wird, all die Monate bei uns durchgehalten haben, nun aber soll jeder wissen, dass er am Monatsende mit einem festen Lohn rechnen kann.«

»Das ist sehr großzügig von Ihnen, Fräulein Iserbrook.«

Aber Theresa schüttelte den Kopf. »Es ist eine Selbstverständlichkeit für mich. Ich möchte gute Arbeiter behalten und neue hinzugewinnen, und das funktioniert nur, wenn ich die Angestellten korrekt behandele. Wenn Sie die Männer morgen in die Weihnachtstage verabschieden, sagen Sie ihnen das, es ist mein Weihnachtsgeschenk. Und außerdem überreichen Sie jedem ein kleines Päckchen, das Elsa und ich vorbereitet haben.« Sie holte einen Korb aus der Ecke und überreichte ihn lächelnd dem Buchhalter. »Auch für Sie enthält er eine Kleinigkeit. Und nun schließen wir die Kontobücher und öffnen sie erst wieder am 1. Januar 1832.«

Theresa fürchtete sich vor dem Weihnachtsfest. Sie musste ohne ihre Familie feiern, allein, getrennt von ihren Liebsten, zum ersten

Mal in ihrem Leben. Freilich, sie hatte Elsa und Rudolph, die auch keine Familie hatten, aber sie hatten immerhin sich selbst.

Rudolph hatte einen Tannenbaum aus dem Lauer Holz geholt. Elsa hatte Kerzenreste geschmolzen und neue Lichter daraus gezogen. Mit Backteig und einem leeren Glas hatte sie Monde und Halbmonde gebacken, die, mit roter Marmelade bestrichen, nun dem grünen Baum Licht und Farbe spendeten. Für solche Vorbereitungen hatte Theresa keine Zeit, aber am Nachmittag des Heiligen Abends ging sie doch hinüber zum Rathausmarkt, wo ein bunter Basar mit Leierkastenmusik und Gauklern die Menschen auf das Fest einstimmen wollte. Sie kaufte rotwangige Äpfel und ein paar Walnüsse, die Rudolph mit Hilfe von Draht im Baum aufhängen wollte, und sah mit Trauer im Herzen hinüber zum Polizeikommissariat, wo noch alle Fenster erleuchtet waren.

Soll ich hineingehen und nach Thomas Bergmann fragen?, überlegte sie und sah sich unschlüssig um, denn sie hatte in all den Wochen nie wieder etwas von dem Kommissar gehört. Ist ihm etwas passiert, wie dem Mann, den er ersetzen muss, oder hat er mich vergessen? Ist ihm die Arbeit wichtiger, als ich es bin? Oder sind seine Gefühle durch die Trennung erloschen? Nein, dachte sie, ich lass mich nicht von Trauer und Einsamkeit beherrschen.

Sie richtete sich gerade auf, holte tief Luft und ging energischen Schrittes durch das Menschengewühl hindurch zum Tor, das ihr damals wie eine letzte Rettung vorgekommen war und sich auch als solches erwiesen hatte. Sie öffnete die schwere Eingangstür. Wärme und Weingeruch schlugen ihr entgegen. Entschlossen öffnete sie auch die nächste Tür und stand inmitten feiernder Polizisten, die ihre Helme und die Pistolenholster abgelegt hatten und mit Bechern voller Glühwein einander zuprosteten. Horst Bartels erkannte den Gast, sprang auf und salutierte. Dann stellte er seinen Becher ab und kam zu ihr. Die anderen Männer wurden still und sahen sie neugierig an.

»Gnädige Frau, was verschafft uns die Ehre?«

Theresa hatte sich schnell gefasst. Lächelnd erklärte sie: »Ich wollte Ihnen allen fröhliche Weihnachten wünschen.« Damit überreichte sie dem überraschten Kommissar die Tüte mit Äpfeln und Nüssen und winkte allen zu. Dass Thomas Bergmann in der Runde fehlte, hatte sie sofort gesehen. »Sie haben mir damals geholfen, als ich fremd und verunsichert in Ihrer Stadt gelandet bin, nun möchte ich Dankeschön sagen.«

Horst Bartels, etwas verwirrt von dem plötzlichen Besuch, bot ihr einen Becher Glühwein an. »Bitte, stoßen Sie mit uns auf das Fest an. Die Männer müssen gleich auf Patrouille gehen, und die ist in einer Weihnachtsnacht nicht leicht. Da braucht man etwas zum Aufwärmen und für die Courage.«

Theresa nickte. »… und zum Alleinsein in so einer Nacht braucht man auch Mut.«

»Ja«, bestätigte Bartels, »das Alleinsein ist da draußen dann am schlimmsten.«

Die Männer erhoben sich, die Becher wurden erneut gefüllt, und dann stießen alle miteinander an. Theresa verabschiedete sich und wandte sich dem Ausgang zu. Horst Bartels begleitete sie. »Der Kommissar ist in Schwerin. Er ist zum Oberkommissar befördert worden, und man hört viel Lobendes aus Mecklenburg. Der Großherzog hat ihn sogar zu seiner Herbstjagd eingeladen.«

Theresa biss sich auf die Lippen, um ein Schluchzen zu unterdrücken. »Ich freue mich für ihn«, sagte sie tapfer. »Er hat es verdient, er ist ein guter Polizist und immer hilfsbereit.« Sie lächelte: »Danke für den Glühwein, er hat mich gut erwärmt, und ein schönes Weihnachtsfest für Sie alle.« Dann verließ sie das Kommissariat und ging wieder über den Weihnachtsmarkt. Sie musste schließlich noch einmal Äpfel und Nüsse kaufen, um Rudolph nicht zu enttäuschen.

Es war schon dunkel, als sie die bunte Budenstadt des Weihnachtsmarktes verließ. Der Geruch von Bratäpfeln und türkischem Honig, von Bienenwachskerzen und Lebkuchen begleitete sie bis zur Beckergrube. Von Heimweh geplagt, dachte sie an die Wohlgerüche, die sich im Herrengraben-Palais ausbreiteten, wenn das Christfest vor der Tür stand und Klara in den köstlichsten Gewürzen schwelgte. Das Wasser lief ihr im Mund zusammen, als sie an die Zimtröllchen und an die Mandelkränze, an die Nürnberger Lebkuchen und die Pfeffernüsse, die süßen Makronen und Klaras Braune Kuchen dachte. Auch Elsa hatte Weihnachtsplätzchen gebacken, aber mit der Auswahl in Klaras Küche konnte man sie nicht vergleichen.

Die Stundenglocke von Sankt Marien läutete die fünfte Stunde ein. Theresa wollte ihren Weihnachtsabend genau so gestalten, wie die Mutter es in Hamburg machte: Um sechs Uhr würde sie zur festlichen Weihnachtsandacht gehen. Anschließend gab es unter dem Christbaum eine kleine Bescherung für die Hausangestellten, also für Rudolph und Elsa und Max, den Kutscher, dann würde sie mit den dreien gemeinsam zu Abend essen, anschließend das Weihnachtspaket öffnen, das die Mutter mit der Taxis'schen Post geschickt hatte, und zum Abschluss würde sie den Mitternachtsgottesdienst besuchen. Ja, so werde ich das machen, dachte sie voll Sehnsucht an die festlichen Stunden mit der Mutter, mit Lukas und Alinia und mit dem kleinen Alexander, und Markus kommt bestimmt auch aus Bremen, um das Fest in Hamburg zu feiern. Als sie das Heimweh noch mehr spürte, richtete sie sich gerade auf, holte tief Luft und ging mit energischen Schritten weiter. Mein Platz ist jetzt hier, versicherte sie sich selbst, ich hab es so gewollt, und ich werde das schaffen.

Aber aus den Plänen wurde nichts. Sie hatte kaum das Haus erreicht, als angetrunkener Pöbel vom Hafen her durch die Engelsgrube zog, die Hauseingänge blockierte, Fenster und Türen mit Steinen bewarf, zotige Witze in die Nacht hinausbrüllte und mit unflätigen Schreien die Anwohner brüskierte. Rudolph war gerade in der Halle, um die Äpfel und Nüsse am Tannenbaum zu befestigen, als mit Äxten und Steinen gegen die Haustür geschlagen wurde.

»Mein Gott, was ist los?«, fragte er, blass geworden, und sah Theresa hilflos an.

»Betrunkene vom Hafen sind unterwegs. Leg schnell die Riegel vor, und dann schieben wir noch den Eichenschrank vor die Tür.« Auch Elsa und Max kamen aus der Küche herauf. »Beeilt euch«, schrie Theresa den beiden zu. »Elsa, schließ alle Schlagläden im Haus, und du, Max, kümmerst dich um die Pferde und die Schuppen.«

Die ersten Butzenscheiben in der Halle gingen zu Bruch, und als Elsa einen Fensterflügel öffnete, um die Holzläden zuzuziehen, traf sie ein Stein direkt an der Schläfe. Bewusstlos fiel sie auf den Boden.

»Rudolph, hol Handtücher und Decken und kümmere dich um deine Frau«, rief Theresa und versuchte nun selbst die Fenster zu schließen. Immer mehr Steine polterten auf den Dielenboden. Und Theresa sah mit Entsetzen, dass der Pöbel das Kopfsteinpflaster der Straße aufgebrochen hatte und die Häuser damit attackierte. Sie schloss gerade den letzten Laden, als sie durch den Spalt beobachtete, wie ein paar betrunkene Männer mit brennenden Fackeln unten in die Engelsgrube einbogen. Sie rannte die Treppe hinauf, um in den oberen Etagen die Läden zu schließen. Mein Gott, dachte sie, die schweren Steine können sie nicht so hoch werfen, aber die Fackeln können sie in die ungeschützten Fenster schleudern.

Rudolph versuchte mit Handtüchern die Blutung an Elsas Kopf zu stillen. Max kam durch die Hintertür herein und rief: »Hinten ist alles still«, dann half er Rudolph, die Bewusstlose auf das Sofa im Kontor zu betten.

»Schnell, holt Wasser«, rief Theresa von oben herunter, »sie versuchen, die Häuser anzuzünden.«

Die beiden Männer liefen in die Küche und holten die Wasservorräte, die die Träger am Vormittag gebracht hatten und die eigentlich über die Zeit der Feiertage reichen sollten. »Ihr müsst ganz sparsam mit dem Wasser umgehen und nur dort löschen, wo das Feuer wirklich eindringt. Nehmt euch Decken und schlagt die Flammen aus, bevor ihr Wasser vergeudet. Max, du gehst nach oben, Rudolph, du bleibst hier unten. Ich kümmere mich um Elsa.«

Theresa tupfte die Wunde ab und tätschelte Elsas Wangen. »Wach auf, meine Liebe, gleich ist alles vorbei.«

Mühsam öffnete die Frau ihre Augen, stöhnte und wollte wieder in Ohnmacht versinken, aber Theresa hielt sie wach. »Nicht einschlafen, meine Liebe, wir müssen alle wach bleiben. Vielleicht müssen wir ganz schnell das Haus verlassen.«

»Oh Gott, mein Kopf«, stöhnte die Verletzte. »Was ist passiert?«

»Ein Stein hat dich getroffen, sei ganz ruhig, es blutet nicht mehr.«

»Ach, und die Küche? Mein Braten verbrennt, das Feuer ist noch an.« Plötzlich war sie hellwach und wollte aufspringen, aber Theresa hielt sie fest.

»Nicht aufstehen, Elsa, ich kümmere mich drum. Still liegen bleiben, bitte.« Damit ließ sie Elsa allein und lief hinunter in die Küche. Rauch und rußiger Gestank kamen ihr im Souterrain entgegen.

Himmel, jetzt haben wir auch noch Feuer in der Küche, dachte Theresa entsetzt und riss die Tür auf. Helle Flammen schlugen aus der Bratröhre, hatten aber zum Glück weder die Möbel noch den Holzboden erreicht. Sie raffte die Handtücher von der Wand und schlug auf die Flammen ein, und als ihr Rock Feuer fing, streifte sie ihn ab, benutzte auch ihn, um das Feuer zu ersticken, und trat mit den Füßen die Funken aus, die nun auch auf dem Boden tanzten.

Auf der Straße verstummte der Tumult, und Max rief von oben: »Die Polizisten sind gekommen, und viele Männer von der Bürgerwehr sind mit einem Spritzenwagen unterwegs.«

»Komm runter und bring Wasser, jetzt brennt es in der Küche.« Max polterte die Stufen herunter. Dann blieb er erschrocken stehen und starrte seine Chefin in den weißen, wadenlangen, spitzenbesetzten Pantalons an. »Schau nicht so dumm, lösch den Brand im Bratofen«, schimpfte Theresa und musste selbst lachen. Diesen Anblick einer Frau hatte der Junge wahrscheinlich noch nie gehabt. Sie hob ihren halb versengten Rock hoch: »Mit ihm konnte ich nicht mehr herumlaufen, deshalb diente er zum Niederschlagen der Flammen«, erklärte sie und lachte Max an. Dann wickelte sie sich ein großes, unversehrtes Küchenhandtuch um die Hüften und ging nach oben. Das Haus war, von einigen zerbrochenen Butzenscheiben abgesehen, unbeschädigt. Der Pöbel hatte sich verzogen. Elsa ruhte wohl versorgt auf dem Sofa, und Max ging in den Stall, um die Pferde mit Futter zu beruhigen. Von Sankt Marien schlug die Stundenglocke zwölf Mal: Heilige Mitternacht! Heilige Mitternacht? »Verdammte heilige Mitternacht!«, schimpfte Theresa laut vor sich hin.

Einundzwanzigstes Kapitel

Auch vom Stephansdom in Wien schlug die Glocke Mitternacht. Aber die fröhliche Musik übertönte das feierliche Geläut. Feste und Feiern waren in vollem Gang. Robert war beim ›Sterzelbacher‹ eingeladen, und die Festsäle dieses bekannten Hotels quollen über von Menschen und Blumen und Gepränge. In jedem der vier Säle spielte ein Orchester, und die Gäste drehten sich im Walzertakt, zur Polka, zu ungarischen Csardas-Klängen und zur Gavotte. Der ›Sterzelbacher‹ wusste, was er seinen wohlhabenden Gästen und seinem guten Ruf schuldig war. Hier feierte die Prominenz die größten Feste des Jahres, und neben Silvester und Fasching war Weihnachten beim ›Sterzelbacher‹ die Hauptattraktion. Sehen und gesehen werden, hieß es in den begüterten Kreisen, und wer etwas auf sich hielt, tanzte, nach Kirchgang und Festessen natürlich, um Mitternacht am Heiligen Abend beim ›Sterzelbacher‹.

Auch Robert Iserbrook feierte ausgiebig und ausgelassen sein Weihnachtsfest in diesem feudalen Milieu. Begleitet hatten ihn Sophia Scorfi und Gina Bonetti, und die wiederum waren als Gäste des Conte Marcello di Melcastaro in den Genuss einer Einladung gekommen.

Mehrere Wochen waren vergangen seit dem Weinfest im Palazzo des Conte, bei dem Robert den Damen näher, gekommen war. Sie hatten miteinander Brüderschaft getrunken und diese amüsante Reise geplant. Gemeinsam wollte man Wien erleben, diese wunderbare, einzigartige, lebendige Weltstadt.

Robert, die wichtigsten geschäftlichen Termine in Venedig waren erledigt, konnte nicht widersprechen, als ihn Sophia, mit dem lukrativen Safranhandel lockend, einlud, sie zu begleiten. »Du musst mitkommen, liebster Roberto, du musst sie einfach kennen lernen, die Grafen und Hofräte und Minister und die Diplomaten. Ein Mann wie du mit einem weltweiten und weltberühmten Handel muss in diesen Kreisen verkehren. Du wirst einen Aufschwung in deinen Geschäften verspüren wie nie zuvor, denn glaube mir, Verbindungen sind das beste Geschäft«, flötete sie verlockend und überredete ihn schließlich, mit nach Wien zu reisen – wenn auch mit leicht schlechtem Gewissen. Aber sein mahnendes Pflichtgefühl beruhigte er mit dem Safranhandel, den die beiden Damen garantierten. So nahm er beinahe alles Geld aus den Kassen des Renato Bernetti an sich und gab sich nun voller Freude allen gebotenen Vergnügungen hin.

Er kannte sich aus in den Gepflogenheiten der Wiener, hatte er doch während seiner Ungarnreisen oft genug in dieser Donaustadt Station gemacht. So konnte er nun die beiden Sizilianerinnen durch die Museen und die Galerien führen, ihnen das Burgtheater und die Hofreitschule zeigen, vom Fiaker aus die Schlösser und die kaiserlichen Gärten bewundern und so manchen Abend mit den beiden Damen beim Heurigen verbringen. Sie waren mit dem Schiff von Venedig nach Triest gereist, hatten dort zwei private Kutschen gemietet, eine für die Reisenden, die andere für das Gepäck und die Zofen der Damen, und waren über Klagenfurt und Graz nach Wien gefahren, wo sie den Conte di Melcastaro erneut trafen. Erst hier erfuhr Robert, dass es sich um ein geplantes Wiedersehen handelte. Während Robert auf der Reise unentschlossen war, welcher der Damen er seine Gunst schenken sollte, denn sie umwarben ihn mit unübersehbaren Gefälligkeiten, erkannte er bald, dass Sophia dem Grafen sehr zugetan war und dass dieser ihr seine ganze Aufmerksamkeit schenkte. So hielt er sich der Mutter gegenüber zurück und hofierte die Tochter mit allen Mitteln eines gelernten Galan. Außerdem gefiel sie ihm auch besser. Sie war jung, lebendig, unternehmungslustig, wissbegierig, hübsch und wurde von vielen Männern verehrt. Dabei war deutlich, dass sie ihm den Vorrang gab, was seiner Eitelkeit schmeichelte.

Fröhlich wirbelte er die dunkelhaarige, anmutige Schönheit durch den Ballsaal. »Ich könnte bis ans Ende der Welt mit dir tanzen«, lachte er vergnügt und presste Gina eng an sich. Er spürte, wie ihr Körper sich dem seinen anpasste, wie der Puls an ihrem Hals sichtbar pochte. Und während seine Hand ihren Rücken ertastete, schmiegte sie ihren Kopf an seinen Hals. »Lass uns hier weggehen«, flüsterte er und hauchte mit seinen Lippen einen Kuss auf ihre Stirn.

»Aber wohin?«

»Ich kenne ein Lokal, in dem wir ungestört sind. Kleine Separées, diskrete Bedienung – wenn du weißt, was ich meine.«

»Ich weiß nicht, was du meinst, liebster Roberto«, wisperte sie mit gerötetem Gesicht.

»Ich sehne mich nach Räumlichkeiten, in denen wir allein sind. Nur wir zwei.« Er zog sie heftig an sich, und sie spürte die Härte seines Körpers und sein Begehren sehr genau.

»Aber wir werden nichts Unrechtes tun?«

»Nein, liebste Gina, ganz bestimmt nicht. Ich bin ein ehrenhafter Mann, und du bist eine ehrenwerte Frau, die ich achte.«

»Nur achten?«, kicherte sie in seine Halsbeuge.

»Reize mich nicht, kleine Gina, sonst ist es bald vorbei mit der Ehrenhaftigkeit.«

»Aber wie kommen wir in diese ehrenhafte Zweisamkeit, wie kommen wir hier weg? Mutter hat immer ein scharfes Auge auf mich, auch wenn sie heute Abend sehr beschäftigt ist.«

Robert beobachtete Sophia, die mit sizilianischem Temperament die Tänzer wechselte und überaus beglückt in die Arme würdiger Grafen und Hofräte und Minister und Diplomaten flog. »Wir tanzen zum Ausgang hin, und plötzlich sind wir fort. Dann nehmen wir uns einen Fiaker, amüsieren uns in der Zweisamkeit, und danach tanzen wir wieder hier hinein ins Vergnügen.«

»All das in einer Nacht?«

»Die Nacht ist lang.«

»Wenn du meinst, Roberto.«

Und sie tanzten zum Ausgang, die Garderobiere reichte ihnen die Mäntel, der Pförtner rief den Fiaker, und auf ging es durch die nächtlichen Straßen, in denen reges Leben herrschte: Männer und Frauen zogen singend durch die Weihnachtsnacht, Paare suchten Schutz in dunklen Torbögen, Gruppen von Erheiterten tanzten auf frostigem Straßenpflaster, und zahllose Fiaker kreisten mit geschlossenen Verdecken und zugezogenen Scheiben über Straßen und Plätze. Es roch nach Holzfeuer und Wein, nach Pferden und Parfüm, und nach Unrat roch es auch.

Robert beschrieb dem Kutscher den Weg und lehnte sich dann zurück in die Polster. Den Arm um ihre Schulter gelegt, zog er Gina an sich und küsste ihr Haar. Als sie sich wohlig an ihn schmiegte, küsste er auch ihren Mund, behutsam, vorsichtig, zurückhaltend. Er wollte die junge Dame an seiner Seite nicht erschrecken, wusste er doch nicht, wie weit ihre Erfahrungen mit Männern reichten. Dass sie nicht ganz unerfahren war, hatte er beim Tanzen gespürt, dennoch wollte er sie in keiner Weise brüskieren. Außerdem musste er vorsichtig sein. Er sehnte sich zwar nach dem Zusammensein mit einer Frau, wusste aber auch, dass das Konsequenzen haben konnte. Und während er, die junge Frau im Arm, durch das nächtliche Wien fuhr, prüfte er die Vor- und die Nachteile seiner Begierde. Was würde siegen, die Vernunft im Kopf oder die Sehnsucht im Körper?

Robert kannte sich gut. Er hatte sich als junger Mann nicht selten in Schwierigkeiten gebracht, aber er hatte aus diesen Schwierigkeiten gelernt. Nachdenklicher geworden, rückte er eine Winzigkeit zur Seite. Aber Gina kam ihm nach, schmiegte sich enger an ihn und bot ihm lächelnd den Mund mit geöffneten Lippen zum Kuss. Da konnte er nicht widerstehen und überließ sich ganz diesem Genuss. Während sie sich voller Verlangen küssten, öffneten seine Hände unter dem Mantel Knöpfe und lockerten Ösen. Und dann war sie da, die Haut ihrer wunderbaren Brüste. Er nahm keine Rücksicht auf den seidigen Stoff, der bei dieser Hast zerriss. Und Robert spürte, wie das Verlangen in ihm wuchs. Schwer atmend lehnte er sich zurück, verschloss ihren Mantel und richtete sich auf. »Du willst unbedingt«, schrie es in ihm, »aber du darfst nicht, du kannst es nicht, es darf nicht sein.«

Mit verschlossener Miene sah er aus dem Fenster, während eine schmale, zarte Hand sich seinem Schenkel näherte, über den stramm sitzenden Stoff des Beinkleides strich. Behutsam, aber bestimmt legte er die Hand zurück und wies den Kutscher an: »Zurück zum ›Sterzelbacher‹.«

»Zurück? Weshalb, Roberto?«

»Lass gut sein, Gina.«

»Aber wir wollten in ein Lokal mit Separées für die Zweisamkeit, so hast du es versprochen. Was hält dich plötzlich davon ab?«

»Ich kann nicht, ich darf nicht. Ich muss an deinen Ruf denken, und ich muss an meinen Ruf denken. Ich bin ein ehrenwerter Mann.«

»Aber du hast mir mehr versprochen. Du hast mir mit deinem Kuss gezeigt, wie es weitergehen könnte.«

»Es geht nicht, Gina.«

»Ach, du magst mich nicht. Ich bin dir nicht gut genug. Hab ich dir nicht gezeigt, was ich dir schenken könnte? Oder hast du Angst vor meiner Mutter, bist du etwa ein ängstlicher Mann? Meine Mutter spielt in unserer Beziehung keine Rolle.«

»Was heißt ›in unserer Beziehung‹?«

»Sie ist eine egoistische Frau, sie denkt nur an sich selbst und an ihr Amüsement. Sie ist oberflächlich und schreckt selbst vor Intrigen nicht zurück.«

»Was willst du damit sagen?«

»Nun ja, sie lebt ihr Leben, und sie lebt gut dabei. Sie wird immer auf der Sonnenseite leben, und manchmal beneide ich sie darum.«

»So ein Leben ist nicht erstrebenswert, Gina.«

»Wenn es einem Reichtum und Einfluss und Macht gibt, schon. Sie spielt mit den Menschen und mit dir auch.«

»Was soll das heißen?«

»Sie biegt dich wie eine Weidenrute in jede Richtung. Oder hattest du jemals vor, nach Wien zu reisen und dabei auch noch alle unsere Kosten zu übernehmen?«

»Nein, eigentlich nicht, aber es hat sich doch gelohnt, oder nicht?«, fügte er zufrieden hinzu.

»Gelohnt hat es sich für Mutter und für mich, nur für Mutter und mich!«

»Aber ich habe ein Abkommen gewonnen, einen wichtigen Händel abgeschlossen, das lohnt sich auch für einen Geschäftsmann, selbst wenn die anfallenden Kosten erst einmal sein Vermögen übersteigen.«

»Hast du diesen Handel schriftlich? Hast du irgendetwas in deinen Händen, was über ein lächelndes Versprechen hinausreicht? Du bist ein schlechter Händler, Roberto, du bist ein gutgläubiger und einfältiger Mann.«

Empört rückte Robert von der jungen Frau ab. »Was fällt dir ein? Wie kannst du es wagen, mich zu beleidigen?«

»Ich sage nur die Wahrheit. Den Intrigen einer Frau bist du nicht gewachsen, das ist eine wirkliche Dummheit.«

»Welchen Intrigen?«

»Meine Mutter und der Graf di Melcastaro sind ein geschäftstüchtiges Paar, und je nach Laune werde ich mit einbezogen.«

»Was soll das heißen?« Robert war blass geworden und froh, dass seine Begleiterin diese Blässe in der Dunkelheit nicht wahrnehmen konnte. »Was soll das heißen, Gina?«

»Der Graf will dich vernichten, irgendwie bist du ihm in den Weg gekommen, nun rächt er sich an dir. Und Mutter, wenn ein Amüsement sie lockt, macht mit Freuden so ein Intrigenspiel mit.« Entsetzt starrte Robert seine Begleiterin an. »Und das bedeutet?«

»Eine große geschäftliche Niederlage für dich als Kaufmann. In Venedig bist du vernichtet, in Händlerkreisen nur noch ein lächerliches Nichts, und dein Geld bist du auch los. Genau wie es der Graf wollte.«

»Aber meinen Safranhandel mit euch habe ich. Er garantiert mir neuen Reichtum.«

»Wir haben gar keine Safranfelder. Wir hatten nie welche.«

Entgeistert lehnte sich Robert zurück. »Und du? Welche Rolle spielst du?«, flüsterte er.

Sie rückte von ihm ab, so weit es die schmale Fiakerdroschke zuließ. Und fuhr fort: »Ich war das Tüpfelchen auf dem ›i‹. Ich hätte meinen Spaß gehabt, und du wärst als Unhold in die Gerichtsdokumente dieser Stadt eingegangen: Polizei, Festnahme, Untersuchungen, Aussage gegen Aussage und zum Schluss das Gefängnis für dich und für unbestimmte Zeiten«, meinte sie, fast belustigt.

»Dazu wärst du fähig?«, fragte er fassungslos.

»Der Graf ist ein reicher und mächtiger Mann, ich hätte das Paradies auf Erden erlebt.«

»Und das hättest du mitgemacht?«

»Ich habe es mitgemacht, säße ich sonst hier?«

»Ich könnte dich umbringen«, flüsterte Robert.

»Hüte deine Zunge, Roberto, es könnte immer noch zu ›Aussage gegen Aussage‹ kommen, denk an mein zerrissenes Kleid.«

»Was willst du von mir?«

»Nichts mehr, du tust mir leid. Der Graf hat dich vernichtet, meine Mutter hatte ihren Spaß, und ich, na ja, ein bisschen Spaß hatte ich ja auch.«

Der Fiaker hielt vor dem Hotel ›Sterzelbacher‹. Robert öffnete die Tür. Eiskalter Winterwind strömte in die Kutsche, grau und frostig legte sich das erste Grau des Wintertages über die Häuser. Trotz allem Entsetzen blieb Robert der vollendete Kavalier und half Gina höflich aus dem Fiaker. Er entlohnte den Kutscher, bot Gina seinen Arm und führte sie galant ins Foyer. Dort verbeugte er sich höflich und ließ sich seinen Zimmerschlüssel geben. Ohne noch einmal zurückzuschauen, ging er die Treppe nach oben hinauf, den Korridor entlang und betrat sein Zimmer. Entsetzt, verletzt und völlig enttäuscht warf er sich auf sein Bett. Und aus vier Ballsälen tönte verlockende Tanzmusik bis hinauf in seine Suite.

Robert stand auf, erfrischte sich ausgiebig im Bad und zog Reisekleidung an. Dann packte er seine Koffer, ließ sich einen Kaffee im Zimmer servieren, beglich seine Rechnung – die der Damen ließ er unbezahlt – und bat den Empfangschef, einen Fiaker zu rufen. Unbeachtet von den Angestellten und von verschlafenen Gästen verließ er den ›Sterzelbacher‹ und fuhr zur Poststation. Als der Postillion ihm in die Kutsche nach Prag half, von dort wollte Robert dann über Dresden und Berlin nach Hamburg reisen, läuteten die Glocken vom Stephansdom den ersten Weihnachtsfeiertag ein.

Zweiundzwanzigstes Kapitel

Mit milden Temperaturen und ersten Schneeglöckchen hatte der Frühling in Hamburg Einzug gehalten. Nach frostkalten Wochen, in denen Eisbrocken das Auf und Ab von Ebbe und Flut im Hafen, in den Kanälen und an den Flussufern von Elbe, Bille und Alster markierten, bekam die Sonne jene Kraft, die Eis und Kälte verbannte und dem ersten Grün der Natur einen neuen Lebenshauch schenkte. Die Hamburger Bürger atmeten auf. Der klirrende Frost hatte die Cholera verbannt und den stinkenden Rauch der überhitzten Öfen verdrängt. Menschen wagten sich wieder auf die Straßen, um an der frischen Luft die anbrechende Jahreszeit zu genießen. Auch im Herrengraben-Palais zog der Frühling ein. Ein Hausputz vom Dach bis in den Keller, weit geöffnete Fenster und ein Hauch von Lebenslust zog durch die Räume.

Selbst in den Kontoren breitete sich nach winterbedingten, zähflüssigen Geschäften Optimismus aus. Händler kamen und gingen, Waren flossen in die Speicher und verließen sie wieder, und Horst Moser trug jene bunt bestickte Weste unter dem Leinenkittel, die in jedem Jahr den Beginn der neuen Gewürzsaison ankündigte.

Auch Silvana schöpfte neuen Mut. Sie hatte sich damit abgefunden, ihren Ehemann für lange Zeit entbehren zu müssen, auf ihre geliebte Parfümforschung zu verzichten und sich ganz der Geschäftsführung zu widmen. Und sie tat es mit großem Engagement und mit fröhlicher Hingabe, denn die Erfolge belohnten sie, und Geld floss in die leeren Kassen. Der Handel florierte so gut, dass sie die Lübecker Niederlassung wieder mit ausreichenden Waren bedienen konnte, und auch mit den Händlern in Berlin entwickelten sich zunehmend gute Geschäfte. Nur aus Venedig erreichten sie keine Nachrichten. Aber daran mochten die Winterstürme auf den Meeren, die schlechten Postverbindungen auf dem Landweg oder Roberts Schreibfaulheit schuld sein. Sie hatte sich damit abgefunden und beschlossen, nur noch in die Zukunft zu schauen und das Verlangen nach ihrem Ehemann zu verdrängen. Für Träume und Sehnsüchte hatte sie keine Zeit.

Auch ihr Haus hatte sie wohl bestellt. Markus steckte in den letzten Prüfungen und würde wohl bald nach Hamburg heimkehren, und Lukas hatte seine zusätzliche Ausbildung bei dem renommierten Medicus Calmaries beendet. Er hatte sich im Kontorhaus zwei Räume als Praxis eingerichtet, die ersten Patienten selbstständig behandelt und durch Hausbesuche viele Bewunderer gefunden. Seine asiatischen Heilmethoden und seine Hamburger Ausbildung ergaben eine gute Mischung und machten ihn schnell zu einem anerkannten Medicus. Er war ein froher, zufriedener Mann geworden, der sein Glück in seiner kleinen Familie fand.

Diesem Glück zuliebe übersah Silvana die Schwierigkeiten, die sich aus dem Zusammenleben mit Alinia ergaben. Der jungen Frau gelang es nicht, sich in die Gepflogenheiten eines geordneten Familienlebens einzufügen. Sie entwickelte sich zunehmend zu einer Opponentin, die zu allem, was Hausordnung und Familientradition erforderten, erst einmal ›Nein‹ sagte und sich Silvanas Wünschen entgegenstellte. Um des lieben Friedens willen schwieg Silvana, entdeckte aber, dass die familiäre Stimmung im Haus immer mehr erkaltete. Einziger Lichtblick in dieser Atmosphäre war der kleine Alexander. Für Silvana war er der Sonnenschein, der ihre Tage erhellte, und für ihn beherrschte sich die Großmutter und ließ Alinia ihren Willen. Sie hatte Angst, den Kleinen nicht mehr sehen zu dürfen, wenn sie die Mutter erzürnte.

Auch heute war wieder so ein Tag. Alinia liebte es, mit der Kutsche durch Hamburg zu fahren. Schön gekleidet und wohl behütet flanierte sie auf vier Rädern durch die Stadt. Als Dank für die glückliche Geburt des Stammhalters hatte sie sich einen Einspänner gewünscht, mit dem sie ohne Kutscher umherfahren und die Stadt kennen lernen konnte.

Lukas gab diesen Wünschen nach, aber Silvana hatte Angst.

»Liebes, nimm doch einen Kutscher oder wenigstens einen Begleiter mit. Die Stadt birgt viele Gefahren, und ich habe Angst um dich«, bat sie an diesem Morgen.

»Unsinn, Mutter, ich bin in dem Wagen bestens aufgehoben. Ich habe ein schnelles Pferd, und ich habe eine Peitsche, mir geschieht nichts.«

»Man hört von Banden, die sich nachts in die Stadt einschleichen und tagsüber ihre Verbrechen ausüben. Erlaube doch wenigstens, dass ein Reiter dich begleitet. Wir haben doch Männer genug im Geschäft, die das tun könnten.«

»Nein, Mutter. Er würde mich in meiner Bewegungsfreiheit behindern. Ich liebe die Freiheit, die ich endlich genießen darf, und hasse jede Einschränkung.«

»Alinia, du musst auch an deinen Sohn denken, du kannst nicht nur auf deinem Vergnügen beharren. Du hast eine große Verantwortung dem kleinen Alexander gegenüber.«

»Mein Sohn ist hier bestens aufgehoben, und ich weiß mich zu wehren. Vergiss nicht, dass ich Wüsten durchquert und Banditen abgewehrt habe. So etwas prägt einen Menschen und macht ihn mutig. Erzähle mir jetzt also nichts von städtischen Banden, das ist doch lächerlich. Sobald es wärmer ist, werde ich meinen Sohn auf den Fahrten mitnehmen. Er soll beizeiten lernen, wie ein Mann zu leben und zu handeln. Und eines Tages wird er mich dann beschützen«, meinte sie lächelnd.

»Um Gottes willen, Alinia, er ist noch kein halbes Jahr alt«, protestierte Silvana.

»Du ahnst gar nicht, wie zeitig man in meiner Heimat damit beginnt, aus einem Sohn einen Mann zu machen.«

»Aber wir sind hier nicht im Oman, wir sind in einer zivilisierten Stadt.«

»Du sagst es, was also soll mir hier passieren?« Hochmütig und trotzig drehte sie Silvana den Rücken zu, zog ihre Handschuhe an, rückte den Hut noch einmal zurecht und verließ das Haus. Draußen wartete die Kutsche mit dem Pferdejungen, der das Gefährt aus der Remise gebracht hatte. Wie immer sah ihr Silvana ängstlich zu, wie sie einstieg, die Zügel ergriff und die Peitsche schwenkte. Erschrocken sprang das Pferd los, fiel in Trab und zog davon.

Kopfschüttelnd drehte sich Silvana vom Fenster weg. Sie ist kein guter Mensch, überlegte sie bekümmert, wie man mit den Tieren umgeht, so geht man letztlich auch mit Menschen um. Ich muss Lukas warnen. Nein, dachte sie erschrocken, ich darf mich da nicht einmischen. Er ist so glücklich mit seiner kleinen Familie, und er hat dieses Glück verdient. Besorgt ging sie nach oben ins Babyzimmer. Die Kinderschwester hatte Alexander gebadet, eingecremt und gewickelt. Jetzt lag er in seinem Bettchen und sah mit großen Augen zum Fenster hinüber, wo ein leichter Wind die Vorhänge hin und her bewegte. Als er die Großmutter bemerkte, streckte er ihr die Ärmchen entgegen. Fragend sah Silvana die Kinderschwester an, und als sie nickte, nahm sie den kleinen Kerl aus seinem Bett und in ihre Arme. Leise vor sich hin summend, ging sie mit ihm auf und ab, während er an den Rüschen ihrer Bluse zog und mit seiner kleinen Hand nach ihrem Medaillon am Hals griff.

Silvana liebte diese Augenblicke über alles. Sie wusste aber auch, dass sie die nur erleben konnte, wenn Alinia sich in der Stadt vergnügte. Also soll sie fahren, verflixt noch mal, dachte sie wütend und glücklich zugleich und sang dem Kind ein Lied von Sonne, Mond und Sternen vor. Als er lächelnd eingeschlafen war, legte sie ihn in das Bettchen zurück, winkte der Schwester zu und begab sich in die Kontorräume. Die Zeit der unbekümmerten Freude war vorbei, die Arbeit verlangte ihren Tribut.

Alinia kam erstaunlich früh von ihrem Ausflug zurück. Silvana beobachtete, wie sie das Pferd am Pfosten festband und hastig die Stufen zur Haustür hinauflief. Im Flur rief sie dem Butler zu: »Sorgen Sie dafür, dass man das Pferd in den Stall bringt, ich brauche es heute nicht mehr.« Dann eilte sie die Treppe hinauf und schloss mit einem Knall die Tür ihres Boudoirs. Da ist irgendetwas passiert, dachte Silvana und überlegte, ob sie Alinia aufsuchen und fragen sollte. Nein, schalt sie sich gleichzeitig, das sieht nach Kontrolle aus, sie wird es schon erzählen, wenn sie sich über irgendetwas geärgert hat. Sie wandte sich wieder ihren Bestelllisten zu, konnte sich aber nicht recht konzentrieren.

Als der Gong zum Mittagessen rief, klappte sie enttäuscht die Ausgabenbücher zu. An diesem Vormittag hatte sie nicht gerade viel erledigt. Sie war ständig mit ihren Gedanken bei der Familie und nicht beim Geschäft, und insgeheim gab sie der Schwiegertochter die Schuld. Dann hörte sie Lukas in der Halle. Schön, dass er zum Essen da ist, dachte sie erleichtert, denn eine Mahlzeit allein mit einer übellaunigen Alinia hätte sie heute kaum ertragen.

Klara servierte, dem beginnenden Frühling entsprechend, eine frische Kräutersuppe mit Eierstich, als Hauptgericht gebratene Hähnchenbrüste auf Kartoffelpüree und zum Nachtisch Rote Grütze aus eingekochten Beeren und Vanillesauce, die Lukas besonders gern aß. Schmunzelnd beobachtete sie, wie ihr Sohn zulangte, und dankte Karla im Stillen, die noch immer versuchte, die Leibgerichte des Heimgekehrten auf den Tisch zu zaubern. Allein Alinia schien das Essen nicht zu munden. Die Suppe hatte sie nur einmal gekostet, das Hühnchenfleisch ließ sie unbeachtet und probierte nur von den Kartoffeln, und auch die Grütze ließ sie stehen.

»Schmeckt es dir nicht?«, fragte Lukas verwundert. »Hast du Probleme mit dem Magen?«

»Nein, lasst mich in Ruhe, ich möchte mich nur hinlegen«, erklärte sie unfreundlich und wollte aufstehen.

Aber Lukas schüttelte den Kopf. »Bleib hier, Alinia, was ist los? Du bist sehr blass, was ist dir nicht bekommen? Hattest du keinen schönen Ausflug heute Morgen?«

Alinia starrte wortlos aus dem Fenster, und Silvana sah mit Erstaunen, dass sie Tränen in ihren Augen hatte. Lukas stand auf und nahm sie besorgt in die Arme. »Was ist denn passiert, mein Liebes.«

Sie schluchzte, dann gestand sie: »Es war die Fahrt, der Ausflug.«

»Wo warst du denn, hat man dich belästigt?«

»Ich bin zum Hafen gefahren, das mache ich öfter, wenn im ›Hamburger Beobachter‹ arabische Schiffe angekündigt werden. Ich fahre dann langsam am Kai entlang und genieße es, arabische Worte von den Schiffern zu hören.«

»Ja, das kann ich verstehen, obwohl ich nicht wünsche, dich im Hafenmilieu zu wissen. Und was war dann?«

»Nichts, aber als ich den Kai schon fast verlassen hatte, sah ich auf einem der Schiffe einen Mann«, sie stockte und konnte nicht weitersprechen.

»Ja, einen Mann, und dann? Alinia, du musst alles erzählen.«

»Es gibt nichts weiter zu sagen, nur – er sah aus wie Machmout, einer meiner Brüder.«

»Hast du ihn erkannt, richtig gesehen?«

»Nein, alle hatten Burnusse an, aber ich hatte so ein seltsames Gefühl.«

»Komm, beruhige dich. Du hast Angst, und nun hast du dir eingebildet, ein Bruder sei dir gefolgt. Aber das ist unmöglich. Kein Mensch in Salalah kannte meinen wirklichen Namen, niemand wusste, woher ich kam, wohin ich ging, und kein Mensch konnte ahnen, dass wir gemeinsam geflüchtet sind.«

»Aber es gibt Menschen, die können in die Zukunft sehen und das Schicksal vorhersagen. So ein Mensch ist meine Mutter.«

»Das mag sein, aber sie kann es bestimmt nicht, wenn die halbe Erde die Menschen voneinander trennt. Also beruhige dich, und vergiss, was du gesehen hast.«

Silvana, die bis dahin geschwiegen hatte, bat: »Alinia sollte nicht allein unterwegs sein. Vielleicht sollte sie in den nächsten Tagen auf jeden Ausflug verzichten.«

Lukas nickte. »Mutter hat Recht. Bitte, bleib erst einmal zu Hause. Und wenn du später wieder ausfährst, möchte ich, dass dich einer unserer Männer begleitet. Versprichst du mir das?«

Alinia seufzte erschöpft. »Ja, aber jetzt würde ich gern etwas ruhen.«

»Selbstverständlich. Komm, ich begleite dich.« Beide nickten der Mutter zu und gingen nach oben.

Silvana war zutiefst beunruhigt. Sie ließ den Butler, die Mamsell und den Hausdiener kommen. »Ich möchte, dass sie keinem Mann, den Sie nicht kennen, erlauben, das Haus zu betreten. Ich habe die berechtigte Sorge, dass die Frau meines Sohnes in Gefahr ist. Gleichzeitig halten Sie sie bitte zurück, wenn sie das Haus zu verlassen versucht. Sagen Sie bitte im Stall, dass in der nächsten Zeit kein Pferd für meine Schwiegertochter zur Verfügung gestellt wird. Und bitte, melden Sie mir jede Art von befremdlichen Ereignissen im Hause, und verschließen Sie Türen und Fenster mit besonderer Sorgfalt.«

Bedrückt verließen die Angestellten das Esszimmer, und nicht weniger bedrückt blieb Silvana zurück. Sie fürchtete, dass sich Alinia nicht an ihr Versprechen halten würde. Zu groß waren ihr Freiheitsdrang und der Wille, ihr neues Leben zu genießen. Im vergangenen Jahr war sie durch die Schwangerschaft an das Haus gebunden, jetzt meinte sie, verpasstes Leben nachholen zu müssen.

Klara servierte wie immer Kaffee und einen kleinen Cognac im Salon, und als Lukas herunterkam, bat Silvana ihn, sich für einen Augenblick zu ihr zu setzen.

»Glaubst du, Alinia wird sich an ihr Versprechen halten? Sie hat so einen großen Freiheitsdrang.«

»Ich kann es nur hoffen, einsperren kann ich sie nicht.« Lukas holte sich einen zweiten Cognac, und das zeigte Silvana, dass auch er unsicher war.

»Glaubst du, dass sie Recht haben könnte mit dieser Geschichte von dem Bruder?«, fragte sie bedrückt und nahm selbst einen kleinen Schluck.

»Möglich ist alles. Salalah ist eine Hafenstadt, und Seeleute werden immer gebraucht. Aber ich denke da eher an einen Zufall.«

»Trotzdem, Lukas, kümmere dich gut um deine Frau. Sie tut, was du sagst.«

»Mutter, ich habe meine Verpflichtungen, ich muss mich um Kranke in der Stadt und manchmal auch außerhalb der Stadt kümmern. Ich kann nicht ständig im Hause sein und Alinia bewachen. Du bist doch hier, kannst du das nicht übernehmen?«

»Nein, Lukas, da muss ich dich enttäuschen, Alinia hört nicht auf mich.«

»Was soll das heißen?«

»Ich wollte dich nicht damit belasten. Aber zwischen uns gibt es seit langer Zeit einen stummen Zweikampf. Ich möchte, dass sie sich an die Gepflogenheiten der Gesellschaft und besonders unserer Familie hält, da verlässt eine Dame nicht ohne Begleitung das Haus und flaniert allein durch die Stadt. Aber sie zieht es mit unbändiger Kraft in die Freiheit, die sie zu verpassen fürchtet.«

»Das verstehe ich nicht. Unser Leben ist doch so harmonisch.«

»Weil ich jeden Zwist zu vermeiden versuche. Ich gebe nach, damit wir Frieden haben. Unser harmonisches Leben, wie du es nennst, ist mir eben wichtiger als ein Kampf um Etikette.«

»Das habe ich nicht gewusst, Mutter.«

»Ich wollte dich nicht behelligen, und bis jetzt ging ja auch alles gut. Ich fürchte nur, dieser kleine Zweikampf wird größer. Deine Frau wird mit jedem Tag heimischer und selbstständiger, das darf man nicht unterschätzen.«

»Ich werde mit ihr reden.«

»Tu das bitte nicht, es würde die Fronten verstärken.«

»Schrecklich, wie sich das anhört. Hier gibt es keine Fronten, wir lieben uns doch, wir schätzen und verstehen uns. Das kann doch keiner abstreiten.« Lukas stand auf und ging beunruhigt im Salon hin und her.

Silvana schüttelte den Kopf. »Wir sind eine Gemeinschaft, eine

Familie, in der man die guten und die schlechten Gewohnheiten mit Toleranz ertragen muss, so sollte es bleiben.«

»Und wo bleibt die Liebe?«

»Die gibt es, und manchmal zeigt sie sich eben im Tolerieren von Fehlern.«

»Diese Liebe genügt mir aber nicht, Mutter.«

»Vielleicht brauchen wir einfach mehr Geduld.«

»Ja, vielleicht hast du Recht. Warum hast du nicht früher mit mir gesprochen?«

»Ich lehne es ab, mich in die Belange anderer Menschen einzumischen. Ich bin sehr dankbar und froh, dass ich euch hierhabe, ich will euch auf keinen Fall verlieren, so einfach ist das.«

Lukas seufzte. »Gut, dass wir uns jetzt ausgesprochen haben. Ich werde mich in Zukunft intensiver um Alinia kümmern, das verspreche ich. Und glaube mir, ich finde kaum die richtigen Worte, um dir zu sagen, wie froh und glücklich ich über unser Zuhause hier bei dir bin.«

»Lukas, du bist mein Sohn, mein Zuhause ist dein Zuhause, ist euer Zuhause, was ich ganz besonders betonen möchte. Und nun geh, lass deine Patienten nicht länger warten, hier im Haus habe ich Vorsichtsmaßnahmen getroffen, in diesen Mauern kann Alinia frei und gefahrlos leben.«

Erleichtert, aber auch nachdenklich verließ Lukas den Salon seiner Mutter. Er hatte befürchtet, dass es zu Diskrepanzen mit Alinia kommen würde. Er spürte ja selbst, wie sie sich entwickelte und wie der Graben, der sie trennte, immer breiter wurde. Langsam veränderte sich ihr Wesen, sie wurde selbstbewusster, und er hatte immer öfter Mühe, das zauberhafte Mädchen in ihr zu finden, dass er so liebte.

Silvana, ermüdet von den anstrengenden Gesprächen, in denen sie jedes Wort auf die Goldwaage gelegt hatte, um niemanden zu kränken, stand auf und schaute aus dem Fenster. In dem kleinen Garten zwischen dem Kanal und dem Palais blühten die ersten

Schneeglöckchen in der Nachmittagssonne. Hoffentlich kommt der Frost nicht zurück, dachte sie besorgt und wandte sich ihrer Arbeit zu.

Zwei Tage später, morgens gegen acht Uhr, fand Horst, der Hausdiener, einen Schuh von Alinia. Mit einem Stilett war er an die Hintertür genagelt. Ein fein ziselierter Griff zierte den Dolch.

Lukas hatte die Nacht in Wandsbek verbracht und bei einem Schwerkranken gewacht, der dann in den Morgenstunden seine Krisis überwunden hatte und danach in einen gesunden Schlaf gefallen war.

Er war gerade erst ins Haus gekommen, als er das Rufen des Dieners hörte: »Herr, kommen Sie schnell zur Hintertür«, und sah, wie die Kinderschwester, den kleinen Alexander im Arm, verstört die Treppe herunterkam und ihm zuwinkte: »Herr, die gnädige Frau ist nicht im Hause.«

Silvana hatte, wie an jedem Morgen, bereits um sieben Uhr gefrühstückt und die junge Mutter nicht vermisst, da die immer erst später aufstand und dann allein ihr Frühstück zu sich nahm. So trafen die Worte von Horst und die Rufe der Kinderschwester die Familie und die Hausangestellten völlig unvorbereitet. Bestürzt rannten alle zur Hintertür im Kontorhaus und versammelten sich um den angenagelten Schuh. Lukas fasste sich als Erster, zog den Schuh mit dem Stilett aus dem Holz und befahl dem Butler: »Schicken Sie sofort einen Reiter zur Polizeiwache am Pferdemarkt! Man soll alle arabischen Schiffe am Auslaufen hindern.« Er hatte das Stilett wiedererkannt, damals zierte es den Gürtel von Alinias Bruder, während der die Schwester bewachte.

Lukas nahm die zitternde Mutter in den Arm.

Die Gendarmen kamen, Lukas gab seinen Verdacht zu Protokoll und nahm fassungslos zur Kenntnis, dass alle abfahrbereiten Überseeschiffe den Hafen bei auflaufender Flut in den frühen Morgenstunden verlassen hatten.

»Genauso war es damals, als man dich verschleppte«, weinte Silvana, »mein Gott, wie sich die Geschicke ähneln. Was haben wir falsch gemacht, Lukas? Wie ist so etwas möglich?«

Lukas schüttelte den Kopf. »Ich weiß es nicht, ich weiß es wirklich nicht. Sie muss freiwillig das Haus verlassen haben.«

Silvana fragte verstört: »Glaubst du an übersinnliche Kräfte? Sie war so verstört, als sie neulich von ihrer Fahrt zurückkam. Sie wirkte wie unter einem dämonischen Einfluss.«

»Du meinst wie unter Hypnose?«

»Ja. Gibt es das in ihrer Heimat?«

»Ich weiß nicht, manche Menschen rühmen sich, Zauberer zu sein, ich bin aber nie einem begegnet.«

»Lukas, eine andere Erklärung gibt es nicht. Eine Mutter verlässt doch nicht freiwillig ihr Baby.«

»Nein, keine Mutter verlässt freiwillig ihr Kind. Sie muss unter einem fremden Einfluss gestanden haben, es ist die einzige Erklärung.« Erschüttert und entsetzt sahen sie sich an, dann gingen sie gemeinsam hinauf in das Kinderzimmer und standen Hand in Hand vor dem Bettchen des kleinen Alexander. Vergnügt lachte er sie an.

Und am Abend des gleichen Tages kam Robert in Hamburg an.

Dreiundzwanzigstes Kapitel

Längere Tage, wärmere Sonne, milde Winde – auch in Lübeck hielt der Frühling seinen Einzug. Theresa begann die oberen Etagen zu öffnen. »Ich halte die Enge und das eingeschränkte Leben einfach nicht mehr aus«, erklärte sie Elsa. »Ich brauche Platz zum Luftholen und zum Bewegen, und wir werden das sonnigste Zimmer in der ersten Etage neu einrichten.«

Sie kaufte leichte, weiß gestrichene Möbel, lindgrüne Vorhänge, und sie leistete sich sogar den Luxus eines weiß-grün gemusterten Teppichs und passender kleiner Kissen.

»So«, versicherte sie, als die Sachen geliefert wurden und das Zimmer schmückten, »das ist mein Frühlingszimmer, und ab sofort wohne ich hier. Das Kontor unten wird mein Empfangssalon, und Fremde haben hier oben nichts zu suchen.«

Elsa nickte zufrieden. Wenn das gnädige Fräulein nach oben zog, hatten sie und ihr Mann unten mehr Platz, und vielleicht fand sich in den Lagerschuppen auf dem Hof sogar das eine oder andere ausrangierte Möbelstück, das, einst abgeschoben, heute vielleicht noch verwendet werden konnte. Rudolph war ein sehr geschickter Mann und konnte handwerklich mit alten Sachen gut umgehen. Aber praktisch, wie sie war, fragte Elsa auch: »Werden Sie hier oben speisen?«, denn der Weg von der Küche im Souterrain bis hier hinauf war natürlich länger.

»Ja, Elsa. Früher speiste die ganze Familie hier oben. Links von der Treppe befindet sich das Speisezimmer, und daneben gibt es eine Anrichte mit einem Aufzug für das Essen.«

»Das ist gut, ich werde Rudolph gleich bitten, den Aufzug und vor allem die Seile zu prüfen, dann kann ich ihn reinigen und in

Betrieb nehmen. Und wenn ich die Speisen aus der Küche heraufgezogen habe, kann ich sie Ihnen hier oben servieren.«

Theresa nickte, machte die Hausgehilfin aber gleich auf weitere Veränderungen aufmerksam. »Elsa, du hast sicherlich bemerkt, dass meine Geschäfte seit ein paar Wochen besser gehen. Ich möchte so schnell wie möglich eine Köchin einstellen, die sich auch um den Wasserbestand und um die Vorratswirtschaft kümmert.«

Elsa wurde blass. »Sind Sie nicht zufrieden mit meinem Essen, gnädiges Fräulein?«

»Doch, Elsa, du hast sehr gut für mich gesorgt, aber ich brauche dich für andere Arbeiten. Du musst die Räume sauber halten und eine Reinemachfrau beaufsichtigen, du könntest für meine Garderobe sorgen, Besucher empfangen und für die ganze Wirtschaft sorgen, wenn ich nicht im Hause bin. Du wärst dann eine Hauswirtschafterin, und die Köchin möchte ich nur tagsüber beschäftigen. Wüsstest du eine zuverlässige Frau?«

»Ich kenne in der Stadt niemanden.« Sie schüttelte den Kopf. »Aber es gibt hinter dem Rathaus in der Fischstraße eine Stelle für Leute, die eine Arbeit suchen, vielleicht wissen die jemanden.«

»Fein, dann fang gleich mit deiner neuen Aufgabe an. Geh hin und such eine Köchin für uns. Sie muss ehrlich und sauber sein, sie muss gute Zeugnisse und eine eigene Wohnung in der Stadt haben.«

»Aber das kann ich doch nicht.«

»Natürlich kannst du das. Du hast eine gute Menschenkenntnis, und die Leute von dem Amt können dir helfen.«

»Darf sie verheiratet sein?«

»Ja, wenn der Mann einen guten Leumund hat.«

»Na schön, ich versuche es. Aber eine Verantwortung möchte ich nicht haben.«

»Mit den Aufgaben wachsen auch die Verantwortlichkeiten, Elsa. Aber gut, diesmal übernehme ich sie.«

Elsa zog sich an und machte sich auf den Weg.

Theresa rief Senta und lief mit ihr auf den Hof. Dort spielte sie mit der Dogge, warf mit Bällen, damit die Hündin sich austoben konnte, und rannte mit ihr um die Wette, bis beide atemlos und müde waren. Der Hund hatte sich gut entwickelt und war so groß geworden, dass sie beim Spazierengehen keine Leine brauchte, sondern die Hündin am Halsband führen konnte. Sie fühlte sich sehr sicher mit dem Hund an ihrer Seite und dankte im Stillen Thomas Bergmann für dieses Abschiedsgeschenk. Denn das war es wohl. Seit seiner Abreise hatte sie nicht ein einziges Mal eine Nachricht von ihm bekommen.

Stattdessen hatte Alain Defosier sie zweimal besucht. Es waren immer nur kurze Besuche gewesen, weil er auf der Durchfahrt war und kaum Zeit hatte, seinen schweren Wintermantel abzulegen, aber es waren herzliche Begegnungen gewesen, in denen sie spürte, dass sich daraus Freundschaft entwickeln könnte, wenn die Entfernung zwischen ihnen nicht so groß gewesen wäre. Jedes Mal hatte er sich nach Senta erkundigt und ihre Entwicklung, ihre Erziehung und ihre Schönheit bewundert. Und jedes Mal wusste Theresa, dass die Fürsorge für den Hund nur eine Ausrede für seinen Besuch war. Sie freute sich, wenn er kam, und sie war traurig, wenn er ging, denn er hinterließ eine Lücke in ihrem Leben, das nach wie vor sehr einsam in dieser fremden Stadt verlief.

Einzige Abwechslung waren eigentlich nur die Briefe der Mutter, die sie regelmäßig bekam. Meist waren es gute Briefe, in denen die Mutter vom Erfolg im Geschäft, von der Freude mit dem kleinen Alexander und vom Erfolg des Bruders als Medicus berichtete. Der letzte Brief allerdings war von Entsetzen geprägt, denn er berichtete vom Verschwinden Alinias.

Nun war Theresa nicht allzu betroffen von dieser Nachricht, denn sie kannte die Frau aus dem Oman nicht, litt aber mit ihrem Bruder, der, wie die Mutter schrieb, von ›großer Trauer befallen‹ sei. Man habe eine Amme für das Baby besorgen müssen und hoffe, dass es nicht unter dem Verlust der Mutter leidet. Und ganz zum Schluss hatte sie geschrieben. »Und Robert ist auch wieder da!« Nichts sonst. Kein Wort der Freude, kein Wort der Erklärung für sein langes Ausbleiben und kein Wort über den Erfolg seiner Reise.

Mit einem Schulterzucken legte Theresa den Brief zur Seite. Robert – das war lange her!

Sie dachte nun lieber an Alain Defosier, der sie eingeladen hatte, ihn zu besuchen. Und sie dachte an eine Geschäftsreise in Richtung Rostock, die sie wirklich einmal einplanen sollte.

Immer häufiger gibt es Gewürzbestellungen aus dem Ostseeraum, da eignet sich Rostock als zentraler Handelsplatz am besten, und bevor ich weiter entfernte Hansestädte besuche, sollte ich wirklich erst einmal an eine Niederlassung in Rostock denken, überlegte sie.

Sie ging ins Kontor und fragte Karl Osterbeck: »Wie sieht es mit dem Handel in Stralsund und Stettin aus? Wie groß sind die Bestellungen aus Rostock?«

»Der Handel läuft langsam wieder an, Fräulein Iserbrook, sehr langsam. Wenn ich die alten Bücher mit den neuen vergleiche, dann sind die Gegenüberstellungen noch erbärmlich.«

»Was könnten wir tun, um das Geschäft zu verbessern?«

»Man müsste persönliche Kontakte knüpfen, so wie das früher war.«

»Und wie war das?«

»Der Herr Karenius, der hier die Niederlassung führte, war ständig unterwegs, um die Handelsposten zu besuchen. Das ersehe ich aus den alten Büchern.«

»Das ist dreißig Jahre her.«

»Ja, aber die Verbindungen haben dann auch fast dreißig Jahre lang gehalten. Erst als dieser Martens die Geschäfte übernahm, brach alles zusammen.«

»Aber ich kann nicht ständig herumreisen wie dieser alte Onkel von mir. Trotzdem, wir müssen weiterkommen, hier treten wir jetzt auf der Stelle.«

»Ich hätte da eine Idee, Fräulein Iserbrook, aber ich weiß nicht, ob wir die jetzt schon planen können.«

»Reden Sie.«

»Hier läuft das Geschäft doch schon ganz gut. Wir könnten die Lagerschuppen im Hof wieder herrichten, noch ein paar Männer dafür einstellen, und ich würde einen neuen Lagerverwalter und einen Buchhalter einarbeiten. Wenn das geschafft ist, wäre ich bereit, eine Niederlassung an der Ostsee zu führen.«

»Das ist eine sehr gute Idee. Vorher aber werde ich einmal die Küste entlangreisen und unsere Händler besuchen. Dann höre ich an Ort und Stelle, wie die Geschäfte sich entwickeln, und dann sehen wir weiter.«

Karl Osterbeck lächelte. »Mit dem Frühling kommt der Mut zu neuen Anfängen, ich bin dabei, Fräulein Iserbrook.«

»Gut, dann bereiten Sie meine Reise vor. Suchen Sie mir einen geeigneten Küstensegler, denn wenn ich schon reise, dann will ich das wenigstens auf eine bequeme Art tun. Und ich will nicht vor Anfang Mai starten. Der raue April wühlt das Meer noch zu stark auf.«

In der Halle traf sie Elsa. »Hattest du Erfolg?«

»Ja, gnädiges Fräulein. Man hat mir die Anschrift einer Köchin gegeben, die sich wohl für uns eignet.«

»Und?«

»Ich habe sie gleich aufgesucht. Sie wohnt gar nicht weit von hier, gleich um die Ecke sozusagen, am Kohberg.«

»Du hast mit ihr gesprochen?«

»Sie scheint nett und ehrlich zu sein, und sauber war es auch bei ihr. Sehr sauber sogar. Und sie wäre mit einer Tagesstelle einverstanden. Sie hat keinen Mann, aber sie hat einen kleinen Jungen, den müsste sie mitbringen dürfen.«

»Einen Jungen in unserem Haushalt? Ich weiß nicht.«

»Deshalb ist es so schwer für sie, eine Stellung zu bekommen.«

»Hm, na ja, der Junge könnte im Hof spielen. Und sonst müsste sie ihn in der Küche beaufsichtigen. Wie alt ist er denn?«

»Drei Jahre. Er scheint ein ruhiges Kind zu sein, ich habe ihn beobachtet.«

»Wie seid ihr verblieben?«

»Ich sagte ihr, dass ich mit Ihnen sprechen werde, und dann bekäme sie Nachricht von mir. Ich könnte nach dem Abendessen noch einmal hingehen, und sie könnte morgen früh anfangen.«

»Sag ihr, dass wir es mit ihr versuchen werden.«

»Sie wird sehr froh sein und sich bestimmt alle Mühe geben. Sie hat mir ihre Zeugnisse gezeigt, die waren sehr lobend. Aber dann bekam sie das Kind, und dann war sie überall nur für kurze Zeit, weil sie den Jungen nicht allein lassen konnte, aber auch nicht mitbringen durfte.«

»Wir werden uns arrangieren. Wie heißt sie denn?«

»Sonja Kleinert, und sie ist achtundzwanzig Jahre alt.«

»Na schön, geh und sag ihr Bescheid.«

Am 12. Mai trat Theresa ihre Reise nach Rostock auf dem Küstensegler ›Mariella‹ an. Mit einem Zwischenstopp in Wismar sollte die Fahrt eine gute Woche dauern. Karl Osterbeck hatte eine der beiden vorhandenen Passagierkabinen für seine Herrin reserviert, Elsa hatte sich um ihre Garderobe und das Gepäck gekümmert, und die Köchin hatte einen großen Korb mit haltbaren Lebensmitteln für sie bereitgestellt. Mit Sonja Kleinert hatten sie wirklich Glück. Sie war zuverlässig, sauber, bescheiden und vor allem, sie kochte gut. Sie besaß ein großes Repertoire feinster Gerichte, die sie aus einfachen Zutaten zaubern konnte, und der kleine Hannes war ein ruhiges Kind, das sich schnell in das Hausleben einfügte.

So konnte Theresa beruhigt ihre Reise antreten, denn Haushalt und Geschäft wusste sie wohl versorgt. Max fuhr sie mit dem Wagen zum Hafen, und Karl brachte persönlich ihre Koffer an Deck und kontrollierte, ob die Kabine seinen Wünschen entsprach und ob die

Gewürze, die gleichzeitig in die Ostseehäfen gebracht werden sollten, fachgerecht verladen waren.

Theresa wollte Pfeffer und Gewürznelken, Koriander und Zimt, Kümmel und Ingwer mitnehmen und die Händler damit versorgen. So hatte sie einen Anlass, sie aufzusuchen und gleich neue Geschäfte mit ihnen zu besprechen.

Die Tage der Vorbereitungen waren endlich vorbei, und langsam kam Freude bei Theresa auf. Sie wollte ihre erste Seereise genießen, auch wenn es nur eine Reise in Küstennähe war. Und sie fieberte ihrem ersten Außenhandel entgegen. Das war es, was sie unter dem Begriff Händlerin verstand: Sie wollte mit den Kunden reden, sie beraten und ihnen Anleitungen geben, Mischungen mit ihnen besprechen und die Leute über die Herkunft der Gewürze belehren. Sie wollte, dass ihre Gewürze mit Respekt und Verständnis behandelt wurden, und das konnte ein Händler nur, wenn er über die Mühsal des Anbaus, der Ernte und des Transportes informiert wurde.

Theresa war zufrieden mit ihrer Kabine. Sie war geräumig und sauber, und sie hatte eine eigene Toilette an der Außenbordwand. Das Bullauge befand sich etwas über dem Meeresspiegel und verschaffte ihr Tageslicht, wenn die Wellen nicht zu stürmisch waren. Zuerst aber genoss sie die Fahrt über die Trave und betrachtete das schöne Land zwischen Lübeck und dem offenen Meer. Überall hatte der Frühling die Wiesen und Wälder mit seinem grünen Hauch überzogen, und an den Traveufern blühten Veilchen und Schlüsselblumen.

Nachdem Theresa ihr Gepäck in den Schrank geräumt hatte, nahm sie ein warmes Umschlagtuch und stieg hinauf aufs Deck, um die Aussicht und die frische Seeluft, die ein milder Wind von Norden her ins Land trug, zu genießen. Eine kleine Brise wirbelte ihre Locken durcheinander und spielte mit ihrem Baumwollrock, bis der Lotse ein bewunderndes Pfeifen hören ließ. Lachend hielt sie die Falten fest und lehnte sich gegen den dicken Mast, um die leisen Schwankungen auszubalancieren, denn langsam spürte das

Vierundzwanzigstes Kapitel

Im Herrengraben-Palais stellten sich die Menschen nach Alinias Entführung auf ein verändertes Leben ein. Eine Amme kümmerte sich um den kleinen Alexander, der noch gestillt wurde, Robert musste sich wieder einem geordneten Tageslauf anpassen, und Lukas versuchte, trotz der Trauer um seine verschwundene Frau, sich an die Anwesenheit dieses für ihn fremden Mannes zu gewöhnen. Am meisten umstellen musste sich die Venezianerin. Sie, die selbstständige, couragierte und erfolgreiche Geschäftsfrau, sollte sich erneut einem Mann unterordnen? Einem Mann, der ihr fremd geworden war, physisch wie psychisch? Sie konnte ihm nicht verzeihen, dass er sie im Stich gelassen hatte, als sie ihn am meisten brauchte, und dass er beharrlich verschwieg, was in Venedig und Wien vorgefallen war. Warum waren seine Geschäfte nicht erfolgreich, warum fühlte er sich von dem alten Conte bedroht, weshalb war er so plötzlich und auf dem Landwege zurückgekommen, und wo blieben die Bilanzen, die positiven Bilanzen seiner Reise? Große Geschäfte hatte er angekündigt, und nicht einmal mit kleinen kam er zurück.

War er wieder zurückgefallen in die Nachlässigkeiten seiner jungen Jahre? Hatte er vergessen, dass das Leben nicht aus Lustbarkeiten, sondern aus Anstrengung und Arbeit bestand? War er wieder zum Leichtfuß geworden, der seine Gelüste pflegte und seine Pflichten vergaß?

Silvana wurde nicht schlau aus ihrem Ehemann. Auf der einen Seite riss er die Arbeit wieder an sich und verdrängte sie aus ihrem Kontor zurück in ihr Parfümlabor; auf der anderen Seite zeigten seine Geschäfte auch hier in Hamburg keinerlei Erfolge. Statt die

Abende in gemütlicher Familienrunde im Salon zu verbringen, zog es ihn in die Herrenclubs der Stadt oder in zwielichtige Varietévorstellungen und zu Boxkämpfen, die seit einiger Zeit gerne besucht wurden. War er auf einer Flucht vor seinem Gewissen, vor einer Wahrheit, vor seiner Familie und ihren berechtigten Fragen?

Am meisten aber litt Silvana unter dem Missverhältnis zwischen ihrem Mann und ihrem Sohn. Während sie großen Wert auf ein harmonisches Familienleben legte, ging Lukas immer mehr seine eigenen Wege, um dem Stiefvater nicht zu begegnen. Und Robert fühlte sich durch Lukas, den er nicht kannte, und ein Kind, das nicht sein eigenes war, gestört. Alexander durfte nicht schreien, die Amme nicht seinen Weg kreuzen, die Kinderschwester sollte möglichst unsichtbar sein, und Lukas? Auf den Sohn seiner Frau war er eifersüchtig, neidisch auf seine Erfolge als Medicus und erbittert über sein Ansehen in der Stadt.

Wie soll das erst werden, wenn Markus aus Bremen zurückkommt, dachte Silvana besorgt? Ich will meine Söhne in meiner Nähe haben, das Palais gehört zwar mir, Justus hat es damals für mich und meine Kinder gekauft, aber Robert hat es nach unserer Hochzeit in Besitz genommen, er wird auf keinen Fall weichen. Mein Gott, was ist aus meinem liebevollen, fürsorglichen Mann geworden? Was hat er erlebt, dass er so verändert heimgekommen ist, grübelte sie. Warum erzählt er mir nichts und weicht mir aus, sobald wir allein sein könnten? Silvana wurde nicht schlau aus ihrem Mann und seinem Verhalten, und eines Tages vertraute sie sich ihrem ältesten Sohn an.

»Lukas, ich weiß nicht mehr weiter. Ich spüre, wie sich unsere Familie in ein Nichts auflöst, und ich kann es nicht verhindern.«

»Ich spüre es auch, Mutter, auch ich kann es nicht verhindern. Vielleicht sollte ich mir ein eigenes Heim suchen, hier stören wir nur noch.«

»Um Himmels willen, Lukas, es wäre das Letzte, was ich wollte. Eher zöge ich mit dir und Alexander in ein fremdes Haus, als euch zu verlieren. In wenigen Tagen kommt Markus heim, er soll doch auch sein Zuhause wiederfinden. Ich wünsche mir so sehr, dass wir hier, im Palais, wieder eine glückliche Familie sind.«

»Das wirst du nicht schaffen, Mutter. Robert wird es verhindern. Er ist eifersüchtig auf uns, und wir müssen das akzeptieren. Dann ist es doch besser, wir räumen das Feld. Irgendwann sind wir jungen Leute an der Reihe, Familien zu gründen, und eine neue Generation wird heranwachsen, das ist der Lauf des Lebens, und darauf müssen wir uns einstellen, Mutter.«

»Aber Lukas, du wirst doch keine neue Familie gründen. Du hast dein Kind, und du trauerst um Alinia, wie kannst du an so etwas denken.«

»Mutter, ich denke ja auch noch nicht daran, aber irgendwann könnte es sein, dass ich mich wieder nach einer eigenen Familie sehne, mir weitere Kinder wünsche und wieder ein eigenes Nest bauen will. Ist das so absurd?«

»Ich verstehe das ja, aber ich kann es einfach noch nicht akzeptieren.«

»Du wirst es müssen, Mutter. Ich liebe dich, und ich lebe gern in deiner Nähe, aber wirklich zufrieden bin ich nicht. Ich erwarte mehr von meinem Leben. Ich bin nicht zum Einsiedler geboren. Ich brauche Leben um mich herum, Leben, das zu mir gehört.«

»Du denkst also ernsthaft an eine neue Ehe?«

»Ich denke ernsthaft an eine glückliche Familie.«

»Du, du, immer nur du, Lukas, wo ist unser ›Wir‹ geblieben?«

»Mutter, wir sind ein Fleisch und ein Blut, und daran kann niemand und nichts etwas ändern. Aber wir müssen uns weiterentwickeln dürfen, und du musst uns loslassen, sonst können wir das nicht. Das musst du verstehen, bitte, Mutter.«

»Du beziehst Markus gleich mit ein in deine Entscheidungen.«

»Es wird dazu kommen.«

»Ja, es wird wohl dazu kommen. Und ich bleibe zurück, ganz einfach so.«

»Du bist die stärkste Frau, die ich kenne, um dich habe ich keine Angst, Mutter.«

»Ach, mein Junge, auch Stärke braucht eine Basis, und die Basis war immer meine Familie. Und nun löst die sich auf.«

Lukas legte den Arm um ihre Schultern. »Du hast Probleme mit deinem Mann. Du musst mit ihm sprechen, du musst versuchen, ihn zu verstehen.«

»Er weicht mir aus, sobald ich das versuche.«

»Vielleicht hat er Angst?«

»Angst, vor mir? Er war mir immer überlegen, und ich habe mich gern untergeordnet, aber jetzt ist das anders. Er will nicht mit mir reden, er geht mir aus dem Weg. Er arbeitet, das sehe ich, aber es kommt nichts dabei heraus. Mit dem Geschäft geht es ganz schnell bergab, wenn das so weitergeht.«

»Umso dringender ist eine Aussprache. Er hat in Italien Fehler gemacht, das spürt man doch ganz deutlich. Vielleicht schämt er sich?«

»Das mag schon sein, Venedig darf ich gar nicht erwähnen, schon verlässt er das Zimmer. Irgendwie ist er von irgendwem hereingelegt worden, das hat ihn umgeworfen.«

»Umso wichtiger ist eine Aussprache. Er muss erkennen, dass du trotz allem auf seiner Seite bist. Auch er braucht eine Basis, auf der er stehen kann, Mutter.«

Silvana seufzte. »Vielleicht hast du Recht, Lukas. Ich werde es noch einmal versuchen. Ich werde einen guten Augenblick abpassen, unter Umständen lässt er sich auf ein Gespräch ein.«

»Warte nicht zu lange, Mutter, regle dein Problem, bevor Markus kommt, damit er ein harmonisches Zuhause vorfindet.«

»Wirst du mit Alexander hier im Hause bleiben, wenn ich mit Robert alles geklärt habe?«

»Das kann ich nicht versprechen. Aber wenn ich dich eines Tages verlasse, dann hat das nichts mit Robert zu tun, sondern nur mit meinem Leben und mit meiner Zukunft. Und jetzt muss ich gehen, meine Patienten warten auf mich.«

Unten in der Halle traf er Robert, der gerade seinen Mantel überzog. »Mutter würde gern mit dir sprechen, Robert, sie wartet oben im Salon.«

»Ich habe keine Zeit, das siehst du doch«, antwortete er barsch und wandte sich zur Haustür um. Aber Lukas trat ihm in den Weg. »Das Gespräch ist wichtig, und es kann nicht warten. Also, bitte.«

»Lass mich in Ruhe, Worte sind wie Schall und Rauch, also erspare mir Gespräche.«

»Und was zählt bei dir, wenn sich Worte für dich in Luft auflösen?«

»Taten, Dinge, die man sieht und fühlt und erlebt.«

»Und die vermisst du?«

»Ich habe hier nur Starrheit und Unverständnis erlebt, was willst du also?«

»Dass sich das endlich ändert. Geh rauf und rede, vielleicht kommen dann die spürbaren Gefühle zurück.«

Unwillig zog Robert seinen Mantel wieder aus. »Na schön, versuchen kann ich's ja.« Dann ging er die Treppe hinauf und klopfte an die Salontür.

Lukas drehte sich um und lief hinüber in die Kontorabteilung des Hauses, wo zahlreiche Patienten in seiner Praxis auf ihn warteten.

»Verdammt noch mal«, schimpfte er leise vor sich hin, »die sollen sich endlich vertragen. Ist es denn so schwer, ein paar Worte der Entschuldigung zu finden? Man kann doch über alles reden, wenn man sich einmal geliebt hat. Oder gab es diese Liebe gar nicht, war alles nur eine Vernunftverbindung ohne ehrliche Gefühle?« Verärgert schloss er die Verbindungstür, die das Haus teilte, und rief in das Wartezimmer: »Der Erste, bitte.«

Die Cholera war endlich besiegt, hatte Haus und Familie dank Silvanas Vorsichtsmaßnahmen verschont, aber von der armen Bevölkerung viele Todesopfer gefordert. Und das wird immer wieder passieren, solange sich die hygienischen Verhältnisse in der Stadt nicht ändern, grübelte Lukas und zog seinen weißen Kittel an. Dann begrüßte er seinen ersten Patienten, einen Mann mit zerquetschtem Fuß, der auf Krücken in die Praxis humpelte. Es waren Männer mit Arbeitsunfällen und Frauen mit kranken Kindern, die sein Wartezimmer füllten. Wer nicht wirklich sehr krank war, ging nicht zum Arzt, denn wer nicht arbeitete, der hatte auch kein Brot und kein Dach über dem Kopf. Krank zu sein konnte man sich in dieser Stadt einfach nicht leisten.

Robert öffnete die Tür, nachdem Silvana ›Herein‹ gerufen hatte. Unwirsch sah er sie an. »Du willst mit mir reden?«

»Ja, so geht es nicht weiter.«

»Dann rede.«

»Setz dich hin.«

»Ich steh lieber.«

»Bitte, setz dich.«

»Ich bin in Eile.«

»Wohin willst du?«

»Das ist meine Angelegenheit.«

»Ich möchte teilhaben an deinen Angelegenheiten.«

»Warum? Es war dir doch bis jetzt egal, was ich machte.«

»Das war früher aber ganz anders. Da hast du jede Minute mit mir geteilt.«

»Früher, da herrschte auch nicht diese Kälte zwischen uns.«

»Und wer ist schuld an dieser Kälte?«

»Du natürlich. Mit Eiseskälte hast du mich empfangen, als ich kam, statt mit offenen Armen.«

»Wie sollte ich meine Arme öffnen für einen Mann, der mich lange und auf unbestimmte Zeit verlassen hat, der mir in all den Wochen zwei winzige Briefe schrieb und dann mit leeren Händen und völlig erfolglos plötzlich vor mir stand?«

»Ist der Erfolg alles, was für dich zählt?«

»Dieser Erfolg war es doch, der dich in die Ferne trieb, gegen meinen Willen, wenn du dich erinnerst.«

»Ich erinnere mich sehr genau, vor allem an deine liebevollen Worte in der Nacht vor meiner Abreise. Aber es waren dann doch wohl leere Worte, warum also weiterreden?«

»Ich will wissen, was in Venedig und Wien vorgefallen ist. Es geht mir nicht um irgendeinen Erfolg. Es geht mir um dich. Und wenn du Probleme hast, dann sollten wir endlich darüber reden.«

»Was hilft das jetzt noch?«

»Es hilft uns zu verstehen. Gegen Misserfolge kann man ankämpfen, gegen eine Wand des Schweigens nicht.«

»Ich bin betrogen worden, und ich weiß nicht, wem ich noch vertrauen kann.«

»Nun, zuallererst einmal deiner Frau und deiner Familie.«

»Bei diesem eiskalten Empfang?«

»Der war ein Zeichen von Trauer, weil uns das Vertrauen verloren gegangen ist. Und nun setz dich bitte hin, damit wir gegen deinen Misserfolg ankämpfen können. Und zwar gemeinsam.«

Robert setzte sich und sah aus dem Fenster. Ansehen mochte er seine Frau nicht. Dann sagte er: »Ich dachte, ich hätte den Erfolg schon in der Tasche, als ich merkte, dass ich auf übelste Weise hintergangen wurde.«

»Von wem?«

»Von diesem Grafen Melcastaro. Er schickte zwei Frauen vor, die mir ein jahrelanges Safrangeschäft versprachen, wenn ich sie begleitete.«

»Wohin?«

»Zunächst nur zu verschiedenen Festen in Venedig, die sie aus Schicklichkeitsgründen allein nicht besuchen konnten, dann aber zu einer Reise nach Wien, wo sie Weihnachten verbringen und mich mit kompetenten Geschäftsleuten bekannt machen wollten.«

»Und was ist da passiert?«

»Nichts Ehrenrühriges, das ist die Wahrheit, aber als ich hinter ihre Schliche gekommen bin, war ich bereits mein gesamtes Vermögen, das ich aus dem Verkauf der Lagerhallen, der Speicher und des Palazzo gewonnen hatte, los. Da ich mit dem großen Gewinn aus dem Safranverkauf rechnete, habe ich alles für sie bezahlt, die Reise, die Hotelrechnungen und ihre Einkäufe. Sie versprachen mir die Ernte ihrer Safranfelder in Sizilien für viele Jahre, und weil ich mich in Venedig nur noch auf den Handel mit wenigen, besonders wertvollen Gewürzen einrichten wollte, kam mir der Safran wie gerufen.«

»Warum nur wenige, teure Gewürze?«

»Weil wir nur kleine Lagerhallen direkt am Haupthafen bezahlen können. Die alten großen Speicher waren zu abgelegen und wurden von den Händlern nicht mehr aufgesucht. Das war das Problem von Renato Bernetti, als ich dort ankam.«

»Was ist eigentlich aus dem Weihrauchhandel geworden? Seinetwegen bist du nach Venedig gereist.«

»Der ist fest in den Händen von diesem Grafen. Bernetti erzählte, dass er dir in einem geheimen Brief die Anbaugebiete, die Handelswege und die Käuferadressen mitgeteilt habe. Und eben diesen Brief hat der Conte hier bei dir gestohlen, das ist nun einwandfrei geklärt. Nur beweisen können wir es nicht.«

»Wir haben inzwischen andere Anbaugebiete und andere Handelsrouten gefunden. Alinia, die entführte Frau von Lukas, kommt aus einer Familie, die von der Weihrauchernte lebt. Lukas kennt die Gegend und die Routen.«

»Das ist gut, aber ich möchte, dass diese Routen nicht mehr über Venedig führen.«

»Willst du die Niederlassung dort ganz schließen?«, fragte Silvana erschrocken.

»Nein, auf keinen Fall. Bernetti ist ein kluger Händler, aber wir werden uns auf exklusive Aromen beschränken. Myrrhe, Weihrauch, Muskat und Safran, mehr nicht, dafür reicht unsere Lagerkapazität.«

»Safran? Ich denke, das Geschäft hat sich in Luft aufgelöst.«

»Es gibt Anbauflächen in Nord- und Ostafrika. Wir sind nicht auf zwei Sizilianerinnen angewiesen.«

Silvana lächelte. Er hatte ›wir‹ gesagt, die Spannung legte sich. »Und wie waren sie, die Sizilianerinnen? Sahen sie gut aus, waren sie rassig? Hatten sie Klasse?«

»Ja. Es war eine Mutter mit ihrer erwachsenen Tochter. Und sie lockten nicht nur mit dem Safran, sie lockten auch mit einflussreichen Bekanntschaften, die sie mir vermitteln wollten.«

»Und mit ihrem Körper lockten sie nicht?«

»Doch, aber ich habe mich nicht hinreißen lassen. Dafür bezeichneten sie mich dann als Versager, als ein lächerliches Nichts, als einen Kaufmann, der in Venedig für alle Zeit vernichtet ist.« Er war aufgestanden und sah aus dem Fenster. »Es war die schlimmste Demütigung, die ich jemals erfahren habe. Und als sie mit der Sittenpolizei drohten und ohne Grund gegen mich aussagen wollten, bin ich bei Nacht und Nebel und mit meinem allerletzten Geld abgereist.«

Silvana war neben ihn getreten und legte ihm den Arm um die Schulter. »Ich glaube dir, Robert. Der Graf ist ein Intrigant, und wer ihm zu Diensten ist, ist ein wirklich schlechter Mensch. Vergiss, was gewesen ist. Wir brauchen weder seinen Weihrauch noch diesen Safran. Unser Geschäft geht gut, und irgendwann handeln wir auch mit diesen Köstlichkeiten, aber auf anderen Wegen und ohne Intrigen.«

Endlich drehte er sich zu ihr um und sah ihr in die Augen. Er sagte nur ›Danke‹, dann umarmte er sie, und sie spürte, dass er nun weinte.

An diesem Tag saßen sie lange Zeit beisammen, ihre Hände hatten sich wiedergefunden und ihr Vertrauen auch. Silvana erzählte von dem Fiasko in Lübeck und von dem Überfall auf Lukas, erzählte von dem Geldverlust und von den geteilten Gewürzen, damit Theresa den Ostseehandel wieder aufbauen konnte, und sie erzählte von Alinia, dieser kleinen Frau aus dem Oman, die so viel Mut auf der Flucht bewiesen hatte und dann auf so erschreckende Weise zurückgeholt wurde.

Und als die Dämmerung hereinbrach, nahm sie ihren Mann an die Hand und führte ihn an das Bettchen von Alexander. Mit roten Bäckchen und ganz wachen Augen schaute er seine Besucher an, und als Robert ihm einen Finger hinhielt, griff er danach. Und Silvana wusste, dass da eine lebenslange Freundschaft geboren wurde.

Fünfundzwanzigstes Kapitel

Am sechsten Reisetag, morgens um sieben Uhr, legte das Schiff in Rostock an. Da Theresa die Stadt nicht kannte, fragte sie den Kapitän nach einem komfortablen Hotel und einem Speicher, den sie für ihre Gewürze anmieten konnte. Er zeigte ihr das Kontor des Hafenmeisters und bezeichnete das ›Hotel am Markt‹ als bestes Haus am Platze. Nach einem Gespräch mit dem Hafenmeister, der ihr zusicherte, einen geeigneten Speicher reservieren und das Ausladen ihrer Fracht beaufsichtigen zu lassen, rief Theresa eine Droschke und ließ sich mit ihrem Gepäck in das ›Hotel am Markt‹ fahren. Das alte Backsteinhaus mit dem typischen hanseatischen Treppengiebel und den Blumenkästen vor allen Fenstern gefiel ihr sofort. Es wirkte gemütlich, gepflegt und sauber, und auch mit ihrem Zimmer war sie zufrieden. Sie bat den Kutscher, in einer Stunde wieder vorzufahren und sich für den restlichen Tag zu ihrer Verfügung zu halten.

Nachdem sie Koffer und Reisetasche ausgepackt hatte, holte sie die Adressenlisten der früheren Iserbrook-Kunden aus der Aktentasche, ließ sich vom Portier einen Stadtplan von Rostock besorgen und studierte die Straßen und Plätze, die sie aufsuchen wollte.

Es war ein mühsames Geschäft, das Theresa sich aufgebürdet hatte. Die Ladenbesitzer, die Gewürze verkauften, die Bäcker und Fleischer, die ihre Waren damit schmackhaft machten, die Apotheker, die sie zur Herstellung von Medikamenten und Körperpflegemitteln und zur Desinfektion verwendeten, die Hotelköche, die auf gute Gewürze angewiesen waren, und die Besitzer verschiedener Lokalitäten, die mit den Gewürzen Getränke verfeinerten, sie alle wollte sie persönlich aufsuchen. Sie sollten als Kunden zurückgewonnen und von der Qualität der Iserbrook-Ware überzeugt werden.

Theresa stieß auf Ablehnung und Unverständnis. Vom Handelshaus Iserbrook vor Jahren im Stich gelassen, hatten die früheren Kunden längst mit anderen Händlern kooperiert und waren nicht geneigt, die bestehenden Beziehungen aufzugeben. Nur der Apotheker von der Rathausapotheke war bereit, sich mit Theresa wenigstens zu unterhalten.

»Fräulein Iserbrook, wir haben in den letzten Jahren schlechte Erfahrungen mit Ihrer Firma gemacht. Wir haben bezahlte Waren nicht erhalten, und wenn eine Lieferung eintraf, war sie alt und muffig und unbrauchbar. Wir mussten neue Lieferanten suchen und haben jetzt einen Händler, dem wir voll vertrauen«, erklärte er voll Überzeugung, und Theresa verstand endlich, warum sie überall auf Ablehnung stieß.

Sie nickte betroffen. Sie hatte zwar Ähnliches erwartet, aber die Hoffnung auf einen neuen Anfang nicht aufgegeben. Vielleicht konnte sie mit dem derzeitigen Händler ins Geschäft kommen? Und so fragte sie: »Von wem beziehen sie jetzt die Waren, Herr Neumann?«

»Der Händler kam wie Sie, aus Lübeck, aber vor einem halben Jahr ist er ganz nach Rostock gezogen, was für uns Kunden natürlich sehr vorteilhaft ist. Jetzt ist er Tag und Nacht erreichbar. Braucht ein Arzt nachts bei einem Schwerkranken plötzlich eine bestimme Arznei und ich habe sie nicht vorrätig, kann ich einen Kurier zu dem Händler schicken, und in weniger als einer Stunde habe ich die nötigen Ingredienzen. Oder der Bäcker, der nachts sein Brot backt: Wenn ihm Koriander oder Kümmel ausgehen, hat er in einer knappen Stunde die Gewürze in der Backstube.«

Theresa nickte. »Ja, das verstehe ich. Und sind die Gewürze wirklich gut und frisch und dennoch preiswert?«

»Ich persönlich bin zufrieden. Ich kann natürlich nur von mir sprechen. Ich meine, früher, als der alte Karenius Ihre Firma leitete, waren die Iserbrook-Gewürze von der Qualität her vielleicht besser, sauberer und sortierter, aber die Vor- und Nachteile heben sich auf, wie Sie sehen.«

»Würden Sie mir den Namen Ihres Händlers sagen? Vielleicht kann ich mit ihm zusammenarbeiten.«

Der Apotheker sah sie zweifelnd an. »Sie sind naiv, mein Fräulein. Glauben Sie, ein Händler lässt sich von einem anderen die Butter vom Brot nehmen?«

Theresa lächelte den Mann mit dem gepflegten Vollbart an: »Sie nennen mich ›naiv‹, und ich sage Ihnen, Sie verstehen nichts vom Handel, sonst wüssten Sie: Konkurrenz belebt das Geschäft.«

Jetzt lachte Kurt Neumann laut auf. »Da haben Sie natürlich Recht. Also, der Händler heißt Hans Martens, und sein Geschäft dehnt er täglich weiter aus. Bis nach Stettin reichen seine Verbindungen inzwischen.«

Theresa starrte den Apotheker mit offenem Mund an. »Hans Martens heißt der Mann? Und er kommt aus Lübeck?«

»So ist es.«

Die junge Frau sah sich suchend um, dann ließ sie sich auf die Wartebank fallen.

»Ist Ihnen nicht gut? Sie sind ganz blass. Warten Sie, ich hole Ihnen ein Glas Wasser.« Besorgt beugte sich der Apotheker über seinen Gast. »Soll ich Wasser holen?«

Theresa schüttelte den Kopf. »Nein danke, es geht schon wieder. Es war nur der Schock, der mich umgeworfen hat.«

Kurt Neumann ging hinter den Ladentisch und kam gleich darauf mit einem Riechfläschchen zurück. »Hier, das wird Sie beleben. Warum war der Name ein Schock für Sie?«

Sie drehte das kleine Flakon in der Hand, atmete ein paar Mal an der scharfen Flüssigkeit und reichte es dem Mann zurück. »Er hat mein Geschäft in Lübeck zerstört. Ich habe ihn beim Handel mit Rotwein in meinem Haus erwischt und rausgeschmissen. Er hat also hinter unserem Rücken ein eigenes Gewürzgeschäft aufgebaut. Mit unseren Adressen und unseren Kunden.« Konsterniert sah sie den Apotheker an. »Wir haben ihm jahrelang vertraut, und er hat unsere Lübecker Niederlassung zerstört.«

»Händler sind harte Männer, mein Fräulein. Die kennen nur ihren Gewinn, und Rücksichtnahme ist ein Fremdwort für sie.«

»Nein, das stimmt nicht. Ich kenne auch ehrliche Händler.« Sie dachte einen Augenblick nach. Kannte sie wirklich ehrliche Händler? Dann schüttelte sie den Kopf. »Ich versichere Ihnen, in meiner Familie sind die Menschen ehrlich. Und wir sind eine sehr, sehr alte Händlerfamilie. Andere fallen mir jetzt aber nicht ein.«

Als Theresa eine Stunde später in das ›Hotel am Markt‹ zurückkehrte, übergab ihr der Portier einen Brief. »Der ist vorhin für Sie abgegeben worden, gnädiges Fräulein.«

Unschlüssig drehte Theresa den Umschlag in den Händen. Wer schrieb ihr hierher? Wer kannte ihre Adresse? Sie ging hinauf in ihr Zimmer, schloss die Tür und setzte sich mit dem Brief in der Hand auf das Bett. Dann schnitt sie den Umschlag auf. Er enthielt nur ein Blatt, und dieses Blatt enthielt nur einen Satz, und der hieß: »Verschwinden Sie, ich warne Sie nur dieses eine Mal.«

Keine Anrede, keine Unterschrift, kein Absender. Und doch wusste sie, dieser Brief konnte nur von Hans Martens sein. Sie kannte seine Handschrift aus den alten Kontorbüchern. Theresa verzichtete auf ihr Abendessen und ging zeitig zu Bett.

Aber sie verbrachte eine schlaflose Nacht. Was soll ich tun?, überlegte sie. Der Martens ist zu allem fähig. Ich habe ihn damals in Lübeck zu Tode beleidigt, ihn zum Gespött der ganzen Gegend gemacht und ihm die angebliche Grundlage seiner Existenz, den Weinhandel, verdorben. Ja, dachte sie, ziemlich plötzlich ist er dann aus der Stadt verschwunden. Da hat er also jahrelang hinter unserem Rücken mit unseren Kunden, mit unseren Verbindungen, mit unseren Lieferanten einen eigenen Gewürzhandel aufgebaut und unsere Filiale in den Bankrott getrieben. Und Robert hat das nicht gemerkt. Robert ist genauso schuldig. So etwas muss einem versierten Händler doch auffallen. Hätte ich mich bloß früher um die Lübecker Geschäftsbücher gekümmert.

Und nun sitze ich hier in diesem Dilemma mit einer scheußlichen Drohung in der Hand. Der Martens ist zu allem fähig, und einen Thomas Bergmann habe ich hier nicht an meiner Seite. Aber alles aufgeben? Mich sang- und klanglos zurückziehen, das kann ich nicht. Unruhig wälzte sie sich von einer Seite auf die andere, stand auf und kontrollierte den Riegel an ihrer Zimmertür, zuckte bei jedem ungewohnten Geräusch zusammen und zog das Federbett über den Kopf, als könne der dicke Daunenberg sie vor jeder Art von Unbill schützen.

Mit dem hereinbrechenden Tag und dem heller werdenden Licht wuchs ihr Mut. Nein, dachte sie, ich lass mich nicht unterkriegen. Ich lass mir mein Geschäft nicht stehlen. Meine Vorfahren sind in diesen Ostseestädten mit dem Bauchladen von Tür zu Tür gegangen und haben den Gewürzhandel aufgebaut, mir nimmt niemand dieses Privileg weg. Und schon gar nicht ein Hans Martens mit seinen Hinterhältigkeiten.

Aber wie mache ich es mit diesem Kämpfen. Wie gewinne ich die alten Kunden zurück? Mit Versprechungen? Mit Geschenken? Einer von ihnen hat mich immerhin gestern an diesen Martens verraten. Wem kann ich also vertrauen? Zu dumm, dass ich hier keinen Menschen kenne. Außer diesem Apotheker natürlich, aber der schien mit dem Martens sehr zufrieden. Er kann mich zwar nicht verraten haben, dafür reichte die Zeit zwischen meinem Besuch bei ihm und meiner Rückkehr ins Hotel nicht aus, aber ob ich ihn auf meine Seite ziehen kann, ist sehr fraglich.

Doch, überlegte sie dann, einen kenne ich: den Alain Defosier auf dem Einhorn-Hof. Der Bauer hat zwar überhaupt nichts mit Gewürzen zu tun, aber er hat mich eingeladen, und ich kann wenigstens mit ihm über mein Problem reden.

Als es im Haus laut wurde, stand Theresa auf, ließ sich warmes Waschwasser ins Zimmer bringen und kleidete sich an. Da die Sonne vom blauen Himmel lachte, wählte sie ein Sommerkleid aus taubengrauer Seide, das zu ihren Augen und den brünetten Locken passte. Mit einem gleichfarbigen Band befestigte sie ihr Haar hinten am Kopf und suchte ein warmes Cape für die Fahrt in der Droschke.

Dann setzte sie sich hin und schrieb einen Brief an ihre Mutter. In Hamburg sollte man wenigstens wissen, wie die Situation sich gestaltete und wo sie war.

Sie beendete ihr Schreiben mit den Worten: »... Liebste Mutter, ich hoffe alles zu unserer gemeinsamen Zufriedenheit zu erledigen. Ich weiß zwar noch nicht, wie ich die Probleme lösen werde, aber ich bin voller Zuversicht, dass mir etwas Richtiges einfällt. Du kennst mich ja, wenn ich mir etwas vornehme, führe ich das auch durch. Bis auf Weiteres wohne ich in Rostock in dem ›Hotel am Markt‹, und wenn sich daran etwas ändern sollte, lass ich von mir hören ...« Danach ging sie mit ihrer Tasche voller Anschriften, Notizen und Geschäftsplänen nach unten ins Restaurant, um zu frühstücken. Auf keinen Fall wollte sie die Tasche mit ihren Unterlagen und Kontobüchern unbeaufsichtigt im Zimmer lassen.

Das Frühstück war sehr gut. Sie bekam so oft sie wollte Kaffee nachgeschenkt, das Brot war frisch und sogar noch etwas warm, dazu gab es Butter, Wurst und Käse und einen duftenden Honig, den sie in goldenen Fäden auf ihr Brot fließen ließ. An der Rezeption bestellte sie eine Droschke, und als der Portier sie fragte, ob sie abzureisen gedenke, schüttelte sie den Kopf. »Aber nein, ich bin doch gerade erst angekommen.« Dann gab sie ihm den Brief und bat: »Bitte lassen Sie ihn befördern, ich revanchiere mich bei Ihnen, wenn er noch heute mit der Taxis'schen Postverwaltung befördert wird.«

Etwas verständnislos sah der Mann sie an. »Sie bleiben noch?«

»Ja, natürlich, und passen Sie gut auf mein Zimmer auf. Man hat mir Ihr Hotel als gut geführtes Haus empfohlen, ich verlasse mich darauf.«

»Selbstverständlich.«

Dann kam die Droschke. Der Portier begleitete sie nach draußen, half ihr beim Einsteigen und legte ihr ein Plaid des Hotels über die Knie. Ihr Ziel nannte sie aber noch nicht, niemand brauchte zu wissen, wohin sie fuhr. Erst als sie eine Nebenstraße erreicht hatte, gab sie dem Kutscher den Zettel mit der Anschrift. »Wissen Sie, wo das ist?«

Erstaunt sah der Mann sie an. »Ja, natürlich. Aber es ist eine ziemlich weite Fahrt bis zum Einhorn-Hof. Wir werden zwei Stunden oder länger unterwegs sein.«

»Das macht nichts.« Bequem lehnte sie sich in die Polster zurück. Sie hatte zwar mit einer kurzen Fahrt gerechnet, mit einer Fahrt gerade mal bis vor die Stadttore, aber eine schöne Kutschfahrt bei Sonnenschein und offenem Verdeck würde ihr gefallen. Nachdem Thomas Bergmann nach Schwerin versetzt worden war, hatte sie nicht ein einziges Mal eine Kutschfahrt übers Land gemacht.

Theresa genoss die Fahrt. Kaum hatten sie das Stadttor passiert, begannen die Felder und Wiesen, die Wälder und Weiden. Kühe standen bis zu den Knien im saftigen Futter, frühe Lerchen trällerten ihr Lied, und die Buchen hatten ihr erstes Grün angelegt. Auf den Feldern waren die Bauern mit ihren Gespannen unterwegs, sie pflügten und eggten, und weiße Möwenscharen begleiteten die Feldarbeit auf der Suche nach frischen Würmern. Auf der Landstraße herrschte reger Verkehr. Hoch beladene Fuhrwerke strebten dem Hafen zu, hin und wieder begegneten sie einer Postkutsche, Reiter hatten es eilig, in die Stadt zu kommen, und Marktfrauen zogen mit Karren und Körben dem Handel entgegen. Einmal überholten sie einen Trupp singender Soldaten, die in ihren blauen Röcken und den weißen Hosen fesch aussahen und hinter der Kutsche herpfiffen, wodurch das Lied ins Stocken geriet. Sie durchfuhren Wälder, in denen es nach Tannennadeln und warmem Sand duftete, und sie kreuzten Heideflächen mit Schafherden und gelben Primeln am Wegrand. Zweimal hielt der Kutscher an und ließ die Pferde für kurze Zeit grasen. »Sie kommen sonst nie raus, und frisches Gras ist für sie eine Delikatesse«, entschuldigte er sich und bot ihr einen Humpen Bier aus einem verschlossenen Krug an. Aber Theresa schüttelte lachend den Kopf. »Danke, nein, ich vertrage vor dem Essen kein Bier.« Dann spannte sie ihren Parapluie auf, denn die Sonnenwärme brannte ihr ins Gesicht.

Eine knappe Stunde später hatten sie ihr Ziel erreicht. Sie waren durch einen ausgedehnten Wald gefahren, und der Kutscher erklärte: »Der Wald gehört schon zum Einhorn-Hof. Wenn wir draußen sind, sehen Sie das Schloss.«

»Das Schloss?«, fragte sie erschrocken. »Ich will zum Bauern Defosier, das muss ein Irrtum sein, von einem Schloss war nie die Rede.«

»Aber hier gibt's nur einen Einhorn-Hof, und der gehört dem Grafen Defosier.«

Irritiert faltete Theresa ihren Schirm zusammen. Hier im Wald war es schattig genug, und der Parapluie hinderte sie nun beim Nachdenken. Der Mann, der mir die Senta gebracht und mich einige Male in Lübeck besucht hat, war ein einfacher, bescheidener Mann mit guten Manieren. Freilich, seine Kleidung war elegant, aber warum soll ein Bauer keinen Wert auf gute Qualität legen? Ein Graf reist doch nicht wie ein einfacher Mann durch die Lande und besucht eine kleine Gewürzhändlerin, grübelte sie und strich ihr Kleid glatt. Gott sei Dank habe ich ein gutes Kleid für die Fahrt gewählt, dachte sie und holte den kleinen Spiegel aus ihrer Tasche, um ihr Haar zu kontrollieren. Vorn lichtete sich der Wald, die Straße führte nach links in eine unbekannte Ferne, während der Kutscher rechts in eine Allee einbog. Mit der Peitsche zeigte er nach vorn. »Da drüben ist das Schloss, es ist das schönste hier in der ganzen Gegend.«

Theresa schwieg. Sie wusste nichts zu sagen. Die Verwandlung des netten Bauern Defosier in einen Grafen hatte sie nachdenklich gemacht. In flottem Trab, um zu zeigen, wie zügig er fahren konnte, fuhr der Kutscher durch die Allee, um das große Rondell vor dem Schloss herum und hielt mit strengem »Brrrr« und aufwirbelndem

Staub vor der Freitreppe. Dann sprang er vom Bock, öffnete mit galanter Verbeugung die kleine Kutschentür und reichte seinem Fahrgast die Hand, um beim Aussteigen behilflich zu sein. Von einem Augenblick zum anderen, oder sagen wir beim Anblick des Schlosses, hat sich mein Droschkenkutscher in einen Gentleman verwandelt, dachte Theresa belustigt und war dann doch gleich wieder überwältigt beim Anblick des Herrenhauses und eines Dieners, der oben die Haustür öffnete.

Sie holte tief Luft und ging dann erhobenen Hauptes und energischen Schrittes die Stufen hinauf.

Der Hausdiener in seiner Livree verbeugte sich. »Bitte treten Sie ein. Wen darf ich melden, gnädige Frau?«

»Mein Name ist Iserbrook. Ich komme aus Lübeck, und ich möchte den Herrn Defosier sprechen.«

»Sie sind nicht angemeldet?«

»Nein, ich bin nicht angemeldet.«

»Es tut mir leid, aber der Comte Defosier ist nicht im Hause. Ich kann Sie aber der Gräfin melden.«

»Der Gräfin?«

»Ja, die gnädige Frau ist im Hause. Wenn Sie bitte Platz nehmen wollen?«

Er ist nicht nur ein Graf, er ist auch noch verheiratet, dachte Theresa und wäre am liebsten sofort zurück nach Rostock gefahren. Aber das konnte sie dem Kutscher und den Pferden nicht zumuten. Enttäuscht setzte sie sich in einen der modernen Biedermeierstühle, die den kleinen Empfangssalon zierten. Nach wenigen Minuten hörte sie Schritte auf den Steinfliesen der Halle, und gleich darauf öffnete sich die Tür, und eine überaus hagere Dame mit einem vergrämten Gesicht trat ein.

»Guten Tag. Sie wünschen?« Die Stimme verriet Abneigung und gestörte Langeweile.

»Guten Tag. Mein Name ist Theresa Iserbrook, und ich wollte den Herrn Grafen in einer persönlichen Angelegenheit sprechen.«

»In einer persönlichen Angelegenheit? Der Comte ist nicht im Hause. Darf ich fragen, woher Sie den Comte kennen?«

»Er hat mir eine Dogge aus seiner Hundezucht gebracht, und ich hätte da ein paar Fragen, die die Erziehung betreffen.«

»Die Hundeerziehung!« Ein abfälliges Lachen begleitete die Frage. »Und da kommen Sie extra aus Lübeck hierher?«

»Ich habe in Rostock zu tun und wollte die Nähe nutzen.«

»Unmöglich! Der Comte und seine Hunde. Tut mir leid, da kann ich Ihnen nicht helfen.« Sie drehte sich um und wollte den Raum verlassen. Schnell stand Theresa auf und trat neben sie. »Bitte, könnte ich hier warten, bis der Herr Graf zurückkommt? Die Pferde haben einen weiten Weg hinter sich und brauchen eine Rast.«

»Natürlich, der Platz draußen ist groß und schattig.« Das hieß mit anderen Worten: »Sie können auf dem Hof warten, bis die Pferde ausgeruht sind.«

»Ja, ich verstehe. Ich danke Ihnen für die Gastfreundschaft, Comtesse, und ich werde draußen warten.« Jetzt war Theresa verärgert und zeigte das auch. »Wenn das französische Höflichkeit ist und gräflicher Takt, dann danke ich dafür.« Mit hocherhobenem Kopf ging sie an der Gräfin vorbei nach draußen und setzte sich demonstrativ auf die Balustrade neben der Freitreppe.

Nach einer Weile kam der livrierte Diener nach draußen und fragte höflich: »Kann ich Ihnen vielleicht eine Erfrischung bringen?«

»Nein danke, ich möchte die Gastfreundschaft der Familie nicht unnötig strapazieren. Aber könnten Sie mir sagen, wann der Herr Graf zurückkommt?«

Der Diener zuckte mit den Schultern. »Er ist mit den Förstern im Wald und kennzeichnet Bäume, die gefällt werden müssen. Am besten Bescheid weiß der Stallmeister, weil die Herren mit den Pferden unterwegs sind.«

»Und wo finde ich den Stallmeister?«

»Fahren Sie mit der Kutsche auf den Wirtschaftshof, der ist einen

Kilometer von hier entfernt. Da sehen Sie dann schon den Stall mit den Pferden.«

»Danke, Sie sind sehr freundlich.« Theresa reichte ihm demonstrativ die Hand, die der Diener verblüfft ergriff. »Tut mir ja alles sehr leid«, murmelte er und ging eilig wieder ins Haus zurück.

Sechsundzwanzigstes Kapitel

Theresa ging zu dem Droschkenkutscher zurück, der mit den Pferden im Schatten einiger Parkbäume wartete, und stieg ein.

»Wir müssen zum Wirtschaftshof weiterfahren, dort können die Pferde pausieren. Ich werde dafür sorgen, dass sie Wasser und Futter bekommen.«

»Futter is nich nötig, gnädiges Fräulein, volle Futtersäcke hab ich immer bei mir. Aber Wasser wär gut.« Er wendete und fuhr auf einem Wirtschaftsweg vom Schloss fort.

Theresa warf einen letzten Blick zurück. Es war ein zweistöckiges, ockerfarbenes Haus: schlicht, gradlinig, ohne Schnörkel und Türmchen und mit einem grauen Schieferdach gedeckt. Sie spannte ihren Parapluie auf und bat den Kutscher um einen zügigen Trab.

Der Weg führte durch einen Wald, dann über Weiden, auf denen hinter weiß gestrichenen Zäunen Kühe und Pferde grasten, und zum Schluss ging es durch ein lang gestrecktes Torhaus direkt in den Hof, der auf allen Seiten von großen Gebäuden umgeben war: Scheunen, Ställe, Remisen und Schuppen präsentierten sich in weiß-braunem Fachwerkstil. Überall herrschte reges Treiben. Ein rund gemauerter Brunnen mit Seilwinde und einem ausgehöhlten Baumstamm daneben, der als Tränke diente, bildete den Mittelpunkt des Hofes.

»Fahren Sie am besten zum Brunnen, dann haben die Pferde erst einmal Wasser«, bestimmte Theresa und stieg aus, als die Pferde die Tränke erreicht hatten. »Ich werde mich einmal umsehen, später finden wir sicher einen schattigen Platz für Ihr Gespann.«

Sie ging zum Torhaus zurück, in dem sich anscheinend Büros und Unterkünfte befanden. Je eine Eingangstür rechts und links unter dem Bogen führten in das Gebäude. Theresa überlegte gerade, welche sie benutzen sollte, als eine der Türen geöffnet wurde. Ein stattlicher Mann in einem karierten Hemd, einer abgewetzten Lederweste und brauner Arbeitshose trat aus dem Haus.

»Bitte entschuldigen Sie, ich suche den Stallmeister, können Sie mir weiterhelfen?«

Er grinste. »Natürlich, der Stallmeister bin ich. Heinz Faber ist mein Name. Was kann ich für Sie tun?«

»Ich bin Theresa Iserbrook aus Lübeck, und ich suche den Herrn Grafen. Die Frau Gräfin hat mich hergeschickt. Sie sagte, der Herr Graf sei mit dem Pferd unterwegs, und Sie wüssten am besten, wo er ist und wann er zurückkommt.«

»So, so, die Frau Gräfin hat Sie geschickt. Erstaunlich, dass sie so gesprächig war.«

»Wie meinen Sie das?«

»'s ist halt nicht ihre Art, Fremden gegenüber viel zu reden.«

»Ich habe sie höflich gefragt, da kann ich doch auch eine höfliche Antwort erwarten, nicht wahr?«

»Von ihr nicht. Aber nun zum Grafen. Der ist den ganzen Tag im Wald unterwegs. Da kann ich Sie nicht hinschicken, Sie würden sich verlaufen oder verfahren. Sie können aber gern hier warten.«

»Den ganzen Nachmittag? Ich wollte eigentlich heute noch nach Rostock zurück.«

»Warten Sie, da fällt mir etwas ein: Die Magd muss um diese Zeit das Essen für den Grafen und die Arbeiter in den Wald bringen. Da könnten Sie vielleicht mitfahren. Mal sehen, ob sie noch hier ist. Kommen Sie.« Er lief zum Stall und fragte einen Knecht: »Ist die Magd schon weg?«

»Nee, der Dogcart steht noch hinten, das Pferd wird grad eingespannt.«

»Danke.«

Heinz Faber führte seinen Gast durch den großen Stall, die Boxen waren fast alle leer. »Die Pferde sind draußen, entweder bei der Arbeit oder auf der Weide«, erklärte er und versprach: »Ihr Kutscher kann seine Pferde in einem Schuppen abstellen, ich sag's ihm nachher. Hier im Stall geht das nicht wegen der Ansteckungsgefahren.«

Erstaunt fragte Theresa: »Sind Ihre Pferde krank?«

»Nein«, lachte der Stallmeister, »unsere nicht, aber die fremden vielleicht? Da muss man vorsichtig sein.«

Sie hatten den Stall durchquert. Irgendwo bellten Hunde. »Sind das die Doggen, die der Herr Graf züchtet?«

»Ja, lausige Burschen und einer immer größer als der andere. Zum Fürchten, sag ich Ihnen. Aber sie sind 'nen Hobby vom Grafen, damit müssen wir uns abfinden.«

Theresa schmunzelte, sehr beliebt sind die Hunde ja nicht gerade, dachte sie und verschwieg, dass sie die Senta besaß.

Neben dem hinteren Ausgang stand der zweirädrige Wagen mit dem Pferd. Ein Mann hielt das Tier, während eine ältere beleibte Frau schwerfällig nach oben kletterte. »He, Bertha, kannst du einen Fahrgast mitnehmen? Die Dame muss zum Grafen, und es ist dringend.«

»Nur zu, steigen Sie hinten rauf, aber stoßen Sie nicht an meine Körbe«, lachte sie und ergriff die Zügel. Theresa setzte sich auf eine der Querbänke hinter dem Kutschbock und hielt sich fest, denn im gleichen Augenblick rief die Magd: »Hü, auf geht's«, und der Braune setzte sich mit flottem Trab in Bewegung.

Zunächst ging es durch braunes Heideland mit Wacholderbüschen und Birken, dann hinein in ein großes Waldgebiet. Die schmalen Wege waren uneben, von Wurzeln durchzogen und mit Löchern übersät. »Halten Se sich man gut fest, hier geht's holterdipolter, nich dass Se mir über Bord gehen. Der Braune hat's eilig, der weiß, wenn wir da sind, gibt's Rüben für ihn.«

»Danke«, lachte Theresa, »ich fall schon nicht. Aber Ihre Futterkörbe wackeln ganz schön.«

»Ach, die sind's gewohnt«, erwiderte Bertha lachend, »höchstens dass der Wein für'n Herrn Grafen Schaum schlägt, dann gibt's beim Öffnen einen Knall.«

Der Wald wurde dichter und dunkler, der Weg schlechter, und manchmal war er kaum noch zu erkennen. Auch der Braune wurde langsamer. »Wie lange fahren wir denn noch?«, fragte Theresa besorgt und dachte an die weite Rückreise, die ihr am Nachmittag bevorstand.

»Wir sind gleich da. Hier ist schon der Wald, der ausgeholzt werden muss. Fünf Minuten noch, dann hören wir die Männer und die Axtschläge.«

In der Ferne wieherte ein Pferd. Der Braune antwortete und zog noch einmal kräftig an. Dann hörten die beiden Frauen Axtschläge und Sägen und Männerstimmen, und fünf Minuten später hatten sie den Platz der Holzfäller erreicht. Alain Defosier sah Theresa allerdings nicht. Die Magd erkundigte sich.

»Wo ist der Graf?«

»Drüben an der Luve, da müssen noch Bäume angekreuzt werden, die wir morgen fällen.«

»Geh und hol ihn, Pit, ich hab Besuch für den Grafen im Gepäck.«

»Mach ich, aber heb mir meine Stullen auf, du weißt, wenn du den Korb öffnest, ist er sofort leer.«

Die Frau lachte. »Mach ich, keine Angst, ich hab genug dabei. Aber wenn du zum Bach gehst, bring einen Eimer Wasser für mein Pferd mit.« Dann stieg sie ab und band den Braunen an einen Baum. Theresa reichte ihr die Körbe hinunter und kletterte nach. Erst jetzt spürte sie, wie anstrengend das alles war. Die lange Kutschfahrt am Vormittag und nun die holprigen Wege in dem Dogcart hatten ihr ganz schön zugesetzt. Sie ging nach vorn zum Braunen, der seinen Hals an der Baumrinde scheuerte, und kraulte ihn zwischen den Ohren. »Hast uns fein hergefahren, Brauner, nun ruh dich erst einmal aus. Gleich gibt's Wasser, und Rüben habe ich auch in einem Korb gesehen.«

»Das ist aber eine nette Überraschung«, hörte sie eine wohlbekannte Stimme hinter sich. Lautlos auf dem weichen Nadelboden war Alain Defosier hinter sie getreten. »Ich bin sehr erfreut, Sie hier zu sehen.« Er reichte ihr beide Hände zur Begrüßung, und Theresa konnte nicht anders, als ihm ebenfalls beide Hände zu reichen. Dass er sie vorsichtig ein Stückchen näher zu sich heranzog, blieb ihr nicht verborgen. Hastig entzog sie ihm die Hände wieder, immerhin umgab ein Kreis von neugierigen Männern sie, und der Mamsell, die den Braunen inzwischen tränkte, war diese winzige Intimität bestimmt aufgefallen.

Entschuldigend lächelte sie ihn an, als sie ihre Hände aus seinen löste. »Ich bin auch sehr froh, Sie zu sehen. Ich habe in Rostock zu tun, und ich hatte doch versprochen, den Einhorn-Hof zu besuchen, wenn ich in der Nähe wäre.«

»Ich freue mich, dass Sie Wort gehalten haben. Und wie haben Sie mich hier im Wald entdeckt?«

»Frau Bertha war so nett, mich mitzunehmen. Der Stallmeister hat das arrangiert. Allein hätte ich wohl kaum hergefunden.«

»Kommen Sie, wir setzen uns da drüben ins Moos, da sind wir ungestört.« Er nahm eine Decke von dem Dogcart und führte sie zu einer kleinen, sonnendurchfluteten Lichtung. Die Magd folgte ihnen mit einem Korb. »Bitte, Herr Graf, es reicht bestimmt für zwei.« Damit stellte sie den Korb und zwei Gläser auf die Decke und legte Messer und Korkenzieher daneben. Dann ging sie zurück zu den anderen.

»Ich habe einen Bärenhunger«, lachte der Graf, »und wie ist es mit Ihnen, Madame?«

»Ja, mir geht es genauso. Hätte ich gewusst, wie lang die Reise zu Ihnen ist, hätte ich zum Frühstück mehr gegessen.«

»Haben Sie in Rostock gleich jemanden gefunden, der den Weg kannte?«

»Ja, der Einhorn-Hof ist anscheinend gut bekannt. Allerdings hatte ich mit einem Bauernhof direkt außerhalb der Stadtmauern gerechnet und nicht mit einem gräflichen Landsitz, Herr Graf.«

»Um Himmels willen, Madame, lassen Sie den Grafen weg. Der

passt doch gar nicht hierher.« Er öffnete die Weinflasche und füllte die Gläser. »Mir gefiele es viel besser, Sie sagten einfach nur Alain zu mir.« Er reichte ihr ein Glas. »Bitte, ich würde mich sehr freuen.«

»Dann bin ich aber auch nicht mehr ›Madame‹, sondern Theresa.«

»Wunderbar, ich bin hocherfreut.« Er hob sein Glas und stieß mit ihr an. »Und wenn wir schon die Vornamen gebrauchen, könnten wir das ›Sie‹ doch auch fortlassen.«

Eine leichte Röte überzog ihr Gesicht, das ging ihr alles ein bisschen zu schnell. »Damit haben wir aber in aller Eile eine sehr vertraute Ebene betreten.«

»Ist es Ihnen nicht recht?«

Sie schüttelte leicht den Kopf und sah ihn ratlos an. »Die Frau Gräfin wird nicht begeistert sein.«

»Die Gräfin? Was hat sie damit zu tun?«

Vom Wald herüber rief die Mamsell: »Wenn das gnädige Fräulein mit mir zurückkehren will, dann muss sie jetzt kommen, ich fahre gleich.«

Alain Defosier sah Theresa erschrocken an. »Sie wollen schon wieder fort? Sie sind doch eben erst gekommen.«

»Ich habe eine Droschke aus Rostock genommen, der Kutscher wartet auf dem Einhorn-Hof. Wir haben eine lange Rückfahrt vor uns.«

»Nein, nein, auf keinen Fall. Sagen Sie dem Stallmeister, er soll den Kutscher nach Rostock zurückschicken und gut entlohnen«, rief er der Bertha zu. »Ich bringe die Dame persönlich in die Stadt.«

»Bitte, Theresa, das ist dir doch recht?« Plötzlich war das ›Du‹ ganz selbstverständlich.

»Ja, ich brauche nämlich deinen Rat, deshalb bin ich auch gekommen.«

»War ich nicht Grund genug für einen Besuch?«, witzelte er. »Ich bitte um Entschuldigung. Natürlich wollte ich dich auch wiedersehen, aber ich habe ein Problem und brauche deine Hilfe.«

»Siehst du, und wir hatten noch gar keine Zeit, miteinander zu sprechen. Ich möchte gern, dass du bleibst, als mein Gast, einen Tag oder hundert Tage, je länger, je lieber.«

Theresa schüttelte den Kopf. »Das wird nicht gehen, ich bin in Rostock, um zu arbeiten. Und dann ist da noch die Gräfin, die wird …«

»Die Gräfin interessiert uns nicht.«

»Aber deine Frau wird sich sehr wohl für …«

»Meine Frau? Wie kommst du denn darauf? Henriette ist meine ältere Schwester, und sie ist eine verbitterte Witwe mit lebenslangem Wohnrecht auf dem Einhorn-Hof. Meine Frau? Mein Gott, meine Frau wird einmal so sein wie du: jung, schön, klug und mutig und vor allen Dingen liebreizend und herzlich. So wünsche ich mir meine Frau.« Dabei sah er sie so liebevoll an, dass sie spürte, wie ernst es ihm bei diesen Worten war. Das ist weit mehr als nur eine Vertraulichkeit, dachte sie irritiert. Was ist da unversehens geschehen?

Verlegen und um den Blick nicht erwidern zu müssen, griff sie nach ihrem Glas. Alain spürte sofort, dass er zu voreilig gewesen war. Beruhigend griff er nach ihrer Hand. »Verzeih mir, aber manchmal sind meine Worte schneller als meine Gedanken. Ich wollte dir nicht zu nahetreten. Komm, setz dich, ich werde kontrollieren, ob die Magd Wort gehalten hat.« Er legte ein paar in weiße Küchentücher gepackte Päckchen auf die Decke und schlug die Hüllen auf. »Doch, sie hat genug und sogar gute Sachen eingepackt. Komm, bediene dich.«

Theresa setzte sich neben ihn und nahm ein Brot in die Hand. »Hm«, bestätigte sie, »Sauerfleisch und Butter auf frischem Brot, köstlich.«

Alain suchte weiter. »Es gibt auch harte Eier und Hühnchenkeulen, und hier hat sie sogar ein Glas Honig versteckt – aber nur einen Löffel«, er grinste, »da müssen wir beide vom gleichen Löffel naschen.«

Sie aßen langsam und mit Genuss, und allmählich verschwand die Irritation. Die Schatten wurden länger, die Luft kühler, und Theresa dachte mit Schrecken an die weite Heimfahrt. »Alain, es wird Zeit, ich muss an meine Rückreise denken.«

»Aber nein, du bleibst im Schloss, wir haben alle Zeit der Welt.«

»Ich bin nicht auf eine Übernachtung eingestellt.«

»Du wirst alles finden, was du brauchst, mach dir darum keine Sorgen. Und nun erzähl mir, was dich bedrückt.«

Theresa erzählte ihm von der Schiffsreise, von den Besuchen bei den alten Kunden und von den Absagen, die sie überall erhalten hatte. Sie berichtete von dem früheren Geschäftsführer, von seinem Betrug und schließlich von der Drohung. »Aber unsere Firma ist auf den Gewürzhandel im Ostseeraum angewiesen. Wenn wir an der Küste entlang wieder Fuß fassen wollen, kann ich nicht wegen einer Drohung alles aufgeben.«

Nachdenklich hörte Alain Defosier ihr zu. »Du bist in diesen Handel fest integriert, oder?«

»Ich bin die künftige Geschäftsführerin, die nächste Generation sozusagen. Meine Mutter und mein Stiefvater werden alt, meine Brüder sind Ärzte und Advokaten, mir macht der Handel Spaß, und deshalb hat man mich ausgebildet. Nun darf ich meine Familie nicht enttäuschen.«

»Ich verstehe.« Es klang sehr unzufrieden, und Theresa sah den Mann an ihrer Seite erschrocken an. »Habe ich etwas Falsches gesagt?«

»Aber nein. Ich stelle nur fest, dass sich unsere Wege, die gerade zusammengefunden haben, schon wieder trennen.«

»Wie meinst du das?«

»Hamburg, Lübeck, Rostock, das ist ein weiter Weg. Ich würde dich gern öfter sehen.«

»Aber wenn ich die Probleme hier zu meinem Nutzen gelöst habe, werde ich häufig nach Rostock kommen.«

Alain füllte noch einmal die Gläser. »Sprechen wir von deinem

Problem: Ist es der Handel wert, dein Leben zu riskieren? Ich glaube nicht, dass du hier eine Polizeieskorte findest, die dich so beschützt wie in Lübeck.«

»Ich weiß, aber ich bin nicht ängstlich. Sobald ich unsere früheren Kunden von der Qualität meiner Ware überzeugt habe, läuft das Geschäft hier wieder. Dann kann ich hier meinen Lübecker Geschäftsführer einstellen, der sich um diesen Handel kümmert. Er hat sich selbst angeboten, und er ist sehr zuverlässig.«

»Und wie willst du die Kunden gewinnen?«

»Diese Frage wollte ich gern mit dir besprechen, Alain. Ich kenne doch sonst niemanden.«

»Hm, was soll ich dazu sagen? Du kannst sie mit Worten oder Waren überzeugen. Die Worte haben nicht geholfen? Wie ist es mit den Waren? Du könntest Geschenke machen.«

»Aber wie?«

»Hast du genug Gewürze mitgebracht?«

»Eine halbe Schiffsladung voll.«

»Und wo sind die jetzt?«

»In einem Lagerraum vom Hafenmeister.«

»Dann pass gut auf, dass niemand an die Waren herankommt und sie verdirbt.«

»Der Hafenmeister hat mir absolute Sicherheit zugesagt.«

»Gut. Dann musst du Geschenke daraus machen und die verteilen.«

»Das wären Säcke voller Geschenke, wie soll ich das schaffen?«

»Ich könnte dir ein oder zwei Arbeiter mitgeben, die das Abpacken übernehmen, und leere Säcke bekommst du beim Sackhändler, von dem beziehen wir Bauern auch unsere Säcke.«

»Danke, Alain, das ist eine gute Idee. Ich werde die einzelnen Gewürze in kleinere Säcke füllen und alle zusammen dann in einen großen, und jeder Kunde bekommt so einen Geschenksack mit einem Brief von mir und günstigen Angeboten bei einer Zusammenarbeit. Wie gut, dass ich dich fragen konnte.«

Die Dämmerung legte sich über das Land. Die Axtschläge hörten auf, das Kreischen der Zweimannsägen verstummte, die Zurufe der Waldarbeiter wurden leiser. Ein Förster in grünem Rock und brauner Hose kam auf die Lichtung, einen dunklen Rotfuchs am Zügel.

»Wir hören auf, Herr Graf, es wird zu dunkel. Ich schicke die Männer jetzt zurück. Soll ich Ihr Pferd hier anbinden? Und wie kommen Sie zum Schloss?« Neugierig sah er zu Theresa hinüber, die die restlichen Lebensmittel wieder in den Korb packte.

»Wir reiten. ›Contendo‹ trägt uns beide. Aber bitte lassen Sie den Korb zurückbringen.« Er sah lächelnd in das erschrockene Gesicht von Theresa und gab dem Förster den Korb. Dann nahm er die Decke von der Erde, legte sie hinten auf den Pferderücken und hob Theresa mit leichtem Schwung hinauf in den Sattel. Bevor sie etwas sagen konnte, setzte er seinen Stiefel in den Bügel und schwang sich hinter ihr aufs Pferd. Dann nahm er die Zügel in die eine Hand, umfasste mit der anderen Theresa und ritt in den Wald. Den verblüfften Blick des Försters sah er nicht mehr. Wann hat dieser Mann jemals eine Frau so in den Arm genommen, dachte der Förster und kehrte zu den Waldarbeitern zurück. Den Weg, den die Männer nahmen, wählte der Graf nicht. Diesen Ritt wollte er in aller Geruhsamkeit und Stille zurücklegen. Wer weiß, wann ich sie jemals wieder in den Armen halte, dachte er lächelnd und wählte einen großen Umweg.

Siebenundzwanzigstes Kapitel

Mit sicherem Tritt lief das Pferd durch die beginnende Dunkelheit. Theresa, die wegen des Rockes seitlich im Sattel saß, starrte angestrengt nach vorn. Sie befand sich zum ersten Mal auf dem Rücken eines Pferdes und fürchtete sich vor der Höhe, vor den seltsamen Bewegungen und – vor der Nähe des Mannes, der sie im Arm hielt. Noch nie war sie einem Mann so nahe gewesen, nur Robert, den Stiefvater, hatte sie körperlich gespürt, wenn er mit ihr tanzte, und das war nun auch schon ein langes Jahr her. Ganz deutlich spürte sie seinen Atem an ihrem Hals, und ein paar Mal meinte sie, seine Lippen in ihrem Haar zu fühlen. Sein Arm umschloss ihre Taille, und trotz der Kleidung fühlte sie die Wärme seiner Hand unter ihrer Brust.

Theresa war sich sehr bewusst, wie nahe sie einander waren, und die Regungen, die sie vor ein paar Stunden bei ihrem Wiedersehen gefühlt hatte, setzten wieder ein, langsam, verführerisch, bis ihr Herz heftig schlug und der ganze Körper sich verspannte. Konnte man einen Mann begehren, den man nicht kannte? Hatte er ähnliche Empfindungen? War diese gewisse Anziehungskraft bei Männern und Frauen gleich?, fragte sie sich. Noch nie hatte sie etwas Ähnliches verspürt, noch nie hatte ihr Körper so reagiert. Um sich zu beruhigen, atmete sie tief die kühle Nachtluft ein, doch sogleich reagierte die Hand an ihrer Seite mit einem festen Druck. Angestrengt sah sie wieder nach vorn und hielt sich an der Pferdemähne fest. Alain Defosier ist nicht so ein junger Mann wie die Brüder meiner Freundinnen, mit denen ich in Hamburg Umgang pflegte, die mich eher spielerisch hofierten und Spaß an gegenseitigen Freundschaftsbeteuerungen hatten, dachte sie verunsichert. Alain Defosier ist ein ernsthafter Mann, und diese Begegnung ist kein Kinderspiel. Und wo soll das enden? Was hatte er vorhin von den zwei Wegen gesagt, die sich begegneten und dann auseinanderliefen? Haben wir also gar keine Chance?

»Woran denkst du?«

»An Wege, die sich näher kommen und dann wieder auseinanderdriften«, erwiderte sie ehrlich.

»Denk nicht daran, denk an das Heute, an das Jetzt, an diese wunderschöne Nacht, an die sanfte Stille, den Duft des Waldes, denk an unsere Nähe. Denk an mich, bitte.«

»Aber dich kenne ich doch kaum.«

»Muss man sich kennen, um sich zu mögen?« Seine Lippen berührten ihr Ohr, und ein Schauer süßen Wohlbehagens erfüllte sie. Dennoch bog sie den Kopf weit nach vorn, um ihm ihr Ohr zu entziehen.

»Nicht ausweichen, Kleines, wir haben nur diese eine Nähe, wir haben nur diese eine Nacht, morgen, das hast du selbst gesagt, driften unsere Wege schon wieder auseinander. Bist du nur hergekommen, um meinen Rat zu holen, oder hat dich der Wunsch, mich wiederzusehen, hergeführt?«

Sie wusste sofort, welche Antwort er erwartete. »Beides«, erwiderte sie offen. »Aber ein Wiedersehen in allen Ehren.«

»Das ist selbstverständlich, und ich achte diesen Wunsch. Du brauchst keine Angst zu haben, ich werde dich mit meinem Verlangen nicht überfallen, das ist nicht meine Art, aber du sollst wenigstens wissen, dass ich dich begehre. Seit dem ersten Augenblick unseres Treffens damals in Lübeck, mit dem Hund zwischen uns, weiß ich, dass wir füreinander bestimmt sind.«

»Aber wir kannten uns doch gar nicht.«

»Gefühle fragen nicht nach Namen und Adressen, Gefühle sind einfach da, ob man will oder nicht.«

»Ja, sie sind einfach da.«

»Dann geht es dir genau wie mir. Ich wusste es! Ich wusste es!«

»Und was nützen sie uns nun, unsere Gefühle?«

»Himmel, Mädchen, sie schenken uns das Leben. Da fragst du noch?«

»Und wie sieht das Leben dann aus, du hast selbst gesagt, es ist ein weiter Weg von Hamburg über Lübeck nach Rostock.«

»Ein verdammt weiter Weg, an dem wir etwas ändern müssen.« Er nahm die Zügel in die andere Hand und drehte ihren Kopf zu sich herum. »Wir reden viel zu viel.«

Sie fühlte den sanften, aber energischen Druck seiner Finger, und in der Stille der Nacht hörte sie jeden seiner Atemzüge. Eine nie erwartete Erregung erfüllte sie.

In seinem Kuss lagen Verlangen, Sehnsucht und auch Angst, die keiner Worte bedurften. Vom ersten Augenblick an fühlte Theresa, wie es um den Mann stand, wie intensiv sein Wollen nach dem Glück war und wie groß die Furcht, dieses Glück gleich wieder zu verlieren. Er wurde ihr in wenigen Sekunden so vertraut wie kein anderer Mensch in ihrem Leben, und seine Nähe erschien ihr so begehrenswert, dass sie Angst vor ihren eigenen Gefühlen bekam.

Contendo blieb stehen und knabberte an herunterhängenden Kiefernzweigen. Dann scharrte er ungeduldig mit einem Huf und holte die beiden Menschen aus der Tiefe ihrer Gefühle zurück.

Alain lachte leise. »Er hat ja Recht!«, nahm die Zügel wieder fest in die Hand und spornte ihn an. »Du riechst den Stall, mein Guter. Dann bring uns heim.«

Wenig später erreichten sie den Wirtschaftshof. Vor dem Stall brannte eine einsame Laterne. Alain ritt bis zur Tränke, stieg ab, hob Theresa aus dem Sattel und öffnete das Zaumzeug, damit der Hengst trinken konnte. Aus dem Stall kam ein verschlafener Knecht. »Ich kümmere mich um ihn, Herr Graf.«

»Danke, er bekommt eine Extraportion Hafer, er hatte eine doppelte Last zu tragen.«

»Wird gemacht, Herr Graf.«

Auf dem dunklen Weg zum Schloss führte Alain die Frau. Er

hatte seine Hand unter ihren Ellenbogen geschoben und erzählte ihr mit leiser Stimme vom Kauf des Landes und vom Bau des Schlosses durch seine Vorfahren. »Damals war das hier nur wildes Heideland mit großen Waldgebieten. Aber wir waren immer Bauern, und wir wussten, dass es wertvolles Land war. So kauften meine Vorfahren so viel Grund und Boden, wie sie bekommen konnten, siedelten sich darauf an und bauten das Schloss nach dem Vorbild unseres Hauses in Frankreich. Wir waren drei Großfamilien, die hierher geflüchtet sind, aber nach und nach wurden die Familien kleiner, ein paar gingen zurück nach Frankreich, als die Vertreibung der Hugenotten aufgehört hatte, ein paar leben jetzt bei Berlin, und hier bin ich der Letzte.«

»Zusammen mit der Gräfin.«

»Ja. Henriette war mit einem preußischen Offizier verheiratet, und der ist in der Nähe von Wismar während einer Schlacht mit den Franzosen gefallen. Seit damals wohnt sie wieder hier.«

»Sie sieht verhärmt und zornig aus.«

»Sie ist eine sehr einsame Frau, die aus ihrer Einsamkeit eine Tugend macht. Alle sollen so leiden wie sie, dann ist sie auf eine seltsame Art glücklich. Aber keiner will so leiden wie sie, und deshalb ist sie verhärmt und zornig.«

»Ein schwieriges Leben. Wie kommst du damit zurecht?«

»Wir sehen uns nur zu den Mahlzeiten, und die Angestellten gehen ihr aus dem Weg.«

Sie hatten den kleinen Wald, der den Schlosspark vom Wirtschaftshof trennte, durchquert und das Haus vor sich. Auch hier brannte eine einsame Laterne neben der Haustür.

Als sie den Eingang erreichten, wurde die Tür geöffnet, und sie konnten eintreten. Der Hausdiener half seinem Herrn die Stiefel auszuziehen und hielt ein Paar leichte Schuhe und eine Hausjoppe für ihn bereit. Dann nahm er Theresa das Umschlagtuch ab. »Die Mamsell hat das Abendessen für Sie im Herrenzimmer bereitgestellt. Ich sage ihr, dass Sie einen Gast mitgebracht haben, dann wird sie schnell ein zweites Gedeck richten.«

»Das ist nicht nötig, August, ich weiß, wo die Teller stehen. Aber sag ihr, sie möchte ein Gästezimmer herrichten und für warmes Wasser sorgen.« Als der Diener gegangen war, bot Alain Theresa seinen Platz an dem kleinen eingedeckten Tisch an und holte für sich selbst Teller, Bestecke und Gläser aus der Anrichte. Dann bediente er sie mit Brot, einer delikaten Gänseleberpastete, frischer Butter und rubinrotem Wein. Nachdenklich beobachtete sie den Mann an ihrer Seite. »Du hast mir nie gesagt, dass du ein Aristokrat bist«, sagte sie schließlich leise.

Ihre Worte durchbrachen die Gedanken, die ihn beherrschten, und er schaute sie forschend an. »Der Adel, das Land, das Schloss haben doch nichts mit uns beiden zu tun.«

Theresa stocherte verlegen in ihrer Pastete. »Für mich schon. Den Mann, den ich küsse, möchte ich kennen. Du hast mich immer in dem Glauben gelassen, du seiest ein Bauer, der Hunde züchtet, mehr nicht.«

»Hätte es etwas geändert, wenn du gewusst hättest, ich sei ein französischer ›Comte‹? So ein Titel verändert doch einen Menschen nicht. Es sei denn, er ist ein oberflächlicher Laffe, aber dafür halte ich mich nicht.«

Zustimmend nickte sie mit dem Kopf. »Das stimmt. Dennoch, ich möchte …, ich würde gern …«

Er legte zärtlich seine Hand auf die ihre. »Was möchtest du gern?«

Unwillig entzog sie ihm ihre Hand. »Ich möchte gern mit einem ehrlichen Mann sprechen, nicht mit einem, der sich herunterspielt, ganz gleich aus welchem Grunde. Ich muss einfach wissen, woran ich bin.«

»Unsere Gefühle sprechen eine so deutliche Sprache, dass man nicht nach dem Warum fragen muss.«

»Aber wenn man die Gefühle beiseitelässt, spielt die Wahrheit eine große Rolle. Warum hast du mir nicht schon in Lübeck gesagt, wer du bist?«

»Und was hätte das geändert? War das in diesen ersten Stunden unseres Zusammenseins wichtig? Du weißt doch, die Gefühle fragen nicht nach Rang und Namen.«

»Rang und Namen können Menschen aber auch trennen«, erwiderte sie überzeugt. »Ich komme aus bürgerlichen Verhältnissen. Ich bin eine Händlerin aus einer Stadt der Kaufleute, in der es weder Könige noch Fürsten noch Grafen gibt. Ich bin stolz auf meine alten, rechtschaffenen Vorfahren, die sich durch Ehrlichkeit einen guten Namen erworben haben. Ich bin die Tochter einer Mutter, die in Venedig zur feinsten Gesellschaft gehörte und alles hinter sich ließ, als sie dem Ruf der Familie ihres Mannes nach Hamburg folgte. Und dann wurde sie von dieser Familie erniedrigt, nicht anerkannt und abgewiesen. Aber sie hat gekämpft und sich behauptet und dann die ganze verflixte Firma gerettet. Und ich bin wie sie: eine Kämpferin. Das habe ich von ihr gelernt. Und bei allen Kämpfen spielten Offenheit und Wahrheit immer die größte Rolle.«

Alain nahm ihre Hand und hielt sie ganz fest. »Du musst dich nicht rechtfertigen, Theresa. Ich habe nicht nach deiner Herkunft gefragt und auch nicht nach deinem Können und deinen Kämpfen. Ich sah dich, und ich liebte dich. Und daran hat sich bis heute nichts geändert.« Er küsste ihre Hand. »Wir müssen einen Weg finden, der uns eine gemeinsame Zukunft weist, und mit der Suche fange ich morgen in aller Frühe an, wenn es dir recht ist.«

Und der nächste Tag begann tatsächlich sehr früh. Kaum schob sich das graue Licht der Dämmerung vor die dunkle Nacht, wurden Haus und Hof lebendig. Irgendwo krähten Hähne, bellten Hunde, brüllte eine Kuh, und Vögel freuten sich in allen Stimmlagen über den beginnenden Tag. Im Haus knarrten Dielenbretter, klapperten Wasserkannen, quietschten Fensterläden.

Verwirrt richtete sich Theresa in ihrem Bett auf. Sie brauchte einen Augenblick, um sich zurechtzufinden. Dann stand sie schnell auf und zog den Vorhang zur Seite. Ein schöner Tag, dachte sie und seufzte, was wird er mir bringen? In der Fensterscheibe sah sie ihr Spiegelbild. Mein Gott, lachte sie, wie seh ich aus. Ein steifes, weißes, fremdes Nachthemd bedeckte sie vom Hals bis zu den Füßen. Dann fiel ihr wieder ein, dass sie dieses Hemd in der Nacht auf ihrem Bett, zusammen mit einem Stapel Leinenhandtücher, vorgefunden hatte. Sie sah sich in dem Zimmer um und entdeckte ihre Kleidung. Eine gute Fee hatte in der Nacht alles gereinigt und gebügelt. Meine Güte, dachte sie, welch eine Arbeit, die Sachen zu waschen, zu trocknen und zu bügeln. Ich muss mich unbedingt dafür bedanken, denn diese Frau hat in der Nacht bestimmt keinen Schlaf bekommen.

An der Tür klopfte es. Vorsichtig öffnete Theresa einen Spalt. Draußen stand eine Dienerin mit einem Krug dampfenden Wassers. »Ich sah, dass der Vorhang Ihres Fensters geöffnet wurde, da dachte ich, kommt mein Wasser gerade zur rechten Zeit.«

»Danke, das ist sehr aufmerksam. Wissen Sie vielleicht, wer meine Kleidung gereinigt hat?«

Verschämt nickte die junge Frau. »Das war ich. Der Hausdiener sagte, dass Sie keinerlei Gepäck bei sich hätten.«

»Das stimmt, ich war nicht auf eine Übernachtung vorbereitet. Ich möchte mich bei Ihnen bedanken, es war sehr nett von Ihnen, all die Sachen wieder in Ordnung zu bringen.«

»Aber das war doch selbstverständlich. Wir haben so selten Gäste hier, da möchten wir, dass die wenigen sich wohl bei uns fühlen.«

Theresa hätte gern gefragt, warum so selten Gäste kamen, wusste aber auch, dass man so diskrete Fragen nicht mit dem Personal besprach, also schwieg sie.

Als sie wenig später den Frühstücksraum betrat, begegnete sie Henriette Defosier. Die Gräfin, mit langem, offenem Haar und in einen wallenden Morgenmantel gehüllt, würdigte sie keines Blickes, füllte sich Speisen auf einen Teller und setzte sich ans Ende des langen Tisches. Eine Zofe mit Schürze und Spitzenhäubchen bediente sie mit

Kaffee. Theresa grüßte höflich und wünschte beiden einen »Guten Morgen«. Da noch ein zweites Gedeck auf dem Tisch lag, nahm sie an, dass dies ihr Platz sei. Sie holte sich vom Büfett Brötchen, Butter und Honig und setzte sich. Als die Zofe auch für sie den Kaffee einschenkte, zog sie ein Billett aus ihrer Schürzentasche. »Das hat mir der Herr Graf für Sie gegeben.«

»Danke.« Ungeöffnet legte Theresa den Umschlag neben ihren Teller, als die Gräfin mit Zornesfalten auf der Stirn fragte: »Wollen Sie nicht lesen, was mein Bruder Ihnen mitteilt?«

Erstaunt erklärte Theresa: »Es ist unhöflich, Briefe zu lesen, während andere am Tisch sitzen und essen.«

»Meinen Sie mit ›andere‹ etwa mich?«

»Ja. Ich hätte natürlich auch sagen können: während die Frau Gräfin am Tisch sitzen und speisen.«

»Jawohl, das wäre korrekt gewesen.«

»Dann bitte ich um Entschuldigung.«

»An Erziehung fehlt es wohl?«

»Ich weiß nicht, was Sie meinen, Frau Gräfin.«

»Ich vermisse Contenance und Etikette, mein Fräulein.«

»In meinen Kreisen, Gräfin, legt man Wert auf Höflichkeit und Güte.«

»Ihre Kreise interessieren mich nicht. Ich sehe mir den Menschen an, und dieser Mensch, der ohne meine Einwilligung heute hier genächtigt hat, ist mir nicht willkommen.«

»Danke, Gräfin, dieser Mensch, der ohne Ihre Einwilligung hier genächtigt hat, ist ein Gast des Grafen und als solcher zu behandeln«, erklärte Theresa verärgert.

Ob dieser dreisten Antwort blieb der Comtesse der Mund offen stehen. Ohne das Frühstück zu beenden, stand sie auf und rief über die Schulter zurück: »Wir sprechen uns noch, mein Fräulein.«

»Gern«, rief Theresa ihr nach, während die Zofe neben der Anrichte stand und sich ein Lachen verbeißen musste.

Endlich allein am Tisch, öffnete Theresa den Umschlag und las:

»Ich wünsche Dir einen wunderschönen guten Morgen und ein köstliches Frühstück. Ich organisiere unsere Fahrt nach Rostock und suche zwei Helfer für Dich aus. Und ich habe einen Plan für den gemeinsamen Weg, von dem wir sprachen. Du darfst neugierig sein. Ich liebe Dich, Alain.«

Sie beendete gerade ihr Essen, als draußen eine Kutsche vorfuhr und der Graf mit großen Schritten die Freitreppe hinauf- und in das Frühstückszimmer stürmte. »Fein, da bist du ja«, freute er sich und küsste sie unbefangen auf die Wange. »Ich nehme auch noch eine Tasse Kaffee. Hast du mein Briefchen gelesen? Und bist du nun neugierig?«

»Ja, und wie«, lachte sie.

»Wir besprechen alles in der Kutsche. Bist du reisefertig?«

»Ich muss nur noch meine Tasche und den Umhang aus dem Zimmer holen.«

Alain nickte der Zofe zu. »Die Sachen holt Martha für dich.« Dann trank er seinen Kaffee, schob noch ein Stückchen Käse in den Mund und reichte Theresa den Arm. »Darf ich bitten?«

»Du hast es sehr eilig«, nickte sie, »ich bin fertig.« Er ist richtig gut gelaunt, dachte sie, er muss eine Lösung für unseren Weg gefunden haben. Und sie verschwieg ihm das Treffen mit der Gräfin, um seine gute Laune nicht zu verderben.

Draußen warteten zwei Reiter neben der Kutsche. »Der Ludwig und der Theo kommen mit und helfen dir mit den Gewürzen. Ich habe ein kleines Anwesen in der Stadt, da können sie wohnen und die Pferde unterstellen.«

»Ein Anwesen! Untertreibst du wieder?«

»Nein«, lachte er, »es ist wirklich nur ein Stallgebäude mit ein paar Kammern, aber wenn man so einen weiten Weg in die Stadt hat, muss man dort schon für Unterstellmöglichkeiten sorgen. Oft ziehen sich die Geschäfte in die Länge, und dann ist es preiswerter, so ein kleines Anwesen zu unterhalten, als fremde Zimmer und Ställe zu mieten.« Er half ihr beim Einsteigen, reichte ihr die Tasche und das Tuch und setzte sich neben sie. Dann nahm er die Zügel, und mit einem »Ho, auf geht's« trieb er die Pferde an.

Als sie den Schlosshof und die Allee verlassen hatten und auf die Überlandstraße eingebogen waren, legte er den Arm um ihre Schulter und sah sie an. »Ich habe die Lösung gefunden, Theresa. Wir müssen beide ein paar kleine Opfer bringen, und dann sind wir zusammen.«

»Und was sind das für Opfer?«

»Wir geben beide unseren augenblicklichen Wohnsitz auf und ziehen gemeinsam nach Rostock, wo wir dann für immer zusammen wohnen.«

»Zusammen wohnen? Du und ich? Das ist nicht dein Ernst, Alain.«

»Aber ja, es ist mein Ernst, wir leben dann für immer zusammen. In allen Ehren, natürlich.«

»In allen Ehren, was verstehst du darunter?«

»Als Mann und Frau. Besiegelt und gesegnet, wie es sich gehört, mein Liebling.«

Theresa schüttelte den Kopf. »Soll das jetzt etwa ein Heiratsantrag gewesen sein?«

»Warum ein Antrag für etwas, was feststeht? Oder möchtest du, dass ich mit einem Blumenstrauß vor dir auf die Knie falle und dich in äußerst banalen Worten um deine Hand bitte? Liebling, du doch nicht.«

»Ein bisschen romantischer wäre schon schön, aber so weit, Alain, sind wir noch lange nicht. Das Zusammenleben ist erst der letzte Schritt. Was meinst du mit diesen kleinen Opfern? Was heißt das, wir geben unsere Wohnsitze auf? Ich wohne in Lübeck, dort ist mein Handelszentrum, dort kann ich nicht fort. Und du wirst den Einhorn-Hof bestimmt nicht verlassen können, um in der Stadt zu leben.«

Ernst geworden, nickte er. »Ich habe von Opfern gesprochen, und ich meine Opfer, mein Liebling. Du könntest deine Zentrale in Rostock einrichten und Lübeck als Nebenniederlassung mit einem guten Verwalter betreiben. Rostock ist als Zentrum für den Ostseehandel viel besser geeignet als das abgelegene Lübeck. Von hier aus erreichst du doch die Handelsstädte viel schneller.

Und ich kann ebenso einen Verwalter auf dem Einhorn-Hof einsetzen. Das muss sich doch um unserer Liebe willen einrichten lassen.« Er nahm die Zügel in die rechte Hand und legte die linke auf ihr Knie. »Glaub mir, alles wird gut, mein Liebling.«

Aber Theresa blieb skeptisch. Dieser Mann an ihrer Seite nahm immer zwei Schritte auf einmal und preschte vor, ohne die einzelnen Probleme zu erkennen. Passten sie wirklich zusammen? War es tatsächlich die ganz große Liebe, die sie verband?

Mein Gott, dachte sie, ein Kuss und alles ist besiegelt? Für ihn ist unser gemeinsames Leben die größte Selbstverständlichkeit, für mich ist es ein einziges großes Fragezeichen. Ein paar zärtliche Worte und ein berauschendes Gefühl im ganzen Körper sind doch noch keine Garantie für ein lebenslanges Wohlbehagen mit dem anderen?

Sie nahm seine Hand und streichelte sie. »Du bist mit zu großen Schritten unterwegs, Alain. Lass uns langsam weitergehen, Schritt für Schritt, von einem Problem zum nächsten, von einer Lösung zur anderen.«

»Sprich nicht von Problemen und Lösungen, schau nach vorn und nimm das Ziel in Augenschein, nicht diese kleinen Schritte.«

»Bevor ich das Ziel sehe, muss ich die Probleme lösen, und das fängt schon mit meiner Arbeit in Rostock an. Wer garantiert mir denn, dass ich wirklich einen neuen Handel in dieser alten Hansestadt aufbauen kann? Dass ich die alten Kunden zurückgewinne, dass meine Gewürze überzeugen und meine Ware wirklich besser ist als die des alten Betrügers? Erst wenn ich diesen Schritt getan habe, kann ich an den nächsten denken. Wenn alles gut geht, kann ich heute Nachmittag damit beginnen, dieses Problem zu lösen.«

Wenn alles gut geht! Und zum Glück ahnte keiner, was sie wenige Stunden später in Rostock erwartete.

Achtundzwanzigstes Kapitel

Die Reise nach Osten, nach Rostock dauerte vier Stunden. Es war eine schöne Fahrt in die langsam aufsteigende Sonne hinein. Der Graf hatte einen Jagdwagen anspannen lassen, in dem er auf einen Kutscher verzichten konnte und die Pferde selbst führte. So waren die beiden Reisenden ungestört, denn die begleitenden Reiter hielten Abstand, um die Kutsche nicht einzustauben, wenn im schnellen Trab die Pferdehufe den Sand der Straße in gelben Wolken aufwirbelten. Einmal unterbrachen sie die Fahrt, um die Pferde an einem Bach zu tränken und um selbst etwas zu essen. Nachdem sie Brot, Schinkenspeck und kalten Tee mit den beiden Begleitern geteilt hatten, fuhren sie ohne Aufenthalt durch bis Rostock.

Alain versuchte mehrmals, den engen Kontakt der vergangenen Nacht wiederherzustellen, aber Theresa war mit ihren Gedanken bereits bei der bevorstehenden Arbeit und hatte keine Lust, auf Zärtlichkeiten einzugehen. Sie duldete zwar den Arm auf ihrer Schulter, war aber in ihren Gedanken bei Zahlen und Gewichten, bei Namen und Adressen. Sie schrieb imaginäre Briefe an ihre Kunden und Bestelllisten an ihren Prokuristen in Lübeck. Außerdem wurde ihr die Beziehung zu Alain Defosier zu schnell zu heftig. Nach den nächtlichen Stunden des Alleinseins wusste sie, dass sie nicht einfach ihre Gefühle sprechen lassen durfte. Sie musste den Gewürzhandel im Auge behalten, das war ihre vordringlichste Aufgabe, denn sie war dem Hamburger Geschäft, mit der Mutter an der Spitze, verpflichtet. Ich will und ich darf meine Familie nicht enttäuschen, sinnierte sie. Wenn Alain von kleinen Opfern spricht, dann hört sich das unbedeutend an, für mich aber wäre so ein Opfer eine absolute Veränderung meines Lebens, und für die bin ich noch nicht bereit. Und dann seine Zärtlichkeit, die Liebe, mit der er mich beinahe bedrängt – ist das wirklich die bedingungslose Liebe, die alles besiegt, die alles erreicht, die das Unmögliche möglich macht? Ich weiß es nicht. Ich wünsche mir diese bedingungslose, wunderbare Liebe, aber ich weiß nicht einmal, woran ich sie erkenne.

Alain spürte, dass Theresa sich mit jedem Meter, den sich die Kutsche der Stadt näherte, von ihm entfernte. Er wusste aber auch, dass er nicht drängen durfte. Sie war eine junge, eine sehr junge Frau ohne Erfahrungen, die erst lernen musste, ihre Gefühle zu erkennen und zu beherrschen. Aber er hatte Zeit. Er hatte so viele Jahre auf die Erfüllung seiner Träume gewartet, er konnte auch jetzt Geduld beweisen, damit die Frau seiner Träume Zeit hatte, ihn lieben zu lernen.

In der Ferne tauchten die Kirchtürme von Rostock auf. Der Verkehr auf der Straße wurde dichter. Schwere Fuhrwerke mit Fracht aus dem Hafen kamen ihnen entgegen, dazwischen kreuzten flotte Kaleschen und voll besetzte Postkutschen ihren Weg. Reiter, korrekt mit Vatermörderkragen und Zylinder gekleidet, galoppierten am Straßenrand unbekannten Zielen entgegen, und umherziehende Händler lagerten rechts und links neben dem Weg und boten Korbarbeiten, Holzschnitzereien, Blechtöpfe und Zinnkrüge zum Verkauf an. Jetzt brauchte Alain beide Hände, um die Pferde durch das Gewühl zu führen. »Ist es dir recht, wenn wir zuerst zum ›Hotel am Markt‹ fahren, damit du dich frisch machen kannst? Die Männer können die Pferde dann zum Klosterhof mitnehmen, neben dem wir einen Stall besitzen.«

Aber Theresa schüttelte den Kopf. »Wenn du einverstanden bist, möchte ich zuerst zum Hafen fahren und dort nach meinen Waren sehen. Ich muss mit dem Hafenmeister sprechen, damit er deine Männer kennen lernt und duldet.«

»Gut, mein Liebes, wie du willst.« Und behutsam lenkte Alain seine Pferde zum Warnowufer, wo die Hafenmeisterei ihren Sitz hatte. Dabei hatte er beide Hände voll zu tun, denn die Pferde, die ländliche Ruhe vom Einhorn-Hof gewöhnt, waren schreckhaft und scheuten vor Marktschreiern und Kinderwagen, schnellen Reitern und aufgespannten Parapluies, die feine Damen gegen die Sonne schützen sollten. Außerdem lag ein ziemlich intensiver Gestank von Brackwasser und Unrat, Rauch und Abfall über der Hafengegend, der den Pferden fremd war.

Die Kutsche hatte kaum den Hof der Hafenmeisterei erreicht, als der Hafenmeister aus der Kontortür stürzte und auf sie zurannte. »Da sind Sie ja endlich, gnädiges Fräulein, ich habe Sie in der ganzen Stadt suchen lassen. Wo waren Sie denn bloß?«

»Was ist los?« Der Graf zügelte die Pferde und beugte sich aus der Kutsche. »Warum die Aufregung, Meister?«

»Himmel, der Lagerschuppen vom Fräulein Iserbrook ist abgebrannt. Restlos. Heut Nacht. Verdammt noch mal, mit der ganzen guten Ware. Und keiner weiß, warum. Als die Bürgerwehr mit der Spritze kam, war alles zu spät.«

Entsetzt starrte Theresa den Mann an. »Das darf nicht wahr sein, das darf einfach nicht wahr sein«, flüsterte sie schließlich. »Erzählen Sie genau, was passiert ist«, schimpfte der Graf. »Ohne Grund und ohne Schuld brennt doch kein Schuppen ab. Gab es keinen Nachtwächter hier am Hafen, hat der Bursche etwa geschlafen?«

»Natürlich gibt es einen Wächter, aber der war am anderen Ende, als die Flammen plötzlich bis zum Himmel hochloderten. Er hat auch gleich Alarm gegeben, aber als die Wehrmänner endlich kamen, war der Speicher bereits zusammengebrochen. Ein paar Bürger haben noch eine Eimerkette gebildet und Wasser ins Feuer gekippt, aber das verdampfte schneller, als die Eimer von Hand zu Hand wandern konnten.«

»Aber wie konnte das Feuer mitten in der Nacht entstehen? War gestern alles in Ordnung?«

»Alles war bestens. Der Schuppen war abgeschlossen, ich habe mich selbst darum gekümmert, und fremde Menschen haben wir hier auch nicht gesehen. Es war halt der übliche Hafenbetrieb, da kann sich natürlich schon mal einer einschleichen.«

Theresa hatte sich von dem Schock etwas erholt. »Lass gut sein,

Alain. Es war Brandstiftung, und ich weiß auch, durch wen. Ich habe dir doch von der Warnung erzählt, die ich bekommen habe. Anders ist das alles nicht zu erklären.«

»Wir fahren sofort zur Polizei und melden den Schaden.«

»Brauchen Sie nicht, Herr Graf, die Polizei war hier und hat alles überprüft.«

»Trotzdem, wir wissen, wer es war, das müssen wir melden.«

»Haben Sie denn Beweise, Herr Graf, ohne Beweise lässt sich schlecht etwas machen?«

»Wir haben einen Drohbrief.«

»Na ja, vielleicht hilft Ihnen der weiter.«

»Wir müssen das auf jeden Fall versuchen.«

Traurig sah Theresa zu dem noch immer qualmenden Trümmerhaufen hinüber, der für kurze Zeit ihre wenigen Schätze beherbergt hatte. »Lass uns fahren, Alain, ich möchte ins Hotel.«

»Ja, aber nur mit einem Umweg über das Polizeiamt. Du musst von deinem Verdacht eine Meldung machen. Dann bringe ich dich sofort ins Hotel, und dann überlegen wir in Ruhe die nächsten Schritte.«

Und während Alain die Pferde durch die Stadt zum Rathaus lenkte, wusste Theresa, dass ihre Zukunft in dieser Stadt beendet war, bevor sie begonnen hatte.

Auf der Wache beantwortete sie die wenigen Fragen eines Polizisten, zeigte den anonymen Brief mit der Warnung und äußerte ihren Verdacht. Aber der Polizist schüttelte den Kopf. »Der Herr Martens ist zurzeit gar nicht in der Stadt. Er war gestern hier und hat sich ein Personenzeugnis geben lassen, weil er abends noch mit einem Schiff nach Polen reisen wollte und er dieses Leumundszeugnis für die Grenzkontrolle brauchte.«

»Verdammt«, schimpfte der Graf, »er ist also weg, aber er wird seine Helfer gehabt haben. Der Verdacht bleibt bestehen, und ich wünsche, dass Sie dem nachgehen, sobald der Mann wieder in der Stadt ist. So einfach darf er nicht davonkommen.«

Er führte Theresa wieder zur Kutsche, wo seine Arbeiter mit den Pferden warteten. »Männer, bringt eure Pferde in den Stall, versorgt sie und ruht euch aus. Um die Kutsche kümmere ich mich selbst. Morgen früh reitet ihr zurück zum Gut. Die Arbeit hier ist beendet. Ich komme später nach. Erst einmal muss ich mich hier um das Desaster kümmern.«

Verständnisvoll nickten die Männer. So ein Pech aber auch, dachten sie, da hat er endlich mal einen Zipfel vom Glück in der Hand, und dann entwischt er ihm wieder sofort.

Wortlos fuhren der Graf und Theresa zum ›Hotel am Markt‹. Anscheinend hatte sich das Malheur vom Brand im Hafen bereits herumgesprochen, denn der Portier sah sie mitleidig an und sagte: »Das ist eine böse Geschichte, gnädiges Fräulein, wir alle hier bedauern Ihren Verlust. Hoffentlich klärt sich alles ganz schnell auf.«

»Danke, das hoffe ich auch. Ich hätte jetzt gern meinen Zimmerschlüssel.«

»Bitte sehr. Möchten die Herrschaften noch etwas essen? Ich kann dem Koch Bescheid sagen.«

»Ja bitte«, erwiderte Alain Defosier, dann nahm er den Arm von Theresa und führte sie zum Treppenaufgang. »Es wird uns guttun. Mach dich jetzt frisch, ich warte im Foyer, und dann werden wir uns stärken und die Konsequenzen besprechen.«

Aber Theresa war kaum in ihrem Zimmer, als sie bereits wieder am Treppenabsatz stand. »Alain, jemand hat mein Zimmer durchwühlt, alles liegt durcheinander. Ruf bitte gleich den Direktor.«

Nach wenigen Minuten eilten der Direktor, der Graf, der Portier und ein Zimmermädchen nach oben. Das Zimmer sah aus, als sei ein Sturm hindurchgefegt. Die Schranktüren standen offen, die Schubladen waren herausgezogen und umgekippt, der abgeschlossene Koffer war zerschnitten, und die Kleidung lag wild zerstreut im Zimmer verteilt.

»Und ich dachte, ich hätte im besten Hotel der Stadt ein Zimmer gemietet«, schimpfte Theresa aufgebracht. Der Direktor stammelte

Entschuldigungen, der Portier rang die Hände, und das Zimmermädchen weinte. »Gestern Abend war alles in Ordnung, wirklich, Herr Direktor«, schluchzte sie, »heut Morgen hab ich nicht reingeschaut, weil das gnädige Fräulein ja über Nacht nicht da war. Und ich hab auch immer gut abgeschlossen, wirklich, Herr Direktor.«

Aufgebracht schaute der Graf von einem zum anderen. »Holen Sie die Polizei. Ich will, dass dieser Einbruch gemeldet und von der Polizei begutachtet wird. In dieser Stadt passieren Dinge mit dem Besitz von Fräulein Iserbrook, die keinesfalls ungeahndet bleiben dürfen.«

»Um Gottes willen, keine Polizei, Herr Graf. Mein Ruf, das Image meines Hauses, was werden die Leute sagen? Kein Mensch wird mehr bei mir wohnen wollen. Wir werden die Verluste ersetzen, aber bitte lassen Sie die Polizei und damit die Öffentlichkeit aus dem Spiel.«

»Kommt nicht in Frage, hier geht es um Sabotage. Erst das Feuer, jetzt der Einbruch, das muss geahndet werden.«

Händeringend wandte sich der Direktor an Theresa. »Gnädiges Fräulein, bitte, ich erstatte den Schaden, aber denken Sie an den Ruf meines Hotels. Ich bin ein ruinierter Mann, wenn solche Zustände bekannt werden.«

»Ich denke, zukünftige Gäste sollten über die Zustände in diesem Hotel unterrichtet werden, bevor sie hier einziehen.« Theresa hatte sich von ihrem Schock erholt. »Oder glauben Sie, ich hätte auch nur eine Stunde hier verbracht, wenn ich gewusst hätte, was mir passiert?«

»Aber bitte, gnädiges Fräulein, das ist doch eine Ausnahme, so etwas ist hier noch nie passiert, das schwöre ich Ihnen.«

»Ihr Schwur nützt mir gar nichts. Ich werde jetzt erst einmal feststellen, was mir gestohlen oder beschädigt wurde, dann reden wir weiter. Lassen Sie mich jetzt bitte allein. Das Mädchen kann mir beim Packen helfen. Und besorgen Sie mir schnellstens einen neuen Koffer.«

»Sie wollen ausziehen?«

»Selbstverständlich, ich werde keine Minute länger hier wohnen. In der Stadt gibt es mit Sicherheit andere, bessere Hotels.« Jetzt mischte sich der Graf wieder ein. »Ich möchte unbedingt, dass die Polizei dieses Desaster inspiziert. Warte mit dem Einpacken, bis alles besichtigt wurde.«

»Ach, Alain, das hilft mir doch jetzt auch nicht mehr weiter.«

»Aber man darf Banditen nicht ohne Strafe davonkommen lassen.«

»Das sehe ich ein, aber ich möchte so schnell wie möglich dieses Haus verlassen.«

»Also gut.« Er nickte dem Direktor zu. »Sie können dankbar sein, dass die Dame auf eine öffentliche Anzeige verzichtet. Für die entstandenen Schäden müssen Sie aber aufkommen.«

»Selbstverständlich, und die gnädige Frau war natürlich unser Gast.«

Als alle bis auf Alain gegangen waren, bat sie ihn: »Bitte, könntest du dich am Hafen nach einem Schiff erkundigen, ich möchte so schnell wie möglich nach Lübeck zurückkehren. Diese Reise hat mir kein Glück gebracht. Davon muss ich mich erst einmal erholen.«

Enttäuscht sah der Graf sie an. »Liebling, ich versteh dich ja, und ich bedaure dieses Missgeschick von ganzem Herzen, aber sollten wir uns nicht die Zeit nehmen, über die Zukunft nachzudenken, bevor wir uns nun trennen?«

»Alain, ich kann nicht an die Zukunft denken, ich muss erst einmal mit der Gegenwart fertig werden. Bitte verzeih mir. Aber dieser Verlust hat mich sehr getroffen. Ich meine nicht den Verlust der Waren, sondern den Verlust an Vertrauen. Warum sind Menschen so schlecht?«

»Wenn es um Konkurrenz und um das Geschäft geht, muss man mit allem rechnen, mein Liebes.«

»Ja, das stimmt wohl. Ich habe den Hans Martens damals auch nicht mit Samthandschuhen angefasst, das weiß ich natürlich. Aber dass ich hier auf ihn treffen würde, habe ich nicht gewusst. Das war ein Fehler, ich hätte mich erkundigen müssen.«

Sie schwiegen beide. »Also gut«, erklärte der Graf schließlich, »ich fahre zum Hafen und erkundige mich nach einem Schiff. In einer Stunde bin ich zurück, und dann gehen wir essen, ich kenne ein gutes Lokal, und dort reden wir doch noch ein bisschen über die Zukunft, einverstanden?«

»Einverstanden.«

»Wir finden eine Lösung, ganz bestimmt.«

Es klopfte, das Zimmermädchen kam mit einem neuen Koffer zurück. Alain nickte ihr noch einmal zu. In Anwesenheit des Mädchens waren Zärtlichkeiten nicht angebracht, das wussten sie beide.

Als Theresa mit dem Mädchen allein war, kontrollierte sie ihre Sachen. Anscheinend fehlte nichts, und die Kleidung war auch nicht beschädigt. Wer weiß, was die gesucht haben, dachte sie und war froh, dass sie alle Geschäftsunterlagen und auch ihr Geld immer in ihrer Tasche bei sich gehabt hatte.

Dann dauerte es doch beinahe zwei Stunden, bis Alain Defosier zurückkam.

Theresa erwartete ihn unten im Foyer, sie wollte keine Minute länger als notwendig in ihrem Zimmer zubringen. Ein Kellner hatte ihr Kaffee serviert, der Direktor entschuldigte sich noch einmal, und der Portier sprach sein Bedauern aus. Als die Zeit zu lang wurde, griff sie zu den ›Rostocker Neuesten Nachrichten‹ und blätterte in den Seiten. Dabei traf sie auf eine Nachricht, die sie aufhorchen ließ. In einer schmalen Spalte stand unter der Überschrift: ›Pech für die Reisenden‹, dass die polnische Bark ›Prometheus‹ auf dem Weg nach Stettin einen Motorschaden erlitten hatte und bereits im Hafen von Warnemünde vor Anker gehen und Hilfe suchen musste.

So ist das also, dachte Theresa. Es ist ein Katzensprung von Rostock bis Warnemünde, eine Rückreise mit einer Kutsche war in kürzester Zeit möglich. So schnell konnte Martens also zurückgekommen sein.

Und dann nahm sie sich vor, Alain davon nichts zu sagen. Sie wollte nur noch fort, und er hätte auf weiteren Nachforschungen und polizeilichen Untersuchungen bestanden.

Als er schließlich kam, sah sie, dass seine Erkundigungen zu seinen Gunsten verlaufen waren, denn eine gewisse Genugtuung blitzte in seinen Augen, als er sagte. »Liebling, heute gibt es keine Schiffsverbindung mehr nach Lübeck. Aber für morgen Nachmittag habe ich eine Kabine für dich reservieren können. Du müsstest also noch einmal in Rostock übernachten, da habe ich sofort zwei Zimmer in einem renommierten Hotel für uns gebucht. Wir können jetzt dort essen, und danach haben wir genügend Zeit, um uns mit der Zukunft zu beschäftigen.«

Theresa nickte müde, auf die eine Nacht kam es nun auch nicht mehr an. Aber an Unterhaltungen wollte sie nicht denken. Sie wollte eigentlich nur allein sein, sich in einem Bett verkriechen, tief und fest schlafen und erst in Lübeck wieder aufwachen.

Neunundzwanzigstes Kapitel

Im Herrengraben-Palais hatte das Leben zu seinem normalen Rhythmus zurückgefunden. Robert hatte die Geschäftsführung des Gewürzimperiums wieder übernommen, Silvana konnte sich ganz ihrer Parfümherstellung widmen, Lukas leitete eine stark frequentierte Arztpraxis mit zwei medizinischen Helferinnen und einem Assistenten im hinteren Haus, und der kleine Alexander wuchs zu einem fröhlichen Kind heran, machte die ersten Gehversuche und hielt Susanne auf Trapp. Das Kindermädchen hatte die Amme abgelöst.

Seit vier Wochen wohnte nun auch Markus wieder im Palais. Er hatte seine Examen mit besten Noten bestanden und arbeitete als Juraassistent in einer Kommunität mit anderen Advokaten zusammen, um die praktische Arbeit kennen zu lernen. Er ging morgens aus dem Haus, kam abends zum Essen und Umkleiden heim und verließ anschließend das Palais wieder, um sich mit Freunden in der Stadt zu amüsieren.

Silvana hatte oft Angst um den lebenslustigen Sohn, denn die Straßen waren von arbeitslosen Männern, unzufriedenen Söldnern und lamentierenden Betrügern belebt. Aber Markus lachte über die Ängste seiner Mutter. »Ich habe lange allein in Bremen gelebt und bin zurechtgekommen, ich weiß, was in einer Hafenstadt abläuft. Um mich braucht ihr keine Angst zu haben.«

Und Lukas bestätigte seine Worte. »Wir sind doch keine Kinder mehr, Mutter. So ein bisschen Spaß im Kreis von Freunden, was soll denn da passieren?«

Hin und wieder begleitete Lukas seinen Bruder, aber meist blieb er zu Hause, wartete auf Notrufe kranker Menschen und spielte mit dem kleinen Alex, wenn die Praxis geschlossen war. Silvana gönnte ihren Söhnen Spaß und Freiheit und Lebenslust und verbarg ihre Angst.

Aber der Spaß und die Sorglosigkeit hörten mit einem Schlage auf, als der Butler eines Abends während des Essens an die Tür klopfte und auf das »Herein« von Silvana mit einem Päckchen in der Hand im Speisezimmer erschien.

»Was gibt es, Ludwig?«, fragte die Hausherrin ungeduldig, denn es galt als absolut unzulässig, die Herrschaften beim Lesen zu stören.

»Dieses Päckchen wurde soeben mit den Worten abgegeben, es sei dringend und sofort den Herrschaften zu übergeben.«

Besorgt fragte Markus: »Wer hat es so spät noch gebracht?«

»Ein Junge in einem schäbigen Anzug, Herr.«

Robert befahl: »Legen Sie es dort drüben auf die Anrichte. Was steht drauf?«

»ISERBROOK HAUS HAMBURG, sonst nichts. Aber in sehr schlechter Schrift, Herr.«

Lukas stand auf und stellte sich neben den Butler. »Wickeln Sie es aus, bitte.«

Ludwig löste die Schnur, die das Päckchen zusammenhielt, wickelte das Packpapier ab und öffnete das Tuch, in dem der Inhalt eingeschlagen war. Und dann lag er da, der zweite von jenem Paar Schuhe, von denen der eine bei Alinias Verschwinden mit einem Stilett an die Haustür genagelt worden war. Lukas stockte der Atem, sein Herz begann zu rasen. Aber dann atmete er tief durch und versuchte, sich wieder etwas zu beruhigen. Auch dem Butler versagte einen Augenblick lang die Stimme, dann stammelte er. »Mein Gott, der Schuh, da ist ein Zettel drin.«

Alle waren aufgesprungen, umringten die Anrichte. Lukas nahm den Schuh in die Hand. Drinnen klebte, von einem kleinen Brocken Weihrauch festgehalten, ein zerknitterter Fetzen Papier. Lukas löste ihn vorsichtig von der Innensohle, strich ihn glatt und las die ungelenken, kaum leserlichen Druckbuchstaben:

ICH MUSS WIEDER HIER LEBEN – SCHICKT MIR MEINEN SOHN – SONST HOLT IHN MEIN BRUDER – ALINIA.

»Alex ist in größter Gefahr«, war das Erste, was Lukas sagen konnte. Und dann: »Gott sei Dank, sie lebt.«

Er strich zärtlich über den kleinen, eleganten Schuh, den er seiner Frau vor einem Jahr in Hamburg hatte machen lassen. »Sie muss nun so leben, wie es die Familie beschlossen hat: im Weihrauchwald arbeiten, einen alten Mann heiraten, die Familie dieses Mannes bedienen. Ein Leben, vor dem sie sich so gefürchtet hatte.«

»Das ist ja schrecklich«, sagte Silvana mit leiser Stimme.

»Kann man denn da gar nichts machen? Du bist gesetzlich ihr Ehemann. Oman ist doch ein zivilisiertes Land«, protestierte Robert.

»Lass nur, Robert«, versuchte Lukas den Stiefvater zu beruhigen. »Dort herrschen andere Gesetze als bei uns. Vor allem in den Dörfern, da herrscht der Mann.«

»Und warum will sie unseren Alex?« Jetzt weinte Silvana. »Sie weiß doch, dass er es hier bei uns viel besser hat als in einem Zelt am Rande der Wüste.«

Blass und traurig sagte Lukas: »Sie ist die Mutter. Vielleicht kann der alte Mann keine Söhne mehr zeugen, da braucht sie Alex vermutlich zum Überleben.«

»Kommt überhaupt nicht in Frage«, erklärte Markus kategorisch. »Du bist der Vater, er ist hier geboren, er ist ein echter Hamburger.«

Und Robert versicherte: »Du hast die Verantwortung für den Jungen, und dazu gehört, dass du ihm ein lebenswertes Leben ermöglichst. Lukas, das bist du deinem Sohn schuldig. Wir geben ihn auf keinen Fall aus der Hand. Ab sofort wird er Tag und Nacht beschützt.«

Lukas nickte. »Natürlich, das weiß ich doch alles. Dachtest du, ich gebe ihn zurück? Er gehört zu mir wie meine rechte Hand, wie mein Herz. Nein, Alinia«, sagte er gedankenverloren, »das kannst du nicht von mir verlangen. Auf gar keinen Fall.«

»Aber was können wir tun, um ihn zu schützen? Dieses Päckchen beweist, dass heute, genau in diesem Augenblick, jemand in Hamburg ist, der nur darauf wartet, das Kind zu entführen. Damals ist Alinia spurlos verschwunden, obwohl wir sie hier im Haus in Sicherheit wussten. Wir rechneten mit etwas Furchtbarem, nachdem sie meinte, ihren Bruder im Hafen gesehen zu haben. Und dann haben wir sie doch nicht schützen können.«

»Wir haben ihre Angst nicht ernst genug genommen. Diesmal ist die Warnung ganz konkret. Ab heute schläft Alexander in meinem Zimmer. Und ab morgen wird er einen Mann an seiner Seite haben, der ihn von morgens bis abends bewacht.«

»Um den werde ich mich kümmern«, versprach Markus. »Es gibt Wächter für Leib und Leben, die dieses Amt extra erlernt haben und Feuerwaffen tragen dürfen. Ich besorge ihn gleich morgen früh.«

Das Abendessen war beendet. Allen war der Appetit vergangen. Gemeinsam gingen sie nach oben, um das Kinderbett in das Schlafzimmer von Lukas zu bringen. Das Kindermädchen, das nebenan in ihrem Zimmer mit einer Handarbeit beschäftigt war, fragte verstört nach der Ursache, und Lukas erklärte: »Wir haben eine Nachricht bekommen, nach der Alex entführt werden soll. Sie müssen das bitte verstehen. Er schläft ab sofort in meinem Zimmer.«

»Aber ich bin doch immer in seiner Nähe, nie lasse ich ihn aus den Augen, und wenn wir in getrennten Zimmern schlafen, ist immer die Tür zwischen uns offen. Ich wäre auch bereit, in seinem Zimmer zu schlafen, das macht mir gar nichts aus.«

Lukas schüttelte den Kopf. »Es könnte sein, dass Sie dann auch in Gefahr geraten, und das wollen wir verhindern.«

»Aber ich kann mich doch wehren.«

»Danke«, flüsterte Silvana, um den Jungen nicht zu wecken, »es ist sehr lieb von Ihnen, und wir wissen das zu schätzen, aber ab morgen wird es hier auch einen Mann geben, der ständig bei Alex wacht. Bitte richten Sie sich darauf ein. Wir achten und ehren Ihre Hilfsbereitschaft, aber wir brauchen jetzt einen Mann im Hause, der nur für den Schutz des kleinen Jungen da ist.«

»So ernst ist das?«

»Ja«, versicherte Lukas, und dann schob er das Kinderbett mit Hilfe von Markus und Robert in sein eigenes Schlafzimmer.

Am nächsten Morgen, kurze Zeit nachdem er das Haus verlassen hatte, kam Markus mit einem fremden Mann zurück. »Das ist Benno, er wird auf Alex aufpassen. Meine Kollegen im Kontor haben ihn empfohlen. Er ist zum Glück gerade frei, weil sein Klient, so nennt man die Observierten bei uns, nach Berlin umgezogen ist.«

»Guten Tag«, nickte der Fremde. »Ich heiße Benno Müller. Ich würde mir gern das Haus und die Zimmer ansehen, die Leute kennen lernen, die hier ein- und ausgehen, und die Umgebung des Hauses inspizieren. Wie ich gehört habe, hat es hier schon einmal eine rätselhafte Entführung gegeben. So etwas soll nicht passieren, wenn ich den Schutz übernehme.«

»Selbstverständlich«, versicherte Lukas, »ich werde Sie persönlich herumführen. Fangen wir mit dem Kinderzimmer an, damit Sie meinen Sohn kennen lernen. Um seine Sicherheit geht es.«

Die Führung dauerte eine ganze Stunde. Dann kamen die beiden Männer zurück, der elegante Lukas und der Zwei-Meter-Mann Benno. Lukas rief die übrige Familie in der Halle zusammen und bat: »Wir müssen im Haus einige Änderungen vornehmen, ich bitte euch um Verständnis.«

»Selbstverständlich«, versicherte Silvana, »alles, was nötig ist, wird erledigt.«

Benno hatte sich eine Liste gemacht und begann: »Als Erstes muss der Durchgang vom Wohnhaus in das Kontorhaus wieder geschlossen werden. Das Haus war früher geteilt und sollte wieder getrennt werden. Im Kontorhaus gehen zu viele Menschen ein und aus, die ohne weiteres hier ins Haus gelangen können. Dann sollten alle Fenster im Erdgeschoss und im Souterrain mit Eisengittern versehen werden. Das sieht zwar nicht elegant und schön aus, muss aber um der Sicherheit willen sein.«

»Wir denken im Augenblick nicht an Schönheit, uns geht es nur um den Schutz des Kindes«, versicherte Robert.

»Sprechen Sie nicht von einem Augenblick, mein Herr, hier kann es sich um Jahre, um Jahrzehnte handeln.«

»Mein Gott«, entfuhr es Silvana, »das ist ja furchtbar. Glauben Sie, so lange wird dieses Kind Schutz brauchen?«

»Ich kenne die Bedroher nicht, aber es kann sein, dass dieser Junge ein Leben lang um seine Sicherheit bangen muss. Wie mir der Herr Iserbrook sagte, handelt es sich um Menschen aus einem fernen Land, wir kennen ihre Mentalität kaum.«

Lukas nickte. »Geduld ist eine ihrer größten Tugenden.« Er umarmte seine Mutter: »Und nun wollen wir mit dem Umbau beginnen. Ludwig habe ich schon weggeschickt, um einen Maurermeister zu holen, der die Tür zumauert. Wenn du hier einiges umräumen möchtest, dann sollten wir sofort damit beginnen. Für uns, die wir unsere Büros und Labors und Arbeitsräume im Kontorhaus haben, gibt es ab sofort einen Umweg um das Haus herum, aber ich denke, den können wir in Kauf nehmen. Du, Mutter, hast genügend Räumlichkeiten hier im Haus, um deine Arbeit zu erledigen. Robert, bist du damit einverstanden?«

»Selbstverständlich. Wir werden ab und zu einmal nass auf unserem Weg zur Arbeit, aber Regenwetter soll ja sehr gesund sein«, versuchte er die ernsthaften Überlegungen etwas aufzulockern. Aber niemand ging darauf ein.

Lukas fuhr fort: »Ich begleite Benno jetzt nach oben in die Kinderetage. Er wird hier wohnen und braucht seine eigenen Räume, die auch mit Susanne abgesprochen werden müssen. Zum Glück ist das Haus so groß, dass keiner dem anderen zur Last fällt.«

»Dann wird Alex nicht immer in deinem Zimmer schlafen, Lukas?«, fragte Silvana besorgt.

»Nein, wenn Benno hier wohnt, wird alles mit ihm geregelt. Ich habe vollstes Vertrauen, denn wenn ich nachts zu Patienten geholt werde, wäre Alex allein, was mir gar nicht gefiele.«

»Gut«, stimmte Silvana zu, »fangen wir mit der Arbeit an.« Und sie teilte die Dienstboten ein, bestimmte das Umräumen in den einzelnen Zimmern und ließ ein paar Lagerarbeiter rufen, die beim Möbeltransport helfen sollten, während Ludwig schon wieder unterwegs war, um einen Schmied zu holen, der die Fenstergitter ausmessen und anfertigen sollte. Benno beaufsichtigte die Arbeiten, die der Sicherheit dienten, im Übrigen hielt er sich in einem Nebenraum vom Kinderzimmer auf, um den kleinen Jungen nicht durch seine Anwesenheit zu stören. Alex sollte so wenig wie möglich von den Veränderungen spüren und seinen gewohnten Tagesablauf mit dem Kindermädchen beibehalten. Benno selbst würde regelmäßig das Haus inspizieren, fremde Besucher kontrollieren und sich nur in Rufnähe des Kindes aufhalten.

Nach einer Woche war alles geschafft. Die Verbindungstür war zugemauert, die Fenster vergittert, der Leibwächter eingezogen, und zwischen Susanne und Benno bahnte sich eine erste kleine Freundschaft an.

Silvana war zufrieden. Sie hatte ihr Labor und ihr Büro wieder im Haupthaus und damit auch den Überblick über das Personal, die Familie und das Haus. Wie immer war die Harmonie ihr größter Wunsch, und als sie spürte, dass wieder Frieden und Ruhe eingezogen waren, widmete sie sich mit Hingabe ihren Aromen. Sie stellte einen Laboranten ein, der ihr beim Destillieren von Blüten mit Wasserdampf half. Sie konzentrierte sich auf die Duftstoffe von Pflanzen und verzichtete ganz auf tierische Duftstoffe wie Ambra und Moschus. So kam es, dass das Haus den Jahreszeiten entsprechend nach Maiglöckchen oder Flieder, nach Jasmin oder Rosen duftete.

Da sie nur im kleinen Rahmen Parfüms herstellen konnte – fabrikähnliche Anlagen irgendwo außerhalb des Hauses lehnte sie ab –, gab Silvana sich besondere Mühe, feinste Düfte herzustellen. Während der Laborant als Parfümeur die Öle erzeugte, sah Silvana sich selbst als Kompositeur und brauchte neben den Blütendüften die verschiedensten Gewürze. Sie mischte gern Kümmel, Fenchel, Pfeffer, Ingwer und Vanille mit den Blütenölen, und selbst Küchenkräuter wie Salbei, Pfefferminz, Thymian und Rosmarin fanden Verwendung in ihrem Labor. So erreichte sie Duftstoffe, die sie in der ganzen Stadt bekannt machten und ihr große Anerkennung bei den Damen der Gesellschaft sicherten.

Und als sie sich entschloss, den eher übel riechenden, meist aus tierischen Fetten gewonnenen Seifen aus einer Seifenfabrik am Schaarmarkt ihre Duftwasser beizumischen, brauchte sie ein zweites Labor und einen zweiten Laboranten, und ihr Ansehen stieg weiter.

Einen ganz besonderen Erfolg erzielte sie, als sie sich in Zusammenarbeit mit dem Apotheker Heinemann vom Großen Burstah entschloss, den Seifen eine heilende Wirkung zu geben, indem sie nach alten syrischen Rezepten der Rohmasse das Öl des exotischen Lorbeerbaumes beimischte.

»Die Venezianerin kennt sich aus mit Heilkräutern und Wohlgerüchen …«, hieß es in einem Zeitungsartikel, und ein Maler wurde bestellt, um das Konterfei der erfolgreichen Frau, die bald das fünfzigste Lebensjahr erreichte, zu malen.

Modebewusst und dem Trend der Zeit entsprechend, kleidete sich Silvana schlicht und elegant und lehnte inzwischen die Mieder und Korsetts ab, denn Robert liebte sie so füllig, wie sie war.

So setzte sie sich aufrecht und stolz im schlichten cremefarbenen Seidenkleid mit wohlfrisiertem Haar und dezent geschminktem Gesicht in einen Biedermeierstuhl, die Hände lässig im Schoß, die Füße leicht gekreuzt, und ließ sich porträtieren. Eine ganze Woche lang dauerten die Sitzungen, und zum Schluss war sie recht ungeduldig, denn die Zeit des Stillsitzens fehlte ihr in der ›Firma‹, wie sie ihr Unternehmen inzwischen nannte. Sie brannte darauf, Neues zu entwickeln, zu probieren und der Familie vorzustellen. Denn nur wenn die Familie – und dazu gehörten in so einem Augenblick auch die

Hausangestellten – mit ihrem Produkt zufrieden waren, durfte es an die Öffentlichkeit gelangen.

Silvana könnte also mit ihrem Leben zufrieden sein, wäre die Sorge um die abwesende Theresa nicht gewesen. Die junge Frau ließ selten etwas von sich hören, und wenn ein Brief eintraf, enthielt er meist nur die Bestelllisten für neue Gewürze und die Abrechnungen vergangener Wochen. Einmal erwähnte sie eine Reise nach Rostock, die aber nicht zu dem erwünschten Erfolg geführt habe, und erzählte auch von Veränderungen im Geschäft, die zu einem positiven Gewürzhandel im Ostseeraum führen würden, sollten ihre Pläne durchführbar sein.

»Was meint sie nur damit«, fragte Silvana ihren Mann abends im Salon, als sie zusammensaßen und den Feierabend genossen. »Ich werde aus dem Mädchen nicht mehr klug. Erst zieht sie hier Hals über Kopf heimlich aus, übernimmt von einem Tag zum anderen die Geschäfte in Lübeck, fragt mich nicht, plant ohne mich, informiert mich kaum und meidet nun sogar eine enge Zusammenarbeit mir dir. Wir sind doch ein Geschäft, ein Imperium, wir müssen doch Pläne oder Misserfolge gemeinsam absprechen.«

Robert schenkte Portwein in die beiden Gläser und setzte sich wieder neben Silvana. »Sie ist jung und ehrgeizig. Sie will uns beweisen, dass sie selbstständig arbeiten kann.«

»Aber das kann sie doch, auch wenn sie mit uns kommunizieren würde. Diese eigenbrötlerischen Handlungsweisen gefallen mir gar nicht. Du solltest hinfahren und nach dem Rechten sehen.«

Aber Robert schüttelte energisch den Kopf. »Nein, auf keinen Fall. Sie würde sich kontrolliert und missachtet fühlen, und das will ich nicht.« Dabei dachte er nicht so sehr an die geschäftliche Seite eines solchen Besuches, sondern vielmehr an die persönliche Seite. Ihm waren die kleinen zärtlichen Gefühle noch gut in Erinnerung, die in den letzten Wochen vor seiner damaligen Abreise zwischen seiner Stieftochter und ihm aufgekeimt waren. Er wollte sich diesen Gefühlen, auch wenn sie ihm schmeichelten, nicht noch einmal aussetzen. Aber davon konnte er Silvana natürlich nichts sagen.

»Sieh mal«, erklärte er, »sie macht ihre Sache doch gut. Sie hat erste Erfolge in Lübeck, und wenn in Rostock etwas danebengegangen ist, dann ist sie auch damit fertig geworden. Meinen Besuch würde sie als Visitation betrachten, als Prüfung ihrer Arbeit, und das dürfen wir ihr nicht zumuten.«

»Ich sehe das aber nicht so«, begründete Silvana ihren Wunsch. »Du bist das Oberhaupt der Dynastie, du musst wissen, wie die Geschäfte laufen – nicht nur in Venedig«, erklärte sie mit einem kleinen Seitenhieb auf seine unnütze Reise in die Lagunenstadt, »du musst dich auch um Lübeck kümmern. Die Niederlassung ist die größte neben Venedig.«

Robert hatte den kleinen Hieb wohl verstanden, dennoch wollte er nicht nachgeben. »Wenn Theresa von Plänen schreibt, sollten wir ihr die Zeit geben, diese Pläne zu verwirklichen. Sie ist nicht mehr das Kind, das an meiner Seite mit ihrer Ausbildung hier angefangen hat. Sie ist eine erwachsene Frau mit einem eigenen Ehrgefühl und mit einem großen Wissen in ihrer Arbeit. Beides müssen wir achten und anerkennen. Nein, Silvana, ich werde nicht nach Lübeck reisen.«

»Aber ich mache mir Sorgen. Wenn sie wenigstens einmal schreiben würde, wie es ihr persönlich geht, ob sie gesund ist, ob sie Freunde gefunden hat, wie sie mit ihrem Leben zurechtkommt, ob sie zufrieden ist. Ganz einfach zufrieden, denn dann wäre auch alles andere in Ordnung.«

»Und wie ist das mit dir? Schreibst du ihr, wie es dir geht und ob du zufrieden bist?«

Silvana schüttelte beschämt ihren Kopf. »Ich habe doch so viel zu tun. Ich habe doch gar keine Zeit zum Schreiben persönlicher Briefe.«

»Siehst du, so geht es ihr vermutlich auch. Das Geschäft steht über allem, und für persönliche Gefühle, die man auch noch zu Papier bringen soll, ist dann einfach keine Zeit.«

»Eben deshalb möchte ich, dass du sie einmal besuchst. Sie würde sich bestimmt freuen und den Besuch nicht als Prüfung auffassen.«

»Nein, Silvana, es bleibt bei meinem Nein. Lade sie ein, herzukommen, uns zu besuchen. Sie kennt noch nicht einmal den kleinen Alex, sie hat keine Ahnung, was für wunderbare Parfüms du herstellst und wie begeistert die Leute von deinen Heilseifen sind, das sind doch Gründe, sie einzuladen.«

Schließlich gab Silvana nach. »Also gut. Ich lade sie ein, aber ich fürchte, sie kommt nicht. Wenn sie eine ehrgeizige Geschäftsfrau ist, wie du meinst, dann hat sie für Reisen keine Zeit.«

»Versuche es wenigstens.«

So setzte sich Silvana am Sonntag nach dem Kirchgang sofort an ihren Sekretär im Salon, um einen Brief an die Tochter zu schreiben.

»Geliebte Theresa«, schrieb sie, »Du fehlst uns so sehr. Bitte komm nach Hamburg, um uns zu besuchen. Wir würden uns über ein Wiedersehen sehr freuen. Robert, Markus und Lukas und sein Sohn Alexander erwarten Dich auch. Lukas und Markus möchten ihre Schwester endlich wieder einmal in den Arm nehmen, und der kleine Alex möchte seine Tante kennen lernen. Er ist ein sehr liebes Kind und eine Freude für uns alle. Ich habe Robert gebeten, Dich in Lübeck zu besuchen, um zu sehen, wie es Dir und dem Geschäft geht und ob Du vielleicht seinen Rat brauchst. Aber er hat es abgelehnt. Er hat gesagt, dass er Deine Arbeit nicht stören wolle. Aber ich glaube, das ist nur eine Ausrede, und in Wirklichkeit will er Dich nicht sehen, weil er sich schämt. Seine Reise nach Venedig war ein Fiasko, und für ihn als Deinen Lehrherrn ist das ein wirklicher Misserfolg. Er hat eben auch seinen Stolz, unser Robert. Aber ich trage ihm die Sache nicht nach. Doch peinlich war es schon für ihn.

Hier in Hamburg ist er nun wirklich ein sehr erfolgreicher Großhändler. Nach dem Desaster mit dem gestohlenen Geld damals bei dem Überfall und unserem finanziellen Engpass hat er alles wieder in die richtigen Bahnen gelenkt. Und das bedeutet, dass ich mich ganz der Parfümherstellung widmen kann. Dafür bin ich ihm von Herzen dankbar. Ich habe sogar ein paar schöne Erfolge zu verzeichnen.

Die Freude darüber würde ich so gern mit meiner einzigen Tochter teilen. Bitte komm und besuche uns einmal.

In Liebe, Deine Mutter.«

Dreißigstes Kapitel

Graf Alain Defosier war auf der Rückfahrt zu seinem Einhorn-Hof, und er war sehr enttäuscht. Die Gespräche mit Theresa waren längst nicht so positiv verlaufen, wie er erhofft hatte. Sie hatten stundenlang geredet, und je drängender er wurde, umso stärker zog sich Theresa zurück. Und dabei hatte er einen so zukunftsträchtigen, so Erfolg versprechenden Plan entwickelt, zu dem sie eigentlich nicht Nein sagen konnte.

Auch den äußeren Rahmen hatte er besonders festlich gestaltet. Nachdem sie das ›Hotel am Markt‹ verlassen hatten und umgezogen waren, hatte er für den Abend ein festliches Menü im Restaurant bestellt und den Kellner gebeten, einen Tisch mit Blumen und Kerzen und feinstem Geschirr zu decken. Dann hatte er Theresa zu ihrem Zimmer begleitet, damit sie sich erst einmal frisch machen und für eine Stunde ausruhen konnte. Nach den Strapazen und Enttäuschungen durch den Brand im Lager und den Einbruch in ihrem Zimmer wusste er, dass sie eine Ruhezeit brauchte, um wieder zu Kräften zu kommen. Er selbst bewohnte das Zimmer nebenan, und da die Räumlichkeiten durch eine – allerdings verschlossene – Tür miteinander verbunden waren, konnte er hören, wann sie wieder bereit war, sich mit ihm zu treffen.

Es wurde dann fast Abend, als sie endlich ihr Zimmer verließ. Kaum im Foyer angekommen, war er neben ihr und bereit, die restlichen Stunden, die ihnen verblieben, so angenehm wie möglich mit ihr zu verbringen.

Er sah sofort, dass sie geweint hatte, sprach sie aber nicht darauf an. Er wollte, dass sie ihren Kummer und die Enttäuschungen vergaß und mit ihm nun endlich die Zukunft plante. Sie nahmen im Restaurant an einem schön gedeckten, mit einem Blumenstrauß geschmückten Tisch Platz, und als der Kellner die Speisekarte brachte, bat Theresa ihn: »Bitte, wähle du für mich aus. Aber es sollte etwas Leichtes sein.«

Er wollte zwar keine große Unterhaltung während des Essens führen, aber in gemütlicher Atmosphäre das eine oder andere Wort mit ihr wechseln, und wählte eine leichte Hühnersuppe mit Klößchen als Vorgericht, Kalbsnierenbraten mit eingelegten Bohnen und frischen Butterkartoffeln als Hauptgericht und zum Dessert Apfelkompott mit Vanilleeis. Dazu bestellte er einen Wein von der Mosel und als Aperitif einen Sherry aus Jerez. Er wollte einen stimmungsvollen Abend, einen, an dem Theresa sich geborgen fühlte und sich seinen Plänen öffnete.

Das Restaurant war wenig besucht. In Rostock gingen die Bürger nicht mitten in der Woche zum Essen aus dem Haus, dieses Vergnügen blieb den auswärtigen Geschäftsleuten vorbehalten, und Feriengäste gab es um diese Jahreszeit noch nicht. In einer Nische spielte ein Mann auf einem Piano, und von der Straße drang selten das Klappern von Hufen bis in das Restaurant.

Alain begann das Gespräch sehr behutsam und streichelte ihre Hand. »Hast du dich ein wenig erholt, mein Liebes?«

»Ja, danke, die Ruhe hat mir gutgetan.«

»Es war alles ein bisschen viel für dich.«

Theresa nickte. Der Kellner servierte die Suppe und wünschte »Guten Appetit«.

»In ein paar Tagen bist du in deinem Haus in Lübeck«, tröstete er sie. »Dann hat dein Leben wieder seine Ordnung.« Die Worte fielen ihm schwer, aber die junge Frau sollte erst einmal zur Ruhe kommen.

»Ja, ich freue mich darauf. Es fängt jetzt an, wohnlicher zu werden.« Theresa aß mit Genuss, jetzt erst spürte sie, dass sie richtig hungrig war.

»Du öffnest die oberen Etagen in diesem Sommer?«

»Ich habe schon damit angefangen und bewohne seit ein paar Wochen eines der Zimmer, das ist sehr angenehm.«

Alain sah mit Genugtuung, dass Theresa mit großem Appetit aß. »Wie kommst du mit Senta zurecht?«

»Gut. Sie ist sehr wachsam, und sie gehorcht, wenn ich etwas verlange.«

»Sie braucht eine strenge Hand.«

Theresa lachte. »Ja, die braucht sie, denn sie ist so groß geworden, dass ich nicht mehr mit ihr fertig würde, wenn sie ungehorsam wäre.«

»Ich bin froh, dich in ihrer Obhut zu wissen.«

»Ja, wirklich, ich fühle mich sehr sicher, wenn sie neben meinem Bett schläft oder neben meinem Sekretär liegt. Und auch auf der Straße – da pöbelt mich kein Mann mehr an.«

Alain lächelte. »Das beruhigt mich. Bist du viel in der Stadt unterwegs?«

»Weniger in der Stadt, mehr am Hafen, wo ich die Händler treffe und mit Reedern oder Schiffsmaklern sprechen muss. Für die kurzen Wege lohnt es sich nicht, mit der Kutsche zu fahren. Da ist so ein großer Hund ein wunderbarer Begleiter.«

Der Kellner kam und räumte das benutzte Geschirr ab. Dann servierte er das Hauptgericht – immer darauf bedacht, seine Gäste nicht unnötig zu belästigen, denn wenn ein Gast so einen geschmückten Tisch bestellte, dann wollte er auch nicht gestört werden. Ganz diskret schenkte er beiden den Moselwein ein und wünschte »Wohl bekomm's«.

»Fühlst du dich wohl in Lübeck?«, setzte Alain sein Gespräch fort, hob sein Glas und stieß mit Theresa an.

»Ja und nein. Ich liebe meine Arbeit und die Verantwortung und auch die Erfolge. Aber ich bin auch sehr allein. Ich kenne kaum jemanden, weil ich keine Zeit für Vergnügungen habe. Und meine Familie habe ich seit fast einem Jahr nicht mehr gesehen.«

»Hamburg ist doch nicht so weit entfernt, warum fährst du nicht einmal hin?«

»Nach dem Überfall auf Lukas habe ich kein Vertrauen in die Reise. Da bleibe ich lieber allein in meinen sicheren vier Wänden.«

»Das tut mir leid. Aber mir geht es ähnlich. Du hast ja gesehen, wie einsam der Einhorn-Hof liegt. Bevor ich zu einem der anderen Güter oder gar nach Rostock fahre, bleibe ich lieber zu Hause und genieße den Wald und meine vierbeinigen Genossen. Im Herbst ein paar Erntedankfeste und zum Winter hin ein paar Jagden, das ist schon alles, was das Land seinen Bauern bietet. Außerdem ist meine Schwester gegen jede Art von Vergnügen und grault alle Gäste aus dem Haus.«

Verständnislos sah Theresa ihr Gegenüber an. »Und das lässt du dir gefallen?«

»Ich möchte meinen Frieden haben.«

»Aber dann darfst du dich nicht wundern, wenn dich niemand besucht.«

»Ich weiß, und ich muss das auch ändern – aber für wen?«

»Ich denke, du hast Zukunftspläne?« Nachdenklich sah Theresa ihn an.

»Ja, die habe ich – und überhaupt keine Ahnung, wann und wie ich sie dir erklären soll.«

»Man kann doch über alles reden. Pläne sind schließlich noch keine Tatsachen.«

»Ich hatte an ein Gespräch heute Abend gedacht.«

Lächelnd sah sie auf die kleine Uhr, die sie an einer Kette trug. »Dann fang endlich an.«

Und Alain Defosier erinnerte noch einmal an die ›kleinen‹, wie er meinte, Opfer, die sie beide bringen müssten und die noch kleiner würden, wenn Theresa auf die Niederlassung in Rostock verzichtete.

»Es fällt mir schwer, auf Rostock zu verzichten, ich verliere nicht gern etwas, was ich mir vorgenommen habe, aber ich denke an das Sprichwort ›Der Klügere gibt nach‹, und deshalb ziehe ich mich zurück.«

»Es ist sehr vernünftig von dir, diesem Unhold auszuweichen. Aber du musst deine Pläne nicht vollständig aufgeben.«

»Wie meinst du das?«

»Wie wäre es, wenn du eine Niederlassung in Wismar gründest? Die Stadt ist genau wie Rostock ein Tor zur Ostsee, hat einen Hafen und ein altes Handelsmonopol, gehörte zur Hanse wie Lübeck und Rostock und ist besser zu erreichen als die Stadt an der Trave.«

»Und ist dem Einhorn-Hof näher als die anderen beiden Hansestädte.« Sie lachte. »Ich durchschaue dich, Alain. Demnach bin ich es, die das Opfer eines Wohnungswechsels bringen muss. Auch ich kann Landkarten lesen.«

»Nein, mein Liebes. Auch ich bin zu einem Umzug bereit. Nur von Wismar aus ließe sich mein Gut besser verwalten als von Rostock aus, das gestehe ich.«

»Und wie stellst du dir die Praxis vor?«

»Ich kaufe ein Haus für uns und Lagerhallen für deine Gewürze, und du füllst beides, das Haus mit Möbeln und die Speicher mit Waren.«

»Für dich steht fest, dass wir zusammen leben werden?«

»Ja, Theresa. Ich sehne mich nach deiner Nähe, und ich bin zu jedem Opfer bereit, um bei dir zu sein.«

»Du sprichst von Ehe?«

»Natürlich.«

»Du hast mir noch nicht einmal einen Antrag gemacht, Alain.«

Er nahm den Blumenstrauß, der auf dem Tisch stand, aus der Vase, reichte ihn Theresa und sagte mit bewegter Stimme: »Ich bitte dich, meine Frau zu werden, Theresa. Ich liebe dich, und ich will dir ein Leben lang ein guter, treu sorgender Ehemann sein.«

Aber Theresa schüttelte den Kopf. »Das geht mir alles zu schnell. Ein Umzug, eine neue Niederlassung, eine Hochzeit, Alain, das geht wirklich zu schnell. Ich habe dich sehr gern, aber ich habe gelernt, meine Gefühle langsam zu erforschen. Gib mir Zeit dafür.«

Enttäuscht richtete sich der Mann wieder auf. »Ich will dich nicht drängen, aber ich bedaure jede Stunde, die ich von dir getrennt bin. Das sollst du wissen.«

Theresa stellte die Blumen in die Vase zurück. »Lass uns die Zukunft langsam planen.«

»Und wie stellst du dir das vor?«

»Bevor ich mich entschließe, in Wismar eine Niederlassung zu gründen, muss ich die geschäftlichen Möglichkeiten erforschen.«

»Steht bei dir das Geschäft immer im Vordergrund?«

»Ich habe eine Verantwortung übernommen, und der muss ich gerecht werden. Meine Kunden vertrauen mir, sie sind auf mich angewiesen, ich kann sie nicht enttäuschen.«

»Und wenn diese geschäftlichen Gegebenheiten stimmen?«

»Dann muss ich in Hamburg mit der Geschäftsleitung, also mit meinen Eltern, sprechen. Sie müssen schließlich damit einverstanden sein.«

»Musst du auch wegen einer Ehe mit ihnen sprechen?«, fragte er verletzt.

»Nein, Alain, ich würde nie meine Gefühle mit anderen besprechen. Wenn ich eine Ehe eingehe, dann weil ich es will und nicht, weil andere zustimmen.«

»Das tröstet mich.«

»Bitte sei nicht zynisch. Du weißt, wie wichtig mir meine Arbeit ist. Ich bin keine Frau, die nur hinter dem Ofen sitzt und auf die Heimkehr ihres Liebsten wartet. Ich will etwas tun, etwas erreichen. Ich will Erfolge sehen, und wenn ich mit mir zufrieden bin, werde ich jede Menge Glück und Zufriedenheit an meine Familie abgeben können.«

»Ich wünsche mir Kinder, Theresa, wie kann eine Frau Geschäfte und Kinder verbinden?«

»Sie kann es. Meine Mutter konnte es, und ich werde es können.

Auch ich wünsche mir Kinder, sie sind ein Segen Gottes, und ich wäre überglücklich, wenn ich ihnen ihr Leben schenken könnte. Aber nicht sofort, Alain, ich brauche Zeit.«

Traurig und enttäuscht sah er sie an. Musste er seine Träume bereits begraben, bevor sie auch nur die Spur einer Wirklichkeit erreicht hatten? »Ich liebe dich, Theresa, ich will dich nicht verlieren.«

»Du verlierst mich nicht. Auch ich sehne mich nach dir, nach dem Mann, der mich in die Arme nimmt und mir Geborgenheit schenkt. Auch ich wünsche mir die Zweisamkeit, die Liebe, das Ende des Alleinseins, das Wissen, zu Hause erwartet mich der Mann meines Vertrauens, der Mann, der mich liebt. Aber versteh mich doch, wenn ich um Geduld bitte. Ich zweifle nicht an meinen Gefühlen, aber ich will sie langsam reifen lassen. Bitte, Alain.«

Und er hatte ihrer Bitte zugestimmt. Was sollte er auch anderes tun? Sie war nun auf dem Weg nach Lübeck, und er würde anfangen, die Pläne in Tatsachen umzusetzen: ein Heim für sie suchen, Lagerhäuser mieten und sein Haus auf dem Einhorn-Hof bestellen. Er wollte einen Verwalter einstellen, der sich um das Gut, den Wald, das Vieh, um Saat und Ernte kümmerte, wenn er in Wismar wäre – und er musste mit seiner Schwester reden. Trotz aller Verstimmung musste diese schwierige Frau von seinen Plänen erfahren.

Langsam näherte sich die Kutsche dem Gutshof. Als er die ersten Dächer sah, durchzog ihn eine Welle von Wehmut. Er liebte seinen Hof, seine Heimat. Wie sehr hätte er sich gewünscht, Theresa als seine Frau hier willkommen zu heißen, seine Kinder hier in dieser für ihn vertrauten Umgebung aufwachsen zu sehen. Aber die Liebe war stärker. Er wusste, dass er ohne Theresa nicht leben wollte – und dann war es letztlich egal, wo dieses Leben stattfand. Dennoch fühlte er eine gewisse Wehmut.

Er fuhr durch den Park zum Wirtschaftshof weiter und übergab das Gespann einem Pferdeknecht. »Horst, kontrolliere die Hufe, wasch die Pferde ab und führe sie herum, bis sie trocken sind. Sie haben anstrengende Tage hinter sich. Dann gibst du ihnen eine Extraportion Hafer und bringst sie auf die Weide. Und sag dem Stallmeister, sie sollen zwei Tage Ruhe haben.«

Müde und auch niedergeschlagen ging er zurück zum Schloss. Schon von weitem sah er seine Schwester Henriette an ihrem Fenster stehen. Wenn sie sich unbeobachtet glaubte, kontrollierte sie den Park und die Zufahrten. Mit ihr werde ich heute Abend nach dem Essen sprechen. Vorher muss ich mich beruhigen, meine Enttäuschung bekämpfen und meinen Optimismus zurückgewinnen, grübelte er. Nur wenn ich genau weiß, was ich will, kann ich Henriette meine Pläne mit Nachdruck darlegen.

Auch die Mamsell hatte seine Rückkehr beobachtet und zwei Mägde angewiesen, heißes Wasser in seine Badewanne zu füllen, Seife und Handtücher bereitzulegen.

Dankbar ließ sich der Graf vom Hausdiener die Stiefel ausziehen und eine Wolljoppe reichen. Er genoss diesen Komfort und die Hilfe durch die Dienstboten. Darauf will ich nicht verzichten, auch in einem Stadthaus nicht. Ich muss ein Haus finden mit Nebengebäuden für die Dienerschaft, für die Pferde und für Wirtschaftsräume. Ein Anwesen am Stadtrand also und doch so gelegen, dass Theresa später einmal ihre Speicher und Kontore leicht erreichen konnte. Auch Räume für Kinder und Erzieher muss ich mit einplanen, überlegte er, und mit diesen Überlegungen hob sich auch seine Stimmung wieder, und die Enttäuschung wich dem Optimismus, als er endlich in der Badewanne saß und seinen Körper mit Wohlbehagen einseifte.

Klara, die Köchin, hatte längst erfahren, dass der Herr zurück war.

»Mach was Gutes, er sieht müde aus«, hatte die Mamsell durch den Speisenaufzug heruntergerufen. »Mach ihm sein Leibgericht und mach es schnell.«

Und so hatte Klara einen Schinkenbraten in den Ofen geschoben, Sauerkraut aus dem Fass geholt und Kartoffeln aufgesetzt. Ein

Süppchen aus den ausgekochten Schinkenknochen und dem Wurzelgemüse war schnell bereitet, und während das serviert wurde, hatte der Schinken zusätzliche Zeit zum Garen. Und hinterher würde sie ein Beerenkompott mit Makrönchen servieren, die mochte der Herr Graf besonders gern.

Endlich gibt's wieder was Vernünftiges zum Kochen, dachte die Köchin und stellte Schüsseln und Teller zum Wärmen an den Rand der Herdplatte. Als die Mamsell kam und nach der Speisenfolge fragte, um den Tisch entsprechend einzudecken, brachte sie ihre Freude über ein komplettes Menü lautstark zum Ausdruck.

»Endlich kann man wieder zulangen, wenn der Herr Graf im Hause ist. Dann macht das Kochen richtig Spaß. Die gnädige Frau knabbert immer nur an trockenen Krüstchen, der ist jedes Fettauge zu viel, da vergeht einem doch die Lust an der Arbeit«, erklärte sie der Mamsell.

»Trockene Krüstchen«, kicherte Bertha, die in der Küche half, »so sieht die Gräfin auch aus, wie ein trockenes Krüstchen.«

»Sei nicht so vorlaut, Bertha, du weißt, die Gräfin hat die Ohren überall.«

»Und die Augen auch. Der entgeht nichts«, bestätigte die Mamsell. »Aber wie sie die Dame aus Lübeck behandelt hat, das war schon ein starkes Stück. Da hat man von gräflicher Noblesse aber gar nichts gemerkt«, bestätigte Klara.

»Sie mag halt keine fremden Menschen im Schloss.«

»Trotzdem, ein Gast ist ein Gast, und die Dame war wirklich höflich zu ihr.«

»Und nun ist sie weg, der Graf ist allein zurückgekommen.«

»Ob er die Dame liebt?«

»Woher soll ich das wissen?«

»Na ja, er hat sie aber ganz schön verliebt angeguckt.«

»Sie ist ja auch sehr schön.«

»Na, wir hatten schon andere schöne Gäste hier, aber so geguckt hat er noch nie.«

»Wird ja auch Zeit, dass er mal ans Heiraten denkt. Jünger wird der auch nicht.«

»Leute, lasst das Getratsche, ist das Essen fertig? Der Graf hat ein Bad genommen und kommt gleich runter«, erklärte die Mamsell und band eine frische weiße Schürze um.

»Die Suppe kann serviert werden. Den Braten stell ich in den Aufzug, wenn du oben an der Klingel ziehst.«

»Ist gut. Ich geh jetzt rauf und melde mich, wenn die Herrschaften kommen. Dann schickst du die Suppe hoch.«

Alain Defosier hatte seinen Optimismus zurückerlangt. Das Bad hatte ihm gutgetan, und die frische Kleidung, die für ihn bereitlag, hatte nicht wenig dazu beigetragen. Lächerlich, dass man von solchen Äußerlichkeiten abhängig ist, dachte er lächelnd und bestäubte sein Gesicht mit einem feinen Eau de Cologne, das der Apotheker in Rostock als absolute Neuheit gepriesen hatte. Warum nicht, dachte Alain, man muss mit der Zeit gehen, und die Mutter von Theresa macht sogar Geschäfte mit solchen Düften. Zufrieden betrachtete er sich im Spiegel. Die Haare, noch feucht vom Wasserdampf, lagen gebändigt und gebürstet eng an seinem Kopf an und betonten sein klares Profil mit der geraden Nase, dem energischen Kinn und dem männlich geformten Mund. An seinem sportlich gestählten Körper gab es nichts auszusetzen, und seine Größe unterstrich die angeborene Eleganz seiner Bewegungen. Doch, dachte er, ich kann mich sehen lassen, und die Frau an meiner Seite braucht sich nicht zu schämen.

Zufrieden und leise vor sich hin pfeifend, ging er nach unten. Jetzt ein guter Schluck vom englischen Brandy und dann ein gutes Essen, was will man mehr?

»Du stinkst«, waren die ersten Worte, die Henriette, Gräfin Defosier, zu ihrem Bruder sagte.

»Du hast eben keine Ahnung von modernem Stil und von der

Mode. Steck deine Nase in den Wind, dann weißt du, was üblich ist in unserer Welt und zum guten Ton gehört«, konterte er amüsiert und setzte sich an den Tisch.

Konsterniert betrachtete die Gräfin ihren Bruder. »Diesen Gestank nennst du Stil? Ich denke, mir vergeht der Appetit und ich werde dich dieser so genannten guten Mode allein überlassen.« Sie drehte sich um und wollte das Speisezimmer verlassen, als ein energisches »Du bleibst« sie halten ließ. Verärgert drehte sie sich um und sah ihren Bruder an. »Du wagst es, mich zu kommandieren?«

»Ja, ich habe etwas mit dir zu besprechen, und du hörst mir zu.«

»Nicht in diesem Ton.«

»Den Ton bestimme ich. Streich dir endlich diese langen, unfrisierten Haare aus dem Gesicht, damit ich dir in die Augen sehen kann.«

Verblüfft strich sich Henriette tatsächlich die lang herunterhängenden strähnigen Haare zurück und warf den Kopf in den Nacken. »Ich höre?«

»Wir hatten einen Gast, und du hast dich unhöflich, rücksichtslos und grob benommen. Warum?«

»Weil mir deine Gäste zuwider sind. Ich habe niemanden eingeladen, und ich will niemanden hier sehen.«

»Du erinnerst dich vielleicht, dass dieses Haus und alles, was dazugehört, mein Eigentum sind und du selbst nur ein Gast in meinem Schloss bist.«

»Es ist auch mein Zuhause und mein Eigentum genauso wie deines.«

»Du irrst, und das weißt du ganz genau. Du bist nur hier geboren. Später bist du deinem Ehemann gefolgt, und sein Haus ist das deine. Aber da konntest du nicht bleiben, weil man dich nicht wollte. Du warst den Leuten nicht genehm, und das wundert mich überhaupt nicht. Hier bist du jetzt mein Gast, und wenn du das bleiben willst, dann hüte dich vor schlechtem Benehmen meinen Gästen gegenüber.«

»Deine Gäste interessieren mich in keiner Weise.«

»Die Dame, die du beleidigt hast, wird meine Ehefrau, Henriette.«

Ein Lacher unterbrach ihn. »Deine Ehefrau? Du bist ja verrückt. Ein Graf Defosier heiratet keine Händlerin, die mit Gewürzen durch die Dörfer zieht.«

»Halte deinen vorlauten Mund. Es steht dir nicht zu, eine Frau zu beurteilen, die du nicht kennst und die ich liebe.«

Ein höhnischer, verächtlicher Aufschrei folgte seinen Worten. »Du und die Liebe, dass ich nicht lache. Du bist doch gar nicht fähig für Gefühle, du Stein, du Eisblock, du sentimentaler Egoist. Du und die Liebe!«

Der Graf sprang so heftig auf, dass sein Stuhl umkippte. Mit zwei Schritten stand er vor seiner Schwester und packte sie an den Schultern. »Halte dein loses Mundwerk, bevor ich mich vergesse. Noch ein Wort, und du landest morgen im Damenstift von Döberrand. Und was das bedeutet, brauche ich wohl nicht zu erklären.«

»Klar, du willst mich loswerden, bevor dein Liebchen hier eintrifft. Döberrand, dieses Frauenstift mit den drei Meter hohen Mauern, etwas Besseres fällt dir wohl nicht ein. Ha, ohne mich. Und wenn, dann nur über meine Leiche«, schrie sie ihn an, rot vor Zorn. Er schüttelte den Kopf. »Ich überlege nur, ob die Irrenanstalt von Schwerin nicht doch eine bessere Unterkunft für dich abgeben würde.«

Die Gräfin war außer sich: »Versuch's nur, ich weiß mich zu wehren«, rief sie, drehte sich um, verließ das Zimmer und schlug krachend die Türe hinter sich zu.

Einunddreißigstes Kapitel

Nach einer viertägigen Schiffsreise mit dem kleinen Küstenfrachter ›Manitou‹ erreichte Theresa Lübeck.

Es war eine anstrengende Fahrt auf einem für Passagiere nicht ausgerichteten Schiff, und sie musste in der Kapitänskajüte nächtigen und mit der Mannschaft zusammen essen. Da sie aber so schnell wie möglich nach Lübeck zurückkehren wollte, nahm sie die recht primitiven Verhältnisse auf der ›Manitou‹ in Kauf und zahlte ein gutes Geld, damit der Kapitän seine Koje für sie räumte.

Am Travekai angelangt, bat sie einen Hafenarbeiter, ihr Gepäck mit einer Karre in die Engelsgrube zu befördern, und ging selbst eiligen Schrittes voraus. Plötzlich konnte sie es nicht mehr erwarten, ihr Haus wieder zu betreten. Als sie die schwere Holztür öffnete und die helle Halle betrat, schlug ihr der wohl vertraute Geruch von Kräutern, Bienenwachs, Farbe und Kaminfeuer entgegen.

Ich bin wieder zu Hause, dachte sie und atmete die gewohnten Düfte tief ein. Und warum, um Himmels willen, bin ich fortgefahren? Wegen einer Geschäftsidee, die sich in Verlusten aufgelöst hat? Wegen eines Mannes, der mich nun bedrängt und in seiner Nähe haben will? Wegen der Sehnsucht nach einem Wechsel in meinem Leben? Sie schüttelte den Kopf. Nein, es war wohl wegen der Einsamkeit in dieser Stadt, und um sie zu beenden, habe ich nun teuer bezahlt.

Sie gab dem Gepäckträger seinen Obolus und schloss leise die Tür. Sie wollte noch einen Augenblick allein sein, aber Senta hatte sie bemerkt. Plötzlich stand sie neben ihr, rieb ihren Kopf an ihrem Arm und sah mit großen Augen ihre Herrin an. Und schon war die Erinnerung an Alain Defosier wieder da: an das Haus, den Park, den nächtlichen Ritt und die ersten Küsse in der Dunkelheit.

Und an seine Arme, die sie so fürsorglich und so fest hielten. Ja, die Geborgenheit in diesen Armen war es wohl, die mich in die Ferne zog und die ich letzten Endes abgelehnt habe, seufzte sie.

Theresa streichelte den Kopf des Hundes, der sich ganz fest in ihre Hand schmiegte, dann öffnete sie die Tür zum Kontor und rief hinein. »Hallo, ich bin wieder da.« Aber niemand antwortete.

Verwundert drehte sie sich um und rief in die Halle: »Ist jemand zu Hause?«

»Ja, ich bin hier oben«, rief Elsa und trat an den Treppenrand. »Oh, hallo, gnädige Frau, ich wusste nicht, dass Sie heute kommen. Verzeihung, ich bin sofort da.« Und eilig kam die Haushälterin die Stufen herunter, band sich das Kopftuch ab und strich die Schürze glatt. »Ich habe das Gartenzimmer gereinigt, Sie können es morgen beziehen, wenn Sie möchten. Langsam haben Sie dann eine komplette Wohnung in der ersten Etage.« Atemlos kam sie unten an. »Wie schön, dass Sie wieder da sind.«

»Danke, Elsa. Was gibt es Neues? Warum ist niemand im Kontor? Hier können die Kunden aus- und eingehen, und keiner bemerkt sie und ist für sie da.«

»Verzeihung, gnädige Frau, der Herr Osterbeck ist zum Rathaus gegangen, und ich habe ihm versprochen, auf die Haustür zu achten. Und eigentlich bellt Senta immer, wenn die Tür geöffnet wird. Heute war sie aber ganz still«, erklärte die schuldbewusste Elsa mit hochrotem Kopf.

»Und was macht der Herr Osterbeck während der Handelszeit auf dem Rathaus?«

»Er wollte zum Standesamt, und heute war der letzte Tag für die Anmeldung von seiner Heirat.«

»Er will heiraten?«

»Ja, seine Hanna bedrängt ihn, ich glaube, da ist ein Baby unterwegs.«

»Na, das sind ja eine Menge Neuigkeiten. Und wann soll die Hochzeit sein?«

»In sechs Wochen, und das ist heute der letzte Tag für die Anmeldung, weil das Aufgebot doch sechs Wochen im Schaukasten hängen muss.«

»Ich verstehe. Und wer ist diese Hanna?«

»Die jüngste Tochter vom Hafenmeister. Sie ist sehr schön, und der Herr Buchhalter hat schon lange um sie geworben. Aber erst mit der festen Anstellung als Prokurist hier bei Ihnen hat der Herr Hafenmeister zugestimmt.«

»So, so, dann soll der Prokurist aber auch seine Arbeit hier bei mir pünktlich und verantwortungsvoll machen, sonst ist er die feste Anstellung ganz schnell wieder los.« Theresa war amüsiert, aber auch verärgert. Man lässt nicht ein Kontor unbeaufsichtigt, dachte sie und ging die Treppe nach oben. »Kommen Sie, Elsa, und bringen Sie bitte meinen Koffer mit. Ich möchte als Erstes ein heißes Bad und frische Kleidung, dann werde ich mich um das Kontor kümmern. Und schließen Sie die Haustür ab. Wenn jemand kommt, soll er kräftig klopfen, damit wir es hören. Ist Sonja in der Küche?«

»Sie war heut früh hier, der kleine Hannes ist krank, und sie hat gefragt, ob sie heute daheimbleiben könnte. Und da Sie nicht hier waren, hab ich es ihr erlaubt. Das Essen für meinen Mann und für mich wollte ich allein kochen.«

»Ich habe den Eindruck, es wird höchste Zeit, dass ich mich wieder um Haus und Handel kümmere. Ich bin enttäuscht über die Zustände hier. So geht das nicht. Kaum bin ich aus dem Haus, herrscht hier das große Durcheinander. Wo ist Ihr Mann?«

»Er bringt Waren nach Travemünde, er wird nicht vor Abend wieder hier sein.«

»Na gut. Also richten Sie mir jetzt das Bad, packen Sie meinen Koffer aus und bereiten Sie mir ein kleines Mittagessen. Die Mahlzeiten in der Schiffskombüse waren nicht besonders appetitlich.«

Das warme Bad tat Theresa gut. In Ruhe konnte sie nochmals über alles nachdenken. Karl Osterbeck ist ein guter Buchhalter, ich darf mir die Zusammenarbeit mit ihm nicht verderben, aber meine Meinung über Verlässlichkeit werde ich ihm sagen müssen, seufzte sie. Und mit der Köchin muss ich auch reden. Ich kann ja die Sorgen der Mutter verstehen, wenn das Kind sich nicht wohl fühlt, aber ich habe ihr neben der Küche ein Kinderzimmer eingerichtet, dort hat der Junge sein Bettchen und wäre auch in der Nähe der Mutter, wenn er fiebrig ist.

Das Wasser wurde kalt, und sie stieg aus der Wanne. Unten klopfte jemand an die Haustür, und Senta bellte wütend.

Dann hörte sie, wie Elsa die Tür öffnete und mit Karl Osterbeck sprach. »Die gnädige Frau ist wieder da.«

»Ausgerechnet heute.«

»Ja, und sie war auch verärgert. Ich hab ihr aber alles erklärt mit dem Aushang und so.«

»Und wo ist sie jetzt?«

»Oben, sie nimmt ein Bad, und dann will sie etwas essen, und dann will sie mit Ihnen reden.«

»Ich werde mich in aller Form entschuldigen.« Die Stimmen wurden leiser, dann konnte Theresa nichts mehr verstehen.

Sie kleidete sich an und ging zum Essen. Neben ihrem Gedeck lagen zwei Briefe. Der eine kam aus Hamburg, der andere aus Wismar. Meine Güte, dachte sie, der Brief ist auf dem Landweg schneller hier als ich auf dem Seeweg. Wismar ist wirklich nicht weit entfernt. Behutsam brach sie das Siegel auf und öffnete den Umschlag. Er enthielt ein mit nur wenigen Zeilen beschriebenes Blatt.

»Liebste Theresa. Nun bist Du erst seit einem Tag fort, und Du fehlst mir schon so sehr. Ich bin in Wismar und schaue mich nach einem Anwesen um, das Dir gefallen könnte und unseren Ansprüchen genügt. Glaube mir, ich finde das Beste, was zu finden ist, und ich suche nicht nur mit dem Kopf und mit dem Verstand, sondern mit dem Herzen. Der Plan, hier mit Dir zu leben, füllt mich gänzlich aus, und ich sehne den Tag herbei, an dem ich Dich wieder in meine Arme schließen kann. Lass mich bitte nicht zu lange warten.

Dein Alain Defosier.«

Ach ja, dachte Theresa, die Arme, diese offenen Arme voller Geborgenheit, schön muss es sein, sie stets zu fühlen. Dann öffnete sie den zweiten Brief. Er war von ihrer Mutter, und die bat sie dringend um Nachrichten und um einen Besuch in Hamburg.

Sie hat ja Recht, überlegte die junge Frau, ich bin seit fast einem Jahr hier in Lübeck, und ich vermisse meine Familie sehr. Wie schön und unbeschwert waren die Tage in Hamburg, das Haus am Herrengraben mit der vertrauten Atmosphäre, mit Markus und unseren Freunden. Und wie sorgenfrei sie waren, die Jahre, in denen Mutter die Arbeit und die Sorgen von uns ferngehalten hat.

Aber dann bin ich ausgebrochen, ich darf mich nicht beschweren, ich wollte es so, wie es ist, und kein bisschen anders. Ich könnte wirklich nach Hamburg reisen, sinnierte sie, ich könnte sie alle wiedersehen, den kleinen Alexander kennen lernen und mit der Mutter über ihre Erfolge sprechen. Sie hat so wundervolle Ideen, und ihre Düfte haben mich schon immer interessiert. Man könnte den Gewürzhandel wirklich ausdehnen und in neue Bahnen lenken. Man müsste auch den Heilcharakter der Ingredienzen ausweiten, und man könnte Rezepte verfassen, damit die Menschen die Heilungsmittel besser nutzen. Voller Ideen und Visionen träumte sie vor sich hin, aß das kleine Menü, das Elsa in kurzer Zeit zubereitet hatte, und nahm die beiden Briefe immer wieder zur Hand. Und dann entschloss sie sich, etwas zu tun, wozu sie sich jetzt stark fühlte. Sie würde nach Hamburg reisen, und sie würde Alain Defosier bitten, sie zu begleiten.

Als sie diesen Entschluss gefasst hatte, stand sie auf, um mit Karl Osterbeck zu sprechen, denn von ihm und seinem Verantwortungsgefühl hing es ab, ob sie ihr Geschäft hier in Lübeck für längere Zeit seiner Obhut übergeben konnte.

Der Mann stand am Stehpult, die Ärmelschoner übergezogen, und schrieb in dem dicken Auftragsbuch. Als er sie sah, legte er die Feder beiseite, zog die Ärmelschoner herunter und kam ihr entgegen. »Gnädige Frau, es tut mir sehr leid, dass ich nicht hier war, als sie eintrafen. Ich entschuldige mich vielmals, und es wird nicht wieder vorkommen.«

»Elsa sagte mir, dass Sie einen sehr wichtigen Termin wahrnehmen mussten. Ich habe dafür Verständnis, hoffe aber, dass so etwas nicht öfter passiert, während ich auf Reisen bin.«

»Es wird nicht wieder vorkommen.«

»Sie planen zu heiraten?«

»Ja, wir wollten gern zu Pfingsten Hochzeit feiern, und heute war der letzte Tag für die Anmeldung und die Ausschreibung des Aufgebotes am Schwarzen Brett im Rathaus.«

»Das sind sechs Wochen. Ich plane noch einmal zu verreisen, wäre aber in sechs Wochen zurück. Können Sie ohne Probleme die Geschäfte in diesen sechs Wochen übernehmen?«

»Selbstverständlich, gnädige Frau.«

»Gut, dann wollen wir uns jetzt die Bücher vornehmen, und Sie erklären mir die Ein- und Ausgänge der Waren und der Bezahlung.«

In ihre Pläne mit einer eventuellen zusätzlichen Niederlassung in Wismar wollte sie ihn noch nicht einweihen. Zu viele Fragen gab es noch zu klären, damit musste sie sich persönlich erst einmal auseinandersetzen. Und außerdem würde die Reise nach Hamburg mit Sicherheit den einen oder anderen Plan noch ändern. Sie ging zurück in ihr eigenes Kontor und beantwortete die beiden Briefe. An die Mutter schrieb sie:

»Liebste Mutter, ich danke Dir für Deinen Brief und die Einladung, Euch zu besuchen. Auch mein Wunsch ist es, Euch alle wiederzusehen. Meine Reise nach Rostock war eine Fehlentscheidung. Der ehemalige, hinterhältige Geschäftsführer unserer Lübecker Niederlassung ist im Begriff, uns dort den Ostseehandel mit Gewürzen streitig zu machen, und das mit Gewalt und Intrigen. In Rostock werde ich also nicht Fuß fassen können. Deshalb überlege ich, eine neue Niederlassung in Wismar zu eröffnen. Dieses Vorhaben möchte ich aber vorher mit Euch besprechen.

Ich komme in Begleitung von Alain Graf Defosier aus Mecklenburg, der mich in meinem Vorhaben sehr unterstützt und der Euch seine Aufwartung machen möchte.

Ich freue mich auf unser Wiedersehen, Theresa.«

In einem zweiten Brief schrieb sie:
»Lieber Alain, danke für Deine Nachricht. Bevor ich mich zu einem Umzug nach Wismar entschließe, möchte ich mit meiner Mutter darüber sprechen. Bitte warte mit dem Kauf oder mit dem Bau eines Anwesens, bis ich die geschäftliche Sachlage geklärt habe. Ich gedenke in den nächsten Tagen nach Hamburg zu reisen und würde mich sehr freuen, wenn Du mich begleiten könntest. Deine Nachricht oder Dein Kommen erwarte ich mit aufrechter Freude.

Deine Theresa.«

Sie versiegelte beide Briefe und ließ den Kutscher rufen.

»Max, hier sind zwei Briefe, die sofort zur Taxis'schen Postverwaltung gebracht werden müssen. Sorge dafür, dass sie morgen früh mit den ersten Postkutschen an ihr Ziel kommen.«

Aufatmend lehnte sie sich in ihrem Stuhl zurück. Jetzt habe ich den entscheidenden Schritt getan, dachte sie erleichtert. Alain wird wissen, was die Einladung, mich nach Hamburg und zu meiner Mutter zu begleiten, bedeutet, und die Eltern werden ahnen, dass ich ihnen meinen zukünftigen Gatten vorstelle. Sie lächelte leise vor sich hin. Mit meinen Geschäften hat die Reise nun wohl weniger zu tun. Aber solange wie die Einnahmen stimmen, der Handel läuft und die Nachfrage groß ist, wird niemand etwas gegen eine Erweiterung der Geschäfte einwenden. Dass ich in Hamburg nach dem Einverständnis frage, ist nur eine Sache der guten Form und des Anstandes. Und dass ich fähig bin, Niederlassungen zu führen, habe ich bewiesen, das kann jeder in den Kontorbüchern nachlesen. Und dass ich mein Leben selbst in die Hand nehmen kann, wissen sie auch. Wo also sollte ich auf Hindernisse stoßen? Bleibt also der Mann an meiner Seite. Es wäre schon schön, wenn Mutter mit ihm einverstanden wäre. Aber Alain ist ein wohlerzogener, erfolgreicher Mann von guter Herkunft, an ihm wird sie nichts auszusetzen haben.

An ihren Stiefvater Robert dachte sie nicht, ihn schloss sie ganz aus ihren Gedanken aus. Seinen Platz in meinen Gefühlen hat nun ein anderer eingenommen!

Das jedenfalls dachte sie an diesem Abend in ihrem Kontor. Dann rief sie Senta, um mit ihr einen Abendspaziergang zu machen.

Zweiunddreißigstes Kapitel

Theresa bekam keine Antwort auf ihre Briefe. Weder aus Hamburg noch vom Einhorn-Hof. Die Tage vergingen, und vergeblich wartete sie auf Nachrichten.

War die Mutter so schockiert, weil sie mit ihrem zukünftigen Mann anreisen wollte, ohne sie vorher um Rat und Einwilligung zu bitten? Fühlte sich Alain Defosier von ihrem plötzlichen Eifer überrumpelt, ihn der Familie vorzustellen. Oder hatten die Briefe ihr Ziel nicht erreicht? Waren die Kutschen mit den Postsäcken verunglückt oder beraubt worden? Theresa wusste, dass die Mutter großen Wert auf Wohlerzogenheit legte. Das, was sie selbst als Kind in ihrem venezianischen Elternhaus erfahren hatte, kann sie so schnell nicht abstreifen, das weiß ich. Dennoch ist Mutter ein Mensch, der Selbstständigkeit toleriert und zu schnellen Entschlüssen bereit ist. Sie hat sich seinerzeit in Venedig auf abenteuerliche Weise von den elterlichen Fesseln befreit, hat einen fremden Mann aus dem fernen Norden geheiratet und ist später dem Großvater nach Hamburg gefolgt. Und zwar auf dem Landweg, was damals als sehr riskant galt. Gerade diese Entschlusskraft und ihr unbeugsamer Wille sind es doch, die unsere Familie zusammengehalten und unserem Geschäft zu neuem Glanz verhelfen haben. Dieser Teil ihres Wesens ist es, den ich so schätze und bewundere, nicht die steifen Gepflogenheiten, mit denen sie in der Hamburger Gesellschaft ihre Stellung bewahrt. Sie muss doch wissen, dass ich einen Teil ihres Wesens von ihr geerbt habe, dass ich ein Teil ihrer Persönlichkeit bin.

Theresa war sehr enttäuscht, bemühte sich aber, diese Enttäuschung nicht zu zeigen. Sie arbeitete von morgens bis abends, um über den Verlust der Waren, die in Rostock verbrannt waren, hinwegzukommen und um ihre Niedergeschlagenheit nicht noch mehr zu spüren. Karl Osterbeck half ihr nach Kräften, obwohl er in Gedanken oft bei seiner Hanna war, die es kaum noch schaffte, ihre Schwangerschaft vor den Eltern und vor der Öffentlichkeit zu verstecken und die mit ihren Tränen sein Leben zusätzlich erschwerte.

Eines Tages konnte Theresa diesen Zustand nicht mehr ertragen. »Osterbeck«, erklärte sie kurz entschlossen, »bringen Sie ihre Hanna bitte einmal mit in mein Kontor. Ich möchte ihr helfen. Die Zeit als werdende Mutter sollte für die junge Frau die schönste Zeit in ihrem Leben sein, eine Zeit der Freude, nicht der Tränen.«

Selbst sehr enttäuscht und betrübt, wollte sie wenigstens diesem fremden Mädchen Hoffnung und Zuversicht vermitteln.

Als Karl Osterbeck am nächsten Tag seine Hanna mitbrachte, war sie zunächst überrascht von der Schönheit der jungen Frau. Die klaren Gesichtszüge, die großen dunklen Augen und die hochgesteckten Haare gaben ihr etwas Mädchenhaftes, Unschuldiges. Ihre Schwangerschaft versuchte sie unter dem dicken Wintermantel trotz wärmender Sonnenstrahlen zu verbergen. Karl klopfte höflich an die Tür, und als die beiden eintraten, blieb Hanna bescheiden hinter Karl stehen. »Ich habe meine Hanna mitgebracht, gnädige Frau. Sie bedankt sich, dass Sie ihr helfen wollen.«

Theresa nickte und bat den Prokuristen: »Warten Sie in Ihrem Kontor auf Ihre Braut, ich möchte mit ihr alleine sprechen.«

Karl Osterbeck nickte. »Selbstverständlich. Hanna, ich bin dann gleich nebenan, wenn du mich suchst.«

Theresa lächelte den beiden beruhigend zu. »Keine Angst, kommen Sie, legen Sie den schweren Mantel ab und setzen Sie sich. Und Sie, Osterbeck, bitten Sie Elsa, uns eine Karaffe mit Limonade zu servieren.«

Als sie allein waren, fragte sie die junge Frau. »Wie alt sind Sie, Hanna?«

»Ich bin vor vier Wochen siebzehn Jahre alt geworden.«

»Und wann erwarten Sie das Baby?«

»Ich weiß es nicht genau. Ich hoffe aber erst nach meiner Heirat.«

»Und die findet in vier Wochen statt?«

»Ja.«

»Wissen Ihre Eltern von Ihrer Schwangerschaft?«

»Um Gottes willen, nein. Mein Vater würde mich aus dem Haus jagen.«

»Aber Ihre Mutter muss doch sehen, wie es um Sie bestellt ist.«

»Vielleicht, ja, vielleicht, aber sie sagt kein Wort darüber.«

»Und wie verbergen Sie Ihren Zustand vor Ihrem Vater und Ihren Geschwistern?«

»Ich halte mich sehr zurück. Ich täusche Arbeit vor: Reinemachen in anderen Zimmern oder Einkaufen oder Küchenarbeit oder Gartenarbeit. Wir haben einen Pachtgarten vor dem Burgtor.«

»Und Sie glauben, Sie können Ihren Zustand noch vier weitere Wochen verbergen?«

»Ich weiß es nicht, ich habe jeden Morgen Angst vor dem Aufstehen und jeden Abend Angst, das Baby könnte in der Nacht kommen. Es ist so lebhaft. Eigentlich habe ich immer nur noch Angst.«

»Das geht nicht. Sie sollten eine fröhliche Mutter sein, damit Sie ein fröhliches, ausgeglichenes Kind bekommen. Ich schlage vor, Sie wohnen in den nächsten Wochen hier bei mir. Ich werde Ihren Eltern einen Brief schreiben, in dem ich sie bitte, Ihnen zu gestatten, dass Sie hier ein paar Wochen lang die Geschäfte kennen lernen, damit Sie nach der Hochzeit Ihren Mann in seiner Arbeit unterstützen und Interesse an seinen Aufgaben entwickeln können.«

»Und Sie meinen, das würde gehen? Mein Vater würde das erlauben, gnädige Frau?«

»Ich werde ihn sehr höflich bitten. Ich bin eine erfolgreiche Händlerin in seinem Hafenbereich, und er wird mich nicht verlieren wollen.«

»Das wäre eine wunderbare Lösung.«

»Gehen Sie jetzt zu Ihrem Verlobten, schauen Sie sich in seinem Kontor um, damit Sie wissen, was er macht und ich nicht nur lügen muss. Und dann gehen Sie zusammen mit Karl Osterbeck und meinem Brief zu Ihren Eltern, packen ein paar Kleider ein und was Sie sonst mitbringen wollen und kommen hierher zurück.«

»Danke, gnädige Frau. Ich werde mich wirklich um die Arbeit vom Karl kümmern und Ihr Geschäft unterstützen, soweit mir das möglich ist. Sie sollen meinetwegen nicht lügen, und irgendwann wird mein Vater dann erkennen, dass ich nicht nur eine gute Hausfrau, sondern auch eine gute Geschäftspartnerin meines Mannes bin.«

Theresa stand auf und umarmte das junge Mädchen. »Gehen Sie jetzt, alles wird gut.«

Vier Stunden später waren Karl und Hanna zurück. Elsa hatte das frisch gereinigte und eingerichtete Gartenzimmer in der oberen Etage für den Gast vorbereitet. Theresa verzichtete gern auf das zweite Zimmer. Ihr war es wichtiger, das schwangere Mädchen nachts in ihrer Nähe zu wissen, denn mit dem Kinderkriegen kannten sich beide nicht aus. Hörte sie aber, dass es der Hanna nicht gut ging, konnte sie Elsas Mann zur Hebamme schicken, und die konnte dann die weitere Verantwortung übernehmen. Und sollte ich doch noch nach Hamburg reisen, kann Elsa in meinem Zimmer schlafen, überlegte sie und beneidete Hanna ein ganz klein wenig, denn ein Kind zu bekommen war sicherlich mit Angst verbunden, aber auch mit unbeschreiblicher Freude.

Und dann überstürzten sich die Ereignisse: Die Mutter schrieb aus Hamburg, dass sie sich sehr über den Besuch ihrer Tochter freuen würde und dass ihr ein erfahrener, verantwortungsbewusster und wohlerzogener Begleiter sehr willkommen wäre, Haus und Familie seien vorbereitet und freuten sich auf die Gäste.

Aber von Alain Defosier kam kein Lebenszeichen. Hatte sie ihn verletzt, ihn zu lange mit ihren Gefühlen hingehalten, ihn enttäuscht?

Stattdessen gebar Hanna, kaum eine Woche im Haus an der

Engelsgrube, einen gesunden Jungen. Die Wehen setzten gegen Mitternacht ein, da aber beide Frauen wenig Ahnung von dem Geburtsvorgang hatten, glaubten sie zunächst, als Hanna über Bauchschmerzen und Übelkeit klagte, an Magenbeschwerden, denn sie hatte am Abend reichlich frisches Hefebrot mit Leinöl gegessen. Erst als die Schmerzen heftiger wurden, weckte Theresa Elsa, und die schickte ihren Rudolph zu Mama Elisabeth, die eine stadtbekannte Hebamme war und nicht weit entfernt in der Petersilienstraße wohnte. Die lachte, als sie die drei aufgeregten Frauen sah, untersuchte Hanna und erklärte: »Heut Nacht wird das noch nichts. Morgen Mittag hast du dein Baby im Arm, vorher nicht.« Und zu Elsa gewandt: »Koch ihr Tee aus Fenchelsamen, der ist gut gegen Krämpfe und Blähungen, und tu ein bisschen Kümmel rein. Jede Stunde soll sie eine Tasse trinken. Morgen früh komm ich wieder vorbei.«

Sie wandte sich an Theresa: »Keine Angst, gnädige Frau, ich red nicht drüber. Ich seh doch, was hier los ist, und der Herr Hafenmeister ist ein strenger Mann. Also, von mir erfährt keiner was. Aber auf dem Standesamt muss das Kind schon angemeldet werden. Ich denke, das besorgt dann der Vater persönlich.«

Am nächsten Mittag gegen dreizehn Uhr war das Kind geboren. Es war eine lange, schmerzhafte Geburt, weil Hanna so jung und zart und der Knabe von kräftiger Figur war und über sieben Pfund wog. Das schwarze Kraushaar hatte er vom Vater, die blauen Augen von der Mutter und das rote Gesicht vom Schreien. Theresa hatte ihn als Erste im Arm, während die Hebamme die Mutter versorgte. Überglücklich legte sie den kleinen Schreihals dann in die Arme von Hanna, während Elsa nach unten lief, um erst den Vater zu holen und dann den guten Lübecker Rotspon aus dem Keller zu besorgen.

Erst später rückte Karl mit seinem Problem heraus: »Aber wenn ich ihn anmelde, wird es der Hafenmeister erfahren. Und dann wird er herkommen und Ihnen Schwierigkeiten machen, gnädige Frau.«

Auch Theresa fürchtete sich ein bisschen vor einer Auseinandersetzung mit dem großen, barschen Mann, der seine Grobheit brauchte, um bei den Hafenarbeitern Autorität zu haben. »Wir werden sehen, Osterbeck, Sie können ihn mir überlassen, wenn er unten in der Diele steht.«

»Aber vielleicht ist es dann schon zu spät. Vielleicht hat er mich dann schon zusammengeschlagen«, seufzte Karl Osterbeck.

»Warten wir es ab. Zunächst gehen Sie erst morgen zum Amt und melden Ihren Sohn an, und dann vergeht mindestens ein Tag, bis sich das in der Stadt herumgesprochen hat, und dann werde ich mich im Kontor aufhalten und ihn in seine Schranken verweisen, wenn er aus der Rolle fällt. Sie sind dann erst mal gar nicht zu sehen, und einfach in das Haus hereinkommen wird er nicht, da steht dann Senta an meiner Seite.«

»Aber irgendwann wird er mich erwischen. Ich will ja meinen Kopf gern für Hanna hinhalten, aber Ihnen soll auch nichts passieren, gnädige Frau.«

»Ich werde mir zu helfen wissen. Nun sprechen Sie erst einmal mit der Hanna, und suchen Sie einen schönen Namen aus, der zu ›Osterbeck‹ passt. So ein Name ist wichtig, der begleitet den Menschen durch sein ganzes Leben.«

Wir haben schon einen Namen ausgesucht. Wir haben an ›Viktor‹ gedacht. Das ist ein kurzer, klarer Name, den man sich gut merken kann, und wenn mit dem Schwiegervater alles in Ordnung ist, hängen wir noch dessen Namen ›Emanuel‹ dran. Aber gerufen wird er Viktor.«

»Das ist ein sehr schöner Name, aber Emanuel müssen Sie gleich eintragen lassen, später kann man so eine Urkunde nicht mehr ändern.«

Der Prokurist seufzte. »Hoffen wir, dass alles gut geht, gnädige Frau.«

»Vielleicht freut's den Hafenmeister ja, wenn er erfährt, dass Ihr Sohn seinen Namen trägt.«

Und dann kam alles ganz anders.

Zwei Tage nachdem Osterbeck seinen Sohn beim Standesamt angemeldet hatte, klopfte es laut an die Haustür. Der Löwenkopf mit dem Ring im Maul, der als Türklopfer benutzt wurde, schepperte noch, als Rudolph längst die Tür geöffnet hatte. Senta bellte mit aufgestelltem Nackenhaar, und Karl Osterbeck wurde ganz klein hinter seinem Schreibpult. Theresa nickte ihm zu. »Das wird er sein, Kunden benehmen sich zivilisierter. Bleiben Sie hier drin, ich mach das schon.«

Mit hocherhobenem Kopf, die knurrende Senta an ihrer Seite, ging sie in die Halle und stand gleich darauf dem Hafenmeister gegenüber. »Sie wünschen bitte?«

»Wo ist sie? Wo ist meine Tochter?«

»Kommen Sie bitte mit.« Theresa führte ihn in ihr Kontor und bat ihn, Platz zu nehmen. »Ihre Tochter schläft, sie braucht noch Ruhe.«

»Und warum versteckt sie sich hier? Können Sie mir das verraten? Ich bin ihr Vater, ich bestimme, wo sie wohnt, sie wird heute noch nach Hause kommen.«

»Warum freuen Sie sich nicht? Ihre Tochter hat einen wunderbaren Sohn geboren, und Ihr Enkel trägt Ihren Namen. Das ist doch ein wirklicher Grund zur Freude.«

»Ich freue mich ja auch«, erklärte der Mann, »aber warum diese Heimlichkeiten?«

»Vielleicht hatte Hanna Angst vor Ihnen?«

»So ein Unsinn. Ich bin Vater von sieben Kindern, glauben Sie etwa, mir wäre der Zustand von Hanna verborgen geblieben? Ein bisschen zappeln sollte sie schon, das war die Strafe für ihren Leichtsinn, sich mit einem fremden Mann einzulassen. Und außerdem war ich neugierig zu sehen, wie sie sich aus der Affäre ziehen würde.« Er räusperte sich und wischte heimlich eine Träne aus dem Augenwinkel: »Da war das mit dem Umzug und Ihrem Brief schon ein kluger Schachzug. Aber nun ist es genug. Jetzt kommt sie wieder heim, und irgendwann werden Hochzeit und Taufe in einem gefeiert. Ha, und ich spare mir glatt ein zweites Fest.« Er drehte sich suchend um: »Und wo ist der so genannte Papa? Dem zieh ich die Ohren lang.«

»Bitte nicht«, lachte Theresa erleichtert, »er ist mein bester Mann, den Karl brauche ich noch.«

»Hat wohl Angst, der Bursche?«

»Wundert Sie das? Er weiß genau, dass er einen Fehler gemacht hat, aber er steht für die Folgen gerade, und das Aufgebot ist längst bestellt.«

»Das will ich auch meinen. Und wo ist nun endlich die Hanna? Und den Jungen will ich auch mal sehen. Ich hab zwar schon eine Kinderschar bei sieben eigenen und zahllosen Enkelkindern, aber Hanna ist meine Jüngste, und da bin ich schon neugierig, wie der Kleine aussieht.«

»Er ist ein Prachtjunge, und Sie können stolz auf sie sein. Ich bringe Sie jetzt rauf, aber Sie müssen leise sein, die beiden brauchen noch viel Ruhe.«

»Was reden Sie da, meine Nachkommen sind von starker Natur, die haut so leicht nichts um. Aber heute werde ich sie noch nicht mitnehmen, hier im Haus hat sie's bequemer, das seh ich schon. Aber in einer Woche will ich meine Familie zusammenhaben.«

»Kann Hanna später wieder hier mitarbeiten? Sie ist sehr gelehrig, und es hat ihr Spaß gemacht.«

»Die soll sich um ihren Sohn kümmern.«

»Das kann sie hier auch. Meine Köchin bringt auch einen kleinen Jungen mit, ich habe ein Spielzimmer eingerichtet, da sind die Kinder bestens aufgehoben.«

»Sie hab'n wohl n' Kinderasyl, weil Sie keine eigenen haben?«

»Nein«, lachte Theresa, »meine kommen noch, aber bis dahin mach ich es fremden Kindern hier gemütlich.«

»Na, das ist ja geradezu löblich.« Und mit diesen Worten stieg er die Treppe hinauf und öffnete oben ungeniert alle Türen, bis er die richtige gefunden hatte.

Als der Hafenmeister drei Tage später seine Hanna und ihr Baby abholte, hatte er eine extra feine Kutsche gemietet, und Karl Osterbeck durfte mitfahren. Von dem Tag an bekam der Prokurist die Erlaubnis, an jedem Abend seine Braut zu besuchen und, wenn das Wetter schön war, mit ihr und dem Kind im Kinderwagen eine Runde durch den Park vom Heiligen-Geist-Hospital zu drehen. Der Hafenmeister besprach inzwischen mit dem Pastor der St. Jakobikirche die Hochzeits- und Taufzeremonie, und Theresa stellte ihr Haus für die anschließende Feier zur Verfügung.

Aber der Löwenkopf mit dem Ring am Maul an der Haustür in der Engelsgrube wurde in dieser Woche noch einmal kräftig in Bewegung versetzt. Doch diesmal bellte Senta nicht. Sie stürmte zur Kontortür ihrer Herrin und konnte kaum erwarten, den Besucher zu begrüßen. Erstaunt stellte Theresa fest, dass auch Rudolph den Gast freudig begrüßte, und dann hörte sie selbst die Stimme, auf die sie so lange gewartet hatte. Alain Defosier war gekommen.

Schnell stand sie auf, lief zum Spiegel, richtete die Haare und strich das Kleid glatt. Dann nahm sie wieder hinter ihrem Schreibtisch Platz, als sei der lang ersehnte Gast ein Kunde wie jeder andere, der hier aus- und einging. Ein bisschen zappeln sollte er schon nach diesem wochenlangen Warten.

Rudolph klopfte an ihre Tür, und auf ihr »Herein« meldete er höflich, wie er es gelernt hatte: »Gnädige Frau, der Herr Defosier möchte seine Aufwartung machen.«

»Bitten Sie ihn herein, Rudolph.«

Und dann stand er vor ihr, der Mann, auf den sie so enttäuscht, verärgert und ernüchtert gewartet hatte. Betont langsam stand sie auf, sorgsam darauf bedacht, keine Emotionen zu zeigen.

Diesen ersten Schritt musste er nun tun.

»Ich hoffe, du verzeihst mir?« Sein schlechtes Gewissen war so deutlich spürbar, dass sie sich ein Lächeln verbeißen musste.

»Was soll ich dir verzeihen?«

»Mein Schweigen.«

Desinteressiert zuckte sie mit den Schultern. »Du wirst deine Gründe dafür haben.«

»Die habe ich tatsächlich.«

»Ich höre?«

»Bitte, Theresa, nicht in diesem zurückhaltenden Ton. Ich bin untröstlich, und deine Gleichgültigkeit ist nicht angebracht.«

»Ich zeige keine Gleichgültigkeit, im Gegenteil, ich bin höchst begierig, eine Erklärung für dein Schweigen zu hören.«

»Dein Brief hat mich vor zwei Tagen erreicht. Ich habe sofort mit meinen Reisevorbereitungen begonnen und bin gestern aufgebrochen.«

»Mein Brief hat vier Wochen für eine Zweitagesfahrt gebraucht?«

»Dein Brief ist pünktlich eingetroffen, aber ich habe ihn erst jetzt bekommen.«

»Wie ist das möglich, ist das Taxis'sche Postwesen so unzuverlässig geworden?«

»Nein, Theresa, meine Schwester hat den Brief unterschlagen.«

»Das ist ja unglaublich.« Sie ging ihm entgegen. »Komm, leg deinen Mantel ab, setz dich zu mir und erzähle, was vorgefallen ist.«

»Darf ich dich zuerst küssen?«

»Ja, aber nur wenn deine Ausführung mich überzeugt.«

»Sie wird es, mein Gott, sie wird es wirklich.« Ganz langsam ging er auf sie zu, sah, wie auch sie ihm entgegenkam. Er beugte seinen Kopf zu ihr, und ihre Blicke hielten einander gefangen. Er war bemüht, ihr Zeit zu lassen, und achtete auf jedes kleinste Anzeichen eines Widerstandes.

Dann nahm er sie liebevoll in die Arme. »Mein armes Mädchen, ich verstehe, dass du enttäuscht und verärgert bist, mir geht es doch genauso.« Seine Hände umfassten ihr Gesicht, Hände, die sie liebte, die zupacken konnten und so zärtlich waren.

Und dann suchten seine Lippen den Mund, nach dem er sich gesehnt hatte. Federleicht berührte er ihre Lippen, strich zart mit der

Zunge darüber und zeichnete ihre Umrisse nach. Er ließ sich Zeit mit diesem ersten Kuss, so als gäbe es nichts anderes auf der Welt als diesen Augenblick, als wäre ein einziger Kuss alles, was ihnen bliebe. Er war sanft, und diese Sanftheit berührte ihn mehr, als ungezügelte Leidenschaft es hätte tun können.

Sie konnte ihm nicht entkommen, und das wollte sie auch gar nicht. Sie ließ sich von ihm führen und erwiderte seinen Kuss, bis Senta sich zwischen sie schob und der Zärtlichkeit ein Ende bereitete. Für einen kurzen Augenblick legte Alain seinen Kopf auf ihre Schulter. »Ich liebe dich so sehr.« Dann wandte er sich ab und strich dem Hund über das warme Fell. »Ist schon gut, meine Kleine, ich nehm dir dein Frauchen nicht weg.«

Sie setzten sich. »Erzähl mir, was passiert ist.«

»Ich war viel unterwegs. Im Frühling gibt es auf so einem Gut eine Menge Arbeit. Ich hatte wegen der Landwirtschaft alle Hände voll zu tun, ich musste mich um den Verkauf der gefällten Bäume kümmern, die für den Schiffsbau in Dänemark bestimmt waren, und ich war auf der Suche nach einem Anwesen für uns in Wismar. Außerdem suchte ich einen Verwalter, der mich in Zukunft unterstützen soll. Und immer wenn ich nach Hause kam, fiel mir auf, dass kaum Post für mich gekommen war. Als nach und nach überhaupt keine Post mehr eintraf, bin ich zur Poststation geritten. Wir haben eine Umspannstation auf der Straße nach Schwerin, und dort wird meine Post aufbewahrt, bis ein Knecht vom Gut kommt und sie abholt. Und das sollte eigentlich jeden Tag geschehen. Der Posthalter erklärte mir, dass er regelmäßig die Briefe dem Knecht ausgehändigt und dass es auch nicht weniger Post für mich gegeben habe. Also bin ich zurückgeritten und habe den Stallmeister gefragt, welcher Knecht in letzter Zeit unterwegs war. Der Junge, den ich als zuverlässig kannte, bestätigte, dass er täglich zur Umspannstation geritten sei und die Post dem Hausdiener übergeben hätte. Als ich August befragte, bestätigte er, dass er meine Post jeden Tag und wie gewohnt auf meinen Schreibtisch gelegt hatte. Er habe sich allerdings gewundert, dass in meinem Papierkorb, den er abends leeren musste, selten Reste dieser Post gewesen seien.

Was also ist mit meiner Post passiert? Da es mir peinlich war, irgendjemanden von der Dienerschaft des Diebstahls zu bezichtigen, bat ich August, das Personal zu befragen. Aber August konnte nichts in Erfahrung bringen. So blieb mein Verdacht an meiner Schwester hängen.

Ich fragte sie gar nicht erst, ich bezichtigte sie sofort der Unterschlagung. Ein höhnisches Lachen war die Antwort. Wie von Sinnen schrie sie mich an, von wem ich denn so dringend Post erwarte. Ich packte sie am Arm und drängte sie in ihre Räume, und von meinem Zorn verängstigt, zeigte sie auf einen Sekretär. Dort fand ich eine überquellende Schublade voller Post. Rechnungen, Bestellungen, Mahnungen, Angebote, Briefe von Freunden und dann eben auch deinen Brief. Ihn las ich als Erstes, und am liebsten wäre ich, wie du dir denken kannst, sofort aufgebrochen, um herzukommen. Aber ich musste wenigstens die dringendsten Geschäftsbriefe erledigen, Rechnungen begleichen, Bestellungen auf den Weg bringen, Entschuldigungen schreiben und finanzielle Probleme bereinigen.«

Beruhigend strich ihm Theresa über den Arm. »Du tust mir leid. Und diese Henriette ist die einzige Verwandte, die du hast?«

»Nein, es gibt noch Cousinen und Cousins, aber die leben in Frankreich und in Berlin, hier in meiner Nähe ist sie die Einzige. Eine, auf die ich gern verzichten möchte. Sie wird immer wunderlicher und rachsüchtiger. Manchmal habe ich Angst um Haus und Hof.«

»Das kann ich verstehen. Aber ich denke, wir werden auch für dieses Problem eine Lösung finden.«

»Danke, dass du ›wir‹ gesagt hast.«

Dreiunddreißigstes Kapitel

Graf Defosier war im Burghotel abgestiegen. Er war mit fünf Pferden, zwei Reitern als Begleitpersonal und dem Kutscher gekommen und brauchte in der dem Hotel angegliederten Burganlage mit Burgtor und Mauern ausreichend Ställe und Personalunterkünfte. Außerdem waren Burgtor und Hotelanlage nicht weit von der Engelsgrube entfernt, und er konnte zu Fuß gehen, wenn er Theresa aufsuchen wollte. Und er wollte sie oft aufsuchen, am liebsten stündlich. »Jede Minute, die ich nicht mit dir verbringe, ist eine verschenkte Minute, und mit meinen beinahe vierzig Jahren habe ich nicht mehr allzu viele Minuten zu verschenken.«

Theresa lachte laut, als sie das hörte. »Ja, ja, natürlich, da musst du schon schön sparsam mit deinen verbleibenden Minuten umgehen«, erklärte sie vergnügt, war aber insgeheim froh, dass er sich im Hotel einlogiert hatte und nicht mit einer Unterkunft in ihrem Haus rechnete. In einer noblen alten Stadt wie Lübeck, in der beinahe jeder jeden kannte, musste sie sich ihren guten Ruf bewahren und konnte sich die Unterbringung einer schwangeren Unverheirateten oder gar die Beherbergung eines alleinstehenden männlichen Gastes nicht oft leisten. Sein Entschluss, im Hotel zu wohnen, bevor er mich mit der Bitte um Unterkunft fragt, ist wieder einmal ein Zeichen seiner Ritterlichkeit, dachte sie zufrieden und wusste, dass sie diesen Mann der Mutter, ohne Unannehmlichkeiten befürchten zu müssen, vorstellen konnte.

Und dann verschob sich die Reise nach Hamburg doch noch um vierzehn Tage. Da waren die Hochzeit, die Taufe und die anschließende Festlichkeit im Iserbrook-Haus in der Engelsgrube, die verzögerte Ankunft eines Frachters mit wertvollen Gewürzen aus Indien, auf die sie schon seit Wochen wartete und die schnellstens an ungeduldige Kunden ausgeliefert werden mussten.

Dann kamen ein paar Schlechtwettertage dazwischen, in denen Reisende dringend von einer Fahrt nach Hamburg abrieten, und zum Schluss hatte eines der Pferde vom Einhorn-Hof eine Kolik und musste ein paar Tage geschont werden. Und da Alain unbedingt mit zwei Kutschpferden, zwei Reitpferden für die beiden Knechte als Begleiter und einem Ersatzpferd in Richtung Hamburg starten wollte, verzögerte sich die Abreise noch einmal um drei Tage.

Aber endlich war es so weit. Im Haus war alles wohl bestellt: Karl Osterbeck wohnte mit seiner Hanna und dem kleinen Viktor in einem Anbau zwischen Haus und Lagerhalle, der zu einer Wohnung umgebaut das Hochzeitsgeschenk vom alten Hafenmeister war, Elsa und Rudolph kümmerten sich um das Haus und den Hofplatz, Max versorgte die Pferde, Karl hatte zuverlässige Lagerarbeiter, kümmerte sich um die Kunden und die Waren und war als Prokurist stellvertretender Geschäftsführer.

Am ersten Juni morgens um sieben Uhr fuhr Alain Defosier in der Engelsgrube vor, um Theresa abzuholen. Mit zwei Koffern, einer Reisetasche, einem Korb mit Speisen, die Sonja in der Nacht zubereitet hatte, und mit der gelben Dogge Senta an ihrer Seite bestieg Theresa die Kutsche, begleitet vom Winken der Hausbewohner und der Nachbarn, bei denen sich längst herumgesprochen hatte, dass die sympathische, erfolgreiche Gewürzhändlerin auf dem Weg in ihr Glück war.

Die kleine Kavalkade fuhr im flotten Trab die Engelsgrube hinunter, am Hafen entlang, durch das Holstentor und dann über die Moislinger Allee in Richtung Süden.

Alain hatte für diese weite Reise ein Coupé gewählt und überließ das Zügeln der Pferde seinem Kutscher Fritz. In der geschlossenen Kutsche konnten Theresa und er selbst unabhängig vom Wetter reisen und würden in gepflegter Kleidung Hamburg erreichen. Der

Graf, auf einen guten Stil bedacht, was Theresa dem Landwirt gar nicht zugetraut hatte, reiste in Gehrock, eng anliegender Hose, die von Stegen in Form gehalten wurde, dezent bestickter Weste und Zylinder und war bemüht, Senta, die vor ihm auf dem Boden lag, davon abzuhalten, seine Schuhe abzuschlecken.

Theresa dagegen reiste legerer. Sie hatte auf das einengende Fischbeinkorsett und die steifen Leinenunterröcke verzichtet und ein buntes Musselinkleid gewählt. Den großen Hut hatte sie neben Alains Zylinder und dem Speisenkorb auf der gegenüberliegenden Bank abgelegt.

Sie war eine sehr modebewusste junge Frau. Für sie gab es nur wenige klassische Stilformen und einige sanfte, natürliche Stoffe, die immer richtig waren, ganz gleich, ob es sich um ein Abendkleid oder um ein Arbeitskleid handelte. Alles andere war Schnickschnack in ihren Augen und passte zu Frauen, die ihr Selbstwertgefühl durch Rüschen und Spitzen hervorheben mussten oder zu sehr jungen Mädchen, die das Bedürfnis hatten, anders zu sein. Sie war wie ihre Mutter, und dafür war sie dankbar.

Die Kutsche hatte die letzten Häuser der Stadt hinter sich gelassen. Von Ferne sahen die Reisenden die sieben Türme der großen Kirchen hinter Hügeln verschwinden. Eine angenehme, weiche Sommerluft floss durch die Fenster ins Innere der Kutsche.

Schwarzbunte Kühe, graue Schafe und kleine Ziegenherden grasten auf den Wiesen, von jungen Burschen sorgsam gehütet. Im Wald verzauberte der Sommer das helle Maigrün in ein dunkles Blätterdach, und die Bäche, wild geworden durch den Regen der letzten Tage, zerrten an den Ufern und überspülten noch immer einige Wege.

Theresa genoss die Fahrt. Wie angenehm war die Reise im Gegensatz zu ihrer Fahrt nach Lübeck vor gut einem Jahr in der engen, voll besetzten Postkutsche. Damals saß sie den beiden Kommissaren gegenüber, die ihr später geholfen hatten, ihr Eigentum zurückzubekommen. Schade, dachte sie, dass die Verbindung so ganz abgerissen ist. Andererseits habe ich durch sie Alain kennen gelernt und damit wohl ein Glückslos gezogen.

»Wovon träumst du?« Alain Defosier legte seinen Arm um ihre Schulter und zog sie ein wenig näher zu sich heran.

Sie lachte und schmiegte sich an ihn. »Woher weißt du, wann ich träume?«

»Dann bekommen deine Augen einen nachdenklichen Blick, und ich fühle mich sofort ausgeschlossen.«

»So ein Unsinn, ich sitze neben dir, du kannst mir ja gar nicht in die Augen sehen.«

Er ging auf ihren Scherz ein. »Ich sehe deine Augen immer vor mir, die können mir überhaupt nicht entgehen.« Er zog sie noch etwas enger neben sich. Ihre Nähe und ihr Duft erregten ihn. Aber die Vernunft gewann die Oberhand über seine Gefühle. Außerdem wusste er, dass seine beiden Knechte, die der Kutsche auf ihren Pferden folgten, durch das Rückfenster sehen konnten, was in dem Coupé passierte.

Alain seufzte. Er traute sich selbst nicht, nahm seinen Arm von ihrer Schulter und setzte sich diszipliniert wieder gerade hin. Es war schon sehr lange her, dass er einer Frau nahe gewesen war. Sie waren so verletzlich, so unberechenbar, diese Frauen, wenn es um Gefühle ging. Und Theresa hatte ihm deutlich zu verstehen gegeben, dass sie sich ihrer Gefühle erst sicher sein wollte. War sie das inzwischen? Oder prüfte sie sich und ihn noch immer? Er betrachtete sie heimlich, sah, wie der Puls an ihrem Hals pochte, wie ihr Haar schimmerte, wenn die Kutsche durch eine Lichtung fuhr.

Gegen Abend erreichten sie Ahrensburg. Der Graf hatte sich in Lübeck erkundigt und die Anschrift eines neu erbauten Hotels bekommen. Das weiße Fachwerkhaus mit den Blumenkästen voller Geranien vor allen Fenstern machte einen so friedlichen Eindruck. Es stand am Ufer eines kleinen Baches und hatte einen großen Hof mit genügend Pferdeställen und Remisen. Der Bach drohte über die

Ufer zu treten, aber der Wirt beruhigte seine Gäste. »Da passiert nichts mehr, das Wasser sinkt so schnell, wie es gekommen ist. Die Regengüsse sind vorbei, auch im Quellgebiet, da braucht man kein Hochwasser mehr zu befürchten.«

Beruhigt nickte Alain dem Kutscher zu. »Du kannst ausspannen, die Pferde sind hier sicher.« Und auch die Reiter sattelten ab. Alle waren erschöpft und freuten sich auf ein paar Stunden der Ruhe und auf ein gutes Abendessen.

Auch Theresa, die zuerst glaubte, Alain wolle bis Hamburg durchfahren, war zufrieden. Sie wollte ihm nicht dreinreden, hatte aber befürchtet, eine Ankunft mitten in der Nacht würde Schwierigkeiten vor dem Stadttor machen und die Mutter nicht gerade mit Begeisterung erfüllen.

Alain unterbrach ihre Gedanken. »Es wird uns guttun, wenn wir hier rasten, gut essen und morgen ausgeruht in Hamburg eintreffen.«

Während der Kutscher und ein Knecht sich um die Pferde kümmerten, brachte der zweite das Gepäck in die Gästezimmer.

Alain und Theresa aber machten einen Spaziergang durch die Stadt, um sich nach der langen Fahrt zu bewegen und dem Hund Auslauf zu verschaffen. Als sie in der Nähe des Wasserschlosses eine große Wiese fanden, jagten sie Senta kreuz und quer durch das Gras, bis der Hund völlig außer Atem vor ihnen liegen blieb. »Braver Hund«, lobte Theresa ihn, »jetzt gibt's auch ein feines Fressen für dich.«

Ins Hotel zurückgekehrt, machten sie sich frisch und trafen sich dann zum Abendessen im Speisesaal. Das Restaurant war kaum besucht, und so konnten sie in Ruhe die Speisen auswählen und die Höflichkeit des Kellners in Anspruch nehmen, der ihnen zu jungen Tauben mit Spargelspitzen einen Wein aus dem Nahetal servierte.

Nach dem Essen setzten sie sich in einen kleinen Salon, tranken einen Mokka und genossen die Ruhe nach der langen, schaukelnden Kutschfahrt. Alain streckte die Beine aus, legte den Arm um die

Schulter von Theresa und bat: »Erzähl mir von deiner Familie. Wen werde ich treffen?«

Und sie erzählte ihm von der Mutter, die nach dem Tod des Vaters von Venedig ins nordische Hamburg gezogen war, um ihren Kindern das Gewürzimperium, das Erbe ihres Vaters, und ›das größte in Norddeutschland‹, wie sie betonte, zu erhalten. »Und als der Großvater, ohne ein Testament zu hinterlassen, gestorben ist, wollte die Familie ihr alles streitig machen. Aber Mutter hat gekämpft und schließlich den Bruder des Vaters geheiratet. Nicht allein wegen des Besitzes, ich glaube auch aus Liebe, aber klug war das schon. Und dann haben Lukas und Markus erklärt, dass sie kein Interesse am Gewürzhandel haben. Als dann auch noch Lukas mit zwölf Jahren entführt wurde, ist Mutter fast zusammengebrochen.«

»Wie furchtbar. Aber jetzt ist dein Bruder wieder in Hamburg.«

»Ja, nach mehr als zehn Jahren konnte er fliehen. Jetzt ist er Medicus in Hamburg und braucht viele Gewürze als Heilmittel. Und mein anderer Bruder, der Markus, ist nun Advokat und vertritt die Familie in Rechtsfragen. Auf Umwegen haben also beide mit den Gewürzen zu tun.«

»Nur du bist eine echte Nachfolgerin geworden.«

»Ja, mir macht der Handel Spaß, ich habe alles von meinem Stiefvater gelernt und genieße den Umgang mit den Gewürzen. Wenn ich mich mit ihrer Herkunft und ihrem Nutzen beschäftige, öffnet sich eine Welt vor mir, von der ich kaum eine Ahnung hatte.«

Gedankenverloren zog Alain an seiner Pfeife. Ganz deutlich spürte er, wie sehr die Frau an seiner Seite mit ihrer Familie und ihren Geschäften verwurzelt war. Würde da irgendwann ein gleicher, angemessener Platz für ihn vorhanden sein?

Theresa fühlte seine Gedanken, ohne dass er sie ausgesprochen hatte. Liebevoll sah sie ihn an und nahm seine Hand in die ihre. »Ich kann auch unterscheiden, lieber Alain, ich kann Geschäft und Familie sehr gut unterscheiden und auch trennen. Meine Liebe wird immer den Menschen gehören und mein Interesse den Gewürzen. Ist das verwerflich?«

»Nein, mein Liebes, denn die Liebe birgt immer auch das Interesse an den Menschen. Da habe ich gar keine Angst. Sorge habe ich nur, ausgegrenzt zu werden. Ich will nicht der Mittelpunkt in deinem Leben werden, aber der wichtigste Mensch, der möchte ich schon sein.«

»Das bist du doch auch. Ich liebe meine Familie, aber das ist doch eine ganz andere Liebe. Anders wird es vielleicht, wenn wir Kinder haben, aber meine Mutter sagte früher immer, wenn wir Kinder sie nach der Menge ihrer Liebe für jeden von uns fragten, dass die Liebe mit jedem Kind wachse, sodass immer genug für alle da sei. Ich finde, das ist eine sehr gute Lösung, diese wachsende Liebe.«

Alain küsste sie zärtlich auf die Wange. »Das ist wirklich eine gute Antwort. Ich freue mich, deine Mutter kennen zu lernen, sie muss eine sehr kluge Frau sein.«

»Das ist sie.«

»Und dann bist du vor ihr davongelaufen?«

»Nicht vor ihr, da gab es andere Probleme.«

Aber von ihrer großen, schwärmerischen Liebe zu Robert, ihrem Stiefvater, erzählte sie nicht.

Am nächsten Morgen bereiteten sich Theresa und Alain in aller Ruhe auf die letzte Etappe ihrer Reise vor. Mit besonderer Sorgfalt kleidete sich der Graf an und bevorzugte dabei einen dezenten anthrazitfarbenen Anzug von besonders guter Stoffqualität.

Auch Theresa hatte sich entschlossen, das Fischbeinkorsett aus dem Koffer zu holen und dann mit den notwendigen steifen Unterröcken ihrem einfarbigen moosgrünen Reisekleid den nötigen Halt zu geben. Auch auf den passenden Hut und die geknöpften Handschuhe verzichtete sie an diesem Morgen nicht. Dann hatten sie gemeinsam gefrühstückt, und Alain bestellte seine Kutsche für neun Uhr reisefertig auf den Hof.

Die Fahrt wurde abwechslungsreicher und der Verkehr stärker. Immer häufiger durchquerten sie Dörfer, die schon zum Umland von Hamburg gehörten. Wulfsdorf, Volksdorf, Meiendorf, Tonndorf, und ab Wandsbek gingen die Dörfer ineinander über und verdrängten das Land und die Wiesen mit dem Vieh gänzlich.

Von den Kirchen läuteten die Glocken die Mittagsstunde ein, als sie das Steinthor am Schweinemarkt erreichten. Von hier aus begleitete ein gemieteter Reiter die Kutsche und zeigte den Weg quer durch die Stadt zum Herrengraben, denn Theresa kannte die Straßen auch nicht. Hatte sie früher das Palais verlassen, fuhr sie in einer familieneigenen Kalesche und verließ sich auf die Kenntnisse des Kutschers, oder sie wurde von Freunden abgeholt, die sich besser auskannten.

So ging es nun in zügigem Trab durch die Steinstraße, über den Großen Burstah und die Ellernthorsbrücke zum Herrengraben. Alain war fasziniert von dieser großen Stadt mit den breiten Prachtstraßen und den engen Gängevierteln, die von diesen Boulevards abzweigten. Und im Stillen dachte er: Nein, das ist nichts für mich. Hier könnte ich nicht leben, hier ist es eng, die Luft ist schlecht, und den Himmel sieht man kaum.

Sie erreichten das Herrengraben-Palais wenige Minuten vor der Mittagszeit, die bei Silvana immer auf ein Uhr festgelegt war. Und da Theresa wusste, wie viel Wert die Mutter auf formelle Dinge legte, war sie heilfroh, fünf Minuten vor eins die Klingel an der Haustür ziehen zu können.

Vierunddreißigstes Kapitel

Graf Defosier stieg aus der Kutsche und stand verblüfft vor dem Herrengraben-Palais. So groß hatte er sich das Haus nicht vorgestellt. Es glich eher einer Burg als einer Stadtvilla, nur ein weitläufiger Park fehlte ihm. Stattdessen waren die Fenster vergittert wie bei einem Gefängnis, und den kleinen Garten am Fleet umgab eine hohe Mauer. Ein Anlegesteg, an dem Boote vom Fleet aus das Haus erreichen könnten, war abgebaut worden. Verwundert schüttelte er den Kopf. Waren die Bewohner so ängstlich, hatten sie Feinde, fürchteten sie Überfälle? Er hatte schon viele Häuser im hanseatischen roten Backsteinbaustil gesehen, aber das hier war kein Wohnhaus, das Palais war eine Festung.

Theresa rief dem Kutscher von der Eingangstreppe aus zu: »Fahren Sie hundert Meter weiter, dort auf der rechten Straßenseite sind unsere Ställe und Unterkünfte.« Und dann winkte sie Alain. »Komm oder willst du mich nun nicht mehr begleiten?«

Noch immer verblüfft, stieg er die drei Stufen zur Haustür hinauf. »Euer Haus sieht wie eine Festung aus, warum?«

»Es ist ein typisches hanseatisches Wohnhaus, vorne die Zimmer für die Familie, hinten das Kontor für die Kunden. Aber weshalb die Gitter jetzt vor den Fenstern sind, weiß ich nicht.« Sie zog noch einmal an der Klingelkette. Drinnen wurden zwei Riegel gezogen, dann öffnete jemand eine kleine Klappe an der Haustür, und dann endlich schaute Horst, der Hausdiener, nach draußen.

»Hallo, wollt ihr uns nicht hereinlassen?«

»Oh, das gnädige Fräulein, natürlich, kommen Sie nur herein.« Er wandte sich ab, rief in die Halle: »Das gnädige Fräulein ist gekommen« und schob noch einmal einen Riegel zurück. Dann öffnete er die breite Doppeltür und ließ die Gäste eintreten.

»Warum die Riegel und die Gitter und die Vorsicht?«

»Wir befürchten, dass der kleine Alexander entführt wird«, stotterte Horst und verschloss die Tür wieder mit größter Umsicht.

Mit einer Verbeugung begrüßte der herbeigeeilte Butler die Gäste und nahm ihnen die Hüte und Reisemäntel ab, und seinen Augen sah man an, wie glücklich er war, die Tochter der Herrin wieder im Hause zu wissen. Aber bevor Theresa weiter fragen konnte, ertönte der Gong, der alle zum Essen rief.

Beeindruckt betrachtete Alain die große, weiß gestrichene Halle, das geräumige Treppenhaus mit den Familienporträts an der Wand und dem roten Wollteppich auf den Stufen, der von Messingstangen gehalten wurde. Von draußen hanseatisch streng, von innen mit großem Prunk und mit exzellentem Geschmack eingerichtet, dachte er und sah den Menschen entgegen, die von allen Seiten in die Halle kamen. Lachend lief Theresa auf sie zu und begrüßte sie: Zuerst kam Lukas im weißen Arztkittel, den ihm der Butler abnahm, dann kam Markus, einen Packen Bücher unter dem Arm, dann kamen eine junge Frau und ein großer Mann die Treppe hinunter, er trug einen kleinen Jungen auf dem Arm. Als Letzte kam Silvana aus dem Büro.

Die Venezianerin, dachte Alain, ist die schönste Frau, die ich jemals gesehen habe. Theresa wirbelte von einem zum anderen, lachte überglücklich und stellte Alain jedem Einzelnen vor. Nur den Mann mit dem Kind und die junge Frau sparte sie aus. Fragend sah sie Lukas an: »Der Kleine ist dein Sohn, nicht wahr?«

»Ja«, nickte Lukas stolz, »das ist Alex, und das sind seine Betreuer. Er nahm seinen Sohn auf den Arm und reichte ihn dann Theresa. Aber der Kleine strampelte sich los und streckte die Arme nach dem Vater aus. Mit den Schultern zuckend, nahm Lukas ihn wieder. »Er ist keine fremden Menschen gewöhnt, aber er wird schnell mit dir Freundschaft schließen«, entschuldigte er sich und gab ihn der Kinderschwester. »Bitte, Susanne, heute müsst ihr im Kinderzimmer essen. Das ist ein unerwartetes Familientreffen, bei dem es viel zu erzählen gibt, das ist noch nichts für Alex.« Als die beiden Betreuer mit dem Knaben nach oben gingen, bat Silvana alle in das Speisezimmer. »Kommt, kommt, heute gibt es etwas zu feiern. Wir freuen uns, dass ihr gekommen seid. Bitte, Herr Graf, nehmen Sie an meiner Seite Platz, ich freue mich, Sie endlich kennen zu lernen.«

»Danke, gnädige Frau, aber den Grafen lassen wir besser draußen. Ich bin Alain Defosier, und ich bin glücklich, Sie alle zu sehen.«

Er war entzückt von Silvana. Ihr hochgestecktes Haar umrahmte ein überaus feines Gesicht, in dem die klaren Linien und die wachen Augen kein Alter verrieten. Die eleganten, gepflegten Hände mit den graziösen Bewegungen verrieten Selbstsicherheit und Harmonie, und ihre Stimme ließ erkennen, dass hinter der Ruhe, die sie erfüllte, Energie und Disziplin herrschten.

Was für eine Frau, dachte er, und was für ein Mann, der sie in die Arme nehmen darf. Aber wo war er, dieser Mann?

Als hätte Silvana seine Gedanken gelesen, unterbrach sie die Unterhaltung. »Ich muss meinen Mann entschuldigen. Robert ist im Hafen. Wir erwarten ein lange ersehntes Schiff mit einer Ladung aus Madagaskar. Lukas und ein befreundeter Medizinhersteller haben die Heilwirkung von Gewürznelken erprobt und wollen gemeinsam Heilmittel gegen Asthma und Bronchitis, gegen Migräne und rheumatische Erkrankungen herstellen. Da die Lieferungen aus Ceylon ins Stocken geraten sind, warten sie nun sehr auf dieses Schiff aus Madagaskar. Und damit alles auch seinen sicheren Weg geht, will Robert das Entladen selbst beaufsichtigen. Ihn müsst ihr also noch eine Weile entschuldigen.«

Während Theresa sich sofort mit Lukas über die Heilwirkung von Gewürzen unterhielt, servierte die Haushälterin zusammen mit der Köchin das Essen. Wie an jedem Freitag gab es Fisch. In einer Bouillon wurden gebratene Aalstückchen gereicht, zum Hauptgericht hatte Klara zwei gefüllte Karpfen gebacken, und als Nachspeise gab es Vanillepudding mit Keksen, die, wie Alain mit Vergnügen feststellte, auch die Form kleiner Fische hatten. Alle redeten lebhaft durcheinander, und doch achteten alle darauf, dass niemand übergangen wurde, wenn er etwas sagen wollte. Alain fühlte sich wohl in dieser Runde und beschränkte sein Gespräch nur auf die Beantwortung von Fragen, und die kamen in reichlichem Maße. Er wurde einfach in die Mitte genommen, ohne dass eine Absicht erkennbar wurde. Er gehörte sofort dazu.

Nach dem Essen versammelten sich alle im großen Salon. Die Damen tranken einen Kaffee, die Herren einen Cognac, und die Gespräche gingen weiter. Dann stand Markus auf. »Mich müsst ihr entschuldigen. Ich habe einen Gerichtstermin. Ihr wisst ja, der Rat der Stadt hat mich beauftragt, die Anlegegebühren der Schiffe mit dem Hafenmeister neu zu überdenken. Es gibt Reeder, die immer wieder versuchen, diese unliebsamen Zahlungen zu umgehen, und schon in Stade oder in Wedel mit dem Entladen der Schiffe beginnen. Da der Rat aber nicht auf die Einkünfte verzichten will, plant er Straßen- oder Torzölle für Fuhrwerke mit überseeischen Handelsgütern. Und dagegen protestieren natürlich die Reeder.«

Silvana nickte ihm zu. »Und auf welcher Seite stehst du?«

»Ich muss auf Seiten des Senats stehen, sonst hätte er mich nicht berufen, und es ist mein erster großer Auftrag und wird meinen Namen in der Stadt bekannt machen, aber mein Herz schlägt für die Reeder, die genug Kosten und Gefahren überwinden müssen, bevor sie ihre Güter im sicheren Lager haben.« Er nickte allen zu: »Zum Abendessen bin ich zurück.«

Dann zogen sich Silvana und Theresa zurück, und Lukas widmete sich dem Begleiter seiner Schwester.

Er wollte einfach alles wissen: seine Lebensumstände, seine Herkunft, seine Pläne. »Sie müssen verstehen, Herr Defosier, Theresa ist eine sehr begabte und eine sehr selbstbewusste junge Frau. Als sie damals dieses Haus verließ, war das eine Katastrophe für meine Mutter, aber meine Schwester hat sich durchgesetzt und ihre Arbeit zur Zufriedenheit der ganzen Familie in Lübeck verrichtet. Sie wird sich nicht unterordnen wollen, das sollten Sie wissen.«

Alain hörte schmunzelnd zu. Dieser Medicus hat anscheinend keine großen Erfahrungen mit Frauen, sonst wüsste er, was Liebe bewirken kann, dachte er und nickte, als Lukas erklärte: »Sie werden verstehen, dass wir besorgt sind, wenn es um die Zukunft unserer Schwester geht. Theresa hätte Sie nicht zu uns gebracht, wenn sie sich ihrer Gefühle nicht ganz sicher wäre, deshalb möchte ich von Ihnen wissen, was Sie für die Zukunft planen.«

Und Alain erzählte von der Absicht, ein gemeinsames Leben in Wismar zu führen und den Ostseehandel von dort aus aufzubauen. »Wir bringen beide ein Opfer, aber es wird sich lohnen, davon sind wir beide überzeugt. Theresa übergibt die Niederlassung in Lübeck einem verantwortungsvollen Geschäftsführer, und mein Gut wird von einem verlässlichen Verwalter geführt. Wir können ein gemeinsames Familienleben aufbauen und uns unseren Geschäften persönlich widmen. Ich habe Ihrer Schwester zugesichert, dass sie auch als Frau und Mutter ihren Handel betreiben kann, weil ich weiß, wie sehr sie an dieser Aufgabe hängt und wie viel Pläne sie für die Zukunft hat. Sie braucht ihre Arbeit. Zuerst war ich erschrocken, das gestehe ich, dann habe ich sie verstanden. Und jetzt bin ich auf der Suche nach einem Anwesen in Wismar, in dem wir Familienleben und kaufmännische Tätigkeiten vereinen können.«

Lukas hörte interessiert zu. »Theresa war lange Jahre hindurch für die Familie die Person, die das Gewürzimperium der Iserbrooks nach dem Ausscheiden von Robert Iserbrook leiten würde. Wir Brüder hatten andere Interessen, und da die Schwester sich bewährte, konnten wir die Berufe erlernen, die uns seit der Kindheit vorschwebten. Es stand einfach immer fest, sie wird die Firma führen. Aber nun ist Alexander da, und mein Sohn wird so erzogen, dass er eines Tages ein würdiger Erbe der Dynastie ist.«

»Und Ihre Schwester weiß das alles?«

»Sie wird es erfahren, wenn mein Stiefvater, der jetzt die Firma führt, es ihr sagt.«

»Das ist nicht gerecht. Da wird ein Mensch viele Jahre lang dazu erzogen, einmal so ein großes Erbe anzutreten, und dann wird es ihm plötzlich entzogen? Mir würde das nicht gefallen.«

»Theresa wird sich fügen. Sie ist eine kluge Frau und wird begreifen, dass sie meinem Sohn den Vortritt lassen muss.«

»Sie haben sie vorhin als selbstbewusst und begabt bezeichnet, diese Anlage wird sie nicht abstreifen, was machen Sie, wenn sie sich weigert, auf ihr zugesichertes Erbe zu verzichten?«

»Niemand hat etwas zugesichert, ich habe mich in der Familie erkundigt. Es gibt keine schriftlichen Unterlagen und keine mündlichen Zusagen. Es war einfach immer nur so, dass Theresa in dem Glauben groß wurde, als Einzige den Gewürzhandel zu mögen, und die Familie gönnte ihr den Glauben und bestärkte sie in ihrer Arbeit.«

»Umso enttäuschter wird sie nun von der neuen Regelung sein.«

»Das glaube ich nicht. Die Verbindung zu Ihnen wird sie über diesen Einschnitt in ihrer Lebensplanung hinwegtrösten.«

Bestürzt wandte sich Alain Defosier ab. Waren das die Methoden einer erfolgreichen Familiendynastie? Ging man so mit den Partnern um? Zählten Fleiß und Aufopferung und Familienbande denn gar nichts?

Lukas spürte, was in dem Besucher vor sich ging. Vielleicht war er zu rigoros gewesen? Nach Verständnis suchend, erklärte er: »Die Geschäfte stehen und standen in unserer Familie schon immer im Mittelpunkt und vor den Interessen der einzelnen Mitglieder. Nur so kann man eine Firma aufbauen, die weltweite Bedeutung hat.«

»Ihren Interessen hat man aber stattgegeben. Sie durften Arzt werden, und Ihr Bruder wurde Advokat«, sagte Alain erbost.

»Weil Theresa da war.«

»Ja, eben, sie ist in die Lücke gesprungen, die Sie hinterlassen haben.«

»So ist es.«

»Und nun kommen Sie und füllen diese Lücke mit Ihrem Sohn.

Was macht Sie so sicher, dass er wirklich einmal den Weg geht, den Sie ihm vorherbestimmen?«

»Seine ganze Erziehung wird darauf ausgerichtet sein. Er wird nichts anderes kennen lernen.«

»Warum darf er nicht frei entscheiden, nichts anderes als das Geschäft kennen zu lernen?«

»Es gibt Drohungen, ihn zu entführen, aber wir wissen uns zu wehren. Meinen Sohn wird man nicht zurück in den Oman verschleppen wie meine Frau, jetzt sind wir gewarnt und wissen zu reagieren.«

»Ich habe Ihre Vorsichtsmaßnahmen bemerkt.«

»Sie sind nicht schön, aber notwendig. Schlimm ist es nur für das Kind. Alexander wird ein Leben lang in großer Gefahr schweben, das hat man uns wissen lassen. Er wird immer Leibwächter haben und Erzieher, Hauslehrer und wenig Freunde. Wenn er alt genug ist, das zu verstehen, werde ich es ihm erklären, und er wird wissen, dass diese Maßnahmen nötig sind.«

Was ist das für ein schreckliches Leben, das ein Kind und dann ein junger Mann ertragen muss, dachte Alain entsetzt, und wie eigennützig man in dieser Familie ist, wenn es um den Handel geht. Gleichzeitig aber war er erleichtert zu wissen, dass das Erbe dieser Dynastie von den Schultern seiner geliebten Theresa genommen würde. Ich kenne sie nicht genug, um zu wissen, ob sie unter dem Verlust des Erbes leidet oder die Freiheit erkennt, die sich ihr bietet, überlegte er, auf jeden Fall aber werde ich an ihrer Seite stehen und ihr helfen.

Der Butler kam und meldete, dass das Wartezimmer des Medicus voller Menschen sei. Lukas stand auf. »Ich werde gebraucht, Sie müssen mich jetzt entschuldigen. Aber wir sehen uns heute Abend wieder.«

Während Lukas den Salon verließ, bat Alain den Butler, ihm sein Zimmer zu zeigen. Die Gästezimmer befanden sich in der zweiten

Etage, und als Alain dem alten Mann nach oben folgte, betrachtete er im Vorbeigehen die stilvolle Einrichtung der Zimmer, die offen standen und in denen viele wertvolle Möbel, Teppiche und Bilder von den Weltreisen der alten Händlerfamilie zeugten.

Sein Zimmer, von der Abendsonne durchflutet, schenkte ihm einen Blick auf die gewaltige Michaeliskirche, die das Gängeviertel mit den kleinen, eng aneinander gebauten Häusern überragte. Eine Kirche zum Heiraten, dachte er verträumt, eine wunderschöne Hochzeitskirche. Heute Abend werde ich die Venezianerin um die Hand ihrer Tochter bitten. Er drehte sich um und suchte nach seinem Koffer. Aber alle Kleidungsstücke hingen bereits wohlgeordnet und frisch gebügelt in einem Schrank. Im Stillen bedankte er sich bei den fleißigen Händen, die ihm diese Arbeit abgenommen hatten, und legte den schwarzen Gehrock mit der passenden Seidenweste, das Hemd mit dem hohen, steifen Kragen und den gerüschten Ärmeln sowie die gelackten Schuhe und die gestreiften Beinkleider vorsichtig zurecht. Tief in Gedanken versunken, betrachtete er dann den Ring, den er seit ein paar Wochen ständig bei sich trug. Er hatte ihn in Rostock beim Juwelier Rosenhagen in Auftrag gegeben, als er sicher war, mit seiner Liebe Theresa zu gewinnen. Es war ein schlichter Goldring, der nach seinen Angaben geschmiedet worden war. Ein kleines Band aus Bernstein zierte den Reif, ein Hinweis auf die Ostsee, die Theresa auf ihre ganz eigene Art erobern wollte. Auf der Innenseite war eingraviert: Für Theresa. Das Datum würde er hier in Hamburg nachtragen lassen.

Es klopfte leise an seine Tür. Auf sein »Herein« kam Theresa ins Zimmer. »Ich wollte schauen, wo du geblieben bist. Geht es dir gut, hast du alles, was du brauchst?«

»Danke, mein Liebling, ich habe alles. Und wie geht es dir?«

»Gut. Ich habe ein langes Gespräch mit meiner Mutter geführt. Es gab da ein paar uralte Unstimmigkeiten, die ich bereinigen musste, aber nun ist alles geklärt, und sie hat mir meine plötzliche Reise vor einem Jahr verziehen.«

»Und was waren das für Unstimmigkeiten, wenn ich fragen darf?«

»Du darfst. Ich fühlte mich hier eingeengt, bevormundet und ausgenutzt. Auf der einen Seite sollte ich hier im Geschäft selbstständig arbeiten, auf der anderen Seite ließ man mir nicht die kleinsten Freiheiten. Ich habe hier in den Kontorbüchern die Misere in Lübeck aufgedeckt, aber man erlaubte mir nicht, daran etwas zu ändern. Jede Courantmark, die ich verdiente, musste ich abrechnen und wieder in die Firma einbringen, und mit den Lagerarbeitern durfte ich kein Wort wechseln. Wie soll man eine Firma leiten, wenn man nicht mit den Arbeitern sprechen darf? Na ja, solche Sachen eben. Aber das hat sich jetzt endgültig geändert. Ich habe mein Können bewiesen, und daran ist nun nicht mehr zu rütteln.« Lächelnd schmiegte sie sich in seine Arme. »Außerdem habe ich jetzt einen großen, starken Mann an meiner Seite.«

Mit leichtem Unbehagen erinnerte sich Alain an sein Gespräch mit Lukas. Sollte er ihr sagen, was auf sie zukam? Durfte er sich in die Familienangelegenheiten einmischen? Er würde ihr bestimmt rücksichtsvoller von den Veränderungen in ihrer Zukunft berichten können als ein Bruder, der den Vorteil seines Sohnes im Blick hatte, oder als ein Stiefvater, der anscheinend hart und berechenbar war. Aber durfte er diesen Gesprächen vorgreifen? Nein, beschloss er, das steht mir nicht zu. Es werden Jahre vergehen, bis dieses Kind erwachsen ist, Jahre, in denen so viel passieren kann, warum soll ich sie jetzt schon beunruhigen? Vielleicht haben wir bald ein Haus voller eigener Kinder, und sie ist froh, die Lasten der Geschäftsführung abgeben zu können. Wer weiß? Ich werde da sein, wenn sie mich braucht, und das ist das Wichtigste.

»Liebling«, wendete er das Gespräch in andere Bahnen: »Ich möchte heute Abend bei deiner Mutter um deine Hand anhalten. Ist dir das recht?«

Theresa zögerte keine Sekunde. »Es wäre mir sehr recht. Alle sollen wissen, zu wem ich in Zukunft gehöre. Ja, es ist mir sehr recht.«

Er ging mit ihr zum Fenster, wo letzte Sonnenstrahlen das Kupferdach der Kirche in dunkles Gold verwandelten. »Wir könnten hier heiraten, diese schöne Barockkirche würde mir gefallen.«

»Ja, mir auch. Der Michel ist das Wahrzeichen der Stadt. Er steht hier am Hafen und begrüßt die Fernfahrer, wenn sie von den Weltmeeren hereinkommen, und wenn sie die Stadt wieder verlassen, winkt er lange hinter ihnen her.«

»Schön hast du das gesagt. Es betrifft natürlich nur die Seefahrer. Wenn wir mit der Kutsche abreisen, dann bleibt er ganz schnell hinter den Häusern zurück und winkt nicht.«

»Wenn wir abreisen, dann haben wir ihn in unseren Herzen. Ja, ich fände eine Heirat im Michel sehr schön.«

Im Haus wurde es lebhaft. Türen gingen auf und wurden wieder geschlossen. Einmal hörten sie den kleinen Alexander weinen. Der Hausdiener zündete in den Räumen die Kerzen in den Wandleuchtern an. Ein angenehmer Geruch nach Lavendel, Honig, Orangen und Rosenholz zog durch das Treppenhaus, und Theresa erklärte: »Der Duft kommt aus dem Labor meiner Mutter. Sie erzählte mir heute, dass sie wieder eine neue Methode gefunden habe, neben heilender Seife auch naturreine ätherische Duftöle zu produzieren, die, etwas erhitzt, einen Menschen beruhigen und seinen Schlaf fördern.«

»Ich bewundere deine Mutter, sie ist eine ganz besondere Frau.«

Theresa lachte. »Sie ist aber auch von dir sehr beeindruckt, und glaube mir, sie sagt nicht oft lobende Worte über andere Menschen, dafür ist sie viel zu kritisch.«

»Dann werde ich die Prüfung heute Abend bestehen?«

»Mit Bravour. Und nun komm, die Familie trifft sich immer vor dem Essen im Salon, und vielleicht lernst du dann auch meinen Stiefvater kennen.«

»Von ihm hast du mir noch gar nichts erzählt.«

Sie zuckte mit den Schultern. »Da gibt es nicht viel zu sagen. Du wirst ihn ja sehen. Er wollte uns damals das Geschäft wegnehmen, aber Mutter hat gekämpft, und schließlich hat sich alles zum Guten gewendet.«

»Ist er ein grober Mann? Ein rücksichtsloser?« Er dachte wieder an das Gespräch mit Lukas.

»Nein, das ist er nicht, aber er kennt keine Toleranz, wenn es um das Geschäft geht.«

»Das steht bei euch allen an erster Stelle, nicht wahr?«

»Ja, so ist es wohl. Wir mussten immer darum kämpfen, und dann wird man unduldsam, selbst gegen Menschen, die zu einem gehören. Aber ich werde nicht so, das verspreche ich dir.«

»Ich weiß, mein Liebes. Aber jetzt musst du gehen, ich möchte mich umziehen.«

»Ja«, lachte sie, »das will ich auch. Ich will doch heute Abend eine würdige Braut sein. Also bis gleich.«

Es wurde ein bemerkenswerter Abend. Alle hatten sich festlich gekleidet. Die Haushälterin hatte den großen Salon, der sonst nur bei Festen benutzt wurde, mit vielen Kerzen und Blumen geschmückt, und der Butler hatte Champagner in silbernen Kübeln kalt gestellt. Niemand hatte etwas gesagt, aber alle erwarteten festliche Stunden und betraten wohl gelaunt den Salon. Markus war besonders erregt, er hatte den juristischen Disput gewonnen und die Reeder überzeugt, dass sie an die Fuhrunternehmer mehr Geld bezahlen mussten als an den Hafenmeister, wenn sie weit entfernt ihre Schiffe entluden, und der Rat habe ihn in höchsten Tönen gelobt, berichtete er zufrieden.

Lukas hatte den Kranken helfen können und war, wie jeden Abend, dankbar, dass sich keine neue Epidemie in der Stadt ausbreitete, obwohl die hygienischen Verhältnisse nach wie vor katastrophal waren.

Auch Silvana, schön, gepflegt und stilvoll gekleidet, war glücklich. Sie hatte in wochenlanger Arbeit in ihrem Laboratorium ein neues Parfüm entwickelt und heute einen schlesischen Glasbläser gefunden, der ihr die kleinen Flakons, passend zu dem zarten Duft, blasen würde.

Als Alain und Theresa den Salon betraten, wurden sie mit Lächeln und erwartungsvollen Blicken begrüßt.

Silvana trat vor, ein Glas Champagner in der Hand. »Wir heißen euch noch einmal und nun in aller Herzlichkeit willkommen. Heute Mittag hatte die Überraschung die Oberhand, jetzt ist es die reine Freude.« Sie hob ihr Glas: »Wir trinken auf das Wohl von Theresa und Alain Defosier.«

Aber bevor jemand das Glas erheben konnte, flog die Tür auf, und Robert Iserbrook stürmte in den Salon. »Halt!«, rief er, »wartet, da habe ich ein Wort mitzureden.«

Erschrocken sah ihn Silvana an. »Was willst du, was soll das heißen?«

»Der Butler hat mir gesagt, was hier gefeiert wird, und damit bin ich in keiner Weise einverstanden.«

»Was fällt dir ein.« Theresa stand wie vom Blitz getroffen ihm gegenüber. Zutiefst erschrocken wusste sie: Das ist der Mann, den ich liebe! Dann drehte sie sich zu Alain um und dachte: Und das ist der Mann, den ich heiraten werde!

Aber Robert beachtete sie gar nicht. Überaus erregt stellte er sich vor Alain und erklärte: »Dieser Mann ist ein Betrüger. Er will das Imperium der Iserbrooks, er will das Vermögen, das Ansehen, die Ehre und am liebsten auch den Namen. Er will alles, aber er wird nichts bekommen.«

Entsetzt trat Theresa zurück. »Was fällt dir ein, wie kannst du es wagen, Graf Defosier zu beleidigen. Du kennst ihn doch gar nicht.« Hilflos wandte sie sich an die anderen: »So helft mir doch.«

Aber Robert ließ niemanden zu Wort kommen. »Als ich heute Mittag erfuhr, wer hier eingekehrt ist, habe ich Erkundigungen eingezogen. Und die Antworten, die ich bekam, waren verheerend. Man nannte ihn Mitgiftjäger und Heiratsschwindler, Hochstapler und Falschspieler. Er ist im ganzen Land ein bekannter Ganove, und es gibt Steckbriefe und Warnungen, die in den großen Städten hier im Norden kursieren.«

Silvana, blass geworden, stellte ihr Glas beiseite und ging zu ihrem Mann. »Das sind furchtbare Vorwürfe, die du erhebst. Kannst du sie beweisen?«

Robert zog ein Bündel Papiere aus seiner Manteltasche. »Hier sind die Beweise.« Die Papiere, zum Teil noch zusammengerollt oder gefaltet, aber mit aufgebrochenen Siegeln, fielen auf den Boden. Er bückte sich und hob sie auf. Dann reichte er sie seiner Frau. »Die Polizei hat noch mehr davon.«

Silvana hatte sich gefangen. Alle starrten sie wortlos an, als sie sich an Alain Defosier wandte. »Und was sagen Sie dazu, Herr Graf?«

Alain war blass geworden, wie Irrlichter tanzten seine Augen hin und her, seine Hände zitterten, als er sie auf die Schultern von Theresa legte, die vor ihm stand und ihm den Rücken zukehrte, während sie Robert anstarrte. Fast flüsternd erwiderte er: »Das ist nicht wahr. Das sind Verleumdungen, das ist Betrug, eine Verdrehung der Wahrheit, eine ganz gemeine Lüge. Ich werde alles aufklären und zwar sofort.«

Er wollte sich zum Gehen wenden, aber Markus stellte sich ihm in den Weg. »Hier im Haus bin ich der Advokat, ich vertrete die Rechte der Familie. Erklären Sie jetzt und hier die Vorwürfe. Und wenn Sie das nicht können, nehme ich Sie in Gewahrsam, denn Betrüger können wir in unserer Familie nicht gebrauchen.«

»Wie kann ich etwas aufklären, wenn Sie mir den Weg versperren«, fragte Alain verärgert und nahm die Hände von Theresas Schultern.

»Hier sind die Papiere, die Sie belasten. Ich habe sie vom Polizeipräsidenten. Als ich hörte, dass Sie, ein Fremder für uns alle, hier eingetroffen sind, habe ich Erkundigungen eingezogen. Wie Sie wissen, werden wir bedroht, deshalb ist es meine Pflicht, die Personalien festzustellen, sobald ein Unbekannter dieses Haus betritt. Und was ich dann in die Hände bekam, war mehr als schlimm.« Und zu Theresa gewandt: »Es tut mir leid, meine Kleine, aber ich muss dich beschützen, ich habe die Verantwortung, solange du in meinem Hause weilst.«

Theresa war hin und her gerissen. Sie war empört, dass man sie wie ein Kind behandelte, sie war entsetzt über die Beschuldigungen, denen Alain Defosier ausgesetzt war, und fassungslos, wenn sie an ihre Zukunft dachte. Aber mutig und demonstrativ stellte sie sich neben Alain, ergriff seine Hand und versicherte: »Ich werde zu dir stehen, bis alle Anschuldigungen geklärt sind. Ich habe dich als liebevollen, hilfsbereiten Menschen kennen gelernt, und ich weiß, dass ich mich nicht täusche. Komm, lass uns gemeinsam diese Papiere betrachten, ich bin überzeugt, alles klärt sich auf.«

Und so war es dann auch. Alle Beschuldigungen hatten die gleiche Unterschrift: Henriette Defosier. Sie hatte Briefe an alle Polizeistationen der umliegenden Städte verschickt, hatte die eigene Familie beschmutzt, um ihrem Bruder zu schaden, hatte Nachrichtenreiter beauftragt, Warnungen vor dem angeblichen Hochstapler und Mitgiftjäger an öffentliche Mauern und Tore zu nageln, und hatte nicht gezögert, den eigenen Bruder als Gewalttäter zu bezichtigen.

Fassungslos und bleich musste Alain sich setzen. Theresa wich nicht von seiner Seite. »Ich kenne diese Frau, sie ist von Grund auf böse«, erklärte sie der Familie und bat Lukas: »Schenke bitte Alain einen Cognac ein, den braucht er jetzt.«

»Meine eigene Schwester«, stammelte Alain, »ich kann es nicht glauben. Sie hat angedroht, mich zu vernichten, und sie hat es geschafft.«

»Kein Mensch kann dich vernichten«, versicherte Theresa und setzte sich zu ihm. »Wer dich kennt, weiß, dass du ein ehrenhafter Mann bist, da haben Lügen und Verleumdungen keine Chance.« Dann wandte sie sich an Robert: »Du hast Lügen verbreitet, ohne die Wahrheit zu kennen, du hast geglaubt, was man dir erzählt, ohne die Richtigkeit zu erforschen. Ich bin enttäuscht und erschüttert. Ich hielt dich für einen aufrichtigen Mann, aber ich habe mich geirrt. Du willst mein Bestes, aber du fügst mir Schaden zu. Hast du vergessen, dass ich eine Frau geworden bin, die weiß, was sie will, und die sich prüft, bevor sie ihren Gefühlen freien Lauf lässt?«

Bevor Robert etwas erwidern konnte, wandte sie sich an Alain. »Du wolltest etwas mit meiner Mutter besprechen. Bringen wir es hinter uns, damit wir morgen zurückreisen können.«

Aber Alain Defosier schüttelte den Kopf. »Ich kann nicht. Ich fühle mich beschmutzt und erniedrigt. In diesem Zustand möchte ich nicht um deine Hand anhalten.«

Da stand Robert auf, trat zu ihm und sagte: »Ich entschuldige mich hiermit in aller Form. Es tut mir aufrichtig leid, dass ich Ihnen durch meine Leichtgläubigkeit Schaden zugefügt habe.«

Plötzlich sprachen alle durcheinander. Lukas und Markus redeten auf Robert ein, und Silvana nahm ihre Tochter tröstend in die Arme. Aber Theresa befreite sich aus der liebevollen Umarmung. Lächelnd sagte sie: »Lieber Alain Defosier, wenn du es nicht tust, dann tu ich es.« Sie kniete vor ihm nieder, sah ihm ernsthaft in die Augen und fragte: »Darf ich dich bitten, mein Mann zu werden?«

Irgendjemand klatschte, alle lachten. Alain stand auf, hob sie hoch und küsste sie. »Ja, mein Liebes, ich möchte von Herzen gern dein Mann werden.« Dann zog er den Ring aus der Tasche und streifte ihn über ihren linken Ringfinger, und alle applaudierten. Nur Robert schwieg. Er fühlte sich übergangen, missverstanden und ausgeschlossen. Und er wusste plötzlich, dass er Theresa verloren hatte. Nicht als Geschäftspartnerin, sondern als einen Menschen, dem seine heimliche tiefe Zuneigung gehörte.

Als der Butler frisch gekühlten Champagner einschenkte und alle ihre Gläser erhoben, wussten sie, dass sie nicht nur ein Familienproblem bewältigt, sondern eine neue Verbundenheit erworben hatten. Die Venezianerin hob ihr Glas. »Ich trinke auf ein glückliches Brautpaar, auf ein neues, geliebtes Familienmitglied und auf die einzigartige Dynastie der Iserbrooks.«

Nach dem Abendessen, das sich fast bis Mitternacht hinzog,

trennte man sich. Später, im Haus war es still geworden, klopfte es leise an Alains Tür. Bevor er etwas sagen konnte, schlüpfte Theresa in sein Zimmer. »Heute will ich bei dir sein. Nichts soll uns mehr trennen.« Alain erhob sich und nahm sie in die Arme. »Du weißt, was du tust, mein Liebling?«

»Wäre ich sonst hier?«

Er hielt sie ganz fest und flüsterte leise Liebesworte in ihr Haar. Sie weigerte sich, an die Folgen einer solchen Stunde zu denken, schob alle Zweifel von sich und vergrub ihr Gesicht an seiner Schulter. Die Sehnsucht, dass er all das sein möge, was sie sich vorstellte, die Geborgenheit, die sie brauchte, die Erfüllung, die sie begehrte, das Verständnis das sie erhoffte, das Leben eben an seiner Seite, wurde übermächtig. Sie schmiegte sich eng an ihn, wollte ihn spüren, fühlen – und besitzen. Seine Zärtlichkeit erweckte eine Leidenschaft in ihr, die sie nie für möglich gehalten hatte. Dankbar lehnte sie sich in die Arme, die sie hielten.

Alain genoss die Nähe der Frau, die er so sehr liebte und heute beinahe verloren hätte. Er küsste sie dankbar und voller Liebe, und dann löste er sich behutsam von ihr. »Wir fahren morgen zurück. Ich möchte auf die Heirat in dieser wundervollen Kirche und den Kreis einer großen Gesellschaft verzichten«, flüsterte er. »Auch ich will dich, nur dich und sofort. Aber nicht hier im Hause und nicht auf eine unehrenhafte Weise. Wir haben unser Leben noch vor uns. Wir werden es rechtschaffen und, wenn du willst, in Lübeck beginnen. Ich verspreche dir, in zwei Tagen sind wir Mann und Frau.«

Er nahm sie noch einmal in die Arme, dann begleitete er sie zu ihrem Zimmer und küsste sie, bevor sich die Tür hinter ihr schloss.

Und es war das letzte Mal, dass sie ihn sah.

Eine Frau kämpft um ihr Erbe und die Zukunft ihrer Kinder

Christa Kanitz
DIE VENEZIANERIN
Roman
320 Seiten
ISBN 978-3-404-15790-7

Hamburg, 1815. Gewürze, oft kostbarer als Gold, haben Justus Iserbrook und seiner Familie zu großem Reichtum verholfen. Als der älteste Sohn, der die Niederlassung in Venedig führt, tödlich verunglückt, zwingt Justus die Witwe, mit ihren drei Kindern nach Hamburg zu kommen. Sie soll sein Lebenswerk fortführen. Sylvana nimmt diese Herausforderung an. Streit, Eifersucht und Missgunst halten sie nicht davon ab, mit den starken Traditionen im Hause zu brechen. Als der Patriarch unerwartet stirbt, ohne ein Testament zu hinterlassen, beginnt Sylvanas bitterer Kampf um ihr Erbe ...

Bastei Lübbe Taschenbuch